古典文獻研究輯刊

八　編

曾永義　主編

第20冊

清代桐城派古文之研究（下）

陳桂雲　著

國家圖書館出版品預行編目資料

清代桐城派古文之研究（下）／陳桂雲 著 — 初版 — 新北市：
花木蘭文化出版社，2013〔民102〕
目 6+264 面；19×26 公分
（古典文學研究輯刊　八編：第 20 冊）
ISBN：978-986-322-396-2（精裝）
1. 桐城派 2. 古文

820.8　　　　　　　　　　　　　　　　　　102014688

ISBN-978-986-322-396-2

9 789863 223962

古典文學研究輯刊
八　編　第二十冊　　　　　　　ISBN：978-986-322-396-2

清代桐城派古文之研究（下）

作　　者　陳桂雲
主　　編　曾永義
總 編 輯　杜潔祥
出　　版　花木蘭文化出版社
發 行 所　花木蘭文化出版社
發 行 人　高小娟
聯絡地址　235 新北市中和區中安街七二號十三樓
　　　　　電話：02-2923-1455／傳真：02-2923-1452
網　　址　http://www.huamulan.tw 信箱 sut81518@gmail.com
印　　刷　普羅文化出版廣告事業
初　　版　2013 年 9 月
定　　價　八編 24 冊（精裝）新台幣 42,000 元

清代桐城派古文之研究（下）

陳桂雲　著

目

次

第四章　桐城派的古文理論

第一節　桐城派之興起

　　滿清入主中原，爲了消除漢民族的反抗心理，對文化政策之制定特別重視，而其首要目標，在於使文學成爲宣揚其正統的政治工具，以鞏固政權，因此同時採取高壓、懷柔的統治策略。所謂高壓，即過濾當時所有的文學作品，凡是不利於政權穩定的，一律予以禁止、刪削或銷毀，作家則處以刑罰，史稱文字獄。據統計，清代的文字獄僅康、雍、乾三朝即達 160 起左右。〔註1〕

　　桐城派作爲清王朝一個最大的文章派別，是漸步形成的。桐城三祖自方苞（1668～1749）文論正式提出「義法說」，到劉大櫆（1698～1780）提出「神氣說」，再到姚鼐（1731～1815）發展完成桐城派理論的「文體說」、「文之精粗說」、「風格論」等等，經歷了大約一個世紀。本章將以文派發展之角度，探討桐城派之成立及諸家古文理論。首先從橫向考察時代背景及文壇風尙，並對桐城派涉及之重要理論問題等，均詳加論述。同時，縱向逐步剖析桐城派幾代相關人物之古文理論，以全面了解桐城派文論之完善過程及桐城派之整體歷史。

一、時代背景與文壇風尙

（一）順應清代文化政策

　　桐城派先驅戴名世（1653～1713）僅因《南山集》中提出修《明史》應

〔註1〕郭成康、林鐵鈞：《清朝文字獄》（北京：群眾出版社，1990年），頁34。

註明弘光（1645 年正月～五月）、隆武（1645～1646）、永曆（1646～1683）
等晚明王朝的歷史才算完整，即被誣以大逆罪處死。〔註2〕就連爲其書作序的
方苞也被捕入獄，判處死刑，幸李光地（1642～1718）等人營救，倖免於難。
經歷此劫，桐城派諸家在觸及揭露官府腐敗、譴責世風頹壞等敏感性創作題
材時，已不似以往那樣暢所欲言，而是選擇將不滿和怨憤隱藏在論理說道的
言辭中，因此，內容有時不免流於空疏，文章格局也略顯拘謹局促些。

　　所謂懷柔，即鼓勵文人依據官方所提倡的文體、文風進行創作，以便鉗
制文人思想。康熙（1662～1722）將程朱理學之道統觀與政治結合，於〈日
講四書解義序〉曰：「萬世道統之傳，即萬世治統之所系也」〔註3〕、「道統在
是，治統亦在是矣」〔註4〕，意在宣揚滿清爲承續歷代道統與治統之傳，其政
權是具「正統性」的，因此康熙下令編纂《朱子全書》、《性理精義》，並親自
爲序，大力倡行程朱理學爲官方文學，號爲宋學。

　　雍正朝（1722～1735）遵之不悖，乾隆（1735～1795）亦繼承其祖父的
統治思想，認爲「治統原於道統」〔註5〕，而「爲國家者，由之則治，失之則
亂，實有裨於化民成俗，修己治人之要」〔註6〕，主張「文以載道，與政治相
通。……朕思學者修辭立誠，言期有物，必理爲布帛菽粟之理，文爲布帛菽
粟之文，而後可以行世垂久。……勿尚浮靡，勿取姿媚，斯於人心風俗，有
所裨益。」〔註7〕

　　康熙反對明末的浮華文風，提倡簡潔實用的文風，曰：

　　　　朕觀古今文章風氣，與時遞遷。六經而外，秦漢最爲古茂，唐宋諸
　　　　大家已不能及。凡明體達用之資，莫切於經史，朕每披覽載籍，非
　　　　徒尋章摘句，採取枝葉而已。正以探索源流，考鏡得失，期於措諸
　　　　行事，有裨實用，其爲治道之助，良非小補也。〔註8〕

〔註2〕戴名世一案牽扯多人，《清實錄》曰：「戴名世所著南山集、子遺錄，內有大
　　　　逆等語，應即行凌遲。……」詳見《清實錄・聖祖仁皇帝實錄・康熙五十一
　　　　年正月丙午條》（北京：中華書局，1985 年），卷 249，頁 465。
〔註3〕〔清〕張廷玉：《皇清文穎》（清文淵閣四庫全書本），卷首 2，頁 7。
〔註4〕〔清〕張廷玉：《皇清文穎》（清文淵閣四庫全書本），卷首 2，頁 7。
〔註5〕〔清〕素爾訥：《學政全書》（清乾隆三十九年刻本），卷 5，頁 19。
〔註6〕〔清〕素爾訥：《學政全書》（清乾隆三十九年刻本），卷 5，頁 19。
〔註7〕《清實錄・高宗純皇帝實錄・乾隆五年十月己酉條》（北京：中華書局，1985
　　　　年），卷 128，頁 876。
〔註8〕《清實錄・聖祖仁皇帝實錄・康熙二十四年二月辛亥條》（北京：中華書局，

因應康熙的主張，雍正進一步提出「雅正清眞，理法兼備」〔註9〕，並以之爲科舉取士的標準。乾隆亦以「清眞雅正」爲官方認可的正體文風。〔註10〕

　　至於文章內容，康熙主張「文章以發揮義理，關係世道爲貴」〔註11〕，乾隆亦於《唐宋文醇‧序》曰：「夫序而達，達而有物，斯固天下之至文也已。」〔註12〕表面是倡行義理，但實質是要求文章著力於歌頌朝廷之政令功績。清廷爲了有效推行此項政策，因而下詔編選範本，以引導士子作文。

　　雍正十一年（1733），方苞奉當時國子監督學果親王允禮（1697～1738）命，編選兩漢書、疏及唐宋八家之文，以提供給在國子監就讀的八旗子弟作爲學習古文之範本，名曰《古文約選》。此書旨在表達古文「助流政教之本志」〔註13〕，《古文約選‧序例》曰：「學者能切究於此，而以求《左》、《史》、《公》、《穀》、《語》、《策》之義法，則觸類而通，用爲制舉之文，敷陳論策，綽有餘裕矣。」〔註14〕方苞於〈序例〉中全面的闡述其文論，尤其突出「義法」這個核心內容。乾隆三年（1738），詔頒各學官，成爲官方古文教材。〔註15〕

　　乾隆元年（1736），方苞再次奉旨編選明清諸大家之四書制義數百篇，以爲科舉八股之範本，乾隆四年（1739）完成，名曰《欽定四書文》，後亦詔頒

　　　　　　1985 年），卷 119，頁 254。
〔註9〕　《清實錄‧世宗憲皇帝實錄‧雍正十年七月壬子條》（北京：中華書局，1985年），卷 121，頁 602。
〔註10〕　《清實錄‧高宗純皇帝實錄‧乾隆元年六月丁卯條》（北京：中華書局，1985年），卷 20，頁 490。
〔註11〕　《清實錄‧聖祖仁皇帝實錄‧康熙十二年八月辛酉條》（北京：中華書局，1985年），卷 43，頁 572。
〔註12〕　〔清〕張廷玉：《皇清文穎》（清文淵閣四庫全書本），卷首 13，頁 101。
〔註13〕　〔清〕方苞：《望溪集‧外文‧序跋》（清咸豐元年戴鈞衡刻本），卷 4，頁323。
〔註14〕　〔清〕方苞：《望溪集‧外文‧序跋》（清咸豐元年戴鈞衡刻本），卷 4，頁323。
〔註15〕　孟偉的研究指出，「清代官修的古文選本，只有康熙《御選古文淵鑒》、雍正《古文約選》、乾隆《御選唐宋文醇》等幾種。《古文淵鑒》六十四卷，《唐宋文醇》五十八卷，卷帙都較爲浩繁，而《古文約選》四十八卷，在分量上相當於它們的六分之一左右，更加便於印刷、購買和學習。在實行八股取士的科舉時代，廣大士子學習古文的重要目的，就是提高八股文的寫作水準，以應科舉之需。這樣，《古文約選》的廣爲傳布也就可想而知了。」詳見孟偉：《清人編選的文章選本與文學批評研究》（上海：復旦大學中國古代文學研究所博士論文，2006 年），頁 34。

各學官，成爲官方時文教材，以教授科場學子作文。〔註 16〕方苞〈進四書文選表〉曰：「凡所錄取皆以發明義理，清眞古雅，言必有物爲宗，庶可以宣聖主之教思，正學者之趨嚮。」〔註 17〕《欽定四書文・凡例》又曰：「欲理之明，必溯源六經而切究乎宋元諸儒之說。欲辭之當，必貼合題義而取材於三代兩漢之書。欲氣之昌，必以義理灑濯其心而沉潛反覆於周秦盛漢、唐宋大家之古文，兼是三者，然後能清眞古雅，而言皆有物。」〔註 18〕

　　乾隆中期以後，政權趨於穩定，宋學已無助於專制皇權的加強，相反地，持續發展可能培養出以天下爲己任的士人，從而危及統治；因此乾隆轉而提倡考據，號爲漢學。乾隆開始主導學術宗尚的轉變，欲以繁瑣的考據來消磨士人精力，獎掖研習漢學的文人，大量任用漢學官員，著名的有王鳴盛（1722～1797）、紀昀（1724～1805）、朱筠（1729～1781）、錢大昕（1728～1804）、趙翼（1727～1814）、周永年（1730～1791）、孔廣森（1753～1787）、王念孫（1744～1832）、戴震（1724～1777）、孫星衍（1753～1818）、阮元（1764～1849）、洪亮吉（1746～1809）等。乾隆三十八年（1773）四庫全書館設立，〔註 19〕輯書工作多重用漢學家，標誌漢學正式取代宋學成爲學術中堅。

　　顯然清朝文化政策的制定，目的在加強文學發揮政治服務功能。桐城派初始之文論發展，即順應著清代皇帝的文化政策。始祖方苞處於康雍宋學方盛之際，古文思想即以程朱理學爲中心，倡導文道合一的主張。而身爲康熙、雍正、乾隆三朝文學侍從的方苞，一生大多爲朝廷編纂書籍，其文學主張或多或少地融入其中，如《古文約選・序例》、〈進四書文選表〉等，即辨析古文源流，指示爲學途徑，宣導清正古雅的風範及標榜刪繁就簡的宗旨〔註 20〕，蘊含桐城古文文論於其中，如此自然擴大影響，提高桐城古文的地位。其後的姚鼐處於乾嘉漢學風行之時，即輔以考據，欲與義理、詞章合

〔註 16〕　《清實錄・高宗純皇帝實錄・乾隆四年四月甲申條》（北京：中華書局，1985年），卷 90，頁 391。
〔註 17〕　〔清〕方苞：《望溪集・外文・奏箚》（清咸豐元年戴鈞衡刻本），卷 2，頁306。
〔註 18〕　〔清〕方苞：《望溪集・外文・奏箚》（清咸豐元年戴鈞衡刻本），卷 2，頁306。
〔註 19〕　清高宗敕撰：《欽定皇朝通志・選舉三》（清文淵閣四庫全書寫本），卷 20，頁2143。
〔註 20〕　關愛和：〈義法說：桐城派古文藝術論的起點和基石〉，《文藝研究》2004 卷第 6 期（2004 年），頁 66。

一。他們既無悖於官方規範的文學領域，又符合當代文人流行的學術風潮，因而桐城古文蔚然成派，而風靡一時。

但是桐城派向來堅持保有作家的個人風格與創作的主體性，面對官方所制定的規範，他們吸取南山案的教訓，不挺身疾呼，也不願意就此遵循，所以決定採適度修正的方式；因此方苞選文時，並未完全迎合皇帝的喜好，而是就其義法標準選文。〔註 21〕另外清廷要求「清眞雅正」的文章風格，某種程度限制文人創作的自由性，也使得文體與政治的關聯過於密切，因此方苞改爲「清眞古雅」〔註 22〕，雖只有一字之差，側重卻有所不同；「清眞雅正」著眼於正，要求內容思想的純正；「清眞古雅」著眼於古，要求內容思想的古樸。

方苞〈禮闈示貢士〉文曰：

> 清非淺薄之謂，五經之文，精深博奧，津潤輝光，而清莫過焉。眞
> 非直率之謂，左、馬之文，怪奇雄肆，釀鬱斑爛，而眞莫過焉。
> 歐、蘇、曾、王之文，無艱詞，無奧句，而不害其爲古。管夷吾、
> 荀卿、《國語》、《國策》之文，道瑣事，述鄙情，而不害其爲雅。

〔註 23〕

即主張士子當承襲歷代傳統古文清眞的優點，與世結合，文行簡易，道述情事，以突顯個人風格，並發揮各類文章體裁的特性。

桐城三祖承襲儒家傳統，加以清初三先生黃宗羲、顧炎武、王夫之的影響，一生致力於經世致用，言必有物，崇尚求實文風的形成，因此桐城派古文的內容，多著眼於揭露政治黑暗、吏治腐敗，反映百姓生活、關切民生疾苦等題材，如方苞〈獄中雜記〉即大膽揭露監獄制度的黑暗和腐朽。但經由南山案一役，桐城文人清楚認知到作品若未符合朝廷規範，易招禍行，文論與創作就無法持續發展下去，他們借鑒於唐宋古文運動成敗的教訓，有條件的選擇順應，再於其中加以修正，以期完成自身古文的理論系統與創作

〔註 21〕如康熙認爲程朱等理學家的文章「文質燦然」，蘇軾的文章則「偏於粉飾」，但方苞仍將蘇軾的作品選入，而程朱等理學家的文章則不在此列。詳見劉相雨：〈論桐城派與清代政治文化的關係〉，《河南師範大學學報（哲學社會科學版）》第 29 卷第 1 期（2002 年），頁 76。

〔註 22〕清高宗敕撰：《清文獻通考·選舉考》（清文淵閣四庫全書本），卷 50，頁 816。

〔註 23〕〔清〕方苞：《望溪集·外文·論送序傳記家訓雜文》（清咸豐元年戴鈞衡刻本），卷 11，頁 413。

特色。

何謂有條件的選擇順應呢？即以清廷提倡之程朱理學爲桐城派古文之中心思想。之所以如此，主要是因爲程朱義理，不僅可用來改善明末空虛文風的弊病，同時程朱要求內省自律，注重個人道德品性等，亦十分符合孔孟儒道精神，因此便吸收其主張，作爲桐城文論的發展基礎。然而與宋學家不同的是，他們並不單就程朱義理爲內涵，還廣泛吸收漢學考據、史家筆法、詩歌理論、駢文技巧等，恰如其分地融入其文論，既互補其缺又不失於偏執，是以桐城派的尊崇程朱，是基於桐城古文發展所選擇的，而不是源於對聖意的亦步亦趨。

但桐城表面順應，私下卻又略作改革的舉動，往往被判定爲與清朝文化政策的矛盾處，〔註24〕如清朝的文化政策強調文章要爲政治服務，而桐城派則堅持文學家與文學本身的主體性；清朝的文化政策較重視道統，而桐城派則主張文道合一，認爲文學創作「另有個能事在」等。簡單地說，清朝文化政策講求的是外化的實際運用，桐城派體現的是內化的精神內涵，兩者的出發點本就不同，無須過度牽合。而桐城順應清代文化政策，適當修正的結果，自然更容易被當代文人所接受。

（二）導正明代空疏文風

明代前後七子標榜「文必秦漢」的主張，使得文人創作皆剽竊古文之字句，故爲聱牙之篇章，以艱深其文，摹擬之風盛行，加上明末王學末流空談心性的影響，導致明代文風流於空疏。在歷經外族入關的震撼後，清初文人將明代淪亡的原因歸咎於其徒事空文，清談無物，因此提倡言必有物，實事求是，以導正弊端，這在清初三先生的著述中多有提及，如顧炎武《日知錄》曰：「近代文章之病，全在摹仿，即使逼肖古人，已非極詣，況遺其神理而得其皮毛者乎？」〔註25〕

在三先生的倡導下，明代空疏文風已爲士林所鄙，加上康熙倡行程朱之學，遂使崇尚求實、通經致用之主張成爲清初文壇的主流。方苞亦認爲「始學而求古求典，必流爲明七子之僞體。……而妄摹其字句，則徒敝精神於骞

〔註24〕 學位論文如趙棟棟：《桐城文派的形成及其古文理論意義之闡釋》（西安：陝西師範大學文藝學研究所碩士論文，2006 年），頁 6～9；專書如周中明：《桐城派研究》（瀋陽：遼寧大學出版社，1999 年 7 月），頁 19～24。

〔註25〕 〔清〕顧炎武：《日知錄》（清乾隆刻本），卷 19，頁 377。

淺耳。」〔註26〕（《古文約選‧序例》）是以提出義法說，認爲唯有復行古文義法，方能因文見道，言之有物，同時亦將通經致用列爲桐城基本文論之一，正符合當代學術風潮的要求，而成爲當代文學正宗。

（三）不滿時文諸法之陋

所謂時文，即八股文，爲明清科舉取仕制度所限定的文體。〔註27〕由於時文命題只能就四書、五經等儒家經典出題（自乾隆年間起改爲專用四書），內容也必須依據宋儒程顥、程頤、朱熹等人的傳注，寫作時尚得顧及如起承轉合、正反虛實、字數限制（康熙年間限 550 字，乾隆四十三年（1778）放寬爲 700 字）等各項標準，不准任意發揮，講究行文技巧與重現聖人立言語氣，又名四書文、八比文、時藝、制藝、制義等。但由於體裁規範嚴格，思想內容有所偏限，加上文人爲了應科舉，多將精力用於鑽研時文創作上，使得古文發展受到衝擊。

表面上時文與古文，就如同駢文與古文間的關係一般，純屬文體自然演進的結果。然而實際上，時文過度的興盛，反倒危害到國家與社會的整體興亡。桐城派啓發者戴名世曰：

> 二百餘年以來，上之所以寵進士，與進士之光榮而自得者，可不謂至乎。然而卒亡明者進士也。自其爲諸生，於天人性命、禮樂制度、經史百家，茫焉不知爲何事。及其成進士爲達官，座主、門生、同年、故舊糾合蟠結，相倚爲聲勢，以蠹國家而取富貴。……乃科目既廢，而偃蹇抑塞，見屈於場屋之中，徒幽憂隱痛，行吟於荒山虛市而無可如何。〔註28〕

因此戴名世認爲「自科舉取士而有所謂時文之說，於是乎古文乃亡」〔註29〕，而「世有好古篤學之君子，其必以余言爲然，相與振興古文，一洗時文之法之陋。」〔註30〕

〔註26〕〔清〕方苞：《望溪集‧外文‧序跋》（清咸豐元年戴鈞衡刻本），卷 4，頁 324。
〔註27〕有清科目取士，承明制用八股文，取四子書及易、書、詩、春秋、禮記五經命題，謂之制義。詳見《清史稿校註‧選舉志三》（臺北：國史館，1986 年），卷 115，頁 3171。
〔註28〕〔清〕戴名世：《南山集‧序》（清光緒二十六年刻本），卷 4，頁 73。
〔註29〕〔清〕戴名世：《南山集‧補遺》（清光緒二十六年刻本），卷下，頁 258。
〔註30〕〔清〕戴名世：《南山集‧補遺》（清光緒二十六年刻本），卷下，頁 259。

其後的方苞、劉大櫆等繼承其主張，對於科舉的危害，也深惡痛絕。當代文人並非不明白箇中道理，但科舉是其唯一出路，無論如何，要革絕時文是絕對無法做到的；因此方苞試圖在時文與古文創作中找到平衡，提出以古文爲時文，亦以時文爲古文的主張，此後歷經桐城諸家的發揚，古文終於得以振興。

（四）平抑漢宋學家之重道輕文

清廷先後推行的漢宋學，成功使文人不再講求通經致用，而是專注於文學研究，並服從其一切制度，有助於其極權統治。但兩家學說基本上都過於重道輕文，有時甚至將文與道對立，如宋學家認爲「作文害道」〔註31〕，長久下去將妨礙古文發展。劉師培〈論近世文學之變遷〉曰：

> 至宋儒立義理之名，然後以語錄爲文，而語多鄙倍。至近儒立考據
> 之名，然後以注疏爲文，而文無性靈。夫以語錄爲文，可宣於口，
> 而不可筆之於書，以其多方言俚語也。以注疏爲文，可筆之於書，
> 而不可宣之於口，以其無抗墜抑揚也。綜此二派，咸不可目之文。
> 〔註32〕

方苞亦曰：「南宋元明以來，古文義法不講久矣。吳越間遺老尤放恣，或雜小說，或沿翰林舊體，無一雅潔者。」〔註33〕即言明若過於重視宣揚「道」，「文」淪爲工具，那麼全篇文字只能是老生常談，既無藝術性可言，也變得很難閱讀，遑論去理解其中的眞意。

文與道之間的關係，在北宋古文運動時即已確立，在文道並重的前提下，以文載道，這是歷代大家在發展古文時所總結的精要，漢宋學家們忽略這一點，僅就其所擅之處深究，導致他們的文章少有出色之作，是以姚鼐〈謝蘆山詩集序〉曾批評漢學曰：「矜考據者每窒於文詞，美才藻著或疏於稽古，士之病是久矣。」〔註34〕

方苞爲平抑漢宋學家重道輕文之習，而重申文以載道，並提出義法說來解決文道合一的問題。劉大櫆則於《論文偶記》中強調「孔門賢傑甚眾，而

〔註31〕 〔宋〕程顥、程頤撰；朱熹輯：《二程遺書》（清文淵閣四庫全書寫本），卷18，頁152。

〔註32〕 劉師培：〈論近世文學之變遷〉，《國粹學報》第26期（1907年）。

〔註33〕 〔清〕蘇惇元：《望溪先生年譜》（清咸豐刻本），頁28。

〔註34〕 〔清〕姚鼐：《惜抱軒詩文集·文集》（清嘉慶十二年刻本），卷4，頁28。

文學獨稱子游、子夏。可見自古文字相傳，另有箇能事在。」〔註 35〕以求提高文的地位，達到與道相同的境界。姚鼐融合方、劉文論，進一步提出義理、考證、文章兼長相濟之說，不僅兼採漢宋學之優點，亦使文與道能夠順利結合，可說是一項歷史性的進步。正因為如此，自姚鼐後，桐城派古文逐漸傳播開來，蔚然成派，影響清代二百餘年。

二、地域環境

桐城派何以卓起於桐城？桐城諸家認為與當地的秀林山水有關，如姚鼐〈劉海峰先生八十壽序〉即主張桐城「山川奇傑之氣有蘊而屬之」〔註 36〕，故「天下文章，其出於桐城」〔註 37〕；方東樹〈劉悌堂詩集序〉亦曰：「桐城於地勢尤當其秀，毓山川之靈獨多，人文最盛，……於是則有望溪方氏、海峰劉氏、惜抱姚氏三先生出，日久論定，海內翕然宗之。」〔註 38〕山明水秀的風光，讓身處其中之桐城文人心境廣闊，胸懷暢然，有助於他們創作出情真意切的作品。然而單就地靈人傑四字來總結，不免有種過度附會之感，因此還必須從桐城當地的地理環境、社會習俗、歷史條件等方面去觀察分析，才能真正瞭解其對桐城學術文化興起的影響。〔註 39〕

桐城位於今安徽省中部偏西南處，位於長江北岸，大別山東麓，東鄰廬江、樅陽兩縣，西連潛山縣，北接舒城縣，南抵懷寧縣和安慶市。境內以山地、丘陵居多，田地較少，農業發展有限，而居民又少有出外經商之習，只能選擇科舉應仕之途謀生。明代桐城已有不少人擔任官職，特別是何如寵、左光斗等名臣，更是使得當地書院、家學盛行。入清後，方苞、姚鼐等又相繼高中科舉，且皆為當代文壇巨擘，如此自然鼓舞當地士子的學習。

然而即便順利通過科舉，由於得差不易，只能枯等，好不容易等到朝廷授職，也多官閒俸薄；於是他們常兼事教職，或作書院山長，或在學幕閱文，而應試不中的士子亦多謀館任教，以求維生，因此無論是官員出身，或是冀

〔註 35〕 〔清〕劉大櫆：《論文偶記・五》，收入郭紹虞、羅根澤主編：《中國古典文學理論批評專著選輯》（北京：人民文學出版社，1998 年），頁 4。
〔註 36〕 〔清〕姚鼐：《惜抱軒詩文集・文集》（清嘉慶十二年刻本），卷 8，頁 59。
〔註 37〕 〔清〕姚鼐：《惜抱軒詩文集・文集》（清嘉慶十二年刻本），卷 8，頁 59。
〔註 38〕 〔清〕方東樹：《考槃集文錄・序》（清光緒二十年刻本），卷 4，頁 112～113。
〔註 39〕 吳孟復認為只有釐清其間的關係，「對於『桐城文』的藝術特點及其長短得失，就可以看得更清楚一些。」詳見吳孟復：《桐城文派述論》（合肥：安徽教育出版社，2001 年 7 月），頁 17。

望自身、子弟中舉的人,自然相當敬仰教師。而尊師崇道的傳統,使桐城諸家篤於問學,除了著重繼承前人文論、創作的優點,但也更重視超越,以建立自己的風格。

此外桐城東鄰之樅陽縣瀕臨長江,經由水路,數日即達南京,南京位於長江下游沿岸,爲華東地區重要的交通樞紐,同時也是中國文學發展中心之一。桐城文人藉此地利之便,無論是各家學說,或是文學典籍都很容易取得,並且也時常以南京爲中心開展文學交流活動,是以其思想主張皆能與時俱進。康熙年間自方苞立,其後的劉大櫆、姚鼐等古文家,以桐城爲關係紐帶,前後傳承,互相呼應,逐漸擴大桐城派,形成一股文學風潮。

特別是姚鼐,他融貫方、劉二人的文論,提出完整的學說,中年乞養歸里後,先後講學於梅花、敬敷、紫陽、鍾山各書院,凡四十餘年,使得人員籍貫日漸混雜,不再限於桐城,區域益發擴展,吸引大批青年才俊陸續加入,成功傳播桐城文論於全國。影響所及,許多文人甚至藉由師生、同鄉、親屬等關係來證明自己與桐城派的關係,以提升其地位,足見當時桐城派在學術界所佔的分量。〔註40〕

第二節 桐城三祖之古文理論

一、方苞「義法」、「雅潔」說

(一)義法說

康熙三十年(1691),方苞至京師,與萬斯同(1638～1702)相識,引爲忘年知己。康熙三十五年(1696)秋,方苞將南歸,萬斯同因自覺年邁,無力完成編修《明史》的宿願,欲託付給他。萬斯同歿後,方苞憶及這段過往,於〈萬季野墓表〉曰:

> 而季野獨降齒德而與余交,每曰:「子於古文信有得矣,然願子勿溺也。唐宋號爲文家者八人,其於道粗有明者,韓愈氏而止耳,其餘則資學者以愛玩而已,于世非果有益也。」余輟古文之學而求經義,自此始。……「昔人于《宋史》已病其繁蕪,而吾所述將倍

〔註40〕 關於姚鼐生平,詳見〈文苑姚鼐傳附姚範、劉開・傳稿〉(臺北:國立故宮博物院藏,清國史館本),文獻編號701004612。另附書影於附錄三(圖7)。

焉。非不知簡之為貴也，吾恐後之人務博而不知所裁，故先為之
極，使知吾所取者有，而不取者必非其事與言之真，而不可益也。
子誠欲以古文為事，則願一意於斯，就吾所述，約以義法，而經緯
其文。」〔註41〕

萬斯同告誡方苞勿專溺於古文，遂於經義之學，主攻《春秋》、《三禮》，後又
初聞義法於萬斯同。所謂義法，指的是將大量史料作適當剪裁，妥為運用編
輯之方法，以避免宋後史書內容多蕪雜之弊。方苞因故未能完成萬斯同之託
付，但卻受其影響而決心創立義法，以使文章內容趨於雅潔。方苞將研讀
《春秋》、《史記》所領會之褒貶筆法，與自萬斯同處所習知之事信言文原
則，移植應用於古文寫作，並融會唐宋以來古文運動的有關理論成果，賦予
義法說以廣闊的內涵，使之成為桐城派古文理論的起點和基石，成為桐城文
派的創始者。〔註42〕

　　義法之來源，〔註43〕據司馬遷《史記·十二諸侯年表》所載為孔子，曰：
孔子明王道，干七十餘君，莫能用，故西觀周室，論史記舊聞，興
於魯，而次《春秋》，上記隱，下至哀之獲麟，約其辭文，去其煩重，
以制義法，王道備，人事浹。〔註44〕

然而司馬遷所謂義法，實際上指的是使王道備、人事浹的義法，與文章學的
義法有所不同。姚永樸《文學研究法》曰：
文學之綱領，以義法為首。此二字出於太史公〈十二諸侯年表
序〉。……此篇說《春秋》，實即說《史記》也。《春秋》之刺、譏、
褒、諱、挹、損，不可以書見，故制義法，約其文辭，治其繁重，
口授其傳指於七十子之徒。而《史記》之忌諱尤甚。忌諱甚而又不

〔註41〕〔清〕方苞：《望溪集·文集·墓表》（清咸豐元年戴鈞衡刻本），卷 12，頁
　　　　176～177。
〔註42〕關愛和：〈義法說：桐城派古文藝術論的起點和基石〉，《文藝研究》第 6 期
　　　　（2004 年），頁 67。
〔註43〕義法名稱首見於《墨子·非命·中篇》云：「凡出言談，由文學之為道也，則
　　　　不可而不先立義法。」墨子義法主要在論文之標準法則，其與文章內容無涉；
　　　　而方苞義法則重在以法來闡明義之內容，張榮輝認為究其源，桐城義法當不
　　　　取效於此。詳見張榮輝：《清代桐城派文學之研究》（臺北：政治大學中國文
　　　　學研究所碩士論文，1966 年），頁 141～142。
〔註44〕〔漢〕司馬遷：《史記》（臺北：文馨出版社，影印清乾隆武英殿刊本，1975
　　　　年 10 月），卷 14，頁 229。

能不有所刺譏，刺譏不可以書見也，故義愈微而詞常隱，自後人不

明此旨，……他若語褒而意譏、責備而心痛其人者，更微妙而難識。

太史公蓋預傷之，故說《春秋》以寓《史記》義法也。〔註45〕

方苞不解其本義，而以之為文論綱要的原因，在於他是從《史記》「約其辭文，去其煩重」得到啟發，遂引述成說，為其古文理論的核心。此說之前亦早有人提出，如明、王慎中在〈曾南豐文粹序〉曰：「而病於法之難入，困於義之難精」〔註46〕，但未就其涵義與內容加以闡釋。

方苞〈又書貨殖傳後〉曰：

《春秋》之制義法，自太史公發之。而後之深於文者亦具焉，義即《易》之所謂「言有物」也，法即《易》之所謂「言有序」也。義以為經而法緯之，然後為成體之文。〔註47〕

主張義法源於《春秋》，《史記》發明之，後又為歷代文人所熟諳，是源於經，見於史，經緯於文的述作傳統，亦即使用語言的規律。方苞將義法說視為「凡文之愈久而傳」〔註48〕（〈書歸震川文集後〉）的根本法則，因此方苞一生致力於總結自先秦以來前人作品中所蘊藏的義法，盼能有益於自身寫作意境的提升，及有助於士子們學習古文。是以姚永樸《文學研究法》曰：「吾友行唐尚節之（指尚秉和）《古文講授談》云：『近世古文，自方望溪始講義法。』」〔註49〕

1. 義法之定義

在方苞文論中，有時將「義」與「法」拆開闡述，有時將「義法」視為一詞。當義與法對舉時，「義」即文章內容，亦即文之道，與作家思想相聯結，主要指義理，有時兼指事物之理；「法」即文章形式，亦即文之體，與藝術手法相聯結，主要指古文的條理、結構、體制、法度、虛實、詳略。當「義法」

〔註45〕〔清〕姚永樸：《文學研究法》（臺北：廣文書局，1976 年 10 月），卷 1，頁14～15。

〔註46〕〔明〕王慎中：《遵巖集》（臺北：臺灣商務印書館，《景印文淵閣四庫全書·集部·別集類·1274 冊》影印本），卷 9，頁 192。

〔註47〕〔清〕方苞：《望溪集·文集·讀子史》（清咸豐元年戴鈞衡刻本），卷 12，頁31。

〔註48〕〔清〕方苞：《望溪集·文集·書後題跋》（清咸豐元年戴鈞衡刻本），卷 5，頁 61。

〔註49〕〔清〕姚永樸：《文學研究法》（臺北：廣文書局，1976 年 10 月），卷 1，頁14。

二字連用時，則爲偏義複詞，重點是「法」，則指文章的創作原則、規律與寫作方法。〔註50〕

　　單就「義」而言，方苞繼承韓愈「行之乎仁義之途，游之乎詩書之源」的古文傳統，強調作家的道德修養與後天的篤學，並以之爲基礎，在創作古文時追求「本經術而依事物之理」〔註51〕（〈答申謙居書〉），方能具體呈現儒家典籍的思想內容。單就「法」而言，方苞歸納前人古文創作技法，揭示歷代以來古文的普世性寫作原理，講求古文創作時的體裁規制、材料的虛實詳略以及結構的前後措注。〔註52〕

　　所謂「言有物」，即道統，包括孔孟之道與程朱理學中的儒家義理。方苞要求作家在闡述客觀事物的發展變化過程及自身的感受與認識時，內容必須符合道統，才能使文章充實，不爲空言。〔註53〕所謂「言有序」，即文統，包括以《史記》與唐宋八大家爲代表的文辭。方苞要求文章必須就其體裁，將材料加以提煉，並嚴守法度，有趨於規範化的傾向，才能使文章主次分明、結構嚴謹、語言雅潔。也就是說，「義法」是以文統負載道統來進行寫作的規範，並在「言有物」和「言有序」的基礎上，達到「澄清無滓，澄清之極，自然而發精光」的藝術境界。〔註54〕

2. 義法之主張

　　方苞義法主張大抵有四：其一，強調文章內容與形式的統一。〈書五代史安重誨傳後〉曰：「夫法之變，蓋其義有不得不然者」〔註55〕；〈又書貨殖傳後〉曰：「義以爲經而法緯之」〔註56〕，即根據古文內容與文意表述的需要，

〔註50〕　徐壽凱：〈桐城文派綿延久遠原因蠡測〉，收入《桐城派研究論文選》（合肥：黃山書社，1986年），頁87。

〔註51〕　〔清〕方苞：《望溪集・文集・書》（清咸豐元年戴鈞衡刻本），卷6，頁87。

〔註52〕　關愛和：〈義法說：桐城派古文藝術論的起點和基石〉，《文藝研究》第6期（2004年），頁68～70。

〔註53〕　此外，由於方苞對物的標準並不統一，時寬時嚴，反映他既要從創作的自身規律去建構古文理論，又要以政治需要和道德原則約束古文創作，因此，使義的內涵表現出複雜性和多層次性。詳見趙棟棟：《桐城文派的形成及其古文理論意義之闡釋》（西安：陝西師範大學文藝學碩士論文，2006年），頁21～23。

〔註54〕　艾斐：〈論桐城派的藝術流變與美學特徵〉，收入《桐城派研究論文選》（合肥：黃山書社，1986年），頁30。

〔註55〕　〔清〕方苞：《望溪集・文集・論說》（清咸豐元年戴鈞衡刻本），卷3，頁34。

〔註56〕　〔清〕方苞：《望溪集・文集・讀子史》（清咸豐元年戴鈞衡刻本），卷2，頁31。

相應調整虛實詳略等指意辭事的手段。而「義」爲綱,「法」爲目,兩者間的
關係是形式取決於內容,同時內容不能脫離形式而獨立存在,並要求文章內
容具體充實,言之有物;表達簡潔,條理清楚,言之有序。〔註57〕

　　其二,方苞主張創作材料的取捨和內容描寫的詳略,要符合儒家倫理規
範,以相稱、簡潔、傳神爲選材原則,眞實呈現事物與人物的本質。〈答喬介
夫書〉曰:

> 蓋諸體之文,各有義法,表誌尺幅甚狹,而詳載本議,則擁腫而不
> 中繩墨,若約略剪截,俾情事不詳,則後之人無所取鑒,而當日忘
> 自家以排廷議之義,亦不可得而見矣。《國語》載齊姜語晉公子重耳
> 凡數百言,而《春秋傳》以兩言代之,蓋一國之語可詳也,傳《春
> 秋》總重耳出亡之跡,而獨詳於此,則義無取。今試以姜語備入傳
> 中,其前後尚能自運掉乎?世傳《國語》亦邱明所述,觀此可得其
> 營度爲文之意也。〔註58〕

不同的文體有不同的創作規則,因此,所謂詳略,與文章長短無關;而是應
當根據文體的要求與內容表述的需要,該詳則詳,該略則略。這是方苞在廣
泛吸取前人文論,加上自身寫作經驗,進行深入研究後所體悟到的主張,說
明他爲了創立義法,確實特別注重文體的特殊規律。

　　其三,作品的結構布局、脈絡層次,需對比照應,使文境產生順逆斷續
之奇。此種說法主要是針對記敘文而言,〈書五代史安重誨傳後〉曰:「記事
之文,惟左傳、史記各有義法,一篇之中,脈相灌輸而不可增損。然其前後
相應,或隱或顯,或偏或全,變化隨宜,不主一道。」〔註59〕又於《左傳義
法·韓之戰》,於「初,晉獻公筮嫁伯姬於秦」後評:「筮嫁伯姬何以追敘於
此?以時惠公方在秦,有史蘇之問與對也。舍此更無可安置處。觀此則知古
人敘事,或順或逆,或前或後,皆義之所不得不然。」〔註60〕可見方苞認爲
應學習前人使用語言的規律,以便寫作時,參佐義法,事先合理安排各種事
件的位置,保持整個敘事結構的完整,並準確地再現事物的意義。而「變化
隨宜,不主一道」的主張,同時亦切合文學創作中要求表現多樣性與獨特性

〔註57〕 王獻永:《桐城文派》(北京:中華書局,1992年),頁20。
〔註58〕 〔清〕方苞:《望溪集·文集·書》(清咸豐元年戴鈞衡刻本),卷6,頁72。
〔註59〕 〔清〕方苞:《望溪集·文集·論說》(清咸豐元年戴鈞衡刻本),卷3,頁
　　　　34。
〔註60〕 〔清〕方苞:《左傳義法》(臺北:建新書局),卷1,頁9。

的特徵。

其四，運用春秋筆法，〔註61〕把主觀的價值判斷和道德褒貶寄寓在微妙簡約的敘述之中，使義微詞隱，表達文外之意。之所以如此，一方面是《春秋》筆法的要求，即在有限的內容中蘊藏「刺、譏、褒、諱、挹、損」；另一方面則是由於作者的思想傾向與統治者矛盾，無法直書其事，所以採用曲折的手法表達自己的態度。

3. 義法之功用

方苞強調文章內容必須客觀反映現實，是以〈楊千木文稿序〉曰：

> 文者生于心而稱其大小厚薄以出者也。炎炎焉以文爲事，則質衰而文必敝也。古之聖賢，德修於身，功被於萬物，故史臣記其事，學者傳其言，而奉以爲經，與天地同流。其下如左丘明、司馬遷、班固，志欲通古今之變，存一王之法，故紀事之文傳。荀卿、董傳守孤學以待來者，故道古之文傳。管夷吾、賈誼達於世務，故論事之文傳。凡此皆言有物也。其大小厚薄，則存乎其質矣。〔註62〕

可見方苞義法之基礎，是建立在作家對客觀事物之本質把握，功用則表現在經典、紀事、道古、論事，一切有益於發揚經典、辨析事理、記載史實、通達事物的作品皆可視爲「言有物」。而篇幅大小、品質高低則取決於功用發揮的程度。

方苞義法的功用雖有四類，但究其文論大多闡述史傳、碑誌、墓誌銘等體例與創作的問題，亦即與紀事類關係最爲密切，以探討其詳略、虛實、取捨、斷續、措注變化等寫作藝術的規則、義例，〔註63〕如〈與孫以寧書〉曰：「古之晰於文律者，所載之事，必與其人之規模相稱。」〔註64〕即言明傳記文寫作的基本準則，形成其論古文義法之特徵。方苞《古文約選・序例》曰：「蓋古文所從來遠矣。六經、《語》、《孟》，其根源也。得其支流而義法最

〔註61〕《春秋》相傳爲孔子據魯國史書而刪定，並於去留筆法中，寄寓褒貶勸懲之意，爲後王立法度，爲人倫立準則，以使「亂臣賊子懼」，因爲重在評判，而略於記事，史稱《春秋》筆法。

〔註62〕〔清〕方苞：《望溪集・外文・序跋》（清咸豐元年戴鈞衡刻本），卷4，頁320。

〔註63〕許福吉：《義法與經世：方苞及其文學研究》（上海：學林出版社，2001年），頁61～76。

〔註64〕〔清〕方苞：《望溪集・文集・書》（清咸豐元年戴鈞衡刻本），卷6，頁71。

精者，莫如《左傳》、《史記》。」〔註65〕之所以強調取法《左傳》、《史記》義法，一方面是因為紀事類文體最早出現與成熟，義蘊法度，為古文義法之本原，可資借鑒處甚多。另一方面亦有據經援史之意義，與古文家道統、文統說相契合。但《左傳》、《史記》融諸說為一爐，難繩以篇法，須熟悉全書，而後方能辨其門徑，入其深奧。是以〈又書貨殖傳後〉曰：「夫紀事之文成體者，莫如左氏；又其後，則昌黎韓子，然其義法，皆顯然可尋。」〔註66〕方苞認為兩漢書疏及唐宋古文，承自六經、《左傳》、《史記》氣韻，而所論道古、辨理、紀事，皆篇各一義，義立法備，較易於士子仿效，故主張以之為津梁，旁通其他文體，待成規模，再溯流窮源，探經求史，以得古文之精蘊真傳。〔註67〕

（二）雅潔說

方苞將「法隨義生」的邏輯體現在語言風格上，便是強調雅潔，使其作為古文的修辭標準。

1. 雅潔之定義與主張

簡單地說，「雅」即純正不雜，與俚俗相對，主要討論文章規範、辭氣的問題，側重於文體；「潔」即簡省文字，與繁雜相對，主要討論文辭準確、簡練的問題，側重於語言，指出古文有五不可，曰：

> ……南宋、元、明以來，古文義法不講久矣。吳、越間遺老尤放恣，或雜小說，或沿翰林舊體，無一雅潔者。古文中不可入語錄中語、魏晉六朝人藻麗俳語、漢賦中板重字法、詩歌中雋語、南北史佻巧語。〔註68〕

方苞提出這些禁忌，目的在於古文宜求「雅潔」，要求創作古文，除了注意語法規範外，同時也得顧及語言之純潔，以突顯古文之文體特徵。另外更藉此

〔註65〕 〔清〕方苞：《望溪集・外文・序跋》（清咸豐元年戴鈞衡刻本），卷4，頁323。

〔註66〕 〔清〕方苞：《望溪集・文集・讀子史》（清咸豐元年戴鈞衡刻本），卷12，頁31。

〔註67〕 關愛和：〈義法說：桐城派古文藝術論的起點和基石〉，《文藝研究》第6期（2004年），頁70。

〔註68〕 〔清〕蘇惇元：《望溪先生年譜・沈廷芳〈書方先先傳後〉》（清咸豐刻本），頁28。此外，姚鼐亦云：「為文不可有注疏、語錄及尺牘氣。」（梅曾亮《姚惜抱先生尺牘序》引）吳德旋則云：「古文之體，忌小說，忌語錄，忌詩話，忌時文，忌尺牘。」較方苞原先禁忌的語體風格問題要廣。

重申韓愈「詞必己出」之主張，不肯蹈襲前人的一言一句，堅持用接近口語的文字，創作出適合題旨情境的語言，使其文辭質樸平暢，更具韻味。

　　古文五不可戒律之提出，意欲矯正明代秦漢派句摹字擬，及清初駢文派華麗庸俗之缺失；但論斷太嚴而阻礙了「新語言」及「新鮮口語」的使用，使得桐城後期諸子囿於義法戒律，作不出大氣象、活潑生動的文章，而成為桐城派文論的缺點。

　　由於方苞為文強調簡潔，因而反對「繁」，〈與程若韓書〉曰：

　　　夫文未有繁而能工者，如煎金錫，黸礦去，然後黑濁之氣竭而光潤生。《史記》、《漢書》長篇，乃事之體本大，非按節而分寸之不遺也。〔註69〕

　　可見方苞所禁止的「繁」，不是就篇幅長短定義的，而是指作者創作時未加選擇提煉的繁雜，與義法要求古文達到簡潔傳神的效果相呼應。他主張古文須捨去與主題無關的部分，選擇能有效突出文章內容的材料，如此為文方能建立作者自身的風格，展現其功力。方苞認為凡為文辭繁而句蕪，多因見義不明，學識涵養不夠豐富，方才無力辨析，他以《荀子》為例，主張「去其悖者、蔓者、復者、俚且俍者」〔註70〕（〈書刪定荀子後〉），依此標準則內文可刪削者幾半。

　　就古文尚簡之主張，方苞進一步提出「道不足者，其言必有枝葉」〔註71〕（〈周官析疑序〉），他認為文章內容可充分顯示個人的德行修養，且士子學行規孔孟程朱之道，所言自然有物，風格自然雅潔，並可藉此行君子之志，因此方苞十分注重人品與文品的統一，自己亦以「學行繼程朱之後，文章介韓歐之間」〔註72〕為其行身祈向。

2. 雅潔之功用

　　方苞不止將雅潔視為古文之語言風格，也將之視為古文創作時布局謀篇、取材敘事的通行法則。〈書蕭相國世家後〉曰：「柳子厚稱太史公書曰

〔註69〕〔清〕方苞：《望溪集・文集・贈送序壽序》（清咸豐元年戴鈞衡刻本），卷7，頁97。

〔註70〕〔清〕方苞：《望溪集・文集・讀子史》（清咸豐元年戴鈞衡刻本），卷2，頁20。

〔註71〕〔清〕方苞：《望溪集・文集・序》（清咸豐元年戴鈞衡刻本），卷4，頁43。

〔註72〕〔清〕王兆符：《方望溪先生全集・望溪先生文集序》（臺北：臺灣商務印書館，《四部叢刊初編》影印本），頁1。

潔，非謂辭無蕪累也。蓋明於體要，而所載之事不雜，其氣體爲最潔耳。」〔註73〕《古文約選‧序例》又曰：「辨古文氣體，必至嚴乃不雜。」〔註74〕所謂「氣體」，即指古文的氣脈與體制；所謂「明於體要」，即講究起承轉合，考量文章情境的適宜程度；所謂「所載之事不雜」，即材料取捨和內容描寫詳略之剪裁得當，突出文章主旨，兩者相合，才能達到「氣體最潔」的效果。是以《古文約選‧序例》又曰：「古文氣體所貴清澄無滓，澄清之極，自然而發其光精。」〔註75〕

換句話說，本自義法，入乎語言，出於篇章結構的雅潔，最高境界就是使文章主旨、情境表達都臻於適切美好；追求清通澄明的氣脈，是道器合一的修辭理念，具有豐富的文化內涵，可以說是古文美學風範的最高體現。然而這樣高標準的要求，限制住桐城派文人創作時之發展，卻也造就了桐城派平淡洗鍊的文風。

義法和雅潔是方苞爲桐城派奠定的兩大理論基石，兩者不僅一脈相通，雅潔更是義法衍生與體現後之必然結果。劉大櫆、姚鼐吸收其文論，加以推衍，試圖以雅潔爲標準，運用義法來匡正文風，期望能夠推動清初的歸雅運動。桐城三祖後之桐城各家，在文論方面重守成，而不輕言創造，加上其多以教師爲業，「言有物」、「言有序」之義法，及「明於體要」、「言簡意賅」之雅潔，便成爲桐城派代代相承，一以貫之的文論基礎。

二、劉大櫆神氣說

方苞義法說將「文」與「道」的關係作初步的闡釋，雅潔說則將古文創作的境界作大致的界定。劉大櫆繼承方苞的主張，並進一步發展行文之法，他將所有的文論都記載在《論文偶記》中。

（一）神氣說

《論文偶記》曰：「當日唐、虞紀載，必待史臣。孔門賢傑甚眾，而文學獨稱子游、子夏。可見自古文字相傳，另有箇能事在。」〔註76〕認爲古文創

〔註73〕 〔清〕方苞：《望溪集‧文集‧讀子史》（清咸豐元年戴鈞衡刻本），卷2，頁30。

〔註74〕 〔清〕方苞：《望溪集‧外文‧序跋》（清咸豐元年戴鈞衡刻本），卷4，頁323。

〔註75〕 〔清〕方苞：《望溪集‧外文‧序跋》（清咸豐元年刻本），卷4，頁324。

〔註76〕 〔清〕劉大櫆：《論文偶記‧五》，收入郭紹虞、羅根澤主編：《中國古典文學

作是獨立的學問，當另爲求之，而不應與義理混爲一談，又曰：

> 故義理、書卷、經濟者，行文之實，若行文自另是一事。譬如大匠
> 操斤，無土木材料，縱有成風盡堊手段，何處設施？然有土木材
> 料，而不善設施者甚多，終不可爲大匠。故文人者，大匠也；義
> 理、書卷、經濟者，匠人之材料也。〔註77〕

「義理、書卷、經濟」相當於方苞所說的「言有物」，「行文」則相當於「言
有序」，敘明義與法之間的緊密聯繫，同時強調文章寫作藝術技巧的重要性。
這是對方苞義法說的一次關鍵性修正，使桐城後輩不再受限於義理，開始針
對古文的藝術表現技巧進行深入地研究。〔註78〕

　　然而劉大櫆並非主張探究所有的行文手法，他側重的是「行文之道」本
身的特殊規律。《論文偶記》曰：

> 行文之道，神爲主，氣輔之。曹子桓、蘇子由議論文，以氣爲主，
> 是矣。然氣隨神轉，神渾則氣灝，神遠則氣逸，神偉則氣高，神變
> 則氣奇，神深則氣靜，故神爲氣之主。至專以理爲主者，則猶未盡
> 其妙也。〔註79〕

曹子桓即曹丕，《典論·論文》曰：「文以氣爲主」〔註80〕，重在先天的體氣；
蘇子由即蘇轍，在〈上樞密韓太尉書〉曰：「以爲文者氣之所形。然文不可以
學而能，氣可以養而致」〔註81〕，重在後天培養的氣勢。自曹丕提出「文以
氣爲主」的論點後，歷代文學家也多以氣論文，如劉勰、韓愈、蘇轍等，使
得文氣說成爲中國文學傳統理論之一。

　　劉大櫆發覺由於方苞古文過於重視道之傳達，使得文章理學氣息過多，
內容呈現顯得拘謹板滯，遂繼承前人行文以氣爲主的文論，並吸收前代繪畫
之神韻理論，從中拈出「神」來充實自己的散文理論，試圖以神氣說來加強

　　　理論批評專著選輯》（北京：人民文學出版社，1998年），頁4。

〔註77〕〔清〕劉大櫆：《論文偶記·三》，收入郭紹虞、羅根澤主編《中國古典文學
　　　理論批評專著選輯》（北京：人民文學出版社，1998年），頁3。

〔註78〕趙棟棟：《桐城文派的形成及其古文理論意義之闡釋》（西安：陝西師範大學
　　　文藝學碩士論文，2006年），頁60。

〔註79〕〔清〕劉大櫆：《論文偶記·三》，收入郭紹虞、羅根澤主編《中國古典文學
　　　理論批評專著選輯》（北京：人民文學出版社，1998年），頁3。

〔註80〕〔南北朝〕蕭統編、〔唐〕李善注：《文選》（胡刻本），卷52，頁1155。

〔註81〕〔宋〕蘇轍：《欒城集》（臺北：臺灣商務印書館，《四部叢刊》影印明嘉靖蜀
　　　藩活字本），卷22，頁200。

文章的藝術美感。

1. 神氣之定義

正如同方苞之「義法」時而合稱，時而分述一般，劉大櫆之神氣亦時合時分，這應當是受到方苞義法說的啓發，是以就傳統以氣論文的主張，導入神的觀念，與之相承，成爲桐城古文義法之內涵。當神與氣並舉時，神即作品的精神特徵；氣即文章氣勢。當神氣二字連用時，指文章所體現的風格、內涵與漫於字裏行間的氣勢。

劉大櫆對於「氣」之定義，向來是指行文氣勢，但對於「神」之定義並不明確。在分析文章之藝術美感時，「神」主要指精神思維、心靈境界等，體現作家之個人風格、主觀思想、性格特徵及作品所要傳達的意念。在形容文章創作過程時，「神」主要指神思之神，指作家下筆前的精神狀態，亦即靈感。林紓曾就此析論，《春覺齋論文・神味》曰：「神者，精神貫徹處永無漫滅之謂。……不知言神味者，論行文之止境也；至於明道、立教、輔世成俗，則道德發爲文章之作用。」〔註82〕也就是說，「神」指文人寫作時，將自身內在之學識德行展現出來的精神狀態，以呈現作者的獨特風貌。

2. 神氣之主張

「神」與「氣」之間的關係，《論文偶記》曰：「神者，文家之寶。文章最要氣盛。然無神以主之，則氣無所坿，蕩乎不知其所歸也。神者氣之主，氣者神之用。神只是氣的精處。」〔註83〕可知爲神主氣輔。桐城先驅戴名世曾提出精、氣、神三者渾一爲創作原則與目標，但他未言明三者間的關係，使得這個主張只能是個概念，而無法具體運用。劉大櫆以之爲基礎，進一步釐清神與氣的體用關係，使理論趨於完善、系統化。

此外由於神氣說過於抽象，劉大櫆具體闡述追求神氣說的途徑，即藉由實體的音節、字句去把握。《論文偶記》曰：

> 神氣者，文之最精處也；音節者，文之稍粗處也；字句者，文之最
> 粗處也。然論文而至於字句，則文之能事盡矣。蓋音節者，神氣之
> 跡也；字句者，音節之矩也。神氣不可見，於音節見之；音節無可

〔註82〕 〔清〕林紓：《春覺齋論文・應知八則・神味》，收入郭紹虞、羅根澤主編：《中國古典文學理論批評專著選輯》（北京：人民文學出版社，1998 年），頁 86～88。

〔註83〕 〔清〕劉大櫆：《論文偶記・七》，收入郭紹虞、羅根澤主編：《中國古典文學理論批評專著選輯》（北京：人民文學出版社，1998 年），頁 4。

準，以字句準之。〔註84〕

如何循其跡、得其矩，以求神氣，劉大櫆認爲誦讀是唯一的方法。《論文偶記》曰：

> 音節高則神氣必高，音節下則神氣必下，故音節爲神氣之跡。一句
> 之中，或多一字，或少一字；一字之中，或用平聲，或用仄聲；同
> 一平字仄字，或用陰平、陽平、上聲、去聲、入聲，則音節迥異，
> 故字句爲音節之矩。積字成句，積句成章，積章成篇，合而讀之，
> 音節見矣；歌而詠之，神氣出矣。〔註85〕

又曰：「文章最要節奏，譬之管弦繁奏中，必有希聲窈渺出。」〔註86〕即藉由音節的抑揚頓挫，表現出韻律感，及氣勢的高低疾徐，使文章之神韻得以傳達。而字句之運用，除了注意虛字之運用外，還包括聲韻之講究，才能有效增添文學興味與藝術美感。

但音節如何產生神氣，劉大櫆以勢爲其橋樑，引李德裕〈文章論〉中關於氣與勢的論述，曰：「昔人云：『文以氣爲主，氣不可以不貫，鼓氣以勢壯爲美，而氣不可以不息。』此語甚好。」〔註87〕又曰：「李翰云：『文章如千軍萬馬，風恬雨霽，寂無人聲。』此語最形容得氣好。論氣不論勢，文法總不備。」〔註88〕可見劉大櫆主張創作強烈表達陽剛之美的文章，而「勢」是由事物間的相對形態、位置及強弱變化過程所形成的，足以反映作者的情感、性情、品德等內在氣韻；同時也是神氣的展現，足以反映作品的體裁、修辭、技巧、內容等外在風貌，是以勢具有關鍵性的作用。

自唐、韓愈〈答李翊書〉提出「氣盛則言之短長與聲之高下者皆宜」〔註89〕的論點後，歷代文學家注意到「聲」與「氣」之間的關係，逐步形成「因聲求氣」說，如西晉、陸機《文賦》曰：「暨音聲之迭代，若五色之相宣」

〔註84〕　〔清〕劉大櫆：《論文偶記・十三》，收入郭紹虞、羅根澤主編：《中國古典文學理論批評專著選輯》（北京：人民文學出版社，1998 年），頁 6。

〔註85〕　〔清〕劉大櫆：《論文偶記・十四》，收入郭紹虞、羅根澤主編：《中國古典文學理論批評專著選輯》（北京：人民文學出版社，1998 年），頁 6。

〔註86〕　〔清〕劉大櫆：《論文偶記・十二》，收入郭紹虞、羅根澤主編：《中國古典文學理論批評專著選輯》（北京：人民文學出版社，1998 年），頁 5。

〔註87〕　〔清〕劉大櫆：《論文偶記・十一》，收入郭紹虞、羅根澤主編：《中國古典文學理論批評專著選輯》（北京：人民文學出版社，1998 年），頁 5。

〔註88〕　〔清〕劉大櫆：《論文偶記・七》，收入郭紹虞、羅根澤主編：《中國古典文學理論批評專著選輯》（北京：人民文學出版社，1998 年），頁 4。

〔註89〕　〔清〕董誥：《全唐文》（清嘉慶內府刻本），卷 552，頁 5577。

〔註90〕；明、唐順之〈董中峰侍郎文集序〉曰：「氣有湮而復暢，聲有歇而復宣」〔註91〕等，使得因聲求氣說亦成爲中國文學傳統理論之一。

劉大櫆吸收傳統文論以音節聲韻來要求語言氣勢與聲調的觀念，再佐以誦讀，以強化「聲」、「勢」、「氣」三者間的聯繫。換句話說，即運用放聲誦讀時音量的大小、音節的高低、節奏的緩急，突顯其文勢，傳達其神氣。這樣的主張，突破傳統以聲求氣之單一發展路線，從音節切入，證以神氣，在中國文學傳統理論上可說是全新的闡發。

3. 神氣之功用

劉大櫆認爲神氣既可具體呈現作者個人風格、品性及行文氣勢；那麼作品是否能夠自然流露神、氣，充分展示其精神面貌、藝術境界，便爲評量文章優劣的標準，而這正是神氣的功用所在。〈海門初集序〉曰：

> 文章者，人之心氣也。天偶以是氣畀之其人以爲心，則其爲文也，
> 必有輝然之光，歷萬古而不可墮壞。〔註92〕

〈潘在澗時文序〉亦曰：

> 文章者，人之精氣所融結，而以能見稱，天實使之。日月使之有輝，
> 山川使之有雲，鳥獸使之有毛羽，草木使之有花。〔註93〕

他認爲文章爲人之心氣所生，人之心氣又爲天地所生；而天所指不止是自然，還包括社會、人事，其影響作家心理、文化觀的形成，並使之產生創作動力；如此行文氣勢也就依據作家天賦、涵養、品行的不同，而呈現不同的樣貌，融結出不同的「神」。劉大櫆從語言的角度對文章氣勢進行探討，使得傳統文氣理論開始由玄虛而坐實。〔註94〕

（二）論文十二貴

劉大櫆認爲文章「無一定之律，而有一定之妙」〔註95〕，他從誦讀古人

〔註90〕　〔晉〕陸機：《陸士衡文集》（清宛委別藏本），卷1，賦1，頁2。
〔註91〕　〔明〕賀復徵：《文章辨體彙選》（清文淵閣補配文津閣四庫全書本），卷308，頁2263。
〔註92〕　〔清〕劉大櫆：《海峰文集・序》（上海：上海古籍出版社，《續修四庫全書・集部・別集類・1427冊》影印清刻本），卷4，頁354。
〔註93〕　〔清〕劉大櫆：《海峰文集・序》（上海：上海古籍出版社，《續修四庫全書・集部・別集類・1427冊》影印清刻本），卷4，頁374。
〔註94〕　第環寧：〈桐城派文氣理論述評〉，《絲綢之路》S2期（2004年），頁72。
〔註95〕　〔清〕劉大櫆：《論文偶記・三一》，收入郭紹虞、羅根澤主編：《中國古典文學理論批評專著選輯》（北京：人民文學出版社，1998年），頁13。

的佳作，發現行文之精妙所在，具體歸結爲論文十二貴，希冀能爲士子指明創作要領，並以之爲文章品評的優劣標準。

1. 文貴奇

《論文偶記》曰：

> 文貴奇。所謂「珍愛者必非常物」。然有奇在字句者，有奇在意思者，有奇在筆者，有奇在邱壑者，有奇在氣者，有奇在神者。字句之奇，不足爲奇；氣奇則眞奇矣；神奇則古來亦不多見。次第雖如此，然字句亦不可不奇，自是文家能事。揚子《太玄》、《法言》，昌黎甚好之，故昌黎文奇。

> 奇氣最難識；大約忽起忽落，其來無端，其去無跡。讀古人文，於起滅轉接之間，覺有不可測識，便是奇氣。

> 奇，正與平相對，氣雖盛大，一片行去，不可謂奇。奇者，於一氣行走之中，時時提起。〔註96〕

劉大櫆貴奇說，由字句至意思，再至筆，再至邱壑，再至氣，終至神，自粗至精者，列其次第，以明其間關係，使士子學習時能有路徑可尋。就其所述，字句爲文章之基礎，必先由字句入，依序論進，以達神氣之奇，而此「自是文家能事」。另外，文氣無高低起伏者屬平，爲尋常物，欲臻不凡，則須迭宕變化，始能具文境之奇。

2. 文貴高

《論文偶記》曰：

> 文貴高：窮理則識高，立志則骨高，好古則調高。文到高處，只是樸淡意多；譬如不事紛華，翛然世味之外，謂之高人。昔謂子長文字峻，震川謂此言難曉，要當於極眞極樸極淡處求之。〔註97〕

劉大櫆認爲古之聖賢爲廣行教化而作文，故文道合一，風格高雅；今之文人爲求名利而作文，故文道分離，風格庸俗。要挽救其頹勢，則首重窮理、立志與好古。窮理指後天學識之累積，深遠則識見自明；立志指決定志向，胸懷大志則所言不凡；好古指志古學道，久而得其精神與內涵。士子若能加強

〔註96〕　〔清〕劉大櫆：《論文偶記・十六》，收入郭紹虞、羅根澤主編：《中國古典文學理論批評專著選輯》（北京：人民文學出版社，1998 年），頁 7。

〔註97〕　〔清〕劉大櫆：《論文偶記・十七》，收入郭紹虞、羅根澤主編：《中國古典文學理論批評專著選輯》（北京：人民文學出版社，1998 年），頁 7。

培養此三者，則爲文風格自趨高雅，不落俗套。然文到高處，不易體會，只能就其眞、樸、淡處求之。

3. 文貴大

《論文偶記》曰：

> 文貴大：道理博大，氣脈洪大，邱壑遠大；邱壑中，必峰巒高大，波瀾闊大，乃可謂之遠大。古文之大者莫如史遷。震川論《史記》，謂爲「大手筆」，又曰：「起頭處來得勇猛。」又曰：「連山斷嶺，峰頭參差。」又曰：「如畫長江萬里圖。」又曰：「如大塘上打縴，千船萬船，不相妨礙。」此氣脈洪大，邱壑遠大之謂也。〔註98〕

劉大櫆吸收方苞義法，將其與文章氣勢之大重新融貫成說。他將「言有物」之義，與道理結合，要求博大，如此思想始能精深。再將「言有序」之法，與氣脈、邱壑結合，要求洪大、遠大。所謂氣脈，即文脈，指貫穿於文章間之脈絡理法，洪大則使風格神妙雄奇；所謂邱壑，即章法，指文章之結構布局，遠大則使氣勢翻騰生瀾，兩者相成相輔，如此文境方能變化。

4. 文貴遠

《論文偶記》曰：

> 文貴遠，遠必含蓄。或句上有句，或句下有句，或句中有句，說出者少，不說出者多，乃可謂之遠。昔人論畫曰：「遠山無皴，遠水無波，遠樹無枝，遠人無目。」此之謂也。遠則味永。文至味永，則無以加。昔人謂子長文字，微情妙旨，寄之筆墨蹊徑之外；又謂如郭忠恕畫天外數峰，略有筆墨，而無筆墨之跡，故太史公文，並非孟堅所知。

> 意盡而言止者，天下之至言也，然言止而意不盡者尤佳。意到處言不到，言盡處意不盡，自太史公後，惟韓、歐得其一二。〔註99〕

劉大櫆吸收繪畫理論，具體運用在文學理論中。他以重寫意之山水畫，近物細描，遠物構形之概念爲例，言明作品之意境與內涵，在敘述時須有主從之別，才能使文章整體風格顯得深遠含蓄，韻味有餘。此外尙須關注言與意間

〔註98〕 〔清〕劉大櫆：《論文偶記·十八》，收入郭紹虞、羅根澤主編：《中國古典文學理論批評專著選輯》（北京：人民文學出版社，1998年），頁7。

〔註99〕 〔清〕劉大櫆：《論文偶記·十九》，收入郭紹虞、羅根澤主編：《中國古典文學理論批評專著選輯》（北京：人民文學出版社，1998年），頁7～8。

的關係，意到而言不到，言止而意不盡者尤佳。

5. 文貴簡

《論文偶記》曰：

> 文貴簡。凡文筆老則簡，意眞則簡，辭切則簡，理當則簡，味淡則
> 簡，氣蘊則簡，品貴則簡，神遠而含藏不盡則簡，故簡爲文章盡境。
> 程子云：「立言貴含蓄意思，勿使無德者眩，知德則厭。」此語最屬
> 有味。〔註100〕

劉大櫆進一步發揚方苞義法之簡潔，以文筆老者，善於取材、布局，行文自
能簡約，旨趣深遠；意眞者，情感自然流露，言簡亦能眞切動人，無須造
情；辭切者，用字準確簡要，無須刻意爲文，風格自然古雅；理當者，就理
而論，即文簡義深，無須層疊用典；味淡者，辭句簡樸，未有穠豔辭采，然
境界高遠；氣蘊者，將氣蓄積於胸，於當行處一鼓而發，止於當止，簡而不
冗，以顯神氣之雄奇；品貴者，品高識深，則下筆言簡句實；神遠者，神氣
遠藏，則言簡味永，文境自高，是以桐城皆以簡爲文章盡境。

6. 文貴疏

《論文偶記》曰：

> 文貴疏。宋畫密，元畫疏；顏、柳字密，鍾、王字疏；孟堅文密，
> 子長文疏。凡文力大則疏，氣疏則縱，密則拘；神疏則逸，密則勞；
> 疏則生，密則死。〔註101〕

劉大櫆此處以書畫之說，融貫在其文論中。他以宋、元繪畫；顏柳、鍾王書
法；班固、司馬遷文章爲例，主張行文應如行雲流水般，氣勢疏縱，逸趣橫
生，意境屢變，才能使文章顯得活潑有生氣；反之則拘滯頓礙，徒勞而已。

7. 文貴變

《論文偶記》曰：

> 文貴變。《易》曰：「虎變文炳，豹變文蔚。」又曰：「物相雜，故曰
> 文。」〔註102〕故文者，變之謂也。一集之中篇篇變，一篇之中段段

〔註100〕〔清〕劉大櫆：《論文偶記・二十》，收入郭紹虞、羅根澤主編：《中國古典文
　　　　學理論批評專著選輯》（北京：人民文學出版社，1998年），頁8。

〔註101〕〔清〕劉大櫆：《論文偶記・二一》，收入郭紹虞、羅根澤主編：《中國古典文
　　　　學理論批評專著選輯》（北京：人民文學出版社，1998年），頁8。

〔註102〕此文乃劉大櫆合《周易・革卦・九五・小象》云：「大人虎變，其文炳也」；《周

變，一段之中句句變，神變，氣變，境變，音節變，字句變，惟昌
黎能之。

文法有平有奇，須是兼備，乃盡文人之能事。上古文字初開，實字
多，盧字少，〈典〉、〈謨〉、〈訓〉、〈誥〉，何等簡奧，然文法要是未
備。至孔子之時，盧字詳備，作者神態畢出。《左氏》情韻並美，文
彩照耀。至先秦戰國，更加疏縱。漢人斂之，稍歸勁質，惟子長集
其大成。唐人宗漢多峭硬。宋人宗秦，得其疏縱，而失其厚懋；氣
味亦少薄矣。文必盧字備而後神態出，何可節損？然枝蔓軟弱，少
古人厚重之氣，自是後人文漸薄處。〔註103〕

劉大櫆舉《周易》之文來闡釋文何以要變，即天地萬物皆爲文章之題材，亦
爲取法之對象。虎豹之紋由於相間成色，使其毛皮更顯彪炳蔚然。文章創作
也是同樣道理，文章是作者藉由文字、音節、情境、神氣之營造，來表達他
自身所欲傳達之思想，行文時須將其錯雜變化，以顯其朵。

然文雖貴奇，文法若徒究其奇，反使文章流於詭變，是以劉大櫆主張
平、奇互濟，文始能得其雅正。而文法之平、奇，在於文字之運用；實字爲
平，用以盡意，多則文氣偏於勁質；盧字爲奇，用以盡氣，多則文氣偏於疏
縱，是以爲文須盧實相濟，平奇兼備，每變皆使氣味、神態之厚薄得當，以
展其情韻之美。

8. 文貴瘦

《論文偶記》曰：

文貴瘦：須從瘦出，而不宜以瘦名。蓋文至瘦則筆能屈曲盡意，而
言無不達；然以瘦名，則文必狹隘。《公》、《穀》、韓非、王半山之
文，極高峻難識。學之有得，便當捨去。〔註104〕

劉大櫆爲士子指明學文之初，文筆但求言達意盡，無須顧及文境、風格、布
局、結構等之營造，如此文雖瘦，尚可述其志，鍛鍊其文筆，待創作日久，
內有所得，便當捨去。此外，文不可以瘦名，否則必理多辭富以害文。

易・革卦・上六・小象》云：「君子豹變，其文蔚也」；《周易・繫辭下》：「物
相雜，故曰文」而成。

〔註103〕 〔清〕劉大櫆：《論文偶記・二二》，收入郭紹虞、羅根澤主編：《中國古典文
學理論批評專著選輯》（北京：人民文學出版社，1998年），頁8～9。

〔註104〕 〔清〕劉大櫆：《論文偶記・二三》，收入郭紹虞、羅根澤主編：《中國古典文
學理論批評專著選輯》（北京：人民文學出版社，1998年），頁9。

9. 文貴華

《論文偶記》曰：

> 文貴華；華正與樸相表裡，以其華美，故可貴重。所惡於華者，恐
> 其近俗耳；所取於樸者，謂其不著脂粉耳。昔人謂：「不著脂粉而清
> 眞刻削者，梅聖俞之詩也；不著脂粉而精彩濃麗，自《左傳》、《莊
> 子》、《史記》而外，其妙不傳。」此知文之言。〔註105〕

劉大櫆認爲文章之華，根植於內涵，與不著脂粉之樸互爲表裡，兩者相輔相
成，文意樸實自然，無工麗之飾，自有美姿，乃爲文之至。歷來古文名家恐
無知者誤爲藻飾文辭表面，而本末倒置，競爲鬥豔之文，流爲俗氣，故以華
爲惡者，避而不提。

10. 文貴參差

《論文偶記》曰：

> 文貴參差。天之生物，無一無偶，而無一齊者。故雖排比之文，亦
> 以隨勢曲注爲佳。好文字與俗下文字相反；如行道者，一東一西，
> 愈遠則愈善。一欲巧，一欲拙；一欲利，一欲鈍；一欲柔，一欲
> 硬；一欲肥，一欲瘦；一欲濃，一欲淡；一欲豔，一欲樸；一欲
> 鬆，一欲堅；一欲輕，一欲重；一欲秀令，一欲蒼莽；一欲偶儷，
> 一欲參差。夫拙者，巧之至，非眞拙也；鈍者，利之至，非眞鈍
> 也。〔註106〕

劉大櫆此說乃針對駢文而發。他認爲究天生本源之道，皆兩兩對立相生，如
日月、晝夜、陰陽等，取其法而爲文，即爲駢文之排比，使辭句、字義、音
韻整齊互協，具有工麗之美；然其缺在於使各篇作品之變化過少，神韻雷同，
難見作者的獨特風格。相對的古文初看似拙鈍，然不限句式之長短，正爲其
巧利之所在，古文的句法，使作者便於抒發情感，而文章字句、音節、神氣
之表現也趨於多樣化，具有參差之美。

11. 文貴去陳言

《論文偶記》曰：

〔註105〕　〔清〕劉大櫆：《論文偶記・二四》，收入郭紹虞、羅根澤主編：《中國古典文
　　　　　學理論批評專著選輯》（北京：人民文學出版社，1998年），頁9。
〔註106〕　〔清〕劉大櫆：《論文偶記・二五》，收入郭紹虞、羅根澤主編：《中國古典文
　　　　　學理論批評專著選輯》（北京：人民文學出版社，1998年），頁10。

文貴去陳言。昌黎論文，以去陳言爲第一義。後人見爲昌黎好奇故云爾，不知作古文無不去陳言者。試觀歐、蘇諸公，曾直用前人一言否？昌黎既云去陳言，又極言去之之難。蓋經史諸子百家之文，雖讀之甚熟，卻不許用他一句，另作一番言語，豈不甚難？〈樊宗師墓誌〉云：「必出於己，不蹈襲前人一言一句，又何其難也。」……〈樊誌銘〉云：「惟古於詞必己出，降而不能迺剽賊，後皆指前公相襲，自漢迄今用一律。」今人行文，翻以用古人成語，自謂有出處，自矜其典雅，不知其爲襲也、剽賊也。

昔人謂「杜詩韓文無一字無來歷」。來歷者，凡用一字二字，必有所本也，非直用其語也。況詩與古文不同，詩可用成語，古文則必不可用，故杜詩多用古人句，而韓於經史諸子之文，只用一字，或用兩字而止，若直用四字，知爲後人之文矣。大約文字是日新之物；若陳陳相因，安得不目爲臭腐？原本古人意義，到行文時卻須重加鑄造，一樣言語，不可便直用古人，此謂去陳言。〔註107〕

劉大櫆認爲文字同語言一般，與時俱遷，爲文若襲前人字句，取其成語，而自矜典雅，不知所爲實屬剽竊，內容也只是陳腐舊物，不足爲觀。

12. 文貴品藻

《論文偶記》曰：

文貴品藻，無品藻便不成文字。如曰渾，曰浩，曰雄，曰奇，曰頓挫，曰跌宕之類，不可勝數。然有神上事，有氣上事，有體上事，有色上事，有聲上事，有味上事，須辨之甚明。品藻之最貴者，曰雄，曰逸。歐陽子逸而未雄；昌黎雄處多，逸處少；太史公雄過昌黎，而逸處更多於雄處，所以爲至。〔註108〕

所謂品藻，即品評文章之標準，劉大櫆認爲未達此標準者，不成文字，自然也就沒有看的必要。然而標準並無定法，全依各人偏好而訂，但大致可粗分爲六項，神爲精神；氣爲氣勢；體爲風貌；色爲辭采；聲爲音節；味爲韻味，重在注意文章外在之藝術呈現。習文者須辨之甚明，而後始可論文，其中品

〔註107〕 〔清〕劉大櫆：《論文偶記·二六》，收入郭紹虞、羅根澤主編：《中國古典文學理論批評專著選輯》（北京：人民文學出版社，1998年），頁10～11。

〔註108〕 〔清〕劉大櫆：《論文偶記·二七》，收入郭紹虞、羅根澤主編：《中國古典文學理論批評專著選輯》（北京：人民文學出版社，1998年），頁11～12。

藻最貴者，在於達到文境之雄勁、遠逸。

三、姚鼐集大成

（一）義理、考證、文章相濟

姚鼐所處時代之文學背景，據曾國藩〈歐陽生文集序〉曰：

> 當乾隆中葉，海內魁儒畸士，崇尚鴻博，繁稱旁證，考核一字，累
> 數千言不能休，別立幟志，名曰漢學。深擯有宋諸子義理之說，以
> 爲不足復存，其爲文尤蕪雜寡要。姚先生獨排眾議，以爲義理、考
> 據、詞章三者不可偏廢，必義理爲質，而後文有所附，考據有所
> 歸。〔註109〕

足見當時漢學之盛，爲了使桐城古文不爲時代所排擠，姚鼐將方苞義法之文
道觀念抽離出來，加上漢學的考證，重新統合成義理、考證、文章兼長相濟
之主張。姚鼐〈述庵文鈔序〉曰：

> 鼐嘗論學問之事，有三端焉，曰：義理也，考證也，文章也。是三
> 者，苟善用之，則皆足以相濟，苟不善用之，則或至於相害。今夫
> 博學強識而善言德行者，固文之貴也；寡聞而淺識者，固文之陋
> 也。然而世有言義理之過者，其辭蕪雜，俚近如語錄而不文；爲
> 攷證之過者，至繁碎繳繞，而語不可了。當以爲文之至美，而反
> 以爲病者，何哉？其故由於自喜之太過，而智昧於所當擇也。夫
> 天之生才，雖美不能無偏，故以能兼長者爲貴。……文有唐宋大
> 家之高韻逸氣，而議論攷覈甚辨而不煩，極博而不蕪，精到而意
> 不至於竭盡。此善用其天與以能兼之才，而不以自喜之過而害其
> 美者。〔註110〕

〈復秦小峴書〉又曰：「鼐嘗謂天下學問之事有義理、文章、考證三者之分，
異趨而同爲不可廢。」〔註111〕所謂義理，即方苞之「言有物」，要求文章立言
之要旨，須蘊含儒家義理；所謂考證，即吸收漢學具體考核之主張，要求文

〔註109〕　〔清〕曾國藩：《曾文正公詩文集（上）》，收入《國學基本叢書四百種》（臺
　　　　　　北：臺灣商務印書館，1968 年），卷 1，頁 82。

〔註110〕　〔清〕姚鼐：《惜抱軒文集》（上海：上海古籍出版社，《續修四庫全書·集
　　　　　　部·別集類·1453 冊》影印清嘉慶三年刻增修本），卷 4，頁 20～21。

〔註111〕　〔清〕姚鼐：《惜抱軒文集》（上海：上海古籍出版社，《續修四庫全書·集
　　　　　　部·別集類·1453 冊》影印清嘉慶三年刻增修本），卷 6，頁 21～22。

章內容所提供之材料必須確鑿無誤，不為空言；所謂文章，即方苞之「言有序」，要求行文的格局句式必須符合章法，使文章內容富於韻味。

姚鼐提出這主張固然是受到當代文風的影響，但實際上也是為了修正方苞義法說之不足而發的，使古文徵實而不空泛。三者間的關係，他主張義理、考證乃為文之本源，文章為其成果，因此從文章風格、藝術表現之豐富與否，就可以看出文章優劣與作家才質高下。

（二）道與藝合，天與人一

受古文道統及程朱義理的影響，姚鼐早期的文學思想，具有重道輕文的傾向，如〈翰林論〉曰：

> 君子求乎道，細人求乎技。君子之職以道，細人之職以技。使世之君子，賦若相如、鄒、枚；善敘史事若太史公、班固；詩若李、杜；文若韓、柳、歐、曾、蘇氏，雖至工猶技也。技之中固有道焉，不若極忠諫爭為道之大也。〔註112〕

但是在經過創作實踐後，他發現偏重於道，寫作技巧不易精進，且內容常流於空疏。他由義與法對舉的概念出發，提出道與藝；又自文道合一的主張，歸結兩者融合之徑在於天與人一。是以〈敦拙堂詩集序〉曰：「夫文者，藝也。道與藝合，天與人一，則為文之至。」〔註113〕接著又曰：「言而成節合乎天地自然之節，則言貴矣。其貴也，有全乎天者焉，有因人而造乎天者焉。……夫文者，藝也。道與藝合，天與人一，則為文之至。世之文士，固不敢於文王、周公比，然所求以幾乎文之至者，則有道矣。」〔註114〕

所謂道，即文道之「道」，指文章所欲表達的思想，內容不限於儒家、程朱之道，亦包含作者自身於天下萬物中所察知的客觀規律，擴大方苞義法說所定義的道的內涵；〔註115〕所謂藝，即文道之「文」，指文章的藝術創作技巧。姚鼐〈復欽君善書〉曰：「夫文技耳，非道也，然古人藉以達道」〔註116〕，

〔註112〕〔清〕姚鼐：《惜抱軒文集》（上海：上海古籍出版社，《續修四庫全書·集部·別集類·1453 冊》影印清嘉慶三年刻增修本），卷1，頁4～5。

〔註113〕〔清〕姚鼐：《惜抱軒文集》（上海：上海古籍出版社，《續修四庫全書·集部·別集類·1453 冊》影印清嘉慶三年刻增修本），卷4，頁9。

〔註114〕〔清〕姚鼐：《惜抱軒詩文集·文集》（清嘉慶十二年刻本），卷4，頁25。

〔註115〕趙棟棟：《桐城文派的形成及其古文理論意義之闡釋》（西安：陝西師範大學文藝學研究所碩士論文，2006年），頁36。

〔註116〕〔清〕姚鼐：《惜抱軒文集》（上海：上海古籍出版社，《續修四庫全書·集部·別集類·1453 冊》影印清嘉慶三年刻增修本），卷3，頁3。

兩者間之關係是道為文本，文以達道。

　　所謂「天」，主要有二，一為先天才質，二為自然感悟；所謂「人」，指後天學識，姚鼐認為兩者合而為一，於創作過程中，才能在文道結合之同時，自由揮灑文筆，寫出文之至美，理之至充，達成道與藝合的目標。

　　姚鼐吸收劉大櫆神氣說，進一步闡述他的主張，〈答翁學士書〉曰：

　　　　夫道有是非而技有美惡。詩文皆技也，技之精者必近道，故詩文美
　　　　者，命意必善。文字者，猶人之言語也，有氣以充之，則觀其文
　　　　也，雖百世而後，如立其人而與言於此。無氣則積字焉而已。意與
　　　　氣相御而為辭，然後有聲音節奏高下抗墜之度，反復進退之態，
　　　　采色之華。故聲色之美，因乎意與氣而時變者也，是安得有定法
　　　　哉？〔註117〕

因「道有是非而技有美惡」，技之美惡，決定於作者才質學識的累積程度，技之精者，才能近於道，達到天與人一的境界，因此要使文章道與藝合，就必須先力求天與人一才行。

　　另一種「天與人一」的定義，在於作者與天機相湊泊，合於天地之節，臻於造化之境，〔註118〕而自然有所感通，姚鼐稱之為悟。

　　姚鼐〈與石甫姪孫〉曰：「汝所自為詩文，但是寫得出耳，精實則未。然此不可急求，深讀久為，自有悟入。」〔註119〕〈答徐季雅〉又曰：「夫文章之事，有可言喻者，有不可言喻者。不可言喻者，要必自可言喻者而入之。韓昌黎、柳子厚、歐、蘇所言論文之旨，彼固無欺人語，後之論文者，豈能更有以踰之哉。若夫其不可言喻者，則在乎久為之自得而已。」〔註120〕可見姚鼐所主張的，是天人並重，他吸收佛教禪宗漸悟的觀念，要求文人平時必先用功熟讀精思，以明瞭前人文章之「可言喻者」；而「不可言喻者」，它超然物外，略帶神秘，則必須經由與天相合，始能有所悟。姚氏更進一步明確指出禪悟之道，唯有熟讀精思一途，〈與石甫姪孫〉曰：

　　　　凡詩文事與禪家相似，須由悟入，非語言所能傳。然既悟後，則返

〔註117〕〔清〕姚鼐：《惜抱軒文集》（上海：上海古籍出版社，《續修四庫全書‧集
　　　　部‧別集類‧1453冊》影印清嘉慶三年刻增修本），卷6，頁1。
〔註118〕關愛和：〈姚鼐的古文藝術理論及其對桐城派形成的貢獻〉，《文藝研究》第6
　　　　期（1999年），頁98。
〔註119〕啓業書局編：《明清十大家尺牘》（臺北：啓業書局，1971年），頁378。
〔註120〕啓業書局編：《明清十大家尺牘》（臺北：啓業書局，1971年），頁300。

觀昔人所論文章之事，極是明了也。欲悟亦無他法，熟讀精思而已。〔註121〕

接著在〈與陳碩士〉曰：

文家之事，大似禪悟，觀人評論圈點，皆是借徑，一旦豁然有得，呵佛罵祖，無不可者，此中自有真實境地，必不疑於狂肆妄言，未證爲證者也。〔註122〕

他以禪之妙悟比喻文事之豁然有得。也就是說，「悟」是達到天與人一境界的證明，從中可體會不可言喻者之道與藝，將之創作於文，便是「道與藝合，天與人一」的完美呈現。是以〈答魯賓之書〉曰：

邃以通者，義理也；雜以辨者，典章、名物，凡天地之所有也，閟閟乎，聚之於錙銖，夷懌以善慮志，若嬰兒之柔，若雞伏卵，其專以一，內候其節，而時發焉。夫天地之間，莫非文也。故文之至者，通於造化之自然。〔註123〕

姚鼐認爲，只有透過用功和妙悟，兼以才華卓絕，胸次澄明，才能在創作中達到神妙之境，寫出至文。

（三）神理氣味格律聲色

姚鼐認同劉大櫆文章「另有個能事在」之看法，主張爲文除了載道之外，尚得兼及文章之美的發揚。〈與陳碩士〉曰：「夫文章一事，而其所以爲美之道非一端，命意立格；行氣遣辭；理充於中，聲振於外，數者一有不足，則文病矣。」〔註124〕〈答翁學士書〉又曰：「聲色之美，因乎意與氣而時變者也，是安得有定法哉。」〔註125〕爲美之道雖非一端，而無定法，但他以劉大櫆神氣說爲基礎，總結出古文八字訣，以供初學爲文者作爲參考，同時亦可作爲品評文章優劣的標準。《古文辭類纂·序目》曰：

凡文之體類十三，而所以爲文者八：曰神、理、氣、味、格、律、聲、色。神理氣味者，文之精也，格律聲色者，文之粗也。然茍舍

〔註121〕啓業書局編：《明清十大家尺牘》（臺北：啓業書局，1971年），頁381。
〔註122〕啓業書局編：《明清十大家尺牘》（臺北：啓業書局，1971年），頁331。
〔註123〕〔清〕姚鼐：《惜抱軒文集》（上海：上海古籍出版社，《續修四庫全書·集部·別集類·1453冊》影印清嘉慶三年刻增修本），卷6，頁21。
〔註124〕啓業書局編：《明清十大家尺牘》（臺北：啓業書局，1971年），頁363。
〔註125〕〔清〕姚鼐：《惜抱軒文集》（上海：上海古籍出版社，《續修四庫全書·集部·別集類·1453冊》影印清嘉慶三年刻增修本），卷6，頁1。

其粗，則精者亦胡以寓焉？學者之於古人，必始而遇其粗，中而遇
其精，終則御其精者，而遺其粗者。〔註 126〕

劉大櫆主張由字句之矩求音節，再由音節之跡求神氣；姚鼐主張由格律聲色
以求神理氣味，自粗入精後，終則御精遺粗。究其模式，兩者是相同的，但
姚鼐較爲完整。神、理、氣、味，爲文之精，由之可見作者獨特風格的表
現；格、律、聲、色，爲文之粗，由之可見作者藝術技巧的運用。文之精，
屬內在的抽象要素；文之粗，屬外在的具體因素，精者必須通過粗者才得以
呈現。

　　所謂「神」，主要有二，一指作者達到天與人一的妙悟境界，而富有神
思；二指文章對客觀事物的描寫，表現其神韻。

　　所謂「理」，即文脈之理，指行文的客觀眞實性和內在邏輯性；〔註 127〕
亦指作爲文章題材之天地事物之理。〈稼門集序〉曰：

天下所謂文者，皆人之言，書之紙上者爾。言何以有美惡？當乎
理，切乎事者，言之美也。今世之讀書者，第求爲文士，而古人有
言曰：「一爲文士，則不足觀。」夫靡精神，銷日月，以求爲不足
觀之人，不亦惜乎！徒爲文而無當乎理與事者，是爲不足觀之文
爾！〔註 128〕

〈答魯賓之書〉亦曰：

《易》曰：「吉人之詞寡」，夫內充而後發者，其言理得而情當。理
得而情當，千萬言不可厭，猶之其寡矣。氣充而靜者，其聲閎而不
蕩。志章以檢者，其色耀而不浮。〔註 129〕

姚鼐認爲凡爲文當乎文脈之理，切乎事物之理，理得則言必美，文乃足觀，
讀書才能發揮作用，而爲一代文士。若無法達成這個要求，則徒耗精神歲
月，妄爲謬文而已。是以〈賈生明申商論〉曰：「彼以爲使人誦其書，莫可指
摘者，必以爲聖賢之言如是，其當於理也，而不知言之不切者，皆不當於理

〔註 126〕　〔清〕姚鼐：《古文辭類纂》（上海：上海古籍出版社，《續修四庫全書‧集
　　　　　　部‧總集類‧1609 冊》影印清道光元年合河康氏家塾刻本），頁 319。
〔註 127〕　趙棟棟：《桐城文派的形成及其古文理論意義之闡釋》（西安：陝西師範大學
　　　　　　文藝學研究所碩士論文，2006 年），頁 40。
〔註 128〕　〔清〕姚鼐：《惜抱軒文後集》（上海：上海古籍出版社，《續修四庫全書‧集
　　　　　　部‧別集類‧1423 冊》影印清嘉慶三年刻增修本），卷 1，頁 25～26。
〔註 129〕　〔清〕姚鼐：《惜抱軒文集》（上海：上海古籍出版社，《續修四庫全書‧集
　　　　　　部‧別集類‧1453 冊》影印清嘉慶三年刻增修本），卷 6，頁 21。

也。」〔註130〕

　　所謂「氣」，主要有二，一指氣脈、氣勢、氣韻，即透過文章格局句式安排所呈現的氣脈，氣脈使整篇文章意辭相連，營造一股氣勢。此外，就作者自身才識、品行的不同，也會形成各式各樣的氣韻風格。是以〈答翁學士書〉曰：「文字者，猶人之言語也，有氣以充之，則觀其文也，雖百世而後，如立其人而與言於此。無氣則積字焉而已。」〔註131〕

　　所謂「味」，指文章的風味、韻味，是雋永深刻，耐人咀嚼者。〔註132〕

　　所謂「格」，指歷代古文發展中所形成的各類文章體裁之體制。姚鼐落實方苞義法「言有序」之主張，於《古文辭類纂》中，將古文體裁分為論辯、序跋、奏議、書說、贈序、詔令、傳狀、碑誌、雜記、箴銘、頌贊、辭賦、哀祭十三類，並挑選範文，以供士子學習。

　　所謂「律」，指行文結構的規律、法度。各類文章體裁之格局句式皆有一定的要求。格、律二字，字義上同訓為法，單就其說，無以辨其異同，是以姚永樸《文學研究法》曰：「但格律二者雖同訓，而格者導之如此；律者戒之不得如彼。此其分也。」〔註133〕換句話說，格為文章格式，屬積極之法；律為文章禁忌，屬消極之法。

　　所謂「聲」，即音節聲調，指文章中音調的高低起伏、抑揚頓挫。姚鼐吸收劉大櫆神氣之音節、字句說，進而提出學文之法，當由聲音證入，〈與陳碩士〉曰：「詩、古文〔註134〕各要從聲音證入，不知聲音，總為門外漢耳。」〔註135〕然而證入之法為何？〈與陳碩士〉曰：「大抵學古文者，必要放聲疾讀，又緩讀，祇久之自悟。若但能默看，即終身作外行也。」〔註136〕又曰：「急讀以求其體勢，緩讀以求其神味，得彼之長，悟吾之短，自有進也。」〔註137〕其以劉大櫆之誦讀為基礎，具體提出為文要把握音節聲調的兩種方

〔註130〕〔清〕姚鼐：《惜抱軒詩文集・文集》（清嘉慶十二年刻本），卷1，頁5。
〔註131〕〔清〕姚鼐：《惜抱軒文集》（上海：上海古籍出版社，《續修四庫全書・集部・別集類・1453冊》影印清嘉慶三年刻增修本），卷6，頁1。
〔註132〕關愛和：〈姚鼐的古文藝術理論及其對桐城派形成的貢獻〉，《文藝研究》第6期（1999年），頁99。
〔註133〕〔清〕姚永樸：《文學研究法》（臺北：廣文書局，1962年），卷3，頁19。
〔註134〕自北宋古文運動將詩論與古文之論合以闡發後，歷來之文學家也習於將兩者併談，是以桐城諸家在闡述古文理論時，亦會兼及詩論。
〔註135〕啓業書局編：《明清十大家尺牘》（臺北：啓業書局，1971年），頁367。
〔註136〕啓業書局編：《明清十大家尺牘》（臺北：啓業書局，1971年），頁346。
〔註137〕啓業書局編：《明清十大家尺牘》（臺北：啓業書局，1971年），頁347。

式，疾讀便於把握作品整體的結構特徵；緩讀則能從中仔細體會文章之神氣韻味。〔註138〕

所謂「色」，指辭藻、文采之色。姚鼐呼應方苞之雅潔說，主張為文辭藻之色以平淡、自然為佳，故〈復吳仲倫書〉曰：「文家之境，莫佳于平淡，措語遣意，有若自然生成者，此熙甫所以為文家之正傳。」〔註139〕

（四）陰陽剛柔風格說

中國文學傳統理論中，最早以剛柔論文者為魏、曹丕。《典論・論文》曰：「文以氣為主，氣之清濁有體，不可力強而致。」〔註140〕曹丕認為文章之氣乃作者才性在文章中的反映。氣之清即為剛；氣之濁即為柔，氣質是先天形成的，無法經由後天之努力改變；而人的品性有清濁之分，那麼所寫之文自然也有剛柔之別。曹丕文中雖未以剛柔二字立論，但就其文意已有其略。南朝梁、劉勰《文心雕龍・體性》也認同曹丕之論，認為文章的剛柔取決於作者的氣質，行文時即直接改為「氣有剛柔」。此時的剛柔主要是指作者的氣質而言。姚鼐集前人之所成，融入自己的見解，首次將剛柔與陰陽相對，並以之闡釋風格。〈復魯絜非書〉曰：

> 鼐聞天地之道，陰陽剛柔而已。文者，天地之精英，而陰陽剛柔之發也。惟聖人之言，統二氣之會而弗偏，然而《易》、《詩》、《書》、《論語》所載，亦間有可以剛柔分矣。值其時其人，告語之體，各有宜也。自諸子而降，其為文無弗有偏者。其得於陽與剛之美者，則其文如霆、如電、如長風之出谷、如崇山峻崖、如決大川、如奔騏驥；其光也，如杲日、如火、如金鏐鐵；其於人也，如馮高視遠、如君而朝萬眾、如鼓萬勇士而戰之。其得於陰與柔之美者，則其文如升初日、如清風、如雲、如霞、如煙、如幽林曲澗、如淪、如漾、如珠玉之輝、如鴻鵠之鳴而入廖廓；其於人也，漻乎其如歎，邈乎其如有思，暖乎其如喜，愀乎其如悲。觀其文，諷其音，則為文者之性情形狀舉以殊焉。且夫陰陽剛柔，其本二端，造物者糅，而氣有多寡進絀，則品次億萬，以至於不可窮，萬物生焉，故

〔註138〕 趙棟棟：〈桐城派的因聲求氣〉，《太原師範學院學報（社會科學版）》第 4 卷第 3 期（2005 年），頁 60。
〔註139〕 〔清〕王芑孫：《淵雅堂全集・惕甫未定藁》（清嘉慶刻本），卷 8，頁 333。
〔註140〕 〔南北朝〕蕭統編；〔唐〕李善注：《文選》（胡刻本），卷 52，頁 1155。

曰：「一陰一陽之爲道。」夫文之多變，亦若是已。糅而偏勝可也，偏勝之極，一有一絕無，與夫剛不足爲剛，柔不足爲柔者，皆不可以言文。〔註141〕

〈海愚詩鈔序〉亦曰：

吾嘗以謂文章之原，本乎天地；天地之道，陰陽剛柔而已。苟有得乎陰陽剛柔之精，皆可以爲文章之美。陰陽剛柔，並行而不容偏廢。有其一端而絕亡其一，剛者至於僨強而拂戾，柔者至於頹廢而闇幽，則必無與於文者矣。〔註142〕

與古文八字訣：神理氣味格律聲色一般，姚鼐認爲文章之美雖有千姿百態，然究其風格，大抵爲陽剛、陰柔兩大類型；並具體形容陽與剛，陰與柔的美學特徵，以描繪其境界。姚鼐主張文章風格的陽剛、陰柔取決於作者德、性、才、學等方面的修養與氣質。〔註143〕陰陽剛柔之間，應相互爲濟，以營造出文章的各種藝術美感；其間雖然難免有所偏勝，卻也正是各家獨特風格之所在。但忌於偏勝之極，因天地之道糅於陽剛陰柔之二端，以生萬物；若爲純粹的陽剛、陰柔，則無法使氣有多寡進絀、品次億萬，以至於不可窮；如此之文便無起伏，也容易流於生硬或是疲軟。此外，亦忌剛之不足剛，柔之不足柔，因其不足，則文章之特色便無以突顯，而變得平平無奇。是以凡一有一絕無，及剛不足爲剛、柔不足爲柔，皆不可稱之爲文。

第三節　在承襲中尋求突破的姚門弟子

一、劉　開

（一）駢散相成

劉開有感桐城三祖雖將古文創作之各種美學特徵、藝術特色、文學境界總結出來，供士子學文時參考依循。但具體的技巧要如何著手，卻沒有認眞去探究，以致於理論與實踐有一段差距，而使桐城文人大多寫不出好文章。中國文學史上始終與古文相爭的駢文，反倒是極盡技巧之追求，而無甚精良

〔註141〕〔清〕姚鼐：《惜抱軒文集》（上海：上海古籍出版社，《續修四庫全書・集部・別集類・1453 冊》影印清嘉慶三年刻增修本），卷6，頁10～11。
〔註142〕〔清〕姚鼐：《惜抱軒詩文集・文集》（清嘉慶十二年刻本），卷4，頁24。
〔註143〕第環寧：〈桐城派文氣理論述評〉，《絲綢之路》S2 期（2004 年），頁75。

之文論可供士子入門之途徑，充實其內容。劉開著眼於此，思及文學之源並無駢散之分，而文盡其妙，因此主張駢散相成，以互補其短。〈與王子卿太守論駢體書〉曰：

> 夫文辭一術，體雖百變，道本同源。經緯錯以成文，元黃合而爲采，故駢之與散，並派而爭流，殊塗而合轍。千枝競秀，乃獨木之榮；九子異形，本一龍之產，故駢中無散，則氣壅而難疎；散中無駢，則辭孤而易瘠，兩者但可相成，不能偏廢。……世儒執墟曲之見，騰塪井之波，宗散者鄙儷詞爲俳優，宗駢者以單行爲薄弱，是猶恩甲而仇乙，是夏而非冬也。夫駢散之分，非理有參差，實言殊濃淡，或爲繪繡之餙，或爲布帛之溫。究其要歸，終無異致；推厥所自，俱出聖經。……是則文有駢散，如樹之有枝幹，草之有花蕚，初無彼此之別，所可言者，一以理爲宗，一以辭爲主耳。夫理未嘗不藉乎辭，辭亦未嘗能外乎理，而偏勝之獘，遂至兩岐。始則土石同生，終乃冰炭相格，求其合而一之者，其唯通方之識，絕特之才乎？〔註144〕

〈書文心雕龍後〉亦曰：

> 夫文亦取其是而已，奚得以其俳而棄不重哉？然則昌黎爲漢以後散體之傑出，彥和爲晉以下駢體之大宗，各樹其長，各窮其力，寶光精氣終不能掩也。〔註145〕

劉開認爲古文與駢文初雖無所分，但自唐以來，各自有所發展，兩種文學體裁的差別也日益明顯，若要直接回歸古體是不可能的，只能在瞭解其差異的基礎上，援駢入散，汲散入駢，使駢文與散文得以互相吸收對方之優點，以補己之不足；待臻極境後，駢文與散文便無二致，而渾爲一體。

（二）理情合一

劉開認爲桐城三祖的文論，雖初步剖析文章之義法、神氣、風格、文境之貴與審美特徵，強調文以載道，但卻沒有考量到所言之義理，不一定合乎

〔註144〕〔清〕劉開：《劉孟塗集·駢體文》（上海：上海古籍出版社，《續修四庫全書·集部·別集類·1510冊》影印清道光六年姚氏槃山草堂刻本），卷2，頁425～426。

〔註145〕〔清〕劉開：《劉孟塗集·駢體文》（上海：上海古籍出版社，《續修四庫全書·集部·別集類·1510冊》影印清道光六年姚氏槃山草堂刻本），卷2，頁427。

人情。〈義理說〉曰：

> 三代而上，義理本乎人情，而聖人之言理也寬；三代而下，義理勝
> 乎人情，而儒者之言理也密。……後儒不顧人情所安，而以義理之
> 言束縛天下，嚴之以儀節，多之以防閑。於是乎有操勵之學，有專
> 敬之功，論非不是，而人莫能久從，則是言理太密之過也。……今
> 爲學之初而即繩以禮法，言笑不敢稍苟，動履不敢即安，天下於是
> 始不勝其煩苦，……此皆理勝情之弊也。故義理與人情合而爲一，
> 而後爲王者之道、聖人之學，措之於躬，則心安施於天下，則教行
> 記不云乎。以義度人則難爲人；以人望人，則賢者可知。聖人以人
> 望人，故其言理也寬；後儒以仁望人，故其言理也密。夫言理者，
> 由寬而入於密，亦勢之必至者也，而其失也遠乎人情，然其持論之
> 正，又烏可奪哉。〔註146〕

劉開主張義理當與人情平等對待，不應有所偏勝，並且還須將兩者合而爲一，互爲輝映，使文章所言之道，能具體施行而弗違，如此文以載道才有意義，也才能確實達成文人追求的經世致用之功。是以他的理情合一說，既補足桐城三祖之所缺，又突破理學家「存天理，滅人欲」之主張，〔註147〕而有其新意。

（三）取法至高之境

義理既與人情合一爲文，使之言有物，那麼要如何才能做到言有序呢？劉開主張應當取法至高之境。〈與阮芸臺宮保論文書〉曰：

> 非取法至高之境，不能開獨造之域。此惟韓退之能知之，宋以下皆
> 不講也。……眾人之效法者，同然之嗜好也。同然之嗜好，尚非有
> 志者之所安也。
>
> ……雖然學八家者卑矣，而王遵巖（王愼中）、唐荊川（唐順之）等，
> 皆各有小成，未見其爲盡非也。學秦漢者優矣，而李北地（李夢陽）、
> 李滄溟（李攀龍）等，竟未有一獲，未見其爲盡是也。
>
> ……取法至高之境，以開獨造之域。先生殆有意乎？其不安於同然

〔註146〕〔清〕劉開：《劉孟塗集・文集》（上海：上海古籍出版社，《續修四庫全書・集部・別集類・1510 冊》影印清道光六年姚氏檗山草堂刻本），卷 1，頁319。

〔註147〕龔書鐸：〈劉開述略〉，《清史研究》第 3 期（2001 年），頁 69。

之嗜好，宜也。……用之於一家之言，由是明道修辭。以漢人之氣體，運八家之成法，本之以六經，參之以周末諸子，則所謂爭美古人者，庶幾其有在焉。〔註148〕

劉開認爲士子當取法至高之境，則爲文境界自高，才能變而出之，以開獨造之域。此理唯有韓愈知之，起而推行唐代古文運動；宋代歐陽修承之，繼之推行北宋古文運動；但宋代以後，儒者漸不講究此理。至明代如王愼中、唐順之主張古文師法唐宋八大家，李夢陽、李攀龍主張古文師法秦漢，結果他們的文章皆流爲摹古。可見眾人爲文所效之法，皆自取其所好之文，然取法既有所偏愛，眼界即有所限制，如此所作文章怎會有新意，而有奇境呢？

　　劉開提出取法至高之境的具體辦法，就是以六經爲本，參以周末諸子之說爲義，使文章得以言有物；再以「漢人之氣體，運八家之成法」，使文章得以言有序，義法相成，變而爲文，則自成一家之言，才可與古人名作爭美。究其所論，與陽湖惲敬文論之「法效六經諸子」有幾分相似，提出時間亦相近，但無具體線索可確知是否爲其個人主張，或是受其影響所致。筆者認爲自姚鼐死後，古文創作已顯衰退之象，桐城諸家皆無名作足以傳世，因此，劉開有可能已窺見桐城三祖取法之限度，導致作品大多雷同，且風格多趨於陰柔，遂倡此言以革其弊。

（四）識時為達

　　劉開認爲天下所言義理、所行法則、所累學問，須與時並進，方能爲之大用。〈治術論〉曰：

天下無不變之道，無不壞之法，無不敝之學，雖以孔子之聖，皆有流弊。……變而通之者時也；推而行之者人也。因世變人心之不同，故道與時爲轉移焉。因緩急輕重之各有其宜，故法隨人爲得失焉。夫有得不能無失者，勢也；求其得而不使遽至於失者，立法之初意也。救其失以歸之於得者，守法之變通也。法窮於是乎參之以時，時得然後能通其變。識時者謂之達人。〔註149〕

〔註148〕〔清〕劉開：《劉孟塗集・文集》（上海：上海古籍出版社，《續修四庫全書・集部・別集類・1510冊》影印清道光六年姚氏檗山草堂刻本），卷4，頁350～351。

〔註149〕〔清〕劉開：《劉孟塗集・文集》（上海：上海古籍出版社，《續修四庫全書・

天下之道、法本就難臻於完美之境，即使才若孔子之聖，也會有流弊存在；弊則窮，窮則變，變則通；而促使其變者有二，一為時間之演進；二為文人之推行。

義理之道所以要改變，在於世變人心之不同，故必須與時轉移。是以〈復陳編修書〉亦曰：「夫文之本出於道，道不明，則言之無物；文之成視乎辭，辭不修，則行之不遠。」〔註150〕

義法之法所以要改變，在於行文之緩急輕重，因時代之文風不同而各有其宜。法隨人為而有其得失，因其氣勢不能萬無一失，當初之所以訂立義法，即為使士子為文有法可循，故依法始可避免遽至於失。然而義法不可枯守，應視文體與義理而有所變通，才能挽救缺失，使之變成為文之得。劉開還考量到文體與義理之不斷發展，文將無法可供運用，應參之以時而會通其變，則法自通。總之，能識時之所向，而知其所變，則可謂為當代之達人。劉開這項主張，表面看似平平，實際上晚清之桐城、湘鄉諸家的文論轉變與古文創作，無形中都暗合其主張。舉例來說，薛福成「務恢新義，兼網舊聞」之文論，即為道與時移；黎庶昌以桐城古文介紹西方文化，亦為道與時移；林紓以小說筆法介紹西方學術，即為法以時變，足見劉開文學識見之遠達，惜因其早卒，又頗改師法，而不受重視，是以其說未傳即熄。

二、管 同

（一）文貴陽剛

管同與劉開一樣，發現自姚鼐卒後，桐城諸家所作古文皆流於形式，內容空疏，文風枯淡屢弱，是以劉開才會提出「取法至高之境」〔註151〕的主張，希望解決其根本問題。

而管同則是以姚鼐「陰陽剛柔風格說」為基礎予以發展。姚鼐言諸家之

集部・別集類・1510 冊》影印清道光六年姚氏檗山草堂刻本），卷 1，頁 319～320。

〔註150〕〔清〕劉開：《劉孟塗集・文集》（上海：上海古籍出版社，《續修四庫全書・集部・別集類・1510 冊》影印清道光六年姚氏檗山草堂刻本），卷 3，頁 338。

〔註151〕〔清〕劉開：《劉孟塗集・文集》（上海：上海古籍出版社，《續修四庫全書・集部・別集類・1510 冊》影印清道光六年姚氏檗山草堂刻本），卷 4，頁 351。

文大抵皆糅而偏勝，但究竟偏於何者爲佳，並未再有所闡述。管同主張當以偏陽剛者爲勝。在〈與友人論文書〉一文曰：

> 僕聞文之大原，出於天，得其備者渾然如太和之元氣。偏焉而入於陽與偏焉而入於陰，皆不可以爲文章之至境。然而自周以來，雖善文者亦不能無偏。僕謂與其偏於陰也，則無寧偏於陽，何也？貴陽而賤陰，信剛而絀柔者，天地之道，而人之所以爲德者也。孔子曰：「吾未見剛者。」曾子曰：「士不可以不宏毅，任重而道遠。」聖賢論人，重剛而不重柔，取宏毅而不取巽順。夫爲文之道，豈異於此乎。古來文人，陳義吐辭，徐婉不失態度，歷代多有；至若駿桀廉悍，稱雄才而足號爲剛者，千百年而後一遇焉耳。甚矣。陽之足貴也。〔註152〕

他認爲文章的最高境界應該「渾然如太和之元氣」，以爲文章風格有所偏勝，皆不可以爲文章之至境；而這種陽剛之美與陰柔之美的完美結合的境界，一般文章是無法達到的。自周以來，諸家皆不能無偏，是以與其偏於陰柔，不如偏於陽剛，如此，爲文氣勢便能雄壯出奇，而無孱弱之弊。管同認爲從作者的創作情況而言，大多偏於陰柔之美，而「駿桀廉悍，稱雄才而足號爲剛者，千百年而後一遇焉」，因此，他推崇具有陽剛之美的作品，以此作爲品評文章的標準。於〈答花學博書〉文中，更明白地要求文章要能夠「究萬物之情而定以中正，極夷險之變而出以和平」〔註153〕，以藥桐城派諸家古文陰柔孱弱之病。〔註154〕

　　管同論文主張文貴陽剛，義取宏毅，方能使文章氣積勢盛。經過多年的創作實踐與個人才學累積的結果，他感悟到「宏毅」只是文章極致之一端而已，而欲有所修正。在〈又答念勤書〉一文，進而提出了作者的創作靈感問題，曰：

> 僕幼爲文章，私特謂文貴宏毅，具所答友人論文書。近乃知文人之心控引天地，囊括萬物，神機闔闢，不知其故，乃爲能盡文章之極致，而宏毅特其一端耳。〔註155〕

〔註152〕〔清〕管同：《因寄軒文集・初集》（清道光十三年管氏刻本），卷6，頁117。

〔註153〕〔清〕管同：《因寄軒文集・初集》（清道光十三年管氏刻本），卷6，頁28。

〔註154〕劉相雨：〈論管同的思想與文學創作〉，《齊魯學刊》第5期（2007年），頁93。

〔註155〕〔清〕管同：《因寄軒文集・初集》（清道光十三年管氏刻本），卷6，頁32。

這與姚鼐「陰陽剛柔風格說」之陰柔與陽剛並美標準相近，卻又不盡相同。因為宏毅僅為陽剛之一端而已，除此之外，他認為一個作者靈感思緒能夠「控引天地，囊括萬物，神機闔闢，不知其故，乃為能盡文章之極致」，才能創作出最為優秀的作品。此外，他為求提升桐城派古文之創作表現，才提出「文貴陽剛」的主張，用以改進陰柔孱弱之失；其論文以陽剛為首要，並具體落實在文章創作與品評他人文章之標準中。〔註156〕

（二）自為真文辭

管同有感當代文人急於求成，以致於積學不深，所闡發之義理大都華而不實，既不足以觀，亦無以傳世。〔註157〕對此他曾有所批評，〈答甘畸人書〉曰：「古之聖神，觀鳥跡而造書，覩科斗而作字；今為書者，捨《說文》、《玉篇》，則不能知筆劃。」〔註158〕長久下去，便只能摹古為文，而毫無新意可言。管同鑒於明代擬古剽竊文風之弊，使諸家之作流於淺陋，遂主張文辭應當自為。

管同認為文辭有真偽之辨，己出之詞為真；抄古之語為偽。作者既不為摹古之文，則自當效韓愈「辭必己出」之精神，新創文辭以營境界之奇，以與古人之美文爭美。此外，自為真文辭亦可使文章真切抒發作者之真情實感，避免空洞說教、浮泛虛言之失。〈蘊素閣全集序〉曰：

> 文辭者，人之所自為也。自為之，則宜有工拙之殊，而不當有真偽之辨。而古之人有言曰：「別裁偽體」，此何說也哉。無得於己而剽販古人，是謂無情之辭。無當於道而塗澤古語，是謂無理之作。之二者，是為偽體而已矣。文辭之有偽體也，豈獨明中葉為。然精而言之，子雲之《法言》猶剽販也。元和之雅頌，猶塗澤也。設使後世復有刪定之聖人，則二者亦必歸諸偽體，何者？為其專事詩文，而情理中有不足故也。〔註159〕

創造新語本非易事，要立即運用於文章的表達就更加困難，因此所為文辭自有工拙之殊。但拙辭與擬古偽辭相比，則又勝之；因偽辭是無情之辭，所為

〔註156〕田惠珠：《管同《因寄軒文集》研究》（合肥：安徽大學中國古代文學碩士論文，2006年），頁53。

〔註157〕田惠珠：《管同《因寄軒文集》研究》（合肥：安徽大學中國古代文學碩士論文，2006年），頁54。

〔註158〕〔清〕管同：《因寄軒文集・二集》（清道光十三年管氏刻本），卷1，頁67。

〔註159〕〔清〕管同：《因寄軒文集・二集》（清道光十三年管氏刻本），卷6，頁107。

之文是無理之作，直無存在之價值可言。故管同主張自爲眞文辭，乃爲眞情有道之作。

三、方東樹

（一）氣脈說

方東樹進一步發展劉大櫆的神氣說，認爲文章神氣之體現，主要在於氣脈。氣脈如同人之血脈一般，將文之義理、氣勢、章法，藉由脈絡聯結，而使神氣得以連貫。此外，抽象之神氣，也只得藉由氣脈間之溝通加以督勒，才不致於消逝無蹤。是以氣、脈相互依存，不可析離。〔註160〕《昭昧詹言》曰：

> 有章法無氣，則成死形木偶；有氣無章法，則成麤俗莽夫。大約詩文以氣脈爲上。氣所以行也，脈縮章法而隱焉者也。章法形骸也，脈所以細束形骸者也。章法在外可見，脈不可見。氣脈之精妙，是爲神至矣！俗人先無句，進次無章法，進次無氣，數百年不得一作者，其枉茲乎。〔註161〕

氣爲文章之精神所在，文若無氣，雖有章法，則文章形同死形木偶；章法爲文章之脈絡所在，文若無章法，雖有氣，反映之作者性情思想，則成粗俗莽夫。是以詩文以氣脈爲重，乃作者在創作時，其性情思想表現於章法字句所形成之脈絡；雖不可見，但透過閱讀，可感受其精妙之處，體會文之神至。簡單的說，氣脈即創作思維之展現過程，屬抽象，須行以章法，使其外在之形骸具體，再以氣運之，使其內在精神隱約可見，循序而進方能得其神矣。可惜的是，方氏竟發出了「數百年不得一作者」之嘆。

雖知氣脈之重要性，但要如何習得其法？方東樹以水爲喻，透過水之古今，水之同異，闡明箇中道理。〈答葉溥求論古文書〉曰：

> 夫文亦弟期各適一世之用而已，而必劌心刳肺，斷斷焉以師乎古人，若此者何也？以爲不如是，則不足以爲文也。此固無二道也。嘗觀於江河之水矣！謂今之水非昔之水邪？則今之水所以異於昔者安在？謂今之水猶昔之水邪？則昔之水已前逝，今之水方續流也。

〔註160〕　蔡美惠：《方東樹文章學研究》（臺北：臺灣師範大學國文研究所博士論文，2002年），頁135～136。

〔註161〕　〔清〕方東樹：《昭昧詹言》（上海：上海古籍出版社，《續修四庫全書·集部·詩文評類·1705冊》影印清光緒十七年刻本），卷1，頁482。

古之人不揆飲乎今之水；今之人不扳酌乎古之水，古水今水是二非
一，人皆知之。古水今水是一非二，則慧者難辨矣。蚩蚩者日飲乎
今之水，有人曰：「吾必飲乎古之水，而不飲今之水」，則人必笑之
矣。蚩蚩者日飲乎今之水，有人曰：「若所飲今之水，實乃即古之
水」，則人猝然未有不罔於心，而中夫惑疾者也。夫有孟、韓、莊、
騷，而復有遷、固、向、雄；有遷、固、向、雄，而復有韓、柳；有
韓、柳，而復有歐、蘇、曾、王，此古今之水相續流者也，順而同
之也。而由歐、蘇、曾、王，逆推之以至孟、韓，道術不同，出處
不同，論議本末不同，所記職官、名物、時事、情狀不同，乃至取
用詞字、句格文質不同，而卒其所以為文之方無弗同焉者。此今水
仍古水之說也，逆而同之也。古今之水不同，同者溼性；古今之文
不同，同者氣脈也。〔註162〕

方東樹認為文學就如同一江之水，隨著時間演進，雖有古今之別，但今之水，
若無昔日之水為源，則無以續流；今之為文，若無古人之作為本，則無以適
用於世；究其本質，逆推其本，實為一體，氣脈相同。是以為文之先，在於
師法古人之氣脈，習得其神，領會其要，再參以個人性情、才學，擇取為文
所用之道術、出處、論議本末，及當代之職官、名物、時事、情狀，乃至取
用詞字、句格文質，如此，作品必能有所蛻化，而無摹古之嫌，所為文章亦
必無相同之處，才能達到後出轉精、繼踵增華之良效。

（二）知時達變

方東樹主張文當知時達變，以應其用，其別有二。一是經世之文，當因
時而進，方能達其功效。〈合葬非古說〉曰：

由百世之後，等百世之王，其因革損益之故，各因乎其時之宜，有
上古之宜，有中古之宜，有後世之宜，有一時以為宜，而不必今古
咸宜。〔註163〕

方東樹在親身經歷清廷之興衰變化後，有所感悟，認為時代不同，環境亦隨
著時間有所更易，古之良政施於今，不一定合乎需求，是以政教措施也必須因
應時代之演進，而所增損變更。時代有變，法亦有變，因時以施政，方能切
合民生經濟之所需，而增強國勢。為文之道亦然。經世之要則，必先知時，以

〔註162〕〔清〕方東樹：《考槃集文錄》（清光緒二十年刻本），卷6，頁165。

〔註163〕〔清〕方東樹：《考槃集文錄·雜著下》（清光緒二十年刻本），卷2，頁68。

察時代人民之所需，以制宜達變，使文所言之物，皆利於致用。〔註 164〕

　　二是為文所使用之文辭，亦必須因時而創，方可謂為今之文、己之文，否則其與古人之文無異。〈答葉溥求論古文書〉曰：

> 雖然使為文者，古人已云云矣，吾今復取古人所云而云之，則古人為一文，已足萬世之用，而復何待於吾言乎？夫文猶己也，生民以來，四海之眾，而中以有己，立己於此，將使天下確然信知有是人也，則必不俟假他人之衣冠笑貌以為之，亦明矣。〔註 165〕

為文若只是剽竊古人文辭，所言義理與古無異，則古人之文足以為萬世文人所用，其所為文章自然也就沒有存在之必要。然時代環境因時而有所變遷，古人之文所言之物，已不復適用，此即今人為文之功用與目的之所在。是以唯有達於時變，才能切合世用。

　　此外，文章即作者性情、才學、識見之展現，因此士子之為文，若不遵循務去陳言，通古變今的基本原則，則文中無己，只能流於摹古，而不足觀。至於如何立己於文中？那就必須從日常積累學問、培養識見，同時訓練選詞鍊字、營境達意之功。一旦為文，則所言即需緣自性情，表達所欲言之事物；於字句、音節之中，行之章法，顯其氣脈，以得其神，義法相合則觀其文即知其人，而有其獨特風格。如此其所為之文，自能新創精妙，而達化境。

（三）詩文六法

　　方東樹《昭昧詹言》具體提出作詩之法，即「創意」、「造言」、「選字」、「隸事」、「文法」、「章法」六者，同時其方法亦可運用在作文上，而稱為詩文六法。

1.創意

　　所謂「創意」，即「剗意艱苦，避凡俗淺近習熟、迂腐常談，凡人意中所有。」〔註 166〕方東樹認為文章乃個人情志思想之表現，故為文當要展現自我之真性情，意之所指，言之所用，當要避免「淺近習熟」、「迂腐常談」之凡

〔註 164〕蔡美惠：《方東樹文章學研究》（臺北：臺灣師範大學國文研究所博士論文，2002 年），頁 86。

〔註 165〕〔清〕方東樹：《考槃集文錄‧書》（清光緒二十年刻本），卷 6，頁 165。

〔註 166〕〔清〕方東樹：《昭昧詹言》（上海：上海古籍出版社，《續修四庫全書‧集部‧詩文評類‧1705 冊》影印清光緒十七年刻本），卷 1，頁 476。

俗之見，如此文章自然精采，而別具個人精神。

　　方東樹取戴名世魄爲有形，魂爲無形，兩者合以知古人之神，再行轉化爲自我獨具之神而爲奇文之主張，認爲以魂魄之說來闡敘創意最爲適切。戴名世之魂乃「出之而無覺，視之而無跡者也」；魄乃「行墨字句」，方東樹則進一步定義，《昭昧詹言》曰：

> 所謂魂者皆用我爲主，則自然有興有味，否則有詩無人，如應試之作，代聖賢立言，於自己沒涉，公家眾口，人人皆可承當，不見有我眞性情面目。試掩其名氏，則不知爲誰何之作。張冠李戴，東餐西宿，驛傳儲胥，不能作我家當也。〔註167〕

可見方東樹所謂「魂」，指作者之精神思想異於他人之種種特質，乃「用我爲主」，以見「有我眞性情面目」，有興有味；否則文章形同應試之作，唯代聖賢立言而已，不得視爲己所爲之文章。

　　至於魄，則散見於《昭昧詹言》之未集。歸結其述，所謂「魄」，乃指隸事、修辭、語勢、字句等。而「魂」與「魄」的關係猶如「義」與「法」一般，兩者相依相輔，以應爲文之所需。然魂魄間若不平衡，則文即有所偏。魂氣勝者，內容必純爲自我生活、感受之文辭，對於外界所發生的事物，一律與己何干，如此，若又不能割愛，則易流於家常，讀之瑣碎雜亂。魄氣勝者，內容必多虛僞之藻飾文辭；尤有甚者，則剽竊古人之字句，如此，便毫無生氣，形同死文。是以文章當力求「魂魄停勻」，則作者之精神可見，方能達「情有餘味不盡，所謂興在象外」之神妙境界。〔註168〕

　　2. 造言

　　所謂「造言」，「其忌避亦同刱意，及常人筆下皆同者，必別造一番言語，卻又非以艱深文淺陋，大約皆刻意求與古人遠。」〔註169〕方東樹因襲韓愈詞必己出之觀念，認爲用辭淺陋，固非佳文；但爲造特立獨行之言，而刻意求其艱深，則又落於險僻之弊。是以文辭之忌避者，同於創意，《昭昧詹言》曰：

〔註167〕 〔清〕方東樹：《昭昧詹言》（上海：上海古籍出版社，《續修四庫全書・集部・詩文評類・1705 冊》影印清光緒十七年刻本），續卷5，頁 566。

〔註168〕 蔡美惠：《方東樹文章學研究》（臺北：臺灣師範大學國文研究所博士論文，2002 年），頁 169。

〔註169〕 〔清〕方東樹：《昭昧詹言》（上海：上海古籍出版社，《續修四庫全書・集部・詩文評類・1705 冊》影印清光緒十七年刻本），卷1，頁 476。

苟能於言下契悟，比於禪家參證，一霎透三關矣。

　　既解此意，則直取真境，而脫橅擬之迹，故曰還他本等，不獵取近
似之詞。然而不別捌造一等語句，使必己出，自成一家，則仍是陳
言，以熟詞晦其新意也。此山谷所以得自成一家，亦百世師也。
〔註170〕

即主張造言須無凡俗之「淺近習熟」、「迂腐常談」，且所造之言，應融入己之
性情，另有獨特之我於其中，方能自成一家。然而另造一番言語，又能為世
所認同，何其難也；即若效韓愈，以古人之言翻新為己詞，令人不覺其跡，
也非易事，故為貴也。

　　此外造言必求精當，合於文旨，而非任意為之，是以必須注意句法。《昭
昧詹言》曰：「句法不成就，則隨手砌湊，頓弱平緩，神不旺，氣不壯，無雄
奇傑特。……故句法則須如鑄成，一字不可移易；又須有奇警華妙典貴，聲
響律切高亮。」〔註171〕即言明造言須合於句法之重要性。

3. 選字

　　所謂「選字」，即「必避舊熟，亦不可僻。以謝、鮑為法，用字必典，用
典又避熟典，須換生。又虛字不可隨手輕用，須老而古法。」〔註172〕選字之
要則有三，即其一，不可使用熟典；其二，不可使用險僻之字；其三，虛字
不可隨手輕用。除前二者必避舊熟，以免流於剽竊外，虛字則須以古老之法
選用，方能使文章不流於生澀。

　　至於選字之目的，在於貼切文之用意、用法，使作者為文之高深，能藉
之而得。《昭昧詹言》曰：「不知用意則淺近；不知用法則板俗；不知選字
造語，則滑熟平易。」〔註173〕因作者為文之用意、用法，皆仰賴字句呈現，
倘不知選字造語，文字必滑熟平易，迂闊死滯，而用意、用法，皆無由得
出。是以方東樹主張即使「用意高深，用法高深，而字句不典、不古、不

〔註170〕〔清〕方東樹：《昭昧詹言》（上海：上海古籍出版社，《續修四庫全書‧集
　　　　部‧詩文評類‧1705冊》影印清光緒十七年刻本），卷9，頁547。
〔註171〕〔清〕方東樹：《昭昧詹言》（上海：上海古籍出版社，《續修四庫全書‧集
　　　　部‧詩文評類‧1705冊》影印清光緒十七年刻本），續卷1，頁552。
〔註172〕〔清〕方東樹：《昭昧詹言》（上海：上海古籍出版社，《續修四庫全書‧集
　　　　部‧詩文評類‧1705冊》影印清光緒十七年刻本），卷1，頁476。
〔註173〕〔清〕方東樹：《昭昧詹言》（上海：上海古籍出版社，《續修四庫全書‧集
　　　　部‧詩文評類‧1705冊》影印清光緒十七年刻本），卷1，頁477。

堅老，仍不能脫凡近淺俗，故字句亦爲文家一大事。」〔註174〕除了字句不典、不古、不堅老外，尚須求其奇。《昭昧詹言》又曰：「又貴奇，凡落想落筆，爲人人意中所能有能到者，忌不用，必出人意表，崛峭破空，不自人間來。」〔註175〕

方東樹認爲選字若效謝靈運、鮑照之法，則必定鎔鑄經典，取法訓詁；如此，文字自能醇厚雅懿，風格自然趨於雅正。此外，若能兼具選字之奇，則造語必出人意表，異於凡俗；故文辭之選用，須力避舊熟，宜熔煉古語、口語於一爐，貼切文之用意、用法，而自鑄新詞，方爲遣字造語之眞義。〔註176〕

4. 隸事

所謂「隸事」，即運用典故。《昭昧詹言》曰：「避陳言，須如韓公翻新用。」〔註177〕並言明用典之要法，在於取生、翻新。《昭昧詹言》曰：

> 姜白石（即姜夔）擺落一切，冥心獨造，能如此，陳意陳言固去矣。又恐字句率滑，開傖荒一派。必須以謝（即謝靈運）、鮑（即鮑照）、韓（即韓愈）、黃（即黃庭堅）爲之圭臬，於選字隸事，必典必切，必有來歷。如此固免於白腹杜撰矣。又恐掎摭稗販，平常習熟濫惡，則終於大雅無能悟入。又必須如謝、鮑之取生，韓公之翻新，乃始眞解去陳言耳。〔註178〕

方東樹認爲若效姜夔之不著眼於古，匠心獨運以爲文，固能去陳意陳言，然若無力及之，使流於傖荒；則必須以謝靈運、鮑照、韓愈、黃庭堅爲之圭臬。凡隸事者先求典切，如此行文則必有來歷，免於「白腹杜撰」之嫌；典切後，又當求取生、翻新之功，免於習熟濫惡之弊，才可謂爲務盡陳言，而達於文境之大雅。此外，取材隸事尚須力求精當，爲文方能收「佐證或指點

〔註174〕〔清〕方東樹：《昭昧詹言》（上海：上海古籍出版社，《續修四庫全書·集部·詩文評類·1705 冊》影印清光緒十七年刻本），卷1，頁477。

〔註175〕〔清〕方東樹：《昭昧詹言》（上海：上海古籍出版社，《續修四庫全書·集部·詩文評類·1705 冊》影印清光緒十七年刻本），卷10，頁549。

〔註176〕蔡美惠：《方東樹文章學研究》（臺北：臺灣師範大學國文研究所博士論文，2002 年），頁177。

〔註177〕〔清〕方東樹：《昭昧詹言》（上海：上海古籍出版社，《續修四庫全書·集部·詩文評類·1705 冊》影印清光緒十七年刻本），卷1，頁476。

〔註178〕〔清〕方東樹：《昭昧詹言》（上海：上海古籍出版社，《續修四庫全書·集部·詩文評類·1705 冊》影印清光緒十七年刻本），卷1，頁477。

作慨歎」之效，否則將有損於文章之眞實醇厚。〔註179〕

5. 文法

方東樹受方苞義法所啓發，進而提倡「法」之重要性。爲文必循其法，後成其文；無有法度，則文必散漫。是以《昭昧詹言》中論及文法、章法之處甚多。「文法」，即作文之法；「章法」，即整篇作品中格局句式之布置之法。〔註180〕

歷來論文法者，大多視其爲詩文末事，有輕視之意。方東樹則認爲文法實爲詩文要事，乃士子作文之基本工夫，若僅恃其才，則雖有般輸之能，亦無所用其巧。《昭昧詹言》曰：「字句文法，雖詩文末事，而欲求精其學，非先於此實下功夫不得，此古人不傳之秘；謝、鮑、韓、黃屢以詔人，但淺人不察耳。」〔註181〕字句文法，雖文之粗者，然神氣體勢，皆因之而見；此義劉大櫆之神氣說即已申明之。是以文必有法，若不依法而行，單言其意，則寡淡無味。文章之法，雖無一定之律，但有一定之妙，活用則能神明自得，具體論述文旨。

至於文法之用，《昭昧詹言》曰：「文法以斷爲貴。逆攝突起，崢嶸飛動倒輓，不許一筆平順挨接。入不言，出不辭。離合、虛實、參差、伸縮。」〔註182〕又曰：「文法不過虛實、順逆、離合、伸縮，而以奇正用之入神，至使鬼神莫測。」〔註183〕由於行文有先後、表裡、賓主之分，若能於該斷處即斷，則文章脈絡自然井然有序，所言義理自然清晰有道；反之，則顯得雜亂無章，是以方東樹主張文以斷爲貴。

所謂「虛實」，即有無。凡憑感知或想像而得之事物，即爲「虛」，屬抽象；凡經聞見而得之事物，即爲「實」，屬具體。方東樹認爲天地萬物，如

〔註179〕 蔡美惠：《方東樹文章學研究》（臺北：臺灣師範大學國文研究所博士論文，
　　　　 2002 年），頁 186。
〔註180〕 蔡美惠指出「《昭昧詹言》中論及文法、章法之處繁多。舉凡『起法』、『轉
　　　　 接』、『筆力截止』、『倒截逆挽不測』、『豫吞』、『離合』、『伸縮』、『頓挫』、『參
　　　　 差』、『橫截』、『賓主』、『虛實』等等。」詳見蔡美惠：《方東樹文章學研究》
　　　　 （臺北：臺灣師範大學國文研究所博士論文，2002 年），頁 188。
〔註181〕 〔清〕方東樹：《昭昧詹言》（上海：上海古籍出版社，《續修四庫全書‧集
　　　　 部‧詩文評類‧1705 冊》影印清光緒十七年刻本），卷 1，頁 477。
〔註182〕 〔清〕方東樹：《昭昧詹言》（上海：上海古籍出版社，《續修四庫全書‧集
　　　　 部‧詩文評類‧1705 冊》影印清光緒十七年刻本），卷 1，頁 476。
〔註183〕 〔清〕方東樹：《昭昧詹言》（上海：上海古籍出版社，《續修四庫全書‧集
　　　　 部‧詩文評類‧1705 冊》影印清光緒十七年刻本），卷 8，頁 544。

陰陽、日月等，皆相反而相成，文章創作亦然。內容之虛實雖爲相對，但藉由其對襯，可使作者所欲表達之義，烘托或突顯出來，故爲文亦得注意虛實之法的運用。所謂「參差」，在於使句式長短不齊，以營造氣勢之高、文境之奇。

所謂「順逆」，指順遞與逆攝，乃指時間之先後、事理之本末。順之爲遞，逆之爲攝。順遞者，即「順序寫去，如順風使帆」，但容易流於平鋪直敘之弊。逆攝者，即逆而回攝之法，求富含變化，表現氣勢，是以不許一筆平順挨接。兩者合而用之，則文章內容簡明，而又各具特色。此外文法之運用，當隱於無形，如此爲文之氣勢方有高下，文之境界方有平奇，因此，方東樹主張「入不言，出不辭」。

所謂「離合」，即就文章旨要而言。凡行文不合旨要，而由其側、反面、虛處論敘者，即爲離之筆法。相對地，凡行文皆合旨要，由正面開展論敘者，即爲合之筆法。方東樹認爲歷來爲文之筆法皆尚變，表面似無成法，但探究其質，則終歸離合。離而遠之，合而近之，似離非離，似即非即，使其筆法變化無常，氣勢縱橫，以至無窮。

所謂「伸縮」，即伸展與收縮，可運用於形容空間之遠近、大小、高低；或事理之淺深、貴賤、親疏等。伸展大抵指由近而遠、由小而大、由高而低、由淺而深、由貴而賤、由親而疏之論述；作用在於使作者暢所欲言，使文之氣勢縱橫；反之即爲收縮，〔註184〕作用在於使作者凝聚焦點，突顯重心，使文之氣勢閉闔。兩者與虛實一樣，爲相對相輔之筆法，合稱爲伸縮。是以作文應交互運用二者，使文之所指有近有遠，有小有大；文之氣脈亦遊走於閉闔縱橫之間，如此勢必有高下，境必有奇正，而臻於巧妙。所謂「奇正」，奇爲異於他人文章之氣勢、境界；正爲合於義法規矩之雅正，方東樹認爲文章之道，在於巧妙掌握兩者間之關係變化；若能入神，使鬼神莫測其氣脈所在，則所爲文章自然精妙。

6.章法

所謂「章法」，即「章法有見於起處，有見於中間，有見於末收。或以二句頓上起下，或以二句橫截。」〔註185〕士子爲文於布格局句式、營其氣勢時，

〔註184〕 蔡美惠：《方東樹文章學研究》（臺北：臺灣師範大學國文研究所博士論文，2002 年），頁 189。

〔註185〕 〔清〕方東樹：《昭昧詹言》（上海：上海古籍出版社，《續修四庫全書·集

有見於起處、中間、末收者，可知其並無定律，但就個人之需求而定。

　　所謂「頓起」，即忽作停頓，俟焉再起；所謂「橫截」，即前無所承，橫而截入。二者之用，在於藉由筆力之斬截，使章法縱橫有致，文境多變生奇，此爲文章述敘轉接之要，亦爲作者自身才學之造詣。

　　方東樹相當重視章法，其雖爲表面之功，然無其串聯，則氣勢不貫，脈之不行。《昭昧詹言》曰：「章法不成就，則率漫複亂，無先後起結，銜承次第、淺深開合，細大遠近，虛實之分，令人對之昏昧，不得爽豁。……章法則須一氣呵成，開合動盪，首尾一線貫注。」〔註186〕故文之章法，可使文章跌宕起伏，波瀾層疊，著實關係著神氣之展現。

四、姚　瑩

　　姚瑩吸收姚鼐「義理、考證、文章相濟」說，並加以修正，提出讀書作文「要端有四：曰義理也，經濟也，文章也，多聞也。」（〈與吳岳卿書〉）〔註187〕所謂「經濟」，即經濟世務，爲曾國藩經濟說之前導；所謂「多聞」，爲考證之發展，即作者可將自身之經歷、實地考察，與書中所載結合，交相驗證比較，以得出較爲精確的看法。

五、梅曾亮

（一）因時立言

　　梅曾亮有見於清廷積弊已深，需仰賴文人之經世致用，才能進行適度的改革。道光二十三年（1843），鴉片戰爭結束後，更是深感其痛，因此決定將文學創作與時代變遷結合，使文人得以充分發揮其功用，遂主張因時立言，體現出當時文人面對時代巨變的心態。在〈答朱丹木書〉一文闡述其主張曰：

> 惟竊以爲文章之事，莫大乎因時。立吾言於此，雖其事之至微，物之甚小，而一時朝野之風俗好尚，皆可以因吾言而見之。使爲文於唐貞元、元和時，讀者不知爲貞元、元和人不可也。爲文於宋嘉祐、元祐時，讀者不知爲嘉祐、元祐人不可也。韓子曰：「惟陳言之務

　　　　部・詩文評類・1705冊》影印清光緒十七年刻本），卷1，頁476。
〔註186〕〔清〕方東樹：《昭昧詹言》（上海：上海古籍出版社，《續修四庫全書・集
　　　　部・詩文評類・1705冊》影印清光緒十七年刻本），續卷1，頁552。
〔註187〕〔清〕姚瑩：《東溟文集・外集》（清中復堂全集本），卷2，頁1。

去」，豈獨其詞之不可襲哉？夫古今之理勢，固有大同者矣。其爲運
會所移，人事所推演，而變異日新者，不可窮極也。執古今之同而
概其異，雖於詞無所假借者，其言亦已陳矣。……文之隨時而變者，
亦如是耳。〔註188〕

所謂「因時」，即文章應該隨著時代變化，自「事之至微，物之甚小」處落筆，
以表現「朝野之風俗好尚」及反映時代風貌。梅曾亮認爲韓愈所講的「陳言」
不僅指辭句的因襲摹擬，應當也包含文章內容的過時、思想的守舊在內。因
此，他主張「因時立言」，方能賦予文章鮮明的時代特色，這是韓、柳以至方、
姚皆未曾說過的。〔註189〕

（二）通時合變

透過因時所立之言，有助於認識時代之風俗好尚。但文人之責並非只是
如此，還必須通時合變，始能有助於認知時代之演進趨勢，與國家所處之境
況。〈復上汪尚書書〉曰：

夫君子在上位受言爲難；在下位則立言爲難，立者非他，通時合變，
不隨俗爲陳言者是已。〔註190〕

也就是說，在下位之立言，是爲了通合古今理勢之變化，所發出的創新之
論，以待上位者有朝能受言而有所改革。

此觀點最早見於《毛詩序》，曰：「至於王道衰，禮義廢，政教失，國異
政，家殊俗，則變風變雅作矣。」〔註191〕其後唐宋古文運動的主張，也是既
要求推倒腐朽的陳言，又著眼於文學要有益於當世的功用。〔註192〕梅曾亮則
將因時立言與通時合變結合，主張文學創作當「因時合變」，即與時代變遷相
繫，使桐城派文論的方向從單純的宣揚義理，轉向關注現實；給思想上日趨
僵化，創作上日趨形式的桐城古文注入活力，使其能夠適應新的時代情況而

〔註188〕〔清〕梅曾亮：《柏梘山房全集・文集・書啓》（上海：上海古籍出版社，《續
修四庫全書・集部・別集類・1513 冊》影印清咸豐六年刻、民國補修本），
卷2，頁17。
〔註189〕吳孟復：《桐城文派述論》（合肥：安徽教育出版社，2001 年 7 月），頁122。
〔註190〕〔清〕梅曾亮：《柏梘山房全集・文集・書啓》（上海：上海古籍出版社，《續
修四庫全書・集部・別集類・1513 冊》影印清咸豐六年刻、民國補修本），
卷2，頁13。
〔註191〕〔明〕呂柟：《毛詩序說・國風》（明山草堂集內編本），卷1，頁1。
〔註192〕邰紅紅：《梅曾亮及其散文研究》（濟南：山東大學中國古代文學研究所碩士
論文，2005 年），頁19。

繼續發展下去。〔註 193〕

　　姚瑩之經濟說，初步規劃出桐城經世文論的雛形；加上梅曾亮之因時合變，則建構出桐城經世文論的體系，屬於文人之文。其後的曾國藩又予以發展，強調經濟說之政治性，使其成為政治家之文。也就是說，梅曾亮因時合變之主張，扮演過渡的角色，使桐城經世文論的延續、開拓變得水到渠成，在桐城派的轉變中產生承上啟下的關鍵作用。〔註 194〕是以吳孟復《桐城文派述論》曰：「梅曾亮在桐城派中的地位是僅次於方苞、姚鼐的。這不僅因為他起來傳播作用，還因為他在文學理論上與創作實踐上都對方、姚有所發展。其原因是他處於近代史開端的時期，由於時代變化，桐城派也不能不有所發展變化，而他正是主張『通時合變』的人。」〔註 195〕

（三）文當求真

　　中國歷代傳統文論中，對於作者的性情、生活、情感，一直都很重視其表達之「真」。桐城自始祖方苞以來，也一直將「情感真切」視為文學創作要件之一。梅曾亮繼承其說後，又予以發展，闡述「真」之定義，並以之為評判作品優劣的標準。定義有三：其一，內容之真。即文章內容應真切反映社會現實與時代精神，與其「因時立言」的看法一致，並具體實踐於創作上。

　　其二，感情之真。梅曾亮認為文既是體現作者自我性情之作，是以作家為文時，應以發自內心之真情實感進行創作，所完成的作品才能真實反映出作者的性情。〈太乙舟山房文集序〉曰：

> 見其人而知其心，人之真者也。見其文而知其人，文之真者也。人
> 有緩急剛柔之性，而其文有陰陽動靜之殊，譬之查梨橘柚，味不同
> 而各符其名，肖其物；猶裘葛冰炭也，極其所長，而皆見其短。使
> 一物而兼眾味與眾物之長，則名與味乖；而飾其短，則長不可以復
> 見：皆失其真者也。失其真，則人雖接膝而不相知；得其真，雖千
> 百世上，其性情之剛柔緩急，見於言語行事者，可以坐而得之。蓋
> 文之真偽，其輕重於人也固如此。〔註 196〕

〔註 193〕沈黎：《梅曾亮研究》（蘇州：蘇州大學古代文學研究所碩士論文，2007 年），頁 22。

〔註 194〕邰紅紅：《梅曾亮及其散文研究》（濟南：山東大學中國古代文學研究所碩士論文，2005 年），頁 38。

〔註 195〕吳孟復：《桐城文派述論》（合肥：安徽教育出版社，2001 年 7 月），頁 120。

〔註 196〕〔清〕梅曾亮：《柏梘山房全集‧文集‧書序》（上海：上海古籍出版社，《續

可見梅曾亮將「眞」視爲古文創作的基本原則，認爲只有表現出作者的眞性情才能形成自己的風格，才具有存在的意義。〔註197〕

〈雜說〉曰：「堯之眉，舜之目，仲尼邱山之首，合以爲土偶，則不如邃簁戚施，僞與眞也。」〔註198〕即言明無論文章雕飾得如何華美，內容多麼充實，只要其無以反映作者之獨特的個性，就等同僞文。〈雜說〉又曰：「古人之作肖乎我，今人之作肖乎人；古人之作生乎情，今人之作生乎學。」〔註199〕他認爲今人之作雖生於學，但「學乎人而近乎性情」後，即應融入自我，使文「始雖僞，其後必眞」。換言之，梅曾亮相當重視文章是否傳神地表達出作者的性情。

其三，言語之眞。桐城文論向來主張先摹古以學古，其後再另造創意之言。然而實際上，姚鼐之後的桐城文人，大多只有做到摹古而已。是以梅曾亮主張辭有眞僞，爲文當「務去陳言」，這對於糾正桐城派作家因襲成法、句摹字剽的不良傾向具有一定的針砭意義。〔註200〕

至於如何求「眞」？〈黃香鐵詩序〉曰：「適乎境而不夸，稱乎情而不歉，審乎才而不剽竊曼衍，放乎其眞，適足而止，……可以言眞矣。」〔註201〕即闡明文章首要在於反映客觀事物的情況，而不流於誇大；接著求能反映作者創作的精神、思想與性情，而不流於不足；最後則必須依據作者自身的才能，決定可以靈活運用的題材、文辭，以形成個人獨特的風格，而不流於剽竊。〔註202〕

修四庫全書・集部・別集類・1513 冊》影印清咸豐六年刻、民國補修本），卷5，頁55。

〔註197〕邰紅紅：《梅曾亮及其散文研究》（濟南：山東大學中國古代文學研究所碩士論文，2005年），頁19～20。

〔註198〕〔清〕梅曾亮：《柏梘山房全集・文集・論説》（上海：上海古籍出版社，《續修四庫全書・集部・別集類・1513 冊》影印清咸豐六年刻、民國補修本），卷1，頁3。

〔註199〕〔清〕梅曾亮：《柏梘山房全集・文集・論説》（上海：上海古籍出版社，《續修四庫全書・集部・別集類・1513 冊》影印清咸豐六年刻、民國補修本），卷1，頁3。

〔註200〕沈黎：《梅曾亮研究》（蘇州：蘇州大學古代文學研究所碩士論文，2007年），頁22～23。

〔註201〕〔清〕梅曾亮：《柏梘山房全集・文集・書序》（上海：上海古籍出版社，《續修四庫全書・集部・別集類・1513 冊》影印清咸豐六年刻、民國補修本），卷5，頁53。

〔註202〕沈黎的研究認爲「文學作品首先要『適乎境』，準確地反映客觀事物的眞實情

（四）誦讀與聲氣相通

劉大櫆提倡士子習文應當放聲誦讀，始能由其聲音高低、節奏緩急的表現，得其精要，以從其字句、音節中揣摩文章之神氣。姚鼐發展劉大櫆的神氣說，〈與陳碩士書〉曰：「大抵學古文者，必要放聲疾讀，又緩讀，祇久之自悟。」〔註203〕具體闡述誦讀的方式爲先疾後緩，以體會前人作品的韻味所在。梅曾亮繼承劉、姚重視古文之「聲」的理論，認爲古文與其他文體的不同之處就在於其有文氣貫穿始終。〈與孫芝房書〉曰：

> 古文與他體異者，以首尾氣不可斷耳。有二首尾焉，則斷矣。退之謂六朝文雜亂無章，人以爲過論，夫上衣下裳相成而不複也，故成章。若衣上加衣，裳下有裳，此所謂無章矣。其能成章者，一氣者也。〔註204〕

古文貴在有文氣貫穿始終，若中有斷者，則如六朝文一般，雜亂無章。然而文氣雖要求連貫，但行文卻不可平鋪直敘，直言旨要。〈舒伯魯集序〉曰：

> 凡詩聞一二字可意得其全句者，非佳詩也。文氣貴直而其體貴屈，不直則無以達其機，不屈則無以達其情，爲文詞者主乎達而已矣。〔註205〕

也就是說，梅曾亮認爲文氣之連貫在於表現其神機，故貴直；而行文之闡述在於表達其感情，故貴屈。

至於求文氣貫通之道，則必須從誦讀古人佳作入手，從中領悟文章的精妙所在。〈與孫芝房書〉曰：

> 欲得其氣，必求之於古人，周秦漢及唐宋人文，其佳者皆成誦乃

況，其中又應滲透作家的個性和情感，而不是簡單複製生活，即『稱乎情』。『適乎境』和『稱乎情』的統一是文學藝術眞實性的主要來源，繼承了前人有關『情境交融』的理論而有所發展，並兼顧了作家的表現才能，即『審乎才』的問題，全面周到的論述了如何寫出具有個性和眞實性的作品。」詳見沈黎：《梅曾亮研究》（蘇州：蘇州大學古代文學研究所碩士論文，2007 年），頁 24。

〔註203〕啓業書局編：《明清十大家尺牘》（臺北：啓業書局，1971 年），頁 346～347。

〔註204〕〔清〕梅曾亮：《柏梘山房全集‧文集‧贈序》（上海：上海古籍出版社，《續修四庫全書‧集部‧別集類‧1513 冊》影印清咸豐六年刻、民國補修本），卷 3，頁 19。

〔註205〕〔清〕梅曾亮：《柏梘山房全集‧文續集》（上海：上海古籍出版社，《續修四庫全書‧集部‧別集類‧1513 冊》影印清咸豐六年刻、民國補修本），頁 162。

可。夫觀書者，用目之一官而已，誦之而入於耳，益一官矣。且出於口，成於聲，而暢於氣。夫氣者，吾身之至精者也，以吾身之至精者，御古人之至精，是故渾合而無有間也。國朝人文，其佳者固有得於是矣。誦之而成聲，言之而成文，而空疏寡情實者蓋亦有焉，則聞見少而蓄理不富也。〔註206〕

梅曾亮認為若能使所作之文皆誦而成聲，言而成文，則聞見多而蓄理富，是以誦讀為品評文章優劣的標準之一。〈臺山論文書後〉曰：

臺山氏與人論文，而自述其讀文之勤與讀文之法，此世俗以為迂且陋者也。然世俗之文，揚之而其氣不昌，誦之而其聲不文，循之而詞之豐殺厚薄緩急與情事不相稱，若是者皆不能善讀文者也。文言之，則昌黎所謂養氣；質言之，則端坐而讀之七八年。明允之言即昌黎之言也。文人矜誇或自諱其所得，而示人以微妙難知之詞，明允可謂不自諱者矣，而知而信之者或鮮。〔註207〕

梅曾亮認為文章之具在於「氣」；文氣之揚在於「誦」；文理之得在於與情事相稱，合此三者方得稱為善文。但其無法一蹴可幾，必須經過多年勤為誦讀，才能自古人處得其文質，進而運用在自己的創作中。

對於拓展桐城派的廊廡，豐富桐城派創作技法，及矯正桐城派枯弱之文風，都發揮了重要的作用。

第四節　桐城後期三子之古文理論

一、嚴　復

至於翻譯所使用之文體，則屬古文最為適當，〔註208〕其發展成熟便於靈

〔註206〕〔清〕梅曾亮：《柏梘山房全集‧文集‧贈序》（上海：上海古籍出版社，《續修四庫全書‧集部‧別集類‧1513 冊》影印清咸豐六年刻、民國補修本），卷3，頁19。

〔註207〕〔清〕梅曾亮：《柏梘山房全集‧文集‧書序》（上海：上海古籍出版社，《續修四庫全書‧集部‧別集類‧1513 冊》影印清咸豐六年刻、民國補修本），卷6，頁59。

〔註208〕李鈞的研究指出「由於嚴復譯作的雅，才使得反對西學的老式文人與新知識分子一起讀起了他的譯作。……嚴復擔心白話文會使中國文學獨有的美學特徵消失，『設用白話，則高者不過《水滸》《紅樓》，下者將同戲曲中簧皮之腳本。』他認為，語言變化是時代的產物，存興有待時日檢驗，該進化的自然

活運用，亦利於迅速普行於世。當時流行之古文屬桐城古文，嚴復自身亦極為推崇，因此，譯介西方著作時，便以桐城古文義法進行。在翻譯《天演論》時，他逐漸體認到翻譯雖為一新興文學，亦不能胡亂作數，當如桐城義法一般，有個規矩存在。他從歷代文章正軌所要求的義法，選擇出適用於翻譯的標準，即「信、達、雅」，對後世的翻譯家產生深遠影響。《天演論・例言》曰：

> 譯事三難：信、達、雅。求其信已大難矣，顧信矣不達，雖譯猶不譯也，則達尚焉。
>
> ⋯⋯此在譯者將全文神理，融會於心，則下筆抒詞，自善自備。至原文詞理本深，難於共喻，則當前後引襯，以顯其意。凡此經營，皆以為達，為達即所以為信也。
>
> 《易》曰：「修辭立誠。」子曰：「辭達而已。」又曰：「言之無文，行之不遠。」三者乃文章正軌，亦即為譯事楷模，故信、達而外，求其爾雅。此不僅期以行遠已耳，實則精理微言，用漢以前字法、句法，則為達易；用近世利俗文字，則求達難。往往抑義就詞，毫釐千里。〔註209〕

所謂信，指誠信，即要求譯者修辭當本之以誠，使內容之呈現忠於原作；所謂達，指通達，即要求行文必須暢達，使人讀之易懂。所謂雅，指雅言，即要求文章語言之使用，必須合於桐城古文義法之雅潔風格。三者間之關係是相輔相成，缺一不可。

二、林　紓

　　林紓將其古文理論與桐城諸家之說匯集成篇，著成《春覺齋論文》。相關內容詳見於後章，此不贅述。該書較突出其文論特色的，當為〈應知八則〉中的意境、筋脈、神味。

（一）意境

「意境」是中國傳統美學與文藝學的經典範疇。「意境」說最早見於唐、

進化，這正是實證主義的觀點。」實際上，當時的白話文學才剛開始起步，尚未發展完全，相較之下，還是已經行之有年的古文較容易掌握，同時也較容易為傳統文人所接受。詳見李鈞：〈先驅者復古現象考──以嚴復為例〉，《社會科學論壇》第 1 期（2004 年），頁 23。
〔註209〕　〔清〕嚴復：《天演論》（臺北：商務印書館，2009 年），頁 1～2。

偽託王昌齡之名作的《詩格》，其以境界論詩，曰：

> 詩有三境，一曰物境。欲爲山水詩，則張泉石雲峰之境，極麗絕
> 秀者，神之於心，處身於境，視境於心，瑩然掌中，然後用思，
> 了然境象，故得形似。二曰情境。娛樂愁怨，皆張於意而處於身，
> 然後馳思，深得其情。三曰意境。亦張於意而思之於心，則其眞
> 矣。〔註210〕

所謂「物境」，即具體所見之實境，重在對客觀世界的精確描繪。所謂「情
境」，即己之意張馳思所得之虛境；所謂「意境」，即將虛境進一步與心之所
思作結合而化之心境，因心而得其眞。是以必須先經由物境之見，情境之得，
作者始能以心化爲意境。要言之，「情境」與「意境」是主觀世界的表達，重
在「得其情」、「其眞」。

　　林紓吸收其詩論，首度將意境運用於討論文章審美藝術的至高境界，亦
爲其最重要之文論。〔註211〕他推「意境」爲「文之母也」，認爲「文章唯能立
意，方能造境。境者，意中之境也。……意者，心之所造；境者，又意之
所造也。」〔註212〕所謂「心」，即思維之中樞；所謂「意」，即作者之思想；
所謂「境」，即文章之構建的景象。換言之，意境之形成，同時也是古文創作
之構思過程。可見文與詩一樣，皆注重意境。林紓認爲文之意境與詩一樣，
也有其階段性。首先必須從心之所思造其意；再由其意造其境，最後由作者
統合後創作，使意境得以具體呈現。是以〈意境〉文曰：「一篇有一篇之局
勢，意境即寓局勢之中。此亦無難分別，但觀立言之得體處，即本意境之純
正。」〔註213〕

　　至於三者間的關係，林紓認爲首重在「意」。〈意境〉曰：「凡無意之文，
即是無理。無意與理，文中安得有境界？」〔註214〕「試問若無意者，安能造

〔註210〕〔宋〕陳應行：《吟窗雜錄》（明嘉靖二十七年崇文書堂刻本），卷4，頁23
　　　　～24。

〔註211〕張勝璋：〈意境：文之母也——林紓古文藝術論〉，《中國石油大學學報（社會
　　　　科學版）》第24卷第6期（2008年），頁97。

〔註212〕〔清〕林紓：《春覺齋論文·應知八則·意境》，收入郭紹虞、羅根澤主編：《中
　　　　國古典文學理論批評專著選輯》（北京：人民文學出版社，1998年），頁73。

〔註213〕〔清〕林紓：《春覺齋論文·應知八則·意境》，收入郭紹虞、羅根澤主編：《中
　　　　國古典文學理論批評專著選輯》（北京：人民文學出版社，1998年），頁74。

〔註214〕〔清〕林紓：《春覺齋論文·應知八則·意境》，收入郭紹虞、羅根澤主編：《中
　　　　國古典文學理論批評專著選輯》（北京：人民文學出版社，1998年），頁74。

境？不能造境，安有體製到恰好地位？」〔註215〕正因「文章唯能立意，方能造境」，意若明確，則境可得；反之，行文若無意，則無境可言。由此可見，他注重創作者的真情感發，視「真」爲意境的核心，認爲「意」決定了文章藝術境界的高下，好的文章必定是真性情的含蘊與激發。

　　文人創作之先，首爲立意，即決定爲文之旨要；次爲以心造意，即決定內容所欲表達之思想；再次爲以意造境，即決定行文格局句式之布置；終則爲以境得意境；意境呈現之優劣與否，決定文章之價值。〈意境〉文曰：「此即後文采而先意境之說也」〔註216〕；又曰：「意境者，文之母也，一切奇正之格，皆出于是間。不講意境，是自塞其途，終身無進道之日矣。」〔註217〕也就是說，意境爲文章之源，文章所展現之各種風貌皆取決於意境。〔註218〕

　　然而，如何求得意境之佳？〈意境〉曰：「須知意境中有海闊天空氣象，有清風明月胸襟。須講究在未臨文之先，心胸朗徹，名理充備，偶一著想，文字自出正宗。」〔註219〕可見要件有三，其一爲「心胸朗徹」，〈意境〉曰：「凡學養深醇之人，思慮必屏卻一切膠轕渣滓，先無俗念填委胸次，吐屬安有鄙俗之語？須知不鄙倍于言，正由其不鄙倍於心。」〔註220〕要求作者在創作時，必須先摒除雜慮、「心靜神肅」，如此，所用之言，所爲之文便能不俗。換言之，即將意境的形成與作者內在之精神活動聯結，以營造出意境之佳。〔註221〕

〔註215〕　〔清〕林紓：《春覺齋論文‧應知八則‧意境》，收入郭紹虞、羅根澤主編：《中國古典文學理論批評專著選輯》（北京：人民文學出版社，1998年），頁74。

〔註216〕　〔清〕林紓：《春覺齋論文‧應知八則‧意境》，收入郭紹虞、羅根澤主編：《中國古典文學理論批評專著選輯》（北京：人民文學出版社，1998年），頁73。

〔註217〕　〔清〕林紓：《春覺齋論文‧應知八則‧意境》，收入郭紹虞、羅根澤主編：《中國古典文學理論批評專著選輯》（北京：人民文學出版社，1998年），頁75。

〔註218〕　安安的研究指出，「在林氏看來，文章的旨趣出於意境，意境決定著文章的表現形式，比如風格、佈局以及語言。雖然此說未免絕對，但它卻明確地指出意境之於文章的重要性。我們不妨認爲：好文章未必有意境，而有意境的文章必定是好文章。」安安：《林紓《春覺齋論文》古文理論探要》（呼和浩特：內蒙古師範大學文藝學研究所碩士論文，2007年），頁8。

〔註219〕　〔清〕林紓：《春覺齋論文‧應知八則‧意境》，收入郭紹虞、羅根澤主編：《中國古典文學理論批評專著選輯》（北京：人民文學出版社，1998年），頁74。

〔註220〕　〔清〕林紓：《春覺齋論文‧應知八則‧意境》，收入郭紹虞、羅根澤主編：《中國古典文學理論批評專著選輯》（北京：人民文學出版社，1998年），頁73。

〔註221〕　安安認爲「『心胸朗徹』是要求爲文者『高潔誠謹』、『心靜神肅』，『屏卻一切膠轕渣滓，先無俗念填委胸次』。這就將意境的形成深入到作家的內在精

其二為「名理充備」，〈意境〉曰：「澤之以《詩》、《書》，本之于仁義，深之以閱歷，馴習久久，則意境自然遠去俗氛，成獨造之理解。朱子又言：『作文字須是靠實，說得有條理。』可見唯有理解，始能靠實。理解何出？即出自《詩》、《書》、仁義及世途之閱歷，有此三者為之立意，則境界焉有不佳者？」〔註222〕詩書為學；仁義為品；閱歷為識，三者涵養豐厚，然尚須時日之馴習，始能融貫自然，而有所創造；如此，所為之文必得脫俗之佳境。

三為「文字自出正宗」，〈意境〉曰：「有意矯揉，欲自造一境，固亦可以名家；唯舍鍥篆而蘗螺蛤，究不是正宗文字。」〔註223〕林紓有感部分文人有意矯揉造境，特意選用一些奧澀之詞，然其非屬正宗，而異於世所通用之文字，如此所為之文，則偏於生僻之境。

由於意境比較恰切地代表了作品中種種只可意會，不可言傳的複雜美感，因而它被廣泛地運用於文學評論中。林紓在中國傳統文論的基礎上，展開對「意境」論的探討，他是真正將「意境」一詞移至古文，並進行具體闡述的第一人。

（二）筋脈

〈筋脈〉曰：「行文之道，亦不能不重筋脈。」〔註224〕所謂筋脈，即文章脈絡。林紓舉《詩經》之例曰：

> 〈皇矣〉之詩曰：「度其鮮原」；〈釋山〉云：「小山別大山，鮮。」別者，不相連也。鄙意不相連者，正其脈連也。水之沮洳，行于地者，其來也必有源。〔註225〕

以眼觀之，大山、小山表面有別，然就地脈而言，實則相連；水雖聚集於低

神活動之中。為文構思，當以虛靜為上，只有胸襟不俗，才能在文學上獨闢蹊徑，寫出有意境，有創新的文字。」安安：《林紓《春覺齋論文》古文理論探要》（呼和浩特：內蒙古師範大學文藝學研究所碩士論文，2007 年），頁 8。

〔註222〕 〔清〕林紓：《春覺齋論文・應知八則・意境》，收入郭紹虞、羅根澤主編：《中國古典文學理論批評專著選輯》（北京：人民文學出版社，1998 年），頁 73。

〔註223〕 〔清〕林紓：《春覺齋論文・應知八則・意境》，收入郭紹虞、羅根澤主編：《中國古典文學理論批評專著選輯》（北京：人民文學出版社，1998 年），頁 74。

〔註224〕 〔清〕林紓：《春覺齋論文・應知八則・筋脈》，收入郭紹虞、羅根澤主編：《中國古典文學理論批評專著選輯》（北京：人民文學出版社，1998 年），頁 80。

〔註225〕 〔清〕林紓：《春覺齋論文・應知八則・筋脈》，收入郭紹虞、羅根澤主編：《中國古典文學理論批評專著選輯》（北京：人民文學出版社，1998 年），頁 80。

濕之地，然究之皆有源頭。文章之法，與之相同，各段表面看似獨立，層次
分明，實則前後文脈相貫，而暗合旨要。

至於「筋脈」之法，林紓引魏禧之論爲說，〈筋脈〉曰：

> 魏叔子之論文法，析而爲四：曰伏，曰應，曰斷，曰續。此語的是
> 論古文，不是論時文。伏處不必即應，斷處亦不必即續，此要訣也。
> 一篇之文，使人知阨要喫緊在于何處，當于起手時，在有意無意中，
> 閒閒著他一筆，使人不覺。故大家之文，阨要喫緊處，人人知之；
> 而閒閒伏筆處，或不之知，即應處不必緊隨伏處，續處不必緊隨斷
> 處也。〔註226〕

林紓認爲作文之法當埋有伏筆，如此可製造文境之懸，引人入勝。伏之巧者，
爲斷在阨要喫緊處，不必立即接續，應閒閒帶過，與伏處暗暗相扣。埋伏筆
之巧，在於使文之關鍵處，人皆能點出；而伏筆須不露痕迹，使人不察；如
此，待機緣成熟，突發論述時，讀者但覺豁然開朗，悟其漫妙。〔註227〕是以
林紓曰：「蓋一脈陰引而下，不必在在求顯，東雲出鱗，西雲露爪，使人捫捉，
亦足見文心之幻。」〔註228〕

（三）神味

〈神味〉曰：「論文而及于神味，文之能事畢矣。」〔註229〕林紓認爲文
人能事之止境，在於使文章得以表現出神味。至於「神味」之定義，〈神味〉
曰：「神者，精神貫徹處永無漫滅之謂；味者，事理精確處耐心咀嚼之謂。」
〔註230〕也就是說，「神」即方東樹所說的「魂魄停勻」，使文章可見作者之眞
性情，爲精神貫徹處，故永無漫滅；「味」即劉大櫆、姚鼐所說的韻味，即於
事理精確處耐心咀嚼。兩者間的關係，爲相輔相成，但「神」爲體，「味」爲

〔註226〕〔清〕林紓：《春覺齋論文・應知八則・筋脈》，收入郭紹虞、羅根澤主編：《中
　　　　國古典文學理論批評專著選輯》（北京：人民文學出版社，1998年），頁80。

〔註227〕呂立德：《林琴南古文理論研究》（臺北：臺灣師範大學國文研究所博士論
　　　　文，2002年），頁255。

〔註228〕〔清〕林紓：《春覺齋論文・用筆八則・用伏筆》，收入郭紹虞、羅根澤主編：
　　　　《中國古典文學理論批評專著選輯》（北京：人民文學出版社，1998年），頁
　　　　118。

〔註229〕〔清〕林紓：《春覺齋論文・應知八則・神味》，收入郭紹虞、羅根澤主編：《中
　　　　國古典文學理論批評專著選輯》（北京：人民文學出版社，1998年），頁86。

〔註230〕〔清〕林紓：《春覺齋論文・應知八則・神味》，收入郭紹虞、羅根澤主編：《中
　　　　國古典文學理論批評專著選輯》（北京：人民文學出版社，1998年），頁86。

用。換言之，作者貫徹其精神於文章中，進而言精確之事理，如此其文自然得以顯露永無漫滅、耐心咀嚼之神味。

林紓認為「神」，姚門弟子已發展完成。但對於「味」，自姚鼐之後，便無人再深入探究，是以他針對味之表現加以闡述。〈神味〉曰：

> 晉、張茂先曰：「讀之者盡而有餘，久而更新。」宋、呂本中曰：「東坡云：『意盡而言止者，天下之至言也。』然言止而意不盡，尤為極至。」張、呂二公所言，知味之言也。使言盡意盡，掩卷之後，毫無餘思，奚名為味？〔註231〕

他認為張茂先、呂本中所述，乃知味之言；因文章只有達到言止而意無盡，才能使讀者掩卷之後，咀嚼餘思所留之韻味。

如何才能求得耐心咀嚼之味，而言精確之事理呢？〈神味〉曰：「裏面涵養者，是積萬事萬理，擷其精華，每成一篇，皆萬古不可磨滅之作。」〔註232〕即作者必須先累積「萬事萬理」之涵養，使為文之事理得以擷其精華，如此創作出的文章自然富含韻味，而為萬古不可磨滅之作。而涵養累積之方式，林紓認為當「以道理之言，參以閱歷」〔註233〕，即作者除了仰賴閱讀習得道理之言外，尚須參照自身閱歷之所得，融綴成篇，使所言事理「不悖於道理，不怫於人情」〔註234〕，如此文章方可達到「言皆有用之言，又皆可行之實」〔註235〕的效果。由於姚鼐之「味」僅止於審美藝術效果之追求，反而忽略在追求韻味之前，所須具備的涵養問題。因此，林紓此說不僅有所突破，同時亦補其不足之處。〔註236〕

〔註231〕〔清〕林紓：《春覺齋論文·應知八則·神味》，收入郭紹虞、羅根澤主編：《中國古典文學理論批評專著選輯》（北京：人民文學出版社，1998 年），頁 86。

〔註232〕〔清〕林紓：《春覺齋論文·應知八則·神味》，收入郭紹虞、羅根澤主編：《中國古典文學理論批評專著選輯》（北京：人民文學出版社，1998 年），頁 86～87。

〔註233〕〔清〕林紓：《春覺齋論文·應知八則·神味》，收入郭紹虞、羅根澤主編：《中國古典文學理論批評專著選輯》（北京：人民文學出版社，1998 年），頁 87。

〔註234〕〔清〕林紓：《春覺齋論文·應知八則·神味》，收入郭紹虞、羅根澤主編：《中國古典文學理論批評專著選輯》（北京：人民文學出版社，1998 年），頁 88。

〔註235〕〔清〕林紓：《春覺齋論文·應知八則·神味》，收入郭紹虞、羅根澤主編：《中國古典文學理論批評專著選輯》（北京：人民文學出版社，1998 年），頁 88。

〔註236〕安安認為「相比之下，前人只看到味的審美藝術效果，卻忽略創造味所應具備的涵養。沒有這種涵養，味的藝術效果的表達勢必會受到影響，這其實是一個本與末的關係。後世學子如果一味地追求『言有盡而意無窮』的審美效

林紓舉韓愈〈與李翊書〉爲例，進一步說明求神味之法。〈神味〉曰：

> 韓昌黎〈與李翊書〉：「無望其速成，無誘於勢利。養其根而竢其實，加其膏而希其光。根之茂者其實遂，膏之沃者其光燁。仁義之人，其言藹如也。」此數語得所以求神味之眞相矣。然昌黎言雖如此，實未嘗一蹴即至。觀以下書辭，歷無數辛苦，始歸本乎仁義之途，《詩》、《書》之源，乃克副乎前所言者。吾輩淺人，遽言神味，甯非輕率？〔註237〕

林紓認爲神味應「無望其速成，無誘於勢利」，方能「養其根而竢其實，加其膏而希其光」，待作者之眞性情根茂實遂，故永無漫滅；待文之韻味膏沃光燁，故耐心咀嚼，兩者互爲體用，使神味展現其中，而爲文之能事畢矣。〔註238〕

三、姚永樸

姚永樸梳理桐城諸家文論，探討傳統文章理論的演變時，也蘊含其文論思想於其中，著成《文學研究法》，爲其代表性之著作。相關內容詳見於第六章第二節，此不贅述。茲選取其文論中對前人較有突破修正之部分，闡發於下。

（一）性情各偏

姚永樸與桐城諸家一樣，注重作者的性情，但他將「性」與「情」分而談之，以探索個人性情不同之處。《文學研究法・性情》中引《白虎通・性情》所論，加以闡明曰：

> 「性者陽之施，情者陰之化也。人稟陰陽氣而生，故內懷五性六情。情者靜也；性者生也。此人所稟六氣以生者也。」又云五性者，仁、義、禮、智、信也。六情者，喜、怒、哀、樂、愛、惡，所以扶成六性。夫人性內函，而外著爲情。其同焉者，性也；其

果，而無視爲文者自身的涵養，無異於是捨本逐末。」詳見安安：《林紓《春覺齋論文》古文理論探要》（呼和浩特：內蒙古師範大學文藝學研究所碩士論文，2007 年），頁 13。

〔註237〕〔清〕林紓：《春覺齋論文・應知八則・神味》，收入郭紹虞、羅根澤主編：《中國古典文學理論批評專著選輯》（北京：人民文學出版社，1998 年），頁 87。

〔註238〕安安認爲「韓愈行文，歸本仁義，取法乎上，歷盡辛苦才得文之神味，對昌黎而言尚且如此，更何況是普通的後世學子。」詳見安安：《林紓《春覺齋論文》古文理論探要》（呼和浩特：內蒙古師範大學文藝學研究所碩士論文，2007 年），頁 13。

不同焉者，情也。惟情有不同，斯感物而動，性亦不能不各有所
偏。〔註239〕

姚永樸認爲每個人皆稟六氣以生性，雖有所分，但究其質，則大抵相同。然
情乃性之外著，因個人感物所動之處不同，所表現之性便各有所偏，此乃世
之文人「必獨有資稟，獨有遭際，獨有時世」，而性情「彼此必不能相似」之
故。〔註240〕

　　姚永樸認爲性情乃文章之根本，其引劉勰《文心雕龍・情采》「情者，文
之經」及「文采所以飾言，而辯麗本於情性」〔註241〕之說，進而提出「文章
必根乎性情」。〔註242〕〈性情〉篇曰：「剛柔緩急，胥於文章見之。苟不能見
其性情。雖有文章，僞焉而已，奚望不朽哉。」〔註243〕可見姚永樸繼承桐城
諸家重視「即古人之法度，以寫一己之性情」之傳統，認爲文章若無法眞實
反映作者之性情，則爲僞文，即無存在的價值，更遑論傳世。

（二）剛柔相雜

　　姚永樸認爲「氣味」雖僅爲作品內容的構成要素之一，但其取向決定文
章之風格。〈氣味〉篇曰：「文章無氣無以行之，無味無以永之，此二者之分
也。」〔註244〕「氣」即桐城文論中之「氣脈」；「味」即桐城文論中之「韻味」，
〔註245〕兩者皆統攝於陰陽之中，具體展現之風格，即爲「剛柔」。換句話說，
「氣味」之所傾，將導致剛柔風格之所偏，而成爲個人文章之特色。

　　姚永樸繼承姚鼐「陰陽剛柔風格說」剛柔相糅之主張，認爲「剛柔相錯

〔註239〕〔清〕姚永樸：《文學研究法》（臺北：廣文書局，1962年），卷3，頁1～2。
〔註240〕黃伯韡認爲「人生而有先天資質的不同，進而或達而在上，或達而在下。憂
　　　　樂不能強同，所以自與他人異。」詳見黃伯韡：《姚永樸《文學研究法》文章
　　　　理論研究》（呼和浩特：內蒙古師範大學文藝學研究所碩士論文，2006年），
　　　　頁17。
〔註241〕〔南北朝〕劉勰：《文心雕龍》（臺北：臺灣商務印書館，《四部叢刊》影印明
　　　　嘉靖刊本），卷7，頁33。
〔註242〕〔清〕姚永樸：《文學研究法》（臺北：廣文書局，1962年），卷3，頁1。
〔註243〕〔清〕姚永樸：《文學研究法》（臺北：廣文書局，1962年），卷3，頁1。
〔註244〕〔清〕姚永樸：《文學研究法》（臺北：廣文書局，1962年），卷3，頁15。
〔註245〕楊福生的研究指出，「姚永樸以氣味論風格，從《中庸》：「人莫不飲食也，鮮
　　　　能知味也」開始，檢閱諸如厚味、意味、義味、深味、風味、韻味、異味、
　　　　興味、趣味、味外味等種種說，並析之於詩文例證，這就將味即是作品的
　　　　藝術感染力這一審美特徵揭示清楚了。」詳見楊福生：〈姚永樸《文學研究法》
　　　　述論〉，《北京大學學報（哲學社會科學版）》第5期（1998年），頁87。

而爲文，故陽剛之文，亦具陰柔之美。」但不認同自管同以來，桐城諸家便一直強調「文貴陽剛」之看法。他認爲過於偏重陽剛，則忽視陰柔之美。且姚鼐〈復魯絜非書〉曰：

> 文者，天地之精英，而陰陽剛柔之發也。……然而《易》、《詩》、《書》、《論語》所載，亦間有可以剛柔分矣。值其時其人告語之體，各有宜也。……觀其文，諷其音，則爲文者之性情形狀舉以殊焉。且夫陰陽剛柔，其本二端，造物者糅，而氣有多寡進絀，則品次億萬，以至於不可窮。……夫文之多變，亦若是已。糅而偏勝可也，偏勝之極，一有一絕無，與夫剛不足爲剛，柔不足爲柔者，皆不可以言文。〔註246〕

可見文本有陰陽剛柔之分，若重陽剛而輕陰柔，作者皆避爲陰柔之文，如此則變化有限，而形成另一種形式上的「偏勝之極，一有一絕無」。況且陰柔也自有其功用存在，否則《易》、《詩》、《書》、《論語》所載，便不須間分剛柔。姚永樸爲改善桐城諸家空虛疏弱之弊，才提出此一論點，並對姚鼐之「陰陽剛柔風格說」有所突破。爲有效糾正此陋習，雖然不免有矯枉過正之失，但對當時的文壇仍具有相當的針砭意義。

（三）風格奇正

　　姚永樸認爲自韓愈而後，「古來文家，未有不以奇爲尚者。」但「此種文字雖極可喜，然非根本深、魄力厚，而以鷙悍之氣，噴薄之勢，詼詭之趣，崛強之筆，濃郁之辭，鏗鏘之調行之。必不能窺其奧窔。使初學而驟希乎此，其流弊可勝言乎？」〔註247〕正因爲求文境之奇，不容易做到，且若一味求奇，文必有所偏，是以於〈奇正〉篇曰：「諸子一以有意爲奇之故，文章日流險僻，而不能造於自然，勢將授人以口實」〔註248〕，而唐代古文之末流，也證實古文若僅知尚奇之道，則最終必有風格趨於險僻，或道學之氣過重之弊。

　　姚永樸試圖言明使文爲奇的途徑。他受桐城古文兼尚雅正之風與奇特之境概念之啓發，主張文章風格當分爲「奇」、「正」兩種。對於蘇軾〈與黃魯直〉文曰：「凡人文字，務使平和，至足餘溢爲奇怪，蓋出於不得已也。」

〔註246〕　〔清〕姚鼐：《惜抱軒詩文集・文集》（清嘉慶十二年刻本），卷6，頁48～49。
〔註247〕　〔清〕姚永樸：《文學研究法》（臺北：廣文書局，1962年），卷4，頁5。
〔註248〕　〔清〕姚永樸：《文學研究法》（臺北：廣文書局，1962年），卷4，頁7。

〔註249〕他認爲蘇軾所指之平和至足，正與方苞《古文約選·序例》所曰：「古文氣體，所貴清澄無滓，澄清之極，自然而發其光精，則《左傳》、《史記》之瑰麗濃鬱是也。」〔註250〕相近，便援以爲論。〈奇正〉篇曰：「爲文章者，說平實之理，載庸常之行，最難制勝。必力去陳言，標新領異，然後爲佳。」〔註251〕主張爲文之始，說平實之理，載庸常之行，以求桐城之雅潔。待得其正，則由其入，持續涵養、馴習其能，力去陳言、標新領異，爲佳後必不得已而溢爲怪奇，「自然而發其光精」。簡單的說，「正」易「奇」難，習文之初但求雅潔，以由正入；熟稔後則自至奇境，此爲最行之有效的途徑。〔註252〕

（四）就雅去俗

桐城自始祖方苞以來，向來主張就雅去俗。姚永樸身爲清末民初的桐城後期諸子，自然也承繼著這個主張。但他眼見新文化運動者，盡廢古書，不斷鼓吹選詞用字之俗，使古文的地位受到挑戰。於〈雅俗〉篇曰：「高言不止於眾人之心，至言不出俗言勝也。」〔註253〕姚永樸認爲俗者雖風行一時，擁護者眾，但禁不起耐心咀嚼；反之雅者初視雖澹泊無味，但細細思量，反覆頌讀，則覺其氣味之雋永。

姚永樸選擇以補充桐城文論不足的方式因應，而不願與林紓一樣挺身與新文化運動者抗辯。〈雅俗〉篇曰：「顧不欲文章之工則已；如欲其工，就雅去俗實爲首務。」〔註254〕是以主張爲文之工，當以就雅去俗爲首務。其步驟有四：其一，續學，劉勰《文心雕龍·事類》曰：

> 夫姜桂因地，辛在本性；文章由學，能在天資。才自內發，學以外成。有學飽而才餒，有才富而學貧。學貧者迍邅於事義；才餒者劬勞於辭情，此內外之殊方也。是以屬意立文，心與筆謀，才爲盟主，學爲輔佐，主佐合德，文采必霸。才學褊狹，雖美少功。〔註255〕

〔註249〕〔明〕沈佳胤：《翰海·文部》（明末刻本），卷10，頁136。

〔註250〕〔清〕方苞：《望溪集·外文·序跋》（清咸豐元年刻本），卷4，頁324。

〔註251〕〔清〕姚永樸：《文學研究法》（臺北：廣文書局，1962年），卷4，頁5。

〔註252〕黃伯韡：《姚永樸《文學研究法》文章理論研究》（呼和浩特：內蒙古師範大學文藝學研究所碩士論文，2006年），頁38。

〔註253〕〔清〕姚永樸：《文學研究法》（臺北：廣文書局，1962年），卷4，頁9。

〔註254〕〔清〕姚永樸：《文學研究法》（臺北：廣文書局，1962年），卷4，頁9。

〔註255〕〔清〕姚永樸：《文學研究法》（臺北：廣文書局，1962年），卷4，頁10。

姚永樸以之為例，說明績學豐富，則屬意立文，學才合德，文采必霸，所為之文自然不俗，而趨於雅。其二，洗心，因為文章之雅俗，完全反應作者之性情品性，因此洗心飾志、脫棄勢利是文章雅的根基。〔註 256〕其三，修詞，即造言。自韓愈以來，為古文者，皆以務去陳言，詞必己出為要求文辭之條件，是以〈雅俗〉文中曰：「修詞之功，亦不可少。」〔註 257〕其四，好題目，〈雅俗〉文曰：「但欲為佳文，又必待有好題目而後可。」〔註 258〕因為文章之作當出於作者之願，有為而作，如此始能就其心志之所發，而為真情之文；否則「依違庸世、敷衍成文」〔註 259〕之偽文，便無存在之價值，此觀點正與「洗心」之說互為呼應。

　　總觀自清初古文大家，發桐城古文之先聲；康乾盛世（1662～1795）之桐城三祖吸收其主張，重新衍論成說；清中期之姚門弟子以三祖古文理論為基礎，加以推展擴張；清末民初之桐城後期諸子則總結諸家之說，就其不足之處，加以修正並有所突破。綜觀其文論之脈絡，發現基本上都是以前人之說為根柢，作小範圍之修正補齊工夫，是以文論有時顯得過於瑣碎，而少有新的立論。

　　然而，無論如何，桐城後期諸子能夠於舊說上，就己之所見細加闡述，並將之融貫成說，這是相當不容易的。況且正因有他們的努力，桐城派古文理論才得以自成體系，從而擴大它的影響。是以筆者認為應當肯定桐城諸家在這方面的努力與成就。

第五節　陽湖派古文理論

一、張惠言

（一）用學行世

　　張惠言繼承桐城派經世致用之傳統，再加以闡述。於〈畢訓咸詠史詩序〉文曰：

〔註 256〕慈波：〈《文章研究法》：桐城派文章理論的總結〉，《江淮論壇》第 5 期（2007年），頁 157。
〔註 257〕〔清〕姚永樸：《文學研究法》（臺北：廣文書局，1962 年），卷 4，頁 10。
〔註 258〕〔清〕姚永樸：《文學研究法》（臺北：廣文書局，1962 年），卷 4，頁 12。
〔註 259〕慈波：〈《文章研究法》：桐城派文章理論的總結〉，《江淮論壇》第 5 期（2007年），頁 157。

> 古之爲學，非博其文而已，必有所用之；古之爲文，非華其言而已，
> 必有所行之。必其有所用，則二帝三王周孔之道，如工之有矩，不
> 可以意毀也。必其有所行，則發于中而有言，如鼓之有挎，不可以
> 外遏也。〔註260〕

張惠言認爲自古以來，儒家之道即重在經世致用，是以學道在於使其有所
用；發爲文必亦有所行，故一生爲文，多以指陳時弊爲旨要。〔註261〕

（二）儒術事學之道

張惠言繼承桐城派之文道觀後，再予以修正補充，以強調爲文當以載用
學行世之道爲要。在〈文稾自序〉一文曰：

> 已而思古之以文傳者，雖于聖人有合有否，要就其所得，莫不足以
> 立身行義，施天下，致一切之治。荀卿、賈誼、董仲舒、揚雄以
> 儒；老聃、莊周、管夷吾以術；司馬遷、班固以事；韓愈、李翱、
> 歐陽修、曾鞏以學；柳宗元、蘇洵、軾、轍、王安石雖不逮，猶各
> 有所執持，操其一以應于世而不窮，故其言必曰道。道成而所得之
> 淺深醇雜見乎其文。無其道而有其文者，則未有也，故迺退而考之
> 于經，求天地陰陽消息于《易》虞氏，求古先聖王禮樂制度于《禮》
> 鄭氏，庶窺微言奧義，以究本原。……猶以述其迹象，闢其戶牖，
> 若乃微顯闡幽，開物成務，昭古今之統，合天人之紀，若涉淵海，
> 其無涯涘，貧不能自克，復役役于時。……然余之知學于道，自爲
> 古文始。〔註262〕

張惠言認爲古之以文傳者，即使其說與聖人無違，然就其所得「莫不足以立
身行義，施天下，致一切之治」，則不足稱之爲文。

張惠言主張爲文之要務，在於使文以載道，道爲文本，是以首先必須「窺
微言奧義，以究本原」，然後就其所得，取個人偏向之道，行於文中，以闡發

〔註260〕〔清〕張惠言：《茗柯文編·二編》（上海：上海古籍出版社，《續修四庫全
書·集部·別集類·1488冊》影印清同治八年刻本），卷上，頁524。

〔註261〕嚴明的研究指出，「古文成爲他批判社會，針砭時弊最有力的武器。揭露吏治
的黑暗腐朽，指斥科舉對人材的摧殘荼毒，是張惠言散文常見的主題。這些
文章往往措詞激切，頗能擊中要害。」詳見嚴明：〈張惠言散文簡論〉，《蘇州
大學學報（哲學社會科學版）》第3期（2001年），頁64。

〔註262〕〔清〕張惠言：《茗柯文編·三編》（上海：上海古籍出版社，《續修四庫全
書·集部·別集類·1488冊》影印清同治八年刻本），頁551。

之。而道大抵可區分爲四類，即「荀卿、賈誼、董仲舒、揚雄」之儒家之道；「老聃、莊周、管夷吾」之道法之道；「司馬遷、班固」之史事之道；「韓愈、李翺、歐陽修、曾鞏」之文學之道。此即突破桐城派言道以程朱理學爲基礎之限制，揭櫫經書方爲道之本原。又明言歷代諸家所說之道，只要符合立身行義，施以致治之標準，皆可用爲行文之本。是以無論僅取儒、術、事、學之道，或各有所執持，使「所得之淺深醇雜見乎其文」亦可，唯視作者自身性情之偏向來決定。

（三）文勢質

張惠言有鑒於方苞義法說強調文以載道，而侷限桐城諸家之思想，使「義」多流於空疏；爲使風格雅潔，而過度注重爲文之「法」，使文章內容大多千篇一律，無甚變化。然義法說之主張，確實使初學爲文者有門徑可循，且強調文章內容與形式並重，以客觀反映現實，發揮文章經典、紀事、道古、論事之功用，實有其價值存在。是以當如何革其弊呢？張惠言決定不講義法，轉而主張文勢質，以修正之。〈文質論〉曰：

> 質之不得不變而文也，勢也；文之不得不變而質也，亦勢也。勢之所成，因而通之，天下於是不勸；勢之所極，矯而張之，天下於是不窮。傳曰：「帝王一質一文，法天地之道也，文質再而易，正朔三而改。」又曰：「先王立三教，忠、敬、文是也。夏教忠，殷教敬，周教文。」由是言之，虞質而夏文，殷質而周文；夏周之文同，而所以教異，周繼亂而夏繼治也。夫民情者，不能常平，聖王之制，必自其所不平而入，一代之興，必更制度作禮樂，移風易俗，非有所明著其教，則上下不可以相喻，而化不興、俗不成，故主文主質者，非道之中也，所由適於禮樂之路也，天下之勢，盛則流，流則窮，窮則思反。當其盛也，天下知其適，不知其散也，聖人從而通其變，潛移默率，而使之不流，故可以長久。……故聖人近生則文質，百年而一易，遠則數百年千年，必得聖人而後能易，然其相代之勢，則未嘗改也。衣之於裘葛，食之於和味，……此所以生人者，非所以爲文質也。……文質者，其要在父子君臣之序，六親上下之施，……而出入於性情之間。質之敝也，民之喜怒好惡，肆然而自遂。……文之敝也，天下務飾，其具機巧詐僞，相冒散，然而無以相屬。……故文者，作其不容已之情而已；質者，反其不容僞之誠

而已。〔註263〕

可見所謂「文」，即文章，須「作其不容已之情」；所謂「勢」，即情勢，為因時變遷所自然產生之變化；所謂「質」，即本質，等同於道，須「反其不容偽之誠」。張惠言認為「天下之勢，盛則流，流則窮，窮則思反」，故須知情勢之變，方能「更制度作禮樂，移風易俗」，以「明著其教」，使上下相喻，而化民成俗。是以「文」務必「出入於性情之間」，而不為表面之文辭雕飾，以使情真；「質」務必依勢之所向，以倡行「近生」之道，如此方能使民情趨平，國興而治也。為文若能兼及文質，則序施之教明，方為天下之至文，足傳世久遠。換言之，文勢質乃呼應其「用學行世」、「儒術事學之道」所提出之主張，為文道觀之另一種體現。

此外，張惠言還強調文質並重。〈答吳仲倫論文質書〉曰：「文質無不偏重，偏重而適中則忠敬文之教為之也。」〔註264〕若偏於文，則為「機巧詐偽」之文辭；偏於質，則為偽，而無益於世，是以〈答吳仲倫論文質書〉又曰：「禮樂者，道之器也；文質者，禮樂之情也，尚文尚質者，所由以入禮樂之途也。」〔註265〕

二、惲　敬

（一）文學本末論

惲敬的「本末論」為何？〈與紡之論文書〉首曰文本論：

> 孔子曰：「辭達而已矣。」孟子曰：「詖辭知其所蔽，淫辭知其所陷，邪辭知其所離，遁辭知其所窮。」古之辭具在也，其無所蔽、所陷、所離、所窮四者，皆達者也；有所蔽、所陷、所離、所窮四者，皆不達者也。然而是四者，有有之而于達無害者焉，列禦寇、莊周之言是也。……聖人之所謂達者，何哉？其心嚴而慎者，其辭端；其神暇而愉者，其辭和；其氣灝然而行者，其辭大；其知通于微者，其辭無不至。言理之辭，如火之明，上下無不灼然，而跡不可求也；

〔註263〕〔清〕張惠言：《茗柯文補編》（臺北：臺灣商務印書館，《四部叢刊》影印清道光本），卷上，頁2。

〔註264〕〔清〕張惠言：《茗柯文補編》（臺北：臺灣商務印書館，《四部叢刊》影印清道光本），卷上，頁19。

〔註265〕〔清〕張惠言：《茗柯文補編》（臺北：臺灣商務印書館，《四部叢刊》影印清道光本），卷上，頁18。

> 言情之辭，如水之曲行旁至，灌渠入穴，遠來而不知所往也；言事
> 之辭，如土之塤壤鹹瀉，而無不可用也。此其本也。〔註266〕

惲敬的文本論，以孔子、孟子之言，標舉聖人的「辭達觀」，與一般人所云的辭遠有不同，它在辭句「達意」之上，更要求內心修養所得的嚴正、平和、氣沛能發用，使言理、言情、言事的辭意辭旨皆能達到「端、和、大、無不至」的境界。以爲其文本論之基礎。

於〈與紉之論文書〉復曰文末論：

> 蓋猶有末焉，其機如弓弩之張，在乎手而志則的也，其行如挈壼之
> 遞下而微至也，其體如宗廟圭琮之不可雜置也，如毛髮肌膚骨肉之
> 皆備而運于也，如觀于崇岡深巖，進退俯仰而橫側喬墮無定也。如
> 是其可以爲能于文者乎。〔註267〕

綜而言之，文本所指在於文人的修養，文末所指則是趨向技巧的運用。實際上，文本論中已包含有技巧說，因爲「辭端、辭和、辭大、辭無所不至」就是文本充盈至技巧而達成的修辭境地。

（二）才學識

惲敬認爲寫作要具備才能。所謂本，就是才與學。「才」是性靈、性情和氣質，屬先天的秉賦，也是文章寫作的自然本源。「學」是後天的功力，主要包括窮理和養氣兩個方面。窮理則「先須致知」，也就是認識事物；養氣又「先須寡欲」，也就是超脫萬物。

有足夠的才與學則易於達到上文所云「本末條貫」，若是不足，則「支、敝、體下」的缺點將在文中一一顯現。關於「才學」主張，見於〈上曹儷笙侍郎書〉：

> 方望溪先生曰：「古文雖小道，失其傳者七百年。」望溪之言若是，
> 是明之遵巖、震川，本朝之雪苑、勺庭、堯峰諸君子，世俗推爲作
> 者，一不得與乎望溪之所許矣。望溪謹厚兼學有源本，豈妄爲此論
> 邪！蓋遵巖、震川常有意爲古文者也，有意爲古文，而平生之才與
> 學不能沛然于所爲之文之外，則將依附其體而爲之，依附其體而爲

〔註266〕〔清〕惲敬：《大雲山房文稿・初集》（臺北：臺灣商務印書館，《四部叢刊》影印清同治本），卷3，頁46。

〔註267〕〔清〕惲敬：《大雲山房文稿・初集》（臺北：臺灣商務印書館，《四部叢刊》影印清同治本），卷3，頁46。

之，則爲支爲敝爲體下，不招而至矣。〔註268〕

惲敬對方苞古文失傳七百年的說法，不以爲妄論，其故有二：一是諸子「有意爲古文」。二是諸子「才學」所蓄不足，有意爲古文，則只能以古文標準作品爲模範，爲正體而依爲之，一依附，當然使「平生之才與學不能沛然於所爲之文之外」，已是畫地自限。有意爲古文，若才學充沛，則流敝不易察見；反之，才學若不足，則古文之弊便顯現無遺。補救之道在於「器識、學力」的厚植。於〈上曹儷笙侍郎書〉又曰：「如能盡其才與學以從事焉，則支者如山之立，敝者如水之去腐，體下者如負青天之高，于是積之而爲厚焉，斂之而爲堅焉，充之而爲大焉，且不患其傳之盡失也。」〔註269〕

至於，使本末條貫之途徑爲何？〈與紉之論文書〉曰：「若其從入之途則有要焉」，曰：「其氣澄而無滓也，積之則無滓而能厚也；其質整而無裂也，馴之則無裂而能變也。」〔註270〕氣澄無滓，積之使厚爲個人的修養；質整無裂，馴之使能變，爲近於學問的修養。

視才學爲從事古文時重要的修養。方苞〈答申謙居書〉一文即有提及，曰：「僕聞諸父兄，藝術莫難於古文。自周以來各自名家者僅十數人，則其艱可知矣。苟無其材，雖務學不可強而能也；苟無其學，雖有材不能驟而達也。有其材，有其學，而非其人，猶不能以有立焉。」〔註271〕此對惲敬「才學」說的提出，應有一定的影響。

何謂「才學」？惲敬〈上曹儷笙侍郎書〉曰：

> 然所謂才與學者何哉？曾子固曰：「明必足以周萬事之理，道必足以適天下之用，智必足以通難知之意，文必足以發難顯之情。」如是而已。〔註272〕

才學的發用具有明理、致用、達意、顯情之效，是一種圓熟的境界。因此，在惲敬文論中，才學的蓄積成爲補救古文之敝之方，並且是達到「正體」的

〔註268〕〔清〕惲敬：《大雲山房文稿・初集》（臺北：臺灣商務印書館，《四部叢刊》影印清同治本），卷3，頁48。

〔註269〕〔清〕惲敬：《大雲山房文稿・初集》（臺北：臺灣商務印書館，《四部叢刊》影印清同治本），卷3，頁48〜49。

〔註270〕〔清〕惲敬：《大雲山房文稿・初集》（臺北：臺灣商務印書館，《四部叢刊》影印清同治本），卷3，頁46。

〔註271〕〔清〕方苞：《望溪集・文集・書》（清咸豐元年戴鈞衡刻本），卷6，頁87。

〔註272〕〔清〕惲敬：《大雲山房文稿・初集》（臺北：臺灣商務印書館，《四部叢刊》影印清同治本），卷3，頁49。

良方。

　　然則，如何蓄積「才學」呢？則是「多讀書，多作文」。〈與來卿〉曰：「古文之訣，歐陽文忠公已言之曰：『多讀書，多作文耳。』然必有性靈，有氣魄之人方能。」〔註273〕有性靈，有氣魄的說法，近於方苞材人說，是屬於先天之力。多讀書，多作文則是學力的養成，可以靠後天努力。以「多讀書」作爲古文振衰起敝，培植學力的方法。在這基礎上，惲敬乃提出「文集之衰，當起之以百家」之說，欲以豐富的先秦學識振作古文之衰微。

　　在「本末條貫」的論文標準下，「才學」的加強成爲重要的修養。文本論對象是作者本人，而文學不變的根本本質是什麼？《初集・序錄》曰：

> 天地萬物皆日變者也，而不變者在焉。不變者，所以成其日變者也，文者，生乎人之心，天地萬物之日變，氣爲之；心之日變，神爲之，神之變，速于氣之變。而迂回之弊循循然而緩，謹細之弊，切切然而急，于神皆有所閡焉。敢不力充之以求所以日變者哉！然而有不可變者，《典論》曰：「學無所遺，辭無所假。」《史記》曰：「擇其言尤雅者著于篇。」可以觀矣。〔註274〕

從人心而言，其本質是日變的，其變，神爲之。從文學特質而言，好的文學有它不變的本質，也就是作品的眞誠度。「學無所遺，辭無所假」和作品的藝術價值，「擇其言尤雅者著於篇」。但是文學這種不變之本質的建立，得依靠作者的才、學始得以達成。

　　而達成此一目標的具體內容是「理實氣充」。〈答來卿〉曰：

> 作文之法不過理實氣充，理實先須致知之功，氣充先須寡欲之功。致知非枝枝節節爲之，不過其心淵然，于萬物之差別，一一不放過。故古人之文無一意一字苟且也，寡欲非掃淨斬絕爲之，不過其心超然，於萬事之攻取，一一不黏著，故古人之文無一字一句塵俗也。其尺度則《文心雕龍》、《史通》文章宗旨等書，先涉獵數過，可以得典型焉。若其變化之妙，存乎一心而已。〔註275〕

〔註273〕〔清〕惲敬：《大雲山房文稿・言事》（臺北：臺灣商務印書館，《四部叢刊》影印清同治本），卷2，頁207～208。

〔註274〕〔清〕惲敬：《大雲山房文稿・初集》（臺北：臺灣商務印書館，《四部叢刊》影印清同治本），頁6。

〔註275〕〔清〕惲敬：《大雲山房文稿・言事》（臺北：臺灣商務印書館，《四部叢刊》影印清同治本），卷2，頁208。

同卷另一篇〈答來卿〉：「治之之法，須平日窮理極精，臨文夷然而行，不責理而理附之，平日養氣極壯，臨文沛然而下，不襲氣而氣注之，則細入無倫，大含無際，波瀾氣格，無一處是古人，而皆古人至處矣。看文可助窮理之功，讀文可發養氣之功，看文看其意、看其辭、看其法、看其勢，一一推測備細，不可孤負古人。讀文則湛浸其中，日日讀之，久久則與爲一，然非無脫化也。」〔註276〕

惲敬認爲「作文之法，不過理實氣充。」與劉大櫆所說的「古人行文至不可阻處，便是他氣盛」〔註277〕；姚鼐〈答翁學士書〉曰：「文字者，猶人之言語也，有氣以充之，則觀其文也，雖百世而後，如立其人而與言於此。無氣，則積字焉而已。意與氣相御而爲辭，然後有聲音節奏高下抗墜之度，反復進退之態，采色之華，故聲色之美因乎意與氣而時變者也，是安得有定法哉。」〔註278〕可見惲敬之主張，實即呼應劉大櫆、姚鼐之說。惲敬的古文理論與桐城派基本相同。致知則理實，寡欲則氣充，皆是由外而內，由末而本的修養功夫。透過這層用力，方能本末條貫。

惲敬以「理實氣充」爲作文所必備的學養條件，而「理實」的達成以「致知窮理」爲功夫；「氣充」的達成以「寡欲養氣」爲功夫。所謂「致知窮理」不是專注在枝節、依附道理的追求之上，而是淵然參透萬物之別，一經爲文，萬物之理自然依附。所謂的「寡欲養氣」也不是掃淨斬除一切的意思，而是超然跳脫萬物的繫絆，一經爲文，氣勢自然充沛文中。至於「窮理」與「養氣」則有待「看文」、「讀文」以竟其功。

因此「看文」、「讀文」成爲達到「理實氣充」的重要憑藉。惲敬泛濫百家，古文取徑廣闊的原因，可在此處得到解答。〈答楊貫汀〉曰：「敬古文一支，當在綿水左右，然老重下筆，及一瀉千里之處，尚望留意焉，是道止爭識力耳。」〔註279〕視「古文之道」在「識力」二字上；而「識力」的展現，可說是「理氣」充沛發用時的產物。此爲「才學識」合一之論。

〔註276〕〔清〕惲敬：《大雲山房文稿・言事》（臺北：臺灣商務印書館，《四部叢刊》影印清同治本），卷2，頁209～210。

〔註277〕〔清〕劉大櫆：《論文偶記・八》，收入郭紹虞、羅根澤主編：《中國古典文學理論批評專著選輯》（北京：人民文學出版社，1998年），頁4。

〔註278〕〔清〕姚鼐：《惜抱軒詩文集・文集》（清嘉慶十二年刻本），卷6，頁43。

〔註279〕〔清〕惲敬：《大雲山房文稿・言事》（臺北：臺灣商務印書館，《四部叢刊》影印清同治本），卷1，頁195。

　　在達成與否之間，文學不變的本質同時成爲作品好壞的評判標準，變與不變於此得到統一。因此惲敬提出「文之事有四」之說，《初集·序錄》曰：

> 凡文之事曰「典」。典者所以尊古也。若單文無故實，則比於小學，……曰「自己出」，毋勦意、毋勦辭是也。曰「審勢」，能審勢，故文無定形，古之作者言無同聲，章無同格是也。曰「不過乎物」，不過乎物者，必稱其物也。言事、言理、言情皆以之。〔註280〕

此處所說的「自己出」、「審勢」，也就是作者的才性修養、眞誠度，含有可變的特性，以能獨出己見爲可貴。「典」、「不過乎物」也就是作品的文學價値、合宜性，是不可變的，端賴作者充實學養以完成。作者與作品，本與末在此處得到調和。

（三）義取百家

《大雲山房文稿二集·序錄》曰：

> 昔者班孟堅因劉子政父子《七略》爲〈藝文志〉，序六藝爲九種。聖人之經，永世尊尚焉。其諸子則別爲十家，論可觀者九家，以爲雖有蔽短，合其要歸，亦六經之支與流裔。至哉此言，論古之圭臬也。

> 敬嘗通會其說，儒家體備於《禮》及《論語》、《孝經》，墨家變而離其宗，道家、陰陽家支駢於《易》，法家、名家疏源於《春秋》，縱橫家、雜家、小說家適用於《詩》、《書》，孟堅所謂《詩》以正言，《書》以廣聽也。惟《詩》之流復別爲詩賦家，而樂寓焉，農家、兵家、術數家、方技家，聖人未嘗專語之，然其體亦六藝之所孕也。是故六藝要其中，百家明其際會，六藝舉其大，百家盡其條流。其失者孟堅已次第言之，而其得者窮高極深，析事剖理，各有所屬。故曰：「修六藝之文，觀九家之言，可以通萬方之略。」後世百家微而文集行，文集敝而經義起，經義散而文集益漓，學者少壯至老，貧賤至貴，漸漬於聖賢之精微，闡明於儒先之疏證，而文集反日替者，何哉？蓋附會六藝，屏絕百家，耳目之用不發，事物之賾不統，故性情之德不能用也。……至若黃初、甘露之間，子桓、子建氣體

〔註280〕　〔清〕惲敬：《大雲山房文稿·初集》，收入沈雲龍主編：《近代中國史料叢刊序編第六十九輯》（臺北：文海出版社），頁54～55。

高朗，叔夜、嗣宗情識精微，始以輕雋爲適意，時俗爲自然，風格相仍，漸成軌範，於是文集與百家判爲二途。熙寧、寶慶之會，時師破壞經說，其失也鑿；陋儒裒積經文，其失也膚；後進之士，窮聖人遺說，規而畫之，睇而晰之，於是經義與文集並爲一物。太白、樂天、夢得諸人，自曹魏發情，靜修、幼清、正學諸人，自趙宋得理，遞趨遞下，卑冗日積，是故百家之敝，當折之以六藝；文集之衰，當起之以百家，其高下遠近華質，是又在乎人之所性焉，不可強也已。〔註281〕

惲敬視六經爲文學源頭，同時亦不排斥諸子百家之長處，以爲長處是「窮高極深，析事剖理，各有所屬」，合二者以言古文，大大的開闊古文取徑的範圍，增加爲文學力。作者的性情與文學成績有何關係？〈與黎楷屛〉曰：「近時袁子才有格調增一分，則性情減一分之說。鄙意以爲無性情之格調，必成詩囚。無格謂之性情，則東坡所謂飲私酒、喫瘴死牛肉發聲矣。」〔註282〕講的雖是詩觀，對文人性情之看法；基本上是格調、性情兼重的主張。因此，惲敬取法諸子百家，除了有「起文集之衰」的目的，亦有「性情」的喜好。吳德旋〈行狀〉曰：「先生之志古文，得力於韓非、李斯，與蘇明允相上下，近法家言。敘事似班孟堅、陳承祚。」〔註283〕近法家言的地方，正是性情上的傾向。

惲敬文論，不限於儒家，而泛濫百家，較桐城派有變化。桐城派篤信宋學，惲敬則認爲「爲宋學者固非，漢唐之學者亦非」〔註284〕（〈答方九江〉）。是以吳德旋〈惲子居先生行狀〉曰：「先生嘗自言其學，非漢非宋，不主故常」〔註285〕、「先生之治古文，得力於韓非、李斯，與蘇明允相上下，近法家言」〔註286〕；〈惲子居先生事略〉亦曰「於陰陽、名、法、儒、墨、道德之書既無所不讀，又兼通禪理」〔註287〕陸繼輅則曰：「子居泛濫百家之言，其學由博而

〔註281〕錢基博：《國學必讀》（上海：中華書局，1932年），卷上，頁39～40。

〔註282〕〔清〕惲敬：《大雲山房文稿·言事》（臺北：臺灣商務印書館，《四部叢刊》影印清同治本），卷1，頁189。

〔註283〕〔清〕張維屛：《國朝詩人徵略》（清道光十年刻本），卷48，頁438。

〔註284〕〔清〕惲敬：《大雲山房文稿·言事》（臺北：臺灣商務印書館，《四部叢刊》影印清同治本），卷2，頁204。

〔註285〕〔清〕張維屛：《國朝詩人徵略》（清道光十年刻本），卷48，頁437。

〔註286〕〔清〕張維屛：《國朝詩人徵略》（清道光十年刻本），卷48，頁438。

〔註287〕〔清〕李元度：《國朝先正事略》（清同治刻本），卷43，頁846。

反約」〔註288〕、「後益研精經訓，深求史傳興衰治亂得失之故，旁覽縱橫、名、法、兵、農、陰陽家言，較其醇駁而折衷于儒術，將以博其識而昌其辭，以期至于可用而無弊。」〔註289〕因此惲敬文論較之桐城派，即為兼綜百家之學，思想更為開拓，體現更具多元。

（四）法效六經諸子

惲敬繼承桐城派義法論。方苞〈古文約選序例〉曾曰：「義法備於《左》、《史》」〔註290〕，惲敬也強調學習《史記》的義法，於〈與黃香石〉一文曰：「敬古文法盡出于子長。」〔註291〕

但是惲敬對桐城派有所不滿。〈上曹儷笙侍郎書〉文中言方苞、劉大櫆、姚鼐均「未足以饜其心」〔註292〕，並於〈上舉主笠帆先生書〉言「望溪之于古文，則又有未至者，是故旨近端而有時而歧，辭近醇而有時而窳。」〔註293〕又言方苞「敘事非所長」〔註294〕，言劉大櫆「識卑且邊幅未化」〔註295〕；〈與章澧南〉則言姚鼐「以才短不敢放言高論」〔註296〕，足見惲敬不願拘守桐城派的窠臼，而是要「必有自立之處，不隨人作計。」〔註297〕（〈答方九江〉）

惲敬認為自秦漢文章至唐宋古文家、明代唐宋派、清代桐城派所創作的

〔註288〕〔清〕陸繼輅：《崇百藥齋續集》（清道光四年刻本），卷3，頁36。

〔註289〕〔清〕陸繼輅：《崇百藥齋文集》（上海：上海古籍出版社，《續修四庫全書·集部·別集類·1496冊》影印清嘉慶二十五年合肥學舍刻本），卷17，頁31。

〔註290〕〔清〕方苞：《望溪集·外文·序跋》（清咸豐元年戴鈞衡刻本），卷4，頁324。

〔註291〕〔清〕惲敬：《大雲山房文稿·言事》（臺北：臺灣商務印書館，《四部叢刊》影印清同治本），卷2，頁205。

〔註292〕〔清〕惲敬：《大雲山房文稿·初集》（臺北：臺灣商務印書館，《四部叢刊》影印清同治本），卷3，頁48。

〔註293〕〔清〕惲敬：《大雲山房文稿·初集》（臺北：臺灣商務印書館，《四部叢刊》影印清同治本），卷3，頁48。

〔註294〕〔清〕惲敬：《大雲山房文稿·二集》（臺北：臺灣商務印書館，《四部叢刊》影印清同治本），卷2，頁134。

〔註295〕〔清〕惲敬：《大雲山房文稿·二集》（臺北：臺灣商務印書館，《四部叢刊》影印清同治本），卷2，頁134。

〔註296〕〔清〕惲敬：《大雲山房文稿·言事》（臺北：臺灣商務印書館，《四部叢刊》影印清同治本），卷1，頁197。

〔註297〕〔清〕惲敬：《大雲山房文稿·言事》（臺北：臺灣商務印書館，《四部叢刊》影印清同治本），卷2，頁204。

古文，其文體是一脈相承的。但已經表現出「自厚趨薄，自堅趨瑕，自大趨小」〔註298〕的衰退之勢，欲振興古文，就應當做到「積之而爲厚」、「斂之而爲堅」、「充之而爲大」〔註299〕（〈上曹儷笙侍郎書〉）桐城派從唐宋八大家入手，而取徑於歸有光，以閒情眇狀爲姿媚，以紆徐搖曳爲神氣，得陰柔之美，清順有餘而精彩不足。惲敬治古文，由諸子百家入手，得力於韓非、李斯，屬辭瑰偉，聲情健茂，得陽剛之美。

至於古文法度去取，惲敬於〈上舉主笠帆先生書〉中，曰：「敬自能執筆之後，求之於馬鄭而去其執，求之於程朱而去其偏，求之屈宋而去其浮，求之於馬班而去肆，求之於教乘而去其罔，求之於菌芝步引而去其誣，求之於大人先生而去其飾，求之於農圃市井而去其陋，求之於恢奇弔詭之技力而去其詐悍，淘汰之，播揚之，摩揣之，薋沐之，得於一是而止。是故質諸鬼神而無疑，百世以俟聖人而不惑，竊有志焉而未逮也。」〔註300〕

至於古文取徑，惲敬於〈與黃香石〉曰：「古文法盡出子長，其孟堅以下時參筆勢而已。」〔註301〕可見《史記》爲惲敬創作時主要學習的對象。另於〈與黃香石〉一文具體述說其創作之道，曰：「作〈同遊海幢寺記〉，……此文儒爲主中主，禪爲主中賓，琴與詩爲賓中主，畫與棋與酒爲賓中賓。其序次前五節，皆以禪消納之，爲後半重發無和尚張本，而儒止瞥然一見，如大海中日影，大山中雷聲，此子長〈河渠平準書〉、〈伯夷屈原賈生列傳〉法也。海幢形勢佳勝，先于獨遊時寫足，入同遊後不必煩筆墨，此子長〈項羽本紀〉、〈李將軍傳〉法也。」〔註302〕足見惲敬融合《史記》手法於自身創作中。

此外，惲敬古文得自唐宋八家之處，亦復不少。〈答來卿〉曰：「學韓文先須分別其不可學者，乃最要也。此外可學者，大都識高則筆力自達，力厚

〔註298〕〔清〕惲敬：《大雲山房文稿・初集》（臺北：臺灣商務印書館，《四部叢刊》影印清同治本），卷3，頁48。

〔註299〕〔清〕惲敬：《大雲山房文稿・初集》（臺北：臺灣商務印書館，《四部叢刊》影印清同治本），卷3，頁48～49。

〔註300〕〔清〕惲敬：《大雲山房文稿・二集》（臺北：臺灣商務印書館，《四部叢刊》影印清同治本），卷2，頁133～134。

〔註301〕〔清〕惲敬：《大雲山房文稿・言事》（臺北：臺灣商務印書館，《四部叢刊》影印清同治本），卷2，頁205。

〔註302〕〔清〕惲敬：《大雲山房文稿・言事》（臺北：臺灣商務印書館，《四部叢刊》影印清同治本），卷2，頁204～205。

則詞采自腴，而其用意用法之巧，勝有不可勝求者。」〔註303〕

　　惲敬在法的方面，更注意規範與變化。桐城三祖提倡的法，各有偏重，方苞偏重結構線索、詳略虛實，劉大櫆偏重神氣音節，姚鼐偏重詞章風格，惲敬提倡的法，則偏重於體例。《大雲山房文稿》卷首有「通例」二十五條，對古文的體例，特別是碑傳文的體例，諸如題目、姓名、名號、宮爵、稱謂、家世、紀年、月日、地名，以至行格、題注，都根據《史記》、《漢書》之法及唐人、宋元明人的稱號作了規定，使古文的體例更加規範化。特別值得提出的，惲敬既注意文法的規範，又注意文法的變化。

（五）融貫槍椲袍袖

　　惲敬於〈與舒白香〉文中，綜述明代、清初諸古文家卑薄、高強之失，同時提出取捨之道，曰：「近世文人病痛多能言之，其最粗者，如袁中郎等，乃卑薄派，聰明交遊客能之。徐文長等乃瑣異派，風狂才子能之。艾千子等乃描摩派，佔畢小儒能之。侯朝宗、魏叔子進乎此矣，然槍椲氣重。歸熙甫、汪苕文、方靈皋進乎此矣。然袍袖氣重。能摔脫此數家則掉臂遊行，另有蹊徑，亦不妨仍落此數家，不染習氣者，入習氣亦不染，即禪宗入魔法也。」〔註304〕惲敬「醇中見肆，肆中有醇」的「袍袖槍椲」文論，近於姚鼐義理考據詞章說法，但是多了「識力」上的要求，這又是不同於桐城派雅正文風。

　　惲敬既然重視「理實氣充」以充盈「才學識」的學養，對文章風格乃採取醇肆調和之說，在學養中顯現氣勢，在氣勢中不失學養。〈與來卿〉曰：

　　　　古文之訣，歐陽文忠公已言之曰：「多讀書，多作文耳。」然必有性
　　　　靈，有氣魄之人方能。語小則直湊單微，語大則推倒豪傑，本源穢
　　　　者文不能淨，本源粗者文不能細，本源小者文不能大也。〔註305〕

惲敬對文人之稟性，其欣賞的角度趨於「有性靈，有氣魄之人」，因無氣魄則流於卑薄，卑薄則有語小直湊單微之弊；有氣魄而乏性靈則性高強，高強則有語大推倒豪傑之弊，皆不足法。

〔註303〕〔清〕惲敬：《大雲山房文稿・言事》（臺北：臺灣商務印書館，《四部叢刊》影印清同治本），卷2，頁208～209。

〔註304〕〔清〕惲敬：《大雲山房文稿・言事》（臺北：臺灣商務印書館，《四部叢刊》影印清同治本），卷1，頁192。

〔註305〕〔清〕惲敬：《大雲山房文稿・言事》（臺北：臺灣商務印書館，《四部叢刊》影印清同治本），卷2，頁207～208。

此外，〈與鄒立夫〉曰：「吾弟氣逸體縱，有不可羈的之概，而風回雨止仍復寂然，此得天之最厚者。……然不可自高，自高則所見浮，不可自阻，自阻則所進淺，浮與淺則下筆俳巧、甜俗、粗率皆來擾之，而且自以為名家大家矣。」〔註306〕足見惲敬亦反對文人以氣逸體縱而自滿，否則易流於浮淺，其弊與卑薄相去不遠。

（六）用意雅潔

桐城派文風以「雅潔」見長，但惲敬對於其「雅潔」並不滿意，遂於〈與章灃南〉文中提出其雅潔觀，曰：

> 《海峰樓文集》二十餘年前在京師，一中舍處見之，今細檢量，論事論人未得其平，論理未得其正，大抵筆銳于本師方望溪先生，而疎樸不及，才則有餘于弟子姚姬傳先生矣。前閣下以潔目之，鄙見太史公之潔全在用意捽落千端萬緒，至字句不妨有可議者，今海峰字句極潔，而意不免蕪近，非眞潔也。〔註307〕

〈與舒白香〉亦曰：

> 敬觀古今之文，越天成越有法度，如《史記》千古以為疎闊，而柳子厚獨以潔許之。今讀伯夷、屈原等列傳，重疊拉雜，及刪其一字一句則其意不全，可見古人所得矣。至所謂疎古，乃通身枝葉扶疎，氣象渾雅，非不檢之謂也。敬于此事如禪宗看話頭參知識，蓋三十年。〔註308〕

視《史記》文章為「潔」，乃取法自柳宗元〈答韋中立論師道書〉所曰「參之太史公以著其潔」〔註309〕，方苞〈書蕭相國世家後〉曾進一步闡釋曰：「柳子厚稱太史公書曰潔，非謂辭無蕪累也，蓋明於體要，而所載之事不雜，其氣體為最潔耳。」〔註310〕是以桐城派所標舉的古文義法，首在嚴於辨體，方苞

〔註306〕〔清〕惲敬：《大雲山房文稿‧言事》（臺北：臺灣商務印書館，《四部叢刊》影印清同治本），卷1，頁195。

〔註307〕〔清〕惲敬：《大雲山房文稿‧言事》（臺北：臺灣商務印書館，《四部叢刊》影印清同治本），卷1，頁197。

〔註308〕〔清〕惲敬：《大雲山房文稿‧言事》（臺北：臺灣商務印書館，《四部叢刊》影印清同治本），卷1，頁192。

〔註309〕〔唐〕柳宗元撰；〔宋〕魏仲舉注：《河東先生集‧書》（宋刻本），卷34，頁364。

〔註310〕〔清〕方苞：《望溪集‧文集‧讀子史》（清咸豐元年戴鈞衡刻本），卷2，頁30。

在〈古文約選序例〉中指出「辨古文氣體，必至嚴乃不雜也。」〔註311〕惲敬繼承方苞闡述古文端正的文體傳統，在〈上曹儷笙侍郎書〉曰：「古文，文中之一體耳。而其體至正，不可餘，餘則支；不可盡，盡則敝；不可爲容，爲容則體下。」〔註312〕表示對於古文的認識，陽湖派和桐城派基本上是一致的。另外，惲敬亦繼承桐城古文載道的思想，強調文章的作用在於「達聖人之達」，以闡明「聖人之道」。

惲敬文論雖承襲桐城義法，但對於義與法之取徑卻有所不同；創作方面，亦主張運用「新奇」手法，追求變化，使文風得以不再侷限於桐城「雅潔」之框架，而能脫化出作者自身的性情，突顯出個人的風格。〈與來卿〉曰：

> 大抵意可新不可奇，詞可新可奇，文之體、文之矩矱無所謂新奇，
> 能善用之則新奇萬變在其中矣。不佞嘗告陶南明經，以爲字字有
> 本、句句自造、篇篇變局、事事搜根，古人不傳秘密法也。〔註313〕

足見惲敬主張文章必須在遵守「意可新不可奇，詞可新可奇」之要件下，使作品內容產生新奇的變化。換句話說，不能爲了追求新奇，一昧標新立異，而是必須在符合古文正軌的範圍內，運用藝術技巧，去體現文章的新奇萬變。蓋因惲敬早年習六朝文、漢魏賦頌，後來改治古文之緣故，才能夠不囿於桐城義法，而能兼及他家長處。是以尤師信雄《桐城文派學述》曰：「惲敬爲文亦主雅潔，然其潔在意不在字句，此又與桐城之論稍異也。……視桐城所論別有闡發。」〔註314〕

三、陸繼輅

陸繼輅主張爲文，雖在於才識兼具，然首重者，應爲抒發作者之眞情實感。〈與趙青州書〉一文曰：

> 故君子之于文，亦自竭其才與識焉已耳，後世之毀譽非所計也。若
> 斤斤焉譽之是趨，而毀之爲避，則必有所遷就、畏縮，而才與識

〔註311〕〔清〕方苞：《望溪集‧外文‧序跋》（清咸豐元年戴鈞衡刻本），卷4，頁323。
〔註312〕〔清〕惲敬：《大雲山房文稿‧初集》（臺北：臺灣商務印書館，《四部叢刊》影印清同治本），卷3，頁47～48。
〔註313〕〔清〕惲敬：《大雲山房文稿‧言事》（臺北：臺灣商務印書館，《四部叢刊》影印清同治本），卷2，頁208。
〔註314〕尤信雄：《桐城文派學述》（臺北：文津出版社，1989年1月），頁85。

皆無由以自達其于文也，不已隘乎？……夫文者，說經、明道、抒
寫性情之具也，特文不工，則三者皆無所附麗。故札記出而說經之
文亡，語錄出而明道之文亡，何者？言之無文，則趨之者易也。既
已言之而文矣，江、鮑、徐、庾、韓、柳、歐陽、蘇、曾，何必偏
有所廢乎？治古文者往往薄四六爲不屑，爲甚者斥爲俳優侏儒之
技，入主出奴之見，亦猶攷據、辭章兩家，隱然如敵國，甚可笑
也。〔註315〕

足見陸繼輅認爲文人在加強自身的才識之餘，尙得兼及爲文時，作者性情思
想的眞誠表達。

四、李兆洛

（一）合駢散爲一

陽湖派明確提倡「合駢散爲一」的是李兆洛。之所以提出這種融通駢散
的主張，與其對當代古文創作的不滿有關。在〈答莊卿珊〉中曰：

洛之意頗不滿于今之古文家，但言宗唐宋而不敢言宗兩漢。所謂宗
唐宋者，又止宗其輕淺薄弱之作，一挑一剔，一咨一詠，口牙小慧，
讕陋庸詞，稍可上口，已足標異。于是家家有集，人人著書，其於
古則未敢知，而於文則已難言之矣。〔註316〕

由於唐宋古文創作難度較低，濫作則易流於淺薄。李兆洛認爲要改善桐城派
諸家過於崇散避駢，導致內容過於空虛單調的弊病，須以兩漢爲宗，而駢文
上承秦漢而下啓唐宋，正爲其一脈相承之文體，故欲宗兩漢，自得從駢文入
手。於〈答莊卿珊〉一文曰：

竊以爲欲宗兩漢，非自駢體入不可。今日之所謂駢體者，以爲不美
之名也，而不知秦漢子書無不駢體也。竊不欲人避駢體之名，故因
流以溯其源，豈第屈司馬、諸葛以爲駢而已，將推而至老子、管子、
韓非子等皆駢之也。〔註317〕

但當時駢文之地位並不如古文，李兆洛之主張自然不被當世文人所接

〔註315〕〔清〕陸繼輅：《崇百藥齋文集》（上海：上海古籍出版社，《續修四庫全書·
集部·別集類·1496冊》影印清嘉慶二十五年合肥學舍刻本），卷14，頁684
～685。
〔註316〕〔清〕潘德輿：《養一齋集·文集·書》（清道光刻本），卷8，頁103。
〔註317〕〔清〕潘德輿：《養一齋集·文集·書》（清道光刻本），卷8，頁103。

受。其同邑弟子薛子衡在〈養一李先生行狀〉曰：「先生嘗病當世之治古文者，知宗唐宋而不知宗兩漢。六經以降，兩漢猶得其遺緒。而欲宗兩漢，非自駢體入不可。」〔註318〕《清史稿》亦曰：「論文欲合駢散為一，病當世治古文者知宗唐宋，不知宗兩漢，因輯《駢體文鈔》。」〔註319〕是以其決意從反面達成其目標，即改而提倡棄散習駢。遂於嘉慶十一年（1806）開始編選《駢體文鈔》，於嘉慶二十五年（1820）完成，隔年刊行，共 31 卷，收錄範圍為自戰國至隋，成為駢文中興的幹將之一。

　　李兆洛透過編選《駢體文鈔》，言明其「合駢散為一」的文論主張，在〈駢體文鈔序〉中曰：

> 天地之道，陰陽而已，奇偶也，方圓也，皆是也。陰陽相並俱生，故奇偶不能相離，方圓必相為用。道奇而物偶，氣奇而形偶，神奇而識偶。孔子曰：「道有變動，故曰爻。爻有等，故曰物。物相雜，故曰文。」又曰：「分陰分陽，迭用柔剛，故易六位而成章。」相雜而迭用。文章之用，其盡於此乎！《六經》之文，班班俱存。自秦迄隋，其體遞變，而文無異名。自唐以來始有古文之目，而目六朝之文為駢儷。而為其學者亦以是為與古文殊路。……文之體至六代而其變盡矣。沿其流極而沂溯之，以至乎其源，則其所出者一也。吾甚惜夫歧奇偶而二之者之毗于陰陽也。毗陽則躁剽，毗陰則沉膇，理所必至也，于其相雜迭用之旨，均無當也。〔註320〕

先秦至六朝文體並無區分，唐代以後，為與駢文相抗，乃自立古文之名。李兆洛認為就文學之發展而言，實不應強判駢散為二，是以古文應當融通駢文，以充分發揮不同的文體功用，並豐富文章的創作技巧。

　　李兆洛為增加其影響力，甚至還以莊卿珊的名義為《駢體文鈔》寫一篇序言，針對當代古文家鄙視駢文的現象，進行辯駁，曰：

> 古之言文者，吾聞之矣。曰：「雲漢之伸也，虎豹之文也，鬱鬱也，彬彬也，非是謂之野。今之言文者，吾聞之矣。」曰：「孤行一

〔註318〕〔清〕李兆洛：《養一齋文集》（上海：上海古籍出版社，《續修四庫全書·集部·別集類·1495 冊》影印清道光二十三年活字印，二十四年增修本），頁2。

〔註319〕趙爾巽：《清史稿校註·文苑三》（臺北：國史館，1986 年），卷 493，頁11204。

〔註320〕〔清〕潘德輿：《養一齋集·文集·序》（清道光刻本），卷5，頁63。

意也，空所依傍也，不求工也，不使事也，不隸詞也，非是謂之
駢。」〔註321〕

李兆洛認為古文之短，正是駢文之長；駢文之短，正是古文之長，是以主張
兩者應合而為一。而所謂的「合駢散為一」，便是在桐城古文中，援用駢文句
法格式、辭藻修飾使事用典等方面之技巧，以增強桐城古文作品的藝術審美
效果。

　　由此可見，李兆洛提倡駢文的目的，在於汲駢入散，以修正桐城古文傳
統創作的藩籬。但由於過度強調駢文之重要性，導致後人未瞭解其真意，僅
注意到其捨古習駢之主張，而忽略了其對古文方面的貢獻。

（二）言為心聲

　　李兆洛認為「言為心聲」，〈陸祁孫箚記序〉曰：「言為心聲，信然哉。凡
工於言者，未有不肖其心者也。惟其心肖之，則并聲音笑貌，亦無不肖之
矣。」〔註322〕即文章內容乃作者性情之體現，故〈答高雨農〉曰：「每有所述，
稱心而言，意盡輒止，不足與于古文之數。」〔註323〕以強調創作應當回歸於
性情之真，始能得率直之情韻。

（三）法心體貌

　　李兆洛在吸收桐城文論之義法、神氣說後，進一步提出古文要點在於
「法」、「心」、「體」、「貌」。〈墨卷望氣序〉曰：

　　　有定者，文之法；無定者，文之心；無定而有定者，文之體；有定
　　　而無定者，文之貌。法者，立本者也；心者，通變者也；體者，因
　　　質者也；貌者，趣時者也。〔註324〕

以法而言，行文自有一定之義法規律，以立其本，屬「有定」；以心而言，在
於傳達作者之真性情，以通其變化，屬「無定」；以體而言，表面上似乎任由
作者選擇創作之體裁，但實際上依據內容之偏向，仍有一定之限制，以合其
性質，屬「無定而有定」；以貌而言，在於運用有限之語言、材料，呈現出當
代無數的獨特面貌，以趣其時，屬「有定而無定」。李兆洛認為初學文者若能
充分掌握到此四點，便能創作出既符合桐城古文義法，同時又具有個人風格

〔註321〕〔清〕潘德輿：《養一齋集‧文集‧書》（清道光刻本），卷8，頁88。
〔註322〕〔清〕潘德輿：《養一齋集‧文集‧續編》（清道光刻本），卷1，頁296。
〔註323〕〔清〕潘德輿：《養一齋集‧文集‧書》（清道光刻本），卷8，頁107。
〔註324〕〔清〕潘德輿：《養一齋集‧文集‧序》（清道光刻本），卷6，頁84。

變化與時代趨勢之優秀作品。

五、陽湖派與桐城派之相異處

陽湖古文的興盛，主要在乾隆末年、嘉慶、道光間，若以乾隆五十二年（1787）張惠言赴京與惲敬定交爲始，以道光二十一年（1841）李兆洛七十三歲辭世爲訖，陽湖文派興盛近六十年，而此六十年正是桐城派披靡天下之時。何以陽湖文派可以獨然存在？必自有突破桐城家法，而自我樹立之處，闡述如次：

（一）擴充義法意旨

就「義」而言，桐城三祖取法之徑雖是由歸有光上溯唐宋八家，再上溯至《左傳》、《史記》，然大抵皆以韓歐爲主，義理亦以程朱理學爲宗；陽湖派僅是重申其主張，並強調古文一脈，既源於先秦兩漢之經、史與諸子百家，那麼不管其後如何演變，取法自得擴及歷代文學諸家，而不應有所侷限，如此方能兼收眾美，而自成一格。

就「法」而言，自方苞立下「義法」、「雅潔」爲文論基礎後，桐城諸家嚴守規矩，反受束縛；陽湖派則不然，認爲當以文意爲重，是以不應拘守常法，而是要屢變其法，以求新奇。

（二）強調駢散合一

陽湖派創始者惲敬、張惠言，由於早年擅長駢文，後來才改而習古文，因此，駢文在其文論與創作中影響深刻，表現出駢散相濟的傾向。直到李兆洛，更是鮮明地主張「合駢散爲一」，與桐城派之主張差異甚大。是以錢基博《現代中國文學史》曰：「陽湖之所以不同於桐城者，蓋桐城之文從唐宋八家入，陽湖之文從漢魏六朝入。迨李兆洛起，放言高論，盛倡秦漢之偶儷，實唐宋散行之祖，乃輯《駢體文鈔》以當桐城姚氏之《古文辭類纂》，而陽湖之文，乃別出於桐城以自張一軍。」〔註325〕

（三）以學濟文

桐城派主要是針對古文方面提出相關文論，以具體運用在創作上。關於學術方面，並無特別強調。然而陽湖諸家，則採取以學濟文的文學創作策略，是以大多有其自身擅長之學術，如張惠言爲清代《易》、《禮》學之宗師；惲

〔註325〕錢基博：《現代中國文學史》（臺北：文海出版社，1981年），頁27。

敬長於經濟之學;陸繼輅雖不以學術名世,但在金石考證與方志學上,也有所成就;李兆洛則精於輿地、考據、訓詁之學。他們將其個人的學術造詣運用於古文創作上,是以張惠言之文風博通雅潤;惲敬之文風縱肆有據;陸繼輅之文風則婉摯多情而「按之皆有物」;李兆洛之文風則「溫潤縝密而有玉德」。〔註326〕(董士錫〈崇百藥齋詩文集敘〉)

(四)積極研究世務

桐城三祖雖強調經世致用,但卻不甚講究具體的經世之學,最為明顯的便是姚鼐因「刑官不易為」〔註327〕,而退出官場,以書院講學為生;這就與陽湖派的「研究世務,擘畫精詳」〔註328〕,便有態度消極與積極之分。雖然其後之姚門弟子受到時代震盪之影響,務為經濟之學,但兩者之偏向不同。簡單地說,桐城派如梅曾亮主要是藉由通時合變、因時致用文論之提倡,以改變當代文人應世之保守思想,再由內而外,擴及至古文創作與實際的建立事功上;陽湖派,如周濟、張琦、包世臣等,則直接積極的研究世務,注意政治上之得失利病,以有序之言,言所欲言之物,對於清朝統治之鞏固,是相當有幫助的。是以在文論與創作上,兩派也存在著根本性的差異,桐城派致力於儒家思想主張之發揚,屬於文人之文;陽湖派則注意於政治世務實踐之探討,屬於策士之文。

陽湖派雖針對桐城派文論與創作之缺失,作一番修正,但其影響性仍舊遠遠不及,究其原因,大致有四:其一為陽湖派成員少,為桐城勢力所掩。其二為陽湖派除惲敬較少作駢文外,餘者在創作古文的同時,亦喜歡進行駢文之創作,在當代非駢即散的文學環境中,易被歸類為駢文一派,而無法引起當代文人之注意。其三為創始者張惠言、惲敬之官位不高,在清代各種學術皆蓬勃發展之情況下,自然附和者極少,而影響不廣,加上張惠言是以詞名著於當世,古文未若詞之表現亮眼;此外,世人對其古文創作的評價並不高,如林紓《春覺齋論文》曰:「張惠言作其〈先妣事略〉,極意欲抒其悲懷,然寫情實不如震川之摯」〔註329〕,吳德旋《初月樓古文緒論》曰:「敘事

〔註326〕〔清〕董士錫:《齊物論齋文集》(清道光二十年刻本),卷2,頁16。
〔註327〕〔清〕董士錫:《齊物論齋文集》(清道光二十年刻本),卷2,頁37。
〔註328〕〔清〕包世臣:《藝舟雙楫・論文一》(清安吳四種本),卷1,頁11。
〔註329〕〔清〕林紓:《春覺齋論文・述旨》,收入郭紹虞、羅根澤主編:《中國古典文學理論批評專著選輯》(北京:人民文學出版社,1998年),頁44。

文，惲子居亦能簡，然不如惜抱之韻矣」〔註330〕。其四，陽湖派既係出桐城派，初立時又正值桐城派風行天下之際，當代士子皆以身爲桐城文人爲榮，是以甄榮歡《方苞、劉大櫆、姚鼐三家之研究》曰：「陽湖一派，既根本出於桐城，而桐城文家相繼輩出，故世人多趨桐城。陽湖之嗣者，以故極少。其可知者，不過秦瀛、陸繼輅、董士錫、李兆洛諸人；而此數人者，又非專習古文者，故陽湖之傳，微矣。」〔註331〕

第六節　湘鄉派古文理論

一、曾國藩

（一）經濟說

曾國藩繼承姚鼐「義理、考證、文章相濟」說，並主張三者並非同等重要，而是以義理爲最大。《曾國藩家書・致澄弟、溫弟、沅弟、季弟》曰：

> 蓋自西漢以至於今，識字之儒，約有三途：曰義理之學，曰考據之學，曰詞章之學，各執一途，互相詆毀，兄之私意，以辦義理之學最大，義理明則躬行有要，而經濟有本。詞章之學，亦所以發揮義理者也。考據之學，吾無取焉矣，此三途者，皆從事經史，各有門徑，吾以爲欲讀經史，但當研究義理，則心一而不紛。是故經則專守一經，史則專熟一代，讀經史專主義理，此皆守約之道，確乎不可易者也。〔註332〕

〈勸學篇示直隸士子〉亦曰：「苟通義理之學，而經濟該乎其中矣。……義理與經濟初無兩術之可分，特其施功之序，詳於體而略於用耳。」〔註333〕即在全盤繼承姚鼐主張後，強調義理爲經濟之本，與經濟該乎義理之中，以保持桐城文論的基本延續性，並注入新的內涵予以發展。

將經濟具體視爲行文之內容，本就爲桐城派之基本主張，但桐城諸家認爲經世致用僅爲文章義理之一端，因此並未似曾氏那樣強調經濟在文中的重

〔註330〕〔清〕吳德旋：《初月樓古文緒論》（清常州先哲遺書後編本），頁5。
〔註331〕甄榮歡：《方苞、劉大櫆、姚鼐三家之研究》（香港：珠海書院中國文學研究所碩士論文，1981年），頁186。
〔註332〕〔清〕曾國藩：《曾國藩家書》（臺北：黎明文化，1987年），頁72。
〔註333〕〔清〕震鈞：《天咫偶聞》（清光緒刻本），卷5，頁90。

要性。曾國藩認爲「文章之可傳者，惟道政事較有實際」（〈復汪梅村孝廉〉）
〔註334〕，是以在吸收姚鼐「義理、考證、文章相濟」說，與借鑒姚瑩之「經
濟」後，提出完整之「經濟說」。〈勸學篇示直隸士子〉曰：

> 爲學之術有四：曰義理，曰考據，曰辭章，曰經濟。義理者，在孔
> 門爲德行之科，今世目爲宋學者也。考據者，在孔門爲文學之科，
> 今世目爲漢學者也。辭章者，在孔門爲言語之科，從古藝文及今世
> 制義詩賦皆是也。經濟者，在孔門爲政事之科，前代典禮、政書，
> 及當時掌故皆是也。〔註335〕

《求闕齋日記類鈔・問學》亦曰：

> 有義理之學，有詞章之學，有經濟之學，有考據之學。義理之學，
> 即《宋史》所謂道學也，在孔門爲德行之科；詞章之學，在孔門爲
> 言語之科；經濟之學，在孔門爲政事之科；考據之學，即今世所謂
> 漢學也，在孔門爲文學之科。此四者闕一不可。予於四者，略涉津
> 涯，天質魯鈍，萬不能造其奧窔矣。惟取其尤要者而日日從事，庶
> 以漸磨之久，而漸有所開。〔註336〕

由此可見，所謂「經濟」，指經邦濟世之術，內容包括「前代典禮政書及當世
掌故」〔註337〕（〈勸學篇示直隸士子〉）。曾國藩之所以特意強調「經濟」，甚
至在其所編選之《經史百家雜鈔》書中另列典章一類，一方面是爲了彌補桐
城派有序之言雖多，而有物之言則少的空疏。另一方面，也是爲了鼓舞當代
士子平日研究有用之學和社會實際問題，使文學能夠直接爲政治服務，達到
經世致用的目標，是以〈酬李生三首〉曰：「文章不是救時物，揚雄、司馬烏
足驕。」〔註338〕

此外，曾國藩還主張以義理爲體，經濟爲用，以臻於內聖之境。兩者相
輔，使義理之說不流於空疏；經濟之言不致於脫離常軌，如此行之於文，自
然可以達到經世致用的功效。此主張顯然是繼承桐城派之文論思想所加以闡
發的，與當時直接致力於「外在事功」的經世派不同。

〔註334〕 〔清〕曾國藩：《曾文正公書札》（清光緒二年刻增修本），卷28，頁684。

〔註335〕 〔清〕葛士濬：《清經世文續編・學術二》（清光緒石印本），卷2，頁31。

〔註336〕 〔清〕曾國藩：《求闕齋日記類鈔》（清光緒二年刻本），卷上，頁5。

〔註337〕 〔清〕震鈞：《天咫偶聞》（清光緒刻本），卷5，頁90。

〔註338〕 〔清〕曾國藩：《曾文正公詩文集（上）》，收入《國學基本叢書四百種》（臺
北：臺灣商務印書館，1968年），卷2，頁43。

（二）偏好陽剛風格

曾國藩繼承姚鼐「陰陽剛柔風格說」，以之論文學風格。〈與張廉卿〉曰：

> 昔姚惜抱先生論古文之途，有得於陽與剛之美者，有得於陰與柔之美者。二端判分，畫然不謀。余嘗數陽剛者約得四家，曰莊子、曰揚雄、曰韓愈、柳宗元；陰柔者約得四家，曰司馬遷、曰劉向、曰歐陽修、曾鞏，然柔和淵懿之中必有堅勁之質，雄直之氣運乎其中，乃有以自立。〔註339〕

《求闕齋日記類鈔・文藝》亦曰：「吾嘗取姚姬傳先生之說，文章之道分陽剛之美、陰柔之美。大抵陽剛者氣勢浩瀚，陰柔者韻味深美。浩瀚者噴薄而出之，深美者吞吐而出之。」〔註340〕

此外，曾國藩爲幫助士子掌握其特性，欲從姚鼐之古文八字訣出發，對剛柔之美作深入之探討。於咸豐十年（1860），〈日記〉曰：

> 往年余思古文有八字訣，曰雄、直、怪、麗、澹、遠、茹、雅。近於茹字似更有所得，而音響、節奏，須一和字爲主，因將澹字改作和字。〔註341〕

同年九月〈日記〉又曰：「文章陽剛之美，莫要於慎、湧、直、怪四字；陰柔之美，莫要於憂、茹、遠、潔四字。惜余知其意而不能竟其學！」〔註342〕而後歷經數年，斟酌再三，直至同治四年（1865），才確切提出陽剛之美爲「雄直怪麗」；陰柔之美爲「茹遠潔適」，並各作十六字贊之。〈日記〉曰：

> 嘗慕古文境之美者，約有八言：陽剛之美曰雄、直、怪、麗；陰柔之美曰茹、遠、潔、適。蓄之數年，而余未能發爲文章，略得八美之一，以副斯志。是夜將此八言，各作十六字贊之，至次日辰刻作畢。附錄如左：
>
> 雄，劃然軒昂，盡棄故常，跌宕頓挫，捫之有芒。
>
> 直，黃河千曲，其體仍直，山勢如龍，轉換無跡。
>
> 怪，奇趣橫生，人駭鬼眩，《易》、《玄》、《山經》，張韓互見。
>
> 麗，青春大澤，萬卉初葩，《詩》、《騷》之韻，班揚之華。

〔註339〕〔清〕曾國藩：《曾文正公書札》（清光緒二年刻增修本），卷5，頁112。
〔註340〕〔清〕曾國藩：《求闕齋日記類鈔》（清光緒二年刻本），卷下，頁49。
〔註341〕〔清〕曾國藩：《求闕齋日記類鈔》（清光緒二年刻本），卷下，頁49～50。
〔註342〕〔清〕曾國藩：《求闕齋日記類鈔》（清光緒二年刻本），卷下，頁50。

茹，眾義輻湊，吞多吐少，幽獨咀含，不求共曉。

遠，九天俯視，下界聚蚊，窳庵周孔，落落寡群。

潔，冗意陳言，纇字盡芟，慎爾褒貶，神人共監。

適，心境兩閑，無營無待，柳記歐跋，得大自在。〔註343〕

此說大致上為衍姚鼐之說而來，曾氏運用比喻之手法，概括描繪兩種風格美的特性，較姚鼐所述更為周詳。

然而兩種風格中，曾國藩所偏好的，是具有雄奇之氣的陽剛美，是以屢屢言及，如〈復劉開生太守〉曰：「古文一道，國藩好之而不能為之，然謂西漢與韓公獨得雄直之氣，則與平生微尚相合，願從此致力，不倦而已。」〔註344〕〈覆吳南屏〉亦曰：「平生好雄奇瑰瑋之文。」〔註345〕《家訓》亦曰：「余好古人雄奇之文，以昌黎為第一，揚子雲次之。二公之行氣，本之天授。至於人事之精能，昌黎則造句之工夫居多，子雲則選字之工夫居多。」〔註346〕曾國藩於〈雜著・筆記二十七則・陽剛〉一文中，敘述自己崇尚陽剛之文的原因，曰：

蓋人稟陽剛之氣最厚者，其達於事理，必有不可掩之偉論。其見於儀度，必有不可犯之英風，嚕之鴻門披帷，拔劍割彘，與夫霸上還軍之請，病中排闥直諫，皆陽剛之氣之所為。未有無陽剛之氣，而能大有立於世者。有志之君子，養之無害可耳。〔註347〕

然而，如何使文風能夠偏於陽剛呢？曾國藩提出「以漢賦之氣運之」之方法。桐城派自方苞倡行雅潔，以六朝駢語為禁忌後，諸家作古文時，便刻意避免語出慷慨激烈之辭，因此文風大多偏於柔弱，而平淡寡味，殊乏變化。此時適值駢文名家輩出，古文遂趨於衰微。曾國藩基於自身之喜好、及重振古文之需要，而欲以漢賦之氣矯之，以潤飾其枯窘之弊。

（三）四象說

曾國藩根據宋、邵雍《易經》之四象，與古文之陰陽風格作進一步結合，提出四象說。同治四年（1865）六月十九日，曾國藩〈諭紀澤、紀鴻〉曰：「氣

〔註343〕 〔清〕曾國藩：《求闕齋日記類鈔》（清光緒二年刻本），卷下，頁50。

〔註344〕 〔清〕曾國藩：《曾文正公書札》（清光緒二年刻增修本），卷30，頁751。

〔註345〕 〔清〕曾國藩：《曾文正公書札》（清光緒二年刻增修本），卷5，頁129。

〔註346〕 〔清〕曾國藩：《曾文正公家訓》（清光緒五年刻本），卷上，頁15。

〔註347〕 〔清〕曾國藩：《曾文正公全集》（臺北：臺灣東方書店，1964年3月），頁485。

勢、識度、情韻、趣味四者，偶思邵子四象之說可以分配，茲錄於別紙，爾試究之。」〔註348〕邵子，即宋代理學家邵雍，他於〈觀物內篇〉中，將陰陽、剛柔分爲太陽、太陰、少陽、少陰四象；及太剛、太柔、少剛、少柔四體，並分別以日月星辰、水火土石屬之，而天下萬物皆由此轉化生成。曾國藩受其影響，將之運用在古文風格的分類上，並進一步剖析「太陽」之「氣勢」分爲「噴薄之勢」與「跌宕之勢」；「太陰」之「識度」分爲「閎闊之度」與「含蓄之度」；「少陰」之「情韻」分爲「沉雄之韻」與「淒惻之韻」；「少陽」之「趣味」分爲「詼詭之趣」與「閒適之趣」。

同治五年（1866），曾國藩將氣勢、識度、情韻、趣味四者，與四象對應，十一月初二《家書》曰：「古文四象目錄，抄付查收。所謂四象者，識度即太陰之屬，氣勢則太陽之屬，情韵少陰之屬，趣味少陽之屬。」〔註349〕同治七年（1868）四月〈日記〉亦曰：「余昔年鈔古文，分氣勢、識度、情韻、趣味爲四屬。」〔註350〕足見曾國藩將四者稱爲四屬，而合其對應之四象，即爲「四象說」。

曾國藩認爲古文作品之優劣，以「四象說」之標準加以檢驗，便可以知曉，曰：「近日所看之書，及領略古人文字意趣，儘可自擴所見，隨時質正。前所示有氣則有勢，有識則有度，有情則有韻，有趣則有味，古人絕好文字，大約於此四者之中，必有一長。」〔註351〕此外，其他文學體裁也適用於這個標準，曰：「余昔年鈔古文，分氣勢、識度、情韻、趣味爲四屬，擬再鈔古近體詩，亦分爲四屬，而別增一機神之屬。機者，無心遇之，偶然觸之。」〔註352〕換言之，曾國藩認爲天下美文大抵皆可以四象說囊括之。吳汝綸〈記古文四象後〉評價此文論曰：

> 自吾鄉姚姬傳氏以陰陽論文，至公而言益奇，剖析益精，於是有四象之説，又於四類中各析爲二類，則由四而八焉。蓋文之變不可窮也如是。至乃聚二千年之作，一一稱量而審定之，以爲某篇屬太陽，某篇屬少陰，此則前古無有，眞天下瑰偉大觀也。〔註353〕

〔註348〕〔清〕曾國藩：《曾文正公家訓》（清光緒五年刻本），卷下，頁38。
〔註349〕〔清〕曾國藩：《曾國藩家書》（臺北：黎明文化，1987年），頁1757。
〔註350〕〔清〕曾國藩：《求闕齋日記類鈔》（清光緒二年刻本），卷下，頁54。
〔註351〕〔清〕曾國藩：《曾文正公家訓》（清光緒五年刻本），卷下，頁38。
〔註352〕〔清〕曾國藩：《求闕齋日記類鈔》（清光緒二年刻本），卷下，頁54。
〔註353〕〔清〕吳汝綸：《桐城吳先生詩文集·文集》（清桐城吳先生全書本），卷4，

足見曾氏此說乃是繼承姚鼐文論後，所加以推衍的。吳汝綸認爲曾國藩將陰陽析爲四象，又將四象分爲八類，以論不可窮之文之變也，爲「前古無有」、「天下瑰偉大觀」。然而細究其所述，僅僅只是細分其類而已，實際上本質仍與姚鼐之主張相同。

二、張裕釗

（一）意辭氣法

張裕釗提倡意、辭、氣、法當統一，但強調以意爲主，輔以辭、氣、法，方能使文義精闢。在〈答吳至甫書〉文曰：

> 古之論文者曰文以意爲主，而辭欲能副其意，氣欲能舉其辭，譬之車然，意爲之御，辭爲之載，而氣則所以行也。欲學古人之文，其始在因聲以求氣，得其氣，則其意與辭往往因之而並顯，而法不外是矣。是故契其一而其餘可以緒引也。蓋曰意曰辭曰氣曰法之數者，非判然自爲一事，……唯其妙之一出於自然而已。自然者，無意於是而莫不備至，動皆中乎其節，而莫或知其然，日星之布列、山川之流峙是也。……及吾所自爲文，則一以意爲主，而辭氣與法胥從之矣。〔註354〕

「文以意爲主」是中國文學傳統理論之一，唐代文學家杜牧即曾言：「凡爲文以意爲主，以氣爲輔，以辭彩章句爲之兵衛。」〔註355〕而所謂意有二：其一是中和，張裕釗主張「六經著天下萬事萬理，不可紀極，要其歸則中和二言足以蔽之矣」〔註356〕，是以其所作古文，皆不疾不徐，文風沉隱；其二是於天下世道人心有所裨益，張裕釗曾以雲作比喻，言文章必須作到如雲一般，「然起於山川之間，潢洋浩渺旁魄乎於大地，及其上於天也，鴻絧繽紛，……倏忽萬變」〔註357〕，「至其施利澤於天下也，……有積之無垠，出之

頁 166。

〔註354〕〔清〕張裕釗：《濂亭文集》（上海：上海古籍出版社，《續修四庫全書·集部·別集類·1544 冊》影印清光緒八年查氏木漸齋蘇氏刻本），卷 4，頁 30～31。

〔註355〕〔唐〕杜牧：《樊川集·樊川文集》（臺北：臺灣商務印書館，《四部叢刊》影印明翻宋本），卷 13，頁 89。

〔註356〕〔清〕張裕釗：《濂亭文集》（上海：上海古籍出版社，《續修四庫全書·集部·別集類·1544 冊》影印清光緒八年查氏木漸齋蘇氏刻本），卷 3，頁 92。

〔註357〕〔清〕張裕釗：《濂亭文集》（上海：上海古籍出版社，《續修四庫全書·集部·

無窮。」〔註358〕張裕釗認爲論文自當以意爲主，辭副其意，氣舉其辭，三者兼得而法自存於其中。究其所述，雖仍是以桐城三祖文論爲基本觀點，但其將創作時所體會之道理，與之結合，闡發得更爲具體。

（二）倡行雅健

張裕釗認同曾國藩偏好陽剛風格之思想，遂結合方苞之雅潔，提倡雅健文風，〈答劉生書〉曰：

> 夫文章之道，莫要於雅健，欲爲健而屬之已甚，則或近俗。求免於俗而務爲自然，又或弱而不能振。古之爲文者，若左丘明、莊周、荀卿、司馬遷、韓愈之徒，沛然出之，言屬而氣雄，然無有一言一字之強附而致之者也，措焉而皆得其所安。文惟此最爲難。知其難也，而以意默參於二者之交，有機焉以寓其間，此固非朝暮所能企，而亦非口所能道。治之久，而一旦悠然自得於其心，是則其至焉耳。至之之道無他，廣稡而精導，熟諷而湛思。舍此則未有可以速化而襲取之者也。〔註359〕

所謂「雅」，指語言的淵雅典麗；所謂「健」，指氣勢的雄奇宏大。爲文若能做到語言雅麗，而不過於雕琢；氣勢雄壯而合乎自然，自然能寫出美文。但要達到此目標，非朝夕之功，必得經由長期磨煉與實踐後，方能「一旦悠然自得於心」。

（三）陰陽變易之道

張裕釗繼承姚鼐、曾國藩之陰陽說，自歷史人文之演進出發，闡述文學之道應當隨之有所變易。〈送黎蒓齋使英吉利序〉曰：

> 蓋嘗論天地之化，古今之紀，天人相與構會。陰陽以之蕩摩，窮則變，變則通，而世道乃與爲推移。上古人民鳥獸錯處，巢窟之居，毛血之食，羽革之衣，聖人者作，立君臣上下，興修禮樂制度，備物制用，通變宜民，遞相損益，天下文明。虞夏殷周之世，稱極盛焉。同道衰，而至於秦，一革除先王之法，封建、井田、學校、典

〔清〕張裕釗：《濂亭文集》（上海：上海古籍出版社，《續修四庫全書·集部·別集類·1544 冊》影印清光緒八年查氏木漸齋蘇氏刻本），卷2，頁12。

〔註358〕 〔清〕張裕釗：《濂亭文集》（上海：上海古籍出版社，《續修四庫全書·集部·別集類·1544 冊》影印清光緒八年查氏木漸齋蘇氏刻本），卷2，頁12。

〔註359〕 〔清〕張裕釗：《濂亭文集》（上海：上海古籍出版社，《續修四庫全書·集部·別集類·1544 冊》影印清光緒八年查氏木漸齋蘇氏刻本），卷4，頁32。

禮、文物掃地俱盡，更立新制，卒漢唐之世，不能易也。唐末之亂以訖五季，輾轉遷貿，盡迻其故，田賦、兵制、選舉、學術、俗化與兩漢以來泮渙殊絕。宋明以還，承而用之，而蒙古及聖清之有天下，混一華裔，方制數萬里，土宇版章，跨越百代。若今日，其尤世變之大且劇乎？天實開之，人之所不能逢也。

而當世學士大夫，或乃拘守舊故，猶尚鄙夷詆斥，羞稱其事，以爲守正不撓。烏乎！司馬長卿有言：「鷦鵬已翔於寥廓，而羅者猶視夫藪澤」，豈非惑歟？夫以學士正人之不智乎此，於是當事乃一切以求能習知此者而任之，則其所得，乃皆庸猥汙下賈豎輿隸之流，稍能通彼語言與一二瑣事者也。如彼等者，烏足以任此？適足爲遠人之所嗤而已矣。〔註360〕

並仿效曾國藩以八字配陰陽之作法，衍爲二十字分配陰陽，曰：「神、氣、勢、骨、機、理、意、識、脈、聲，陽也；味、韻、格、態、情、法、詞、度、界、色，陰也。」然其說顯然過於瑣屑，而失其精彩。

三、薛福成

（一）務恢新義，兼網舊聞

薛福成出使後，受到西方文明的影響，主張「默察西國之情勢，亦期裨益中國之要務也。」〔註361〕（《出使英法義比四國日記・凡例》）他自述使歐期間，於公務「述事之外，務恢新義，兼網舊聞。凡瀛環之形勢；西學之源流；洋情之變幻；軍械之更新，思議所及，往往稍述一二。」〔註362〕（《出使英法義比四國日記・凡例》）足見薛福成所謂的「務恢新義，兼網舊聞」，實際上指的即爲西學。

薛福成在親眼見識過西方世界後，認爲西方文化中有諸多可供中國學習之處，而在當時西學東漸之時代環境中，文人自然應該將此新義，具體行於文中，以反映經世要務，不能單因其爲千古所未聞，就全然拒於千里之外。薛福成〈出使四國奏疏序〉曰：「夫古人雖往，事理則同，論事者不得因其事

〔註360〕〔清〕張裕釗：《濂亭文集》（上海：上海古籍出版社，《續修四庫全書・集部・別集類・1544 冊》影印清光緒八年查氏木漸齋蘇氏刻本），卷2，頁13。

〔註361〕〔清〕薛福成：《出使英法義比四國日記》（清光緒十八年鉛印本），頁3。

〔註362〕〔清〕薛福成：《出使英法義比四國日記》（清光緒十八年鉛印本），頁3。

爲古人所未諗，遂謂奮筆纂辭，可不師古人也。」〔註363〕《庸盦筆記‧凡例》
亦曰：「務求戛戛獨造，不拾前人牙慧。」〔註364〕

　　薛福成具體實踐此主張，是以其出使後之議論散文、奏疏、出使日記、
域外遊記等作品，處處可見其海外見聞，與介紹西方文化之相關內容，成爲
當時國內文人認識西學之主要媒介，如〈英吉利用商務關荒地說〉：

> 夫商爲中國四民之殿，而西人則恃商爲創國造家、開物成務之命脈，
> 迭著神奇之效者。何也？蓋有商，則士可行其所學，而學益精；農可
> 通其所植，而植益盛；工可售其所作，而作益勤。是握四民之綱者，
> 商也。此其理爲從前四海之內所未知，六經之內所未講。而外洋創此
> 規模實有可操之券，不能執中國崇本抑末之舊說以難之。〔註365〕

體現薛福成創作從文以載道向務恢新義的質的轉化。

（二）稍變舊體，融貫中西

　　薛福成認爲桐城古文，由於過度重視義法、雅潔之規定，與受限於方苞
所列之禁忌，導致後期桐城諸家之創作，大多了無新意，內容也偏於空疏。
他認同陽湖派之作法，主張汲駢入散，奇偶互用，錯落有致，做到「規橅史
漢及六朝駢儷之作」〔註366〕（〈寄龕文存序〉），如此古文便能加強藝術性，從
而提高魅力。

　　此外，由於出使日記乃出使使節爲向國內彙報出使途中見聞所產生的新
文體，薛福成「求之古書，並無成式可循」（《出使英法義比四國日記‧凡
例》）〔註367〕，是以主張以國內通行廣泛之桐城古文，稍作改革，融入西譯詞
語，便可運用於實務。

（三）文為道德之鑰，經濟之輿

　　薛福成先後於清光緒八年（1882）、十九年（1893），在〈季弟遺集序〉

〔註363〕　〔清〕薛福成：《庸庵海外文編》（上海：上海古籍出版社，《續修四庫全書‧
　　　　　集部‧別集類‧1562 冊》影印清光緒刻庸庵全集本），卷4，頁353。

〔註364〕　〔清〕薛福成：《庸盦筆記》（上海：商務印書館，1937 年），頁1。

〔註365〕　〔清〕薛福成：《出使英法義比四國日記》（清光緒十八年鉛印本），卷1，頁
　　　　　10～11。

〔註366〕　〔清〕薛福成：《庸庵文外編》（上海：上海古籍出版社，《續修四庫全書‧集
　　　　　部‧別集類‧1562 冊》影印清光緒刻庸庵全集本），卷2，頁213。

〔註367〕　〔清〕薛福成：《出使英法義比四國日記‧凡例》（清光緒十八年鉛印本），
　　　　　頁4。

〔註 368〕、〈拙尊園叢稿序〉〔註 369〕文中，兩次明確提出「文者，道德之鑰，而經濟之輿」的文論。薛福成效法曾國藩以堅車爲喻之方式，認爲文好比車一般，載道德、經濟以行，若爲虛車則不可，唯有堅車方可不朽。是以〈拙尊園叢稿序〉曰：「文者，道德之鑰，經濟之輿也。自古文周孔孟之聖，周程張朱之賢，葛陸范馬之才，鮮不藉文以傳。苟能探厥奧妙，足以自淑淑世，舍此則又何求？」〔註 370〕〈上李伯相論西人傳教書〉亦曰：「理勝則言之短長高下皆宜，而文自不可磨滅。」〔註 371〕

　　黎庶昌《庸庵文編‧敘》中，曾述及薛福成詮釋文學與經世間之關繫，曰：「庶昌受而讀之，卒業三反，乃引其端曰：『古之君子，無所謂文辭之學。所習者經世要務而已。』後儒一切廢棄不講，顓并此心與力於文辭，取塗已陋，而其所習，又非古人立言之謂。……叔耘既佐治久，聞見出於人人，記述論著，亦且獨多，不屑爲無本之學。」〔註 372〕

四、黎庶昌

　　黎庶昌認爲西方文化實蘊合於儒家之道中。〈儒學本論序〉曰：「西人立法施度，往往與儒暗合，世徒見其迹之強也，不思其法爲儒所包，而反謂儒爲不足用，是烏足語道哉。」〔註 373〕甚至還假設「使孔子而生今世也者，其於火車、汽船、電報、機器之屬，亦必擇善而從矣」〔註 374〕（〈儒學本論序〉）；「嚮令孟子居今日而治洋務，吾知並西人茶會、音樂、蹈舞而亦不非之，

〔註 368〕〔清〕薛福成：《庸庵文編》（上海：上海古籍出版社，《續修四庫全書‧集部‧別集類‧1562 冊》影印清光緒刻庸庵全集本），卷 3，頁 78。

〔註 369〕〔清〕薛福成：《庸庵海外文編》（上海：上海古籍出版社，《續修四庫全書‧集部‧別集類‧1562 冊》影印清光緒刻庸庵全集本），卷 4，頁 351。

〔註 370〕〔清〕薛福成：《庸庵海外文編》（上海：上海古籍出版社，《續修四庫全書‧集部‧別集類‧1562 冊》影印清光緒刻庸庵全集本），卷 4，頁 351。

〔註 371〕〔清〕薛福成：《庸庵文編》（上海：上海古籍出版社，《續修四庫全書‧集部‧別集類‧1562 冊》影印清光緒刻庸庵全集本），卷 2，頁 63。

〔註 372〕〔清〕薛福成：《庸庵文編》（上海：上海古籍出版社，《續修四庫全書‧集部‧別集類‧1562 冊》影印清光緒刻庸庵全集本），頁 6。

〔註 373〕〔清〕黎庶昌：《拙尊園叢稿》（上海：上海古籍出版社，《續修四庫全書‧集部‧別集類‧1561 冊》影印清光緒二十一年金陵狀元閣刻本），卷 5，頁 366～367。

〔註 374〕〔清〕黎庶昌：《拙尊園叢稿》（上海：上海古籍出版社，《續修四庫全書‧集部‧別集類‧1561 冊》影印清光緒二十一年金陵狀元閣刻本），卷 5，頁 367。

特不崇效之耳。」〔註375〕（〈儒學本論序〉）既然西學「與儒相合」、「爲儒所包」，那麼介紹西學，自然也等同創作儒家見道之文，而無不妥之處。

五、吳汝綸

（一）才氣說

吳汝綸認爲「桐城諸老，氣清體潔，海內所宗，獨雄奇瑰瑋之境尚少。……說道說經不易成佳文，道貴正，而文者必以奇勝」〔註376〕（〈與姚仲實〉），湘鄉派之變革，有時又矯枉過正，是以主張兼通兩者之優點，提出才氣說。〈與楊伯衡論方姚二集書〉曰：

> 夫文章以氣爲主，才由氣見者也，而要必由其學之淺深，以覘其才之厚薄。學邃者，其氣之深靜，使人魘飫之久，如與中正有德者處，故其文常醇以厚，而學掩才。學之未至，則其氣亦稍自矜縱，驟而見之，即如珍羞好色，羅列目前，故其文常閎以肆，而才掩學。若昌黎所云「先醇後肆」者，蓋謂既醇之後，即縱所欲言，皆不失其爲醇耳，非謂先能醇辱，而後始求閎肆也。今必以閎肆爲宗，而謂醇厚之文爲才之不贍，抑亦過矣。夫才，由氣見者也。今之所謂才，非古之所謂才也，好馳騁之爲才；今之所謂氣，非古之所謂氣也，能縱橫之爲氣。以其能縱橫、好馳騁者，求之古人所爲醇厚之文，無當也。即求之古人所爲閎肆者，亦無當也。然而資力所進，於閎肆之文尚可一二幾其仿佛。至醇厚，則非極深邃之功，必不可到。然則望溪與海峰，斷可識已。大抵望溪之文，貫串乎六經子史百家傳記之書，而得力於經者尤深，故氣韻一出於經。海峰之文，亦貫串乎六經子史百家傳記之書，而得力於史者尤深，故氣韻一出於史。……夫文章之道，絢爛之後，歸於老確。望溪老確矣，海峰猶絢爛也。意望溪初必能爲海峰之閎肆，其後學愈精，才愈老，而氣愈厚，遂成爲望溪之文。海峰亦欲爲望溪之醇厚，然其學不如望溪之粹，其才其氣不如望溪之能斂，故遂成爲海峰之文。〔註377〕

〔註375〕　〔清〕黎庶昌：《拙尊園叢稿》（上海：上海古籍出版社，《續修四庫全書‧集部‧別集類‧1561 冊》影印清光緒二十一年金陵狀元閣刻本），卷5，頁367。

〔註376〕　〔清〕吳汝綸：《桐城吳先生尺牘》（吳氏家刻本），卷1，頁55。

〔註377〕　〔清〕吳汝綸：《桐城吳先生詩文集‧文集》（清桐城吳先生全書本），卷4，

吳汝綸將文章大抵區分為醇厚、閎肆兩種，並透過方苞與劉大櫆兩家文章的對比，言明作者才之厚薄，皆由其學之深淺而定；文章的成熟要經由「絢爛」而歸於「老確」。

　　吳汝綸之所以主張改變桐城派傳統的雅潔醇厚之風，以閎肆雄奇代之，主要原因，在於使桐城古文吸眾家之長，擔當起宣揚西學的重任；另一原因，在於桐城派面臨後繼無人的危機，因此希望藉由文風的改變，使桐城古文能夠培養出更多的文學後進。而他的積極作為，確實吸引到當時的青年才俊如賀濤、王樹枏、馬其昶、姚永樸、姚永概、嚴復等人相繼投歸吳氏門下。經由其親自授業指教後，這些人日後都成為了晚期「桐城派」的代表人物。

（二）文者天地之精華

　　吳汝綸認為「文者，天地之精華」〔註378〕（〈記古文四象後〉），所謂「文」，即「古文」，為教化世人之重要憑藉。吳汝綸曾闡述中國重視古文的原因，於〈復齋藤木‧七月廿五日〉一文曰：

> 僕以謂文之至者，則世逝而文不與俱逝。其逝焉者，乃近日所新出之西文，明日出一新書，則今日之書頓廢矣。若吾國聖哲之文，則不得謂遺骸對語。蓋其人去我已數千載，而語笑動作，若在吾目中，是其人之精神永存於簡冊間，不可得廢毀，故足貴也。今貴國論教育者，貴教育之精神，如敝國之文字，不惟形骸具而已，要自有文字之精神焉。……惑者至並敝國文字詬病之，竊以為非也。今諸國賢俊競趨哲學，若敝國文字，豈非宇內哲學之至大者乎？若哲學大興，即敝國文字必有遠行於歐美之一日。……今歐美諸國，皆自詡文明，明則有之，文則未敢輕許。僕嘗以謂周孔之教，獨以文勝，周孔去我遠矣，吾能學其道，則固即其所留之文而得之，故文深者道深，文淺則道亦淺。後世失治，由君相不文，不能知往昔聖哲精神所寄，固非吾聖哲之道之不足以治國也。……歐美以富強自雄，而遂詬病吾國文學，以為無用，則亦未闖最上之等級，而治術所由未臻於美粹者，此也。〔註379〕

頁 199。

〔註378〕〔清〕吳汝綸：《桐城吳先生詩文集‧文集》（清桐城吳先生全書本），卷4，頁 166。

〔註379〕〔清〕吳汝綸：《桐城吳先生尺牘》（吳氏家刻本），卷4，頁 34～35。

　　然而，不管中國古文重要性多高，其道之精華多深，面對西方先進文明之衝擊，已顯然不敷使用。吳汝綸〈答閻鶴泉‧二月四日〉曰：

> 中國之學，有益於世者絕少，就其精要者，仍以究心文詞爲最切……
> 然在今日強鄰幕置國國以新學致治，吾國士人但自守其舊學，獨善
> 其身則可矣，於國尚恐無分毫補益也。〔註380〕

〈與李贊臣‧四月十六日〉亦曰：「竊謂救時要策，自以講習西文爲務，然中國文理必不可不講」〔註381〕，足見在吳汝綸心目中，文章義理迫於時代趨勢，必得擴及西學，但就文理而言，尚不能廢除桐城古文之功能，而是應該以之爲載具，以介紹西方文化與學術。

　　但要如何掌握運用桐城古文創作之技巧？〈答王子翔‧閏月十六日〉曰：「學有三要，學爲立身，學爲世用，學爲文詞。三者不能兼養，則非通才，非奉教賢哲刻苦求進，不易成也。」〔註382〕吳汝綸意識到中國典籍浩繁，若要盡習前代所有之文，便會耗費大量心力與時間，這對當時急需傳播西學的中國來說，是不恰當的。在多方考量下，吳汝綸主張古文方面，只需研讀姚鼐《古文辭類纂》即可，因「中國斯文未喪，必自此書，以自漢至今，名人傑作盡在其中，不唯好文者寶畜是編，雖始學之士，亦當治此業。後日西學盛行，六經不必盡讀，此書決不能廢。」〔註383〕（〈答姚慕庭〉）

六、湘鄉派與桐城派之相異處

　　湘鄉派繼桐城派而起，針對其弊，作適度修正，大抵皆以桐城義法爲本。由於其距桐城三祖已遠，加上時世變遷等因素，使得桐城諸家較易接受湘鄉派之改革，而視其爲振興桐城遺緒。當然，很大原因在於湘鄉諸家嚴守桐城義法，主張維護桐城正統地位。薛福成在〈寄龕文存序〉曰：「……桐城諸老所講之義法，雖百世不能易也。」〔註384〕此外，湘鄉諸家強調順應洋務思潮，使桐城古文得以成爲介紹西學之文體載具，帶動了清末民初西學東漸的風潮，此作法正與桐城文論因時適變之主張相同。此爲桐城派與湘鄉派之

〔註380〕　〔清〕吳汝綸：《桐城吳先生尺牘》（吳氏家刻本），卷1，頁157。
〔註381〕　〔清〕吳汝綸：《桐城吳先生尺牘》（吳氏家刻本），卷1，頁164。
〔註382〕　〔清〕吳汝綸：《桐城吳先生尺牘》（吳氏家刻本），卷1，頁118。
〔註383〕　〔清〕吳汝綸：《桐城吳先生尺牘》（吳氏家刻本），卷2，頁1。
〔註384〕　〔清〕薛福成：《庸庵文外編》（上海：上海古籍出版社，《續修四庫全書‧集部‧別集類‧1562冊》影印清光緒刻庸庵全集本），卷2，頁212。

相同之處。

　　桐城派與湘鄉派之異，僅有對於朝廷的態度問題。湘鄉的「昌盛磅礡」之氣，其磅礡從屬於昌盛。曾本「中興」、「元功」，吳爲曾之幕府，其鼓吹「中興」、追求「昌盛」，是理所當然的。至於鋪敘文治武功，此方、姚、梅之所不能爲，亦不屑爲的；而湘鄉獨擅其勝。變柔爲剛，雅而不潔。曾氏自謂私淑姚鼐，但欲「以戴、段、錢、王之訓詁，發爲班、張、左、郭之文章」，就是要把樸實清新的文人文學變爲政治文學。

　　湘鄉派由於曾國藩身居顯位的關係，一開始就受到矚目，加上其文論、創作方面皆是以桐城義法爲根基，再予以發展突破，其影響之廣泛，甚至超越桐城派之古文勢力。是以薛福成〈寄龕文存序〉曰：「其淵源所漸遠矣，厥後流衍益廣，不能無窳弱之病。曾文正公出而振之。文正一代偉人，以理學經濟發爲文章，其閱歷親切，迥出諸先生上，早嘗師義法於桐城，得其峻潔之詣。……故其爲文，氣清體閎，不名一家，足與方姚諸公並峙。其尤巍然者，幾欲跨越前輩。」〔註385〕王先謙〈續古文辭類纂序〉亦曰：「道光末造，士多高語周秦漢魏，薄清談簡樸之文爲不足爲，梅郎中、曾文正之倫，相與修道立教，惜抱遺緒，賴以不墜。」〔註386〕又曰：「曾文正公以雄直之氣，宏通之識，發爲文章，冠絕古今。其於惜抱遺書，篤好突思，雖謦欬系親，而塗踪並合。」〔註387〕黎庶昌〈續古文辭類纂敘〉曰：「至湘鄉曾文正公出，擴姚氏而大之，並功德言於一塗。……使司馬遷、班固、韓愈、歐陽修之文，絕而復續，豈非所謂豪傑之士，大雅不羣者哉？蓋自歐陽氏以來，一人而已。」〔註388〕其中，雖不乏其弟子之誇耀之言，但也顯見當時文壇之氛圍。

第七節　桐城派古文理論之優缺與毀譽

　　桐城派之古文理論在發展過程中，曾不斷受到各方面的批評，可謂毀譽

〔註385〕〔清〕薛福成：《庸庵文外編》（上海：上海古籍出版社，《續修四庫全書·集部·別集類·1562 冊》影印清光緒刻庸庵全集本），卷2，頁212。

〔註386〕〔清〕萬士濚：《清經世文續編·學術五》（清光緒石印本），卷5，頁71。

〔註387〕〔清〕萬士濚：《清經世文續編·學術五》（清光緒石印本），卷5，頁72～73。

〔註388〕〔清〕黎庶昌：《拙尊園叢稿》（上海：上海古籍出版社，《續修四庫全書·集部·別集類·1561 冊》影印清光緒二十一年金陵狀元閣刻本），卷 2，頁289。

繁興，褒貶參半；評價之分歧，在中國文學史上首屈一指。清朝漢學家譏其「空疏浮淺」，駢文家視爲「讕陋庸詞」，五四時期，白話文運動者甚至罵它是「桐城謬種」、「妖魔」、「高等八股」者；各家都是從自己的主觀角度立論，自然不能視爲定評。但也多少顯示出其文論的缺點。有關桐城派的古文理論，前面諸節已分別討論過，本節謹就其文論的優缺點再加以探述。其次，關於近人對桐城派的評價，已見第一章第三節「前人研究成果述要」中有過詳細的分析。茲再彙整諸家評論，擇要作概略性的說明，以覘後人對本派之觀念。

一、古文理論的優點

（一）啟示門徑具體可循

桐城派對於古文之學習方式，向來主張推本溯源，以得其精要，但古文源流已久，一時無以得知從何著手。方苞遂在〈古文約選序例〉、〈進四書文選表〉兩文中，指示爲學途徑，如〈古文約選序例〉所述：

> 蓋古文所從來遠矣，六經、《語》、《孟》，其根源也。得其枝流而義法最精者，莫如《左傳》、《史記》，然各自成書，具有首尾，不可以分劉。其次《公羊》、《穀梁傳》、《國語》、《國策》，雖有篇法可求，而皆通紀數百年之言與事，學者必覽其全，而後可取精焉。惟兩漢書、疏及唐宋八家之文，篇各一事，可擇其尤，而所取必至約，然後義法之精可見。〔註389〕

強調「可擇其尤，而所取必至約，然後義法之精可見」，即就名篇之創作格式與內容，感悟各家特有之寫作手法與精神反映，作爲自身古文創作之基礎涵養。

爲具體提供寫作範本，姚鼐進而選編《古文辭類纂》，以使後學者有章法可循。往後之桐城派古文家，亦遵循方苞、姚鼐之方式，不斷強調古文爲學途徑，在於熟讀古文，體會其境，從中得出創作古文之規律、經驗，如此將來方能有所成就。桐城派注意繼承傳統，讓學習者運筆操觚之際，有路可循，有法可依，掌握古文的竅妙。即使今日，但挹取前賢，借鑒多方，仍然有益於寫作。

〔註389〕〔清〕方苞：《望溪集·外文·序跋》（清咸豐元年戴鈞衡刻本），卷4，頁322～323。

（二）名為復古實為創新

桐城派繼承歷代古文之傳統，一方面主張復古，以建構根本理論與創作要素；另一方面，又主張創新，以突破固有之窠臼，使其理論和創作不僅源有所本，並得以不斷地發展。

要求復古，使文人得以遵循為學途徑，瞭解歷代古文之精要所在；要求創新，使古文得以與時俱進，持續變化。如此既未脫離中國文學發展的軌跡，又可跟隨著時代、題材之不同，進行適度地補充與修正，是以桐城派方能成為清代作家最多、歷時最長、影響最大之流派。

（三）融冶詩歌理論

桐城派之所以能夠集中國古文理論之大成，原因在於桐城派諸家相當重視對詩歌理論的吸收，並將其與古文理論融合成說，以增添古文的藝術性。如劉大櫆認為文章音節、字句之安排，影響聲調高低、節奏快慢等重要細節，是以吸收詩歌理論，強調「因聲求氣」，以風雅導起後學，經姚鼐、梅曾亮、曾國藩等諸氏昌言闡發，代有傳人，「因聲求氣」之說，遂翕然成為桐城派基礎文論之一。

此外，尚有其他從詩歌理論所引入之概念，如曾國藩「趣味」、林紓「意境」等。在中國文學的各類體裁中，詩歌理論屬發展最為先進完善的，因此，桐城派將詩歌理論融冶成一體，自然有益於審美藝術的重視，並提高文學之地位，以擺脫載道與實用的束縛。

二、古文理論的缺點

（一）義法束縛

自方苞倡行「義法」說，講究文章的作法，強調有物有序，是「文道合一」理論的推陳出新和具體化，而成為桐城派學習古文創作之方式，與品評文章優劣之基本標準。其後姚鼐進一步編輯《古文辭類纂》，具體提供範例，使士子得以從中體悟到前人文章之菁華所在，以幫助自身寫作水準的提高。其文以義法為旨歸，寫得簡練雅潔，醇厚精嚴，不枝不蔓，開創了清代散文的新面貌。

然而方苞「義法」說提出種種禁忌，本欲使桐城諸家迴避寫作之種種缺失，但無意中，反倒侷限了日後的創作發展。桐城諸家遵循師說，不敢逾越，使得其作品顯得平淡寡味，缺乏變化，而漸漸趨於沒落。後湘鄉派曾國

藩雖起而以漢賦矯之，曾一度重振桐城之餘緒。但由於戒律太嚴，其缺點在於過分拘謹，氣魄不夠宏大，「雄奇變化則不足，亦能醇不能肆之故也。」（劉開〈與阮芸臺宮保論文書〉）〔註390〕阻塞了使用「新語言」及「新鮮口語」的管道，使得桐城後期諸家無法完全脫離義法之束縛，作不出大氣象、活潑生動的文章。

（二）摹古難化

桐城派為有效推廣古文，不僅總結出歷代古文創作的各大原則為義法，更強調文章寫作當由摹仿前人開始，待一定程度後，再另行脫化為獨具個人風格的作品，如此，士子們自然能夠很快地學會古文創作。

但是在習於摹擬古人之跡進行創作後，要能夠盡變形貌，另闢蹊徑，卻不是件容易做到的事。除了必須要有過人的才華外，尚得經由長年的積累，方能有成。是以桐城諸家雖眾，但流傳的名篇數量比例偏少，而飽受批評，使得桐城派在創作方面的表現，遠不如古文理論方面的成就出色。

三、民初對桐城派之抨擊聲浪

（一）駢文家──以劉師培為首

五四新文化運動興起，白話文隨之而生，給了桐城派致命的打擊。民初對桐城文學之批評，首波來自於駢文陣營。1907 年，劉師培（1884～1919）接續乾嘉時期桐城文派與阮元、汪中（1745～1794）等人關於駢散文體之爭的話題，在〈論近世文學之變遷〉中曰：

> 望溪方氏摹仿歐曾，明於呼應頓挫之法，以空議相演，又敘事貴簡，或本末不具，舍事實而就空文，桐城文士多宗之，海內人士亦震其名，至謂天下文章莫大乎桐城。厥後桐城古文傳於陽湖金陵，又數傳而至湘贛西粵，然以空疏者為之，則枯木朽荄，索然寡味，僅得其轉折波瀾。惟姬傳之豐韻，子居之峻撥，滌生之博大雄奇，則又今之絕作也。〔註391〕

在他看來，「文以徵實為最難，故梏腹之徒，多托於桐城文派，以便其空疏」

〔註390〕〔清〕劉開：《劉孟塗集・文集》（上海：上海古籍出版社，《續修四庫全書・集部・別集類・1510 冊》影印清道光六年姚氏檗山草堂刻本），卷 4，頁 351。

〔註391〕劉師培：〈論近世文學之變遷〉，《國粹學報》第 26 期（1907 年）。

〔註392〕，且近年來「其墨守桐城文派者，亦囿於義法，未能神明變化」〔註393〕，
又於《文章源始》、《廣阮氏文言說》、《中國中古文學史》等論著中，訾詆唐
宋八大家散文，並引六朝文筆說，主張「駢文一體，實爲文類正宗」，以爲桐
城古文僅據事直書、墨守義法、無韻單行、不尚辭藻，根本不足稱爲文學，
只能視爲雜著。劉師培雖然對桐城古文持否定態度，但主要是針對桐城義法
捨事實而就空文之缺點及其後學之空疏，而關於桐城部分古文作家，如姚鼐、
惲敬及曾國藩在創作上之成就，還是給予肯定的。〔註394〕

　　劉師培弟子黃侃（1886～1935）也撰文對桐城義法及當時的桐城文家進
行抨擊，他於《文心雕龍箚記》之〈題辭及略例〉、〈原道篇箚記〉、〈儷辭篇
箚記〉等篇目中，激烈地批判方苞義法說及姚鼐陽剛陰柔風格論，他認爲桐
城派之作品僅求雅馴，不講儷辭；行文強調氣勢，不講駢偶用典的主張過於
褊隘。他亦不滿桐城派爲發展古文，而抹殺六朝駢文之貢獻與成就。〔註395〕
總結其言論，雖對桐城古文多所訾詆，然對於桐城古文家的一些優秀之作也
給予肯定。

　　面對駢文家之針砭，桐城後期諸子皆未予以正面回應。畢竟古文與駢
文，自唐代古代運動以來，兩大勢力屢屢先後交替爲文壇正宗，結果促使
古文與駢文兩體之創作與文論不斷進步，使文章思想與藝術表現技巧更趨
於完善。是以桐城諸家大多選擇沉默，並用心於自身文論之修正與創作的發
展。〔註396〕

（二）魏晉文派──以章炳麟爲首

　　桐城派面臨的第二波抨擊來自章炳麟（1869～1936）。1906 年，桐城後學
林紓任教於京師大學堂（北京大學前身）起初講授倫理學；自 1909 年起，主
文科講席，林紓因大力提倡古文，且與馬其昶（1855～1930）、姚永概（1866
～1923）關係密切，而頗受推崇。1912 年，京師大學堂改名爲北京大學，嚴

〔註392〕劉師培：〈論近世文學之變遷〉，《國粹學報》第 26 期（1907 年）。

〔註393〕劉師培：〈論近世文學之變遷〉，《國粹學報》第 26 期（1907 年）。

〔註394〕汪龍麟：〈桐城派研究的世紀回顧〉，《北京社會科學》第 1 期（2002 年），頁
131。

〔註395〕高黛英：〈20 世紀桐城派研究述評〉，《鄭州大學學報（哲學社會科學版）》第
36 卷第 2 期（2003 年），頁 114～115。

〔註396〕如慈波云：「姚永樸拒不應戰，其實具有理論方面的充足理由，黃侃所針砭的
缺失在《文學研究法》中早已得到補充修正。」詳見慈波：〈《文學研究法》：
桐城派文章理論的總結〉，《江淮論壇》第 5 期（2007 年），頁 155。

復任校長。北洋政府教育部以經費困難、程度不高、辦理未善等爲由,擬予以停辦;在嚴氏奔走下,此議遂寢,然亦因得罪北洋政府,於當年 10 月即被迫辭去校長職務。此對桐城派而言,不啻爲一記重擊。浙江籍的何燏時(1878〜1961)、胡仁源(1883〜?)先後繼任校長,多用其本籍學者,因而黃侃、馬裕藻(1878〜1945)、沈兼士(1887〜1947)、沈尹默(1883〜1971)、錢玄同(1887〜1939)等浙江籍章門弟子紛紛北上,就任北大文科教授,使得北大學風爲之一變。

當時文壇有魏晉文派與唐宋文派之爭,大抵崇魏晉者以章炳麟爲師,尊唐宋者以林紓爲首。章炳麟對桐城派之基本態度不尊亦不病,他認爲桐城「文能循俗」〔註397〕,自有其優;但「桐城諸家,本未得程朱要領,徒援引膚末,大言自壯。」〔註398〕由於章氏爲革命先覺,又能識別古書眞僞,學識淵博,因此聲望日隆,北大魏晉文派勢力大增。林紓與之不合,終於在 1913 年憤而辭去大學講席,姚永樸亦同時辭職。不久馬其昶也跟著離開。姚永概亦於同年辭去北大文科教務長,改由夏錫祺(生卒年不詳)接任,他傾向於章氏之學,遂大批引進章門學者;自此桐城派陣地逐漸失守,章氏學派代之以興。

辭職後,林紓在〈馬公琴〉借人物對話嘲諷章氏之學:「某公者,撏扯餖飣之學也。記性可云過人,然其所爲文,非文也」,章炳麟也爲文反擊,在〈與人論文書〉中說:「下流所仰,乃在嚴復、林紓之徒」〔註399〕,論述林紓文章「辭無涓選,精采襟汙,而更浸潤唐人小說之風,夫欲物其體埶,視若蔽塵,笑若齲齒,行若曲肩,自以爲妍,而祇益其醜也。」〔註400〕

當此之時,其他的桐城派作家則選擇以創作來擴大影響,並致力於完善桐城古文的理論體系。與桐城派有淵源的徐世昌(1855〜1939)則選編歸有光、方苞、姚鼐、梅曾亮、曾國藩、吳汝綸、張裕釗、賀濤(生卒年不詳)等人作品成《明清八大家文鈔》,旨在「存先正之典型,樹後學之模範」,可

〔註397〕章炳麟:《太炎文錄初編》(上海:上海古籍出版社,《續修四庫全書・集部・別集類・1577 冊》影印章氏叢書本),卷2,頁521。

〔註398〕章炳麟:《訄書》(北京:三聯書店,影印清光緒三十年重訂本,1998 年),頁21。

〔註399〕章炳麟:《太炎文錄初編》(上海:上海古籍出版社,《續修四庫全書・集部・別集類・1577 冊》影印章氏叢書本),卷2,頁521。

〔註400〕章炳麟:《太炎文錄初編》(上海:上海古籍出版社,《續修四庫全書・集部・別集類・1577 冊》影印章氏叢書本),卷2,頁521。

是在新時代風潮的推進之下，眾人努力仍難以扭轉頹勢。〔註401〕

（三）白話文學家——以胡適、陳獨秀、錢玄同為首

1. 新文化陣營之連番攻勢

晚清維新人士為宣揚西方學術思想，擴大政治影響，便藉由書報中通俗白話的文字，使他們的主張能夠迅速為普羅大眾所熟知，進而有助於改革之推動。他們本質上並不反對古文，甚至主張文學仍須維繫高雅的古文，〔註402〕如梁啟超（1873～1929）等。五四新文學運動時期，以胡適（1891～1962）、陳獨秀（1879～1942）、錢玄同等人為首的主將皆認為除非革除古文體裁，否則白話文學難以發展，是以開始展開連番攻勢。

1916 年，蔡元培（1868～1940）任北大校長，認為文科教員中，頑固守舊的多，是北大推動革新的障礙，於是次年聘請陳獨秀為文科教務長，李大釗（1889～1927）、劉半農（1891～1934）、周作人（1885～1967）、胡適等相繼被聘為北大教授。他們認為中國社會的停滯、混亂與罪惡，最大禍首在於「吃人的禮教」，要將其根本打倒，則必須以西方進化之文學觀為指導思想，重新審視傳統文學，並視桐城派為傳統文學之代表，創辦《新青年》雜誌，以否定其價值，進行全面性撻伐。

1917 年，胡適在《新青年》第 2 卷第 5 號上發表〈文學改良芻議〉曰：

> 今之「文學大家」，文則下規姚、曾，上師韓、歐，更上則取法秦、漢、魏、晉……而皆為文學下乘，即令神似古文，亦不過為博物院中添幾許逼真的贗品而已。〔註403〕

雖未具體直言，但所指稱對象顯然是桐城派及其所堅守的文學道統。

陳獨秀接著在第 2 卷第 6 號發表〈文學革命論〉，痛斥桐城派，非但言辭激切，甚至於謾罵。他將明前後七子及歸有光、方苞、劉大櫆、姚鼐等人斥為「十八妖魔」；認為「此十八妖魔輩，尊古蔑今，咬文嚼字，稱霸文壇」，又說「歸、方、劉、姚之文，或希榮譽墓，或無病而呻，滿紙之乎者也矣焉哉。每有長篇大作，搖頭擺尾，說來說去，不知道說些甚麼。」〔註404〕

〔註401〕江小角、方寧勝：〈桐城派研究百年回顧〉，《安徽史學》第 6 期（2004 年），頁 92。

〔註402〕曾光光：〈桐城派在中國近代文學史上的貢獻與地位〉，《江淮論壇》第 6 期（2004 年），頁 111。

〔註403〕胡適：〈文學改良芻議〉，《新青年》第 2 卷第 5 號（1917 年）。

〔註404〕陳獨秀：〈文學革命論〉，《新青年》第 2 卷第 6 號（1917 年）。

　　受「十八妖魔」說的影響，身爲章炳麟弟子，尊崇魏晉古文的錢玄同亦在同期致信陳獨秀，表示贊同文學革命主張，曰：

> 項見六號（實爲五號）《新青年》胡適之先生〈文學芻議〉，極爲佩服。其斥駢文不通之句及主張白話體文學說，最精闢。……具此識力，而言改良文藝，其結果必佳良無疑。唯選學妖孽，桐城謬種，見此又不知若何咒罵。雖然，得此輩多咒罵一聲，便是價值增加一分也。〔註405〕

又於 1918 年致信胡適曰：「彼選學妖孽，桐城謬種方欲以不通之典故與肉麻之句調，戕賊吾青年。」〔註406〕從此，「桐城謬種」就成爲文人們對桐城派強烈批判之常用稱謂。稍後的傅斯年（1896～1950）對此深表贊同，認爲「桐城家者，最不足觀，循其義法，無適而可。」〔註407〕

　　胡適在給陳獨秀的信中提及「文學改良八事」和「三大主義」〔註408〕時仍覺得「此事之是非，非一朝一夕所能定，亦非一二人所能定，甚願國中人士能平心靜氣與吾輩同力研究此問題，討論既熟，是非自明。吾輩已張革命之旗，雖不容退縮，然亦決不敢以吾輩所主張爲必是而不容他人之匡正也。」〔註409〕並主張「文學史與他種史同具一古今不斷之跡，其承前啓後之關係，最難截斷。」〔註410〕然而陳獨秀在給胡適的信中斷然宣稱：「鄙意容納異議，自由討論，固爲學術發達之原則，獨至改良中國文學，當以白話爲文學正宗之說，其是非甚明，必不容反對者有討論之餘地，必以吾輩所主張者

〔註405〕錢玄同於《新青年》甚至還主張桐城名家之文皆屬「高等八股」，而「林紓與人對譯西洋小說，專用《聊齋誌異》文筆，一面又欲引韓柳以自重。此其價值又在桐城派之下，然世固以大文豪目之矣！」詳見錢玄同：〈通信欄〉，《新青年》第 3 卷第 1 號（1917 年）。

〔註406〕錢玄同：〈寄胡適之〉，收入胡適主編：《胡適古典文學研究論集（下）》（上海：上海古籍出版社，1988 年），頁 726。

〔註407〕傅斯年：〈文學革新申義〉，《新青年》第 4 卷第 1 號（1918 年）。

〔註408〕改良八事是指胡適於〈文學改良芻議〉提出改良文學的八個主張：(1)須言之有物；(2)不摹仿古人；(3)須講求文法；(4)不作無病之呻吟；(5)務去濫調套語；(6)不用典；(7)不講對仗；(8)不避俗字俗語。三大主義是指陳獨秀於〈文學革命論〉中所說：「推倒雕琢的阿諛的貴族文學，建設平易的抒情的國民文學；推倒陳腐的鋪張的古典文學，建設新鮮的立誠的寫實文學；推倒迂晦的艱澀的山林文學，建設明瞭的通俗的社會文學。」

〔註409〕胡適：〈致陳獨秀〉，《新青年》第 3 卷第 3 號（1917 年）。

〔註410〕胡適：〈致陳獨秀〉，《新青年》第 3 卷第 3 號（1917 年）。

為絕對之是，而不容他人之匡正也。」〔註411〕兩信同時刊登在《新青年》第
3 卷第 3 號上（1917 年）。在他們的強力抨擊下，原在 1914 年復聘的姚永樸
也自感無力承受，遂於 1918 年辭職南歸。

　　然而這種絕對的反傳統態度，實際上也是對中國傳統文學之載道觀及長
期風行之復古主義思潮的反動，以促使散文文體從載道之具的文學主流退居
邊緣，逐步恢復文學自身敘事、狀物、言情之功能，完成中國古典散文向現
代新語體散文的嬗變。〔註412〕

2. 桐城後期林紓之抗辯

　　林紓一開始便認同白話文學，因為淺顯近俚的語言，便於向廣大民眾闡
述中國傳統弊端所在，又能有效地傳達西方世界的新式思想，進而激發人民
救國圖強之熱情。1897 年初，梁啓超在《時務報》發表《變法通議》，比較中
國與西方的童蒙教育後，反對幼學授經，欲以歌訣書的方式代替。〔註413〕身
為村塾教師的林紓認同其主張，亦覺得要改善現況，首要之務便是開通民
智，從國民兒童啓蒙教育入手，因此模仿白居易的新樂府體裁，作白話詩 32
首，在 1897 年底出版，名為《閩中新樂府》，自序中說：

> 兒童初學，力圖強記，驟語以六經之旨，則悟性轉窒，故入人以歌
> 訣為至。聞歐西之興，亦多以歌訣感人者，閩中讀白香山諷喻詩，
> 課少子，日仿其體，作樂府一篇，經月得三十二篇。

林紓以通俗易懂的白話鼓吹變法、倡導新政，並主張開啓童智、興辦女學、
解放婦女、注重工商，嘲諷愚昧與迷信等等思想，可說是對康梁維新變法的
積極呼應，在我國南方和東南亞華僑中產生較大影響。

　　當五四新文化運動者欲推廣白話，疾呼改革時，桐城古文家成為眾矢之
的，嘲笑謾罵他們成為時尚。桐城後學林紓本就被視為目標之一，加上北京
大學林、章之間的門戶之爭，自然被鎖定為頭號敵人。對於文壇上這些極為
激烈的言論抨擊，林紓也曾予以反擊。如 1917 年 1 月 1 日胡適〈文學改良芻
議〉發表不久，2 月 8 日林紓隨即在上海《國民日報》發表〈論古文之不當廢〉
說：「知臘丁不可廢，則馬、班、韓、柳亦有其不宜廢者，吾識其理，乃不能

〔註411〕陳獨秀：〈致胡適〉，《新青年》第 3 卷第 3 號（1917 年）。
〔註412〕高黛英：〈20 世紀桐城派研究述評〉，《鄭州大學學報（哲學社會科學版）》第
　　　　36 卷第 2 期（2003 年），頁 115。
〔註413〕梁啓超：《梁啓超全集‧變法通議‧論幼學》（北京：北京出版社，1999 年 7
　　　　月），頁 34〜41。

道其所以然，此嗜古主之痼也。」〔註414〕他以西方為例，認為拉丁文在古代西歐社會是各國通行的書面語，在各國通俗的民族語言文學產生後，拉丁文並沒有被廢除，中國又怎能輕言廢除古文，同時強調不能截然對立白話與古文的地位，使得提倡白話就必廢古文。但「吾識其理，乃不能道其所以然」一語卻被胡適與陳獨秀抓住辮子，大肆抨擊。如胡適從美國致函陳獨秀說：「林先生為古文大家，而其論古文之不當廢，『乃不能道其所以然』，則古文之當廢也，不亦明且顯耶？」〔註415〕此信後來公開發表於《新青年》第 3 卷第 3 號（1917 年），林紓並未反擊。此後兩年，面對眾人的挑戰皆未回應，他忙於組織文學講習會，講授《左傳》、《史記》、《莊子》及漢、魏、唐、宋文章，並編撰《古文辭類纂選本》等，以實際行動「力延古文之一綫」〔註416〕（林紓〈送大學文科畢業諸學士序〉）。

　　缺少林紓這個目標，白話革命就無從著力，也無法引起大眾的關注。錢玄同遂與劉半農（1891～1934）唱雙簧，以圖誘出守舊派，激起論戰。1918年 3 月，錢玄同化名王敬軒，模仿傳統文人寫了一篇給《新青年》雜誌編輯部的公開信，說：

> 林先生為當代文豪，善能以唐代小說之神韻，譯外洋小說。所敘者，皆西人之事也，而用筆措詞，全是國文風度，使閱者幾忘其為西事，是豈尋常文人所能企及，而貴報乃以不通相詆，是真出人意外。……噫！貴報休矣！林先生淵懿之古文，則目為不通，周君（即周作人）蹇澀之譯筆，則為之登載，真所謂棄周鼎而寶康瓠者矣。林先生所譯小說，無慮百種，不特譯筆雅健，即所定書名，亦往往斟酌盡善盡美，如云《吟邊燕語》，云《香鉤情眼》，此可謂有句皆香，無句不豔。〔註417〕

劉半農以《新青年》記者的名義，寫了〈復王敬軒書〉，對其觀點逐一駁斥。兩信同時刊登在《新青年》第 4 卷第 3 號上，果然激起了社會的迴響，不過他們最大的目標，林紓與嚴復並無任何回應。〔註418〕

〔註414〕林紓：〈論古文之不當廢〉，上海《國民日報》（1917 年 2 月 8 日）。

〔註415〕胡適：〈致陳獨秀〉，《新青年》第 3 卷第 3 號（1917 年）。

〔註416〕〔清〕林紓：《畏廬續集》，《近代中國史料叢刊續編第九十四輯》（臺北：文海出版社，1973 年），頁 514。

〔註417〕錢玄同：〈致《新青年》雜誌編輯部〉，《新青年》第 4 卷第 3 號（1918 年）。

〔註418〕此時林紓只擔憂傳統文化將隨著古文衰落而消亡，因此忙於講授古文及編撰

　　但新文學宣導者之動作並未就此停歇，如胡適把古文視爲死文字，錢玄同甚至還主張「欲使中國不亡，欲使中國民族爲20世紀文明之民族，必以廢孔學，滅道教爲根本之解決。而廢記載孔門之學說及道教妖言之漢字，尤爲根本解決之根本解決。」〔註419〕林紓眼見他們果眞要從根本廢棄，言辭亦愈發激烈，便再也按捺不住，撰述文言小說《荊生》。

　　林紓由於諸事繁忙，請張厚載（生卒年不詳）幫忙投稿。〔註420〕《荊生》於1919年2月17、18日於上海《新申報》發表，內容大致爲皖人田其美（影射陳獨秀）、浙人金心異（影射錢玄同）和狄莫（影射胡適）三人在陶然亭聚飲，田生大罵孔子，狄生主張白話文，此時一偉丈夫荊生（影射林紓本人）破壁而入，痛毆田、狄，怒斥金生，三人抱頭鼠竄而去，小說結尾說：「如此混濁世界，亦但有田生、狄莫足以自豪耳，安有荊生？」

　　小說發表後，由李大釗（1889～1927）、陳獨秀主編的《每週評論》便在第12期（1919年3月9日）全文轉載這篇小說，在第13期逐段評點、批駁；並在第17、19兩期刊登各地的批判文章，作爲特別附錄，編爲〈對於新舊思潮的輿論〉。

　　林紓接著又創作《妖夢》，主旨和《荊生》相同，言陰曹地府有一白話學堂，校長元緒、教務長田恒、副教務長秦二世；學堂影射北京大學，元緒影射蔡元培，而二目如貓頭鷹，長喙如狗之田恒；似歐西之種，深目而高鼻之秦二世則分別指陳獨秀與胡適。他託張厚載幫忙，再度投稿於上海《新申報》。沒想到投稿之後，竟收到蔡元培來信代趙體孟（生卒年不詳）請林紓爲明朝遺老劉應秋（1547～1620）著作品題。〔註421〕由於林紓與蔡元培曾有舊交，並無矛盾，他雖不滿蔡元培自1917年接任北大校長後，持續支持新文化運動，但對其仍是尊敬的；因此頗爲後悔，速請張厚載追回，但稿件已寄至上海，不日即可刊登，無法收回。

　　林紓只好以公開信的形式，於北京發表〈答大學堂校長蔡鶴卿太史書〉，正面闡述自己對新文化運動的反對意見。林紓堅持古文有其獨立的文化傳承

　　《古文辭類纂選本》，無心在乎他們的嘲諷。在此信之前，《新青年》從未提及嚴復，而此信內容也僅就嚴復譯文略加譏諷，所以嚴復始終保持沉默。

〔註419〕錢玄同：〈致陳獨秀〉，《新青年》第4卷第4號（1919年）。
〔註420〕張厚載爲林紓授課於五城學堂時之學生，後就讀於北京大學法科。
〔註421〕〔清〕林紓：《畏廬三集》，《近代中國史料叢刊續編第九十四輯》（臺北：文海出版社，1973年），頁669。

和審美功能，認爲「若云死文字有礙生學術，則科學不用古文，古文亦無礙科學，……若盡廢古書，行用土語爲文字，則都下引車賣漿之徒所操之語，按之皆有文法，不類閩廣人爲無文法之啁啾，據此則凡京律之稗販，均可用爲教授矣。」〔註422〕並抨擊當時主要由北大教師編輯的《新青年》「必覆孔孟、劖倫常爲快」〔註423〕，企圖透過蔡元培去牽制他們偏激的行爲。

結果1919年3月18日〈答大學堂校長蔡鶴卿太史書〉於北京《公言報》發表，《妖夢》18～22日於上海《新申報》發表。時間的湊巧使林紓的行爲顯得異常惡劣；加上張厚載寄給蔡元培解釋前後原委的信，立即被公開在《北京大學日刊》上，反倒讓時人更覺得林紓似乎「做事鬼鬼祟祟」，〔註424〕不夠光明正大。

此外，林紓否定北大教師，也就等於否定蔡元培的治校方針，加上公開信發表在皖系軍閥徐樹錚（1880～1925）〔註425〕所辦的《公言報》〔註426〕上，而有林紓欲借軍閥鎮壓新文化運動的疑慮，〔註427〕因此蔡元培當即撰〈答

〔註422〕〔清〕林紓：《畏廬三集》，《近代中國史料叢刊續編第九十四輯》（臺北：文海出版社，1973年），頁671～672。

〔註423〕〔清〕林紓：《畏廬三集》，《近代中國史料叢刊續編第九十四輯》（臺北：文海出版社，1973年），頁670。

〔註424〕在敘及此段過程時，王楓認爲「張厚載這人大概有點愣頭愣腦，自我承擔責任之餘竟將底細和盤托出，結果更顯得林紓做事鬼鬼祟祟。」然筆者認爲針對當時社會氛圍所形成對林紓之印象，洵非公平。詳見王楓：〈五四前後的林紓〉，《中國現代文學研究叢刊》第1期（2000年），頁243。

〔註425〕徐樹錚爲皖系軍閥段祺瑞心腹，他於1912年創辦《平報》，以頌揚段祺瑞，偶爾也發表一些文藝作品，故被稱爲陸軍部機關報或徐樹錚機關報。由於林紓的名氣，徐每見林「必稱以師」，寫信則「皆稱琴師，而自署弟子」。他與林紓最初交往的時間已不可考，但估計不會遲於民國初年。詳見劉克敵：〈晚年林紓與新文學運動〉，《中國現代文學研究叢刊》第1期（1997年），頁147。

〔註426〕1913年，以共和黨籍當選眾議院議員的林獬（筆名白水），爲協助袁世凱鼓吹帝制，曾在《亞細亞日報》發表文章。袁世凱死後，他便辭職，有意辦報。在林紓的奔走下，徐樹錚願意出資，定名爲《公言報》，於1916年9月1日在北京問世。

〔註427〕由於林紓與創辦《公言報》之皖系軍閥徐樹錚熟識，加上同年發生國會議員張元奇彈劾教育總長傅增湘與北大校長蔡元培事件，意圖打壓新文化運動，驅逐陳、胡、錢等人。張元奇爲林紓同鄉，林紓身爲桐城後期諸子，爲保存古文，曾多次與新文化陣營交鋒，因此民間傳聞此次彈劾出於林紓的策動。但實際上這是不可能的，因林紓與他似無交情，再者他一向以清遺老自居，對北洋政府一貫採取不合作態度，如1916年初，徐樹錚曾替袁世凱遊說林

林君琴南函〉,在 3 月 21 日於《北京大學日刊》同時刊登林紓與蔡元培的信。〔註 428〕回信中全文引用〈北京大學日刊發刊詞〉,申明北大「對於學說,仿世界各大學通例,循思想自由原則,取相容並包主義」,巧妙迴避對北大具體現象的解釋。結尾處則對林譯愛情小說順手一擊,「譬如公曾譯有《茶花女》、《迦茵小傳》、《紅礁畫漿錄》等小說,而亦曾在各學校講授古文及倫理學,使有人詆公為此等小說體裁講文學,以挾妓奸通爭有夫之婦講倫理者,寧值一笑歟?」

有了發表《荊生》飽受全國上下聲討的經驗,林紓預料此番定會遭到新文化陣營的圍剿,於是在緊接著創作的短篇小說《演歸氏二孝子》結尾說:「吾譯小說百餘種,無言棄直父母,且斥父母為無恩之言。而此輩何以有此?吾與此輩無仇,寸心天日可表。若云爭名,我名亦略為海內所知;若云爭利,則我賣文鬻畫,本可自活,與彼異途。且吾年七十,而此輩不過三十,年歲懸殊,我即老悖顛狂,亦不至褊衷狹量至此。而況並無仇怨,何必苦苦跟隨?蓋所爭者天理,非閒氣也。……昨日寓書諄勸老友蔡鶴卿,囑其向此輩道意,能聽與否,則不敢知。至於將來受一場毒罵,在我意中。我老廉頗頑皮憨力,尚能挽五石之弓,不汝懼也,來,來,來!」

果不其然,在《每週評論》、《新青年》等刊物上,抨擊林紓的文字紛紛湧現,毀謗更熾。林紓自感手法過於惡劣,遂寫信或打電話給北京各報館承認錯誤,對自己借小說罵人的過失之舉,公開表示歉意;並在 1919 年 3 月 26 日於《新申報》發表〈林琴南再答蔡孑民書〉,說明因「比年以來,惡聲盈耳,致使人難忍,故於答書中孟浪進言」,公開向蔡元培道歉;但申明錯在罵人而非文化立場,明確表示「拼我殘年,極力衛道」。陳獨秀欽佩林紓主動認錯的勇氣和坦率,曰:「林琴南寫信給各報館,承認他自己罵人的錯處,像這樣勇於改過,到(倒)是很可佩服。但是他那熱心衛道、宗聖明倫和擁護古文的理由,必須要解釋得十分詳細明白,大家才能夠相信咧。」〔註 429〕可見新文

紓,欲聘其為高等顧問、參政,他堅決拒絕,云:「將吾頭去,吾足不能履中華門也。」袁世凱死後,時任國務總理的段祺瑞也曾親自到林家,懇請他出任顧問。林再次拒絕。詳見洪峻峰:〈林紓晚年評價的兩個問題〉,《齊魯學刊》第 1 期(1995 年),頁 28。

〔註 428〕蔡元培將信投稿於《公言報》,同時抄一份給《北京大學日刊》,但《公言報》遲至 4 月 1 日才刊出,題目改為〈致公言報函並答林琴南函〉。

〔註 429〕陳獨秀:〈林琴南很可佩服〉,《每週評論》第 17 期(1919 年)。

化陣營並不會就此輕易放過他。〔註430〕林紓遂在 1919 年 4 月 5 日於《公言報》發表〈腐解〉，感慨地自白說：

> 予乞食長安，蜇伏二十年，而忍其飢寒，無孟韓之道力，而甘爲其難，名曰衛道。若蚊蚋之負泰山，固知其事之不我干也，憾我者將爭起而吾彈也。然萬戶皆鼾，而吾獨嘐嘐作晨雞焉；萬夫皆屛，吾獨悠悠當虎蹊焉！七十之年，去死已近，爲牛則羸，胡角之礪？爲馬則駑，胡蹄之鐵？然而哀哀父母，吾不嘗爲之子耶？巍巍聖言，吾不嘗爲之徒耶？苟能俯而聽之，存此一線之倫紀於宇宙之間，吾甘斷吾頭，而付諸樊於期之函。裂吾胸，爲安金藏之，剖其心肝。
> 皇天后土，是臨是監！子之扱我，豈我之慚？〔註431〕

1919 年 4 月，林紓在《文藝叢報》創刊號發表〈論古文白話之相消長〉，深入探討古文與白話之間不可割裂的關係，主張「古文者，白話之根柢，無古文安有白話？」〔註432〕、「能讀書閱世，方能爲文，如以虛枵之身，不特不能爲古文，亦並不能爲白話。」〔註433〕表明兩者不可偏廢，而面對眾人的凌厲攻勢，林紓自知招架不住，哀歎「吾輩已老，不能爲正其非，悠悠百年，自有能辯之者，請諸君拭目俟之。」〔註434〕

林紓與五四新文化陣營激烈交戰時，同爲桐城後人之嚴復始終選擇當旁觀者，不作任何回應。直至 1919 年，才在〈與熊純如書札節鈔〉發表看法，曰：

> 須知此事全屬天演。革命時代，學說萬千，然而施之人間，優者自存，劣者自敗，雖千陳獨秀，萬胡適、錢玄同，豈能劫持其柄，則亦如春鳥秋蟲，聽其自鳴自止可耳。林琴南輩與之較論，亦可笑也。〔註435〕

〔註430〕如陳獨秀於 3 月 30 日發表〈林紓的留聲機器〉，4 月 6 日發表〈婢學夫人〉；魯迅於 4 月 15 日，發表《孔乙己附記》等文章，似乎要把林紓這個活靶子打得百孔千瘡。詳見黃志斌：《論林紓對五四新文化運動的貢獻》（福建：福建師範大學中國現當代文學碩士論文，2006 年），頁 7。

〔註431〕〔清〕林紓：《畏廬三集》，《近代中國史料叢刊續編第九十四輯》（臺北：文海出版社，1973 年），頁 620。

〔註432〕〔清〕林紓：〈論古文白話之相消長〉，《文藝叢報》創刊號（1919 年 4 月）。

〔註433〕〔清〕林紓：〈論古文白話之相消長〉，《文藝叢報》創刊號（1919 年 4 月）。

〔註434〕〔清〕林紓：〈論古文白話之相消長〉，《文藝叢報》創刊號（1919 年 4 月）。

〔註435〕王遽常：《侯官嚴氏叢刻‧嚴幾道年譜》，收入《近代中國史料叢刊續編第十

足見嚴復認爲適合時代需要的文體，自會在時間的見證下「優者自存」，耗費心力與之辯駁，不僅徒然無功，還反倒被其利用，成爲標靶。

　　事態的發展，果若嚴復所料，新文化陣營本就無意與林紓進行所謂的學術交流，只是純粹以之爲著力對象。林紓雖知其意，對於新文化陣營的猛烈炮火與激進革新的態度，卻難以視而不見，〈送大學文科畢業諸學士序〉曰：

> 歐風既東漸，然尚不爲吾文之累。敝在俗士以古文爲朽敗，後生爭襲其說，遂輕蔑左、馬、韓、歐之作，謂之陳穢。文始輾轉日趨於敝，遂使中華數千年文字光氣一旦闇然而熸，斯則事之至可悲者也。〔註436〕

身爲桐城後學的林紓對古文未來深覺憂心，因而決心挺身抗爭，一再爲文強調古文之重要性。但這樣的立場並未令林紓停止創作白話詩，《公言報》特闢「勸世白話新樂府」專欄，按語說：「今世人既行白話，琴南亦以白話爲之，趨風氣也」，這已是第三次公開發表，第一次是在 1897 年出版之《閩中新樂府》，作白話詩 32 首；第二次化名射九，在 1912 至 1913 年間陸續於《平報》上發表白話詩 130 多篇，諷刺現實政治生活中的種種腐敗現象。林紓認爲白話應以傳統文學爲基礎，才能轉化成具有內涵的新式語言。

　　《閩中新樂府》雖然藝術成就不是太高，但在梁啓超、黃遵憲（1848～1905）大力宣導詩界革命之初，在五四文學革命先驅們創作白話詩之前 20 多年（比胡適《嘗試集》早 23 年），就付梓印行，是我國近現代文學史上第一部白話新詩集。近 30 年後胡適才讀到這本詩集，大爲驚歎，遂抄數首發表在《晨報》上，並撰文予以肯定，說：「林先生的新樂府不但可以表示他的文學觀念的變遷，並且可以使我們知道五、六年前的反動領袖，在三十年前也曾做過社會改革的事業。我們晚一輩的少年人只認得守舊的林琴南，而不知道當日的維新黨林琴南；只聽得林琴南老年反對白話文學，而不知道林琴南壯年時曾做過很通俗的白話詩，這算不得公平的輿論。」〔註437〕故林紓作爲早期創作白話詩之先鋒，在近現代文學史上應該受到重視與肯定。

〔註436〕〔清〕林紓：《畏廬續集》，《近代中國史料叢刊續編第九十四輯》（臺北：文海出版社，1973 年），頁 514。

〔註437〕胡適：〈林琴南先生的白話詩〉，《晨報》六周年紀念增刊（1924 年 12 月 1 日）。

　　總之，在新文化運動諸家眼中，不管是由文體自身之改良需要出發，或是將桐城派視爲中國幾千年封建文學的代表，桐城派古文皆爲重建新文化總體格局的障礙物，直無一字有存在價值，必須將其掃蕩廓清，致力推行白話文，以建立「活的文學」；此在當時有其重大的現實意義，但由於特殊歷史條件與現實環境的限制，加上陳獨秀等人急於以學術思想推動政治變革，遂使得他們下筆措詞激烈，語氣蠻橫，論述甚爲極端，帶有極其鮮明的社會政治批判色彩。這場論戰勝負雖明，但雙方皆非以學術方式表述，已經超出理性文學批評之範疇，而有對陣謾罵之嫌，稱不上是嚴肅的學術交鋒，〔註438〕其譏評恐有不能服人處。

　　基於時代思潮的演進，新文化陣營所推行的白話文學爲當然的勝利者，連早年舊派文人編輯的刊物《小說月刊》、《東方雜誌》等都擋不住學術演進的腳步，紛紛改用白話。1920 年，北洋政府教育部鑒於白話取代文言之趨勢已無法改變，於是正式頒布命令，要求國民學校一、二年級的國文，從該秋季起，一律改用白話，成爲法定國語。〔註439〕自此白話文學成爲文壇正宗，創作也取得較爲豐富的成果。

　　如上所述，針對林紓與新文化陣營兩派交鋒諸事看來，桐城古文之禍，未必如此之大；新文化運動者爲了順利推動政治改革，都主張透過文學革新完成政治的變革，他們欲撼動古文的地位，自然盡力詆毀。眼見新文化運動者盡廢古書，古文的地位受到嚴重挑戰，當時桐城後期諸子，面對雙方敵對愈發激烈的局勢，姚永樸自感無力承受，遂辭北大教職南歸，選擇以補充文論不足的方式因應；嚴復始終保持沉默，不作任何回應；唯獨林紓積極地與自覺地採取挺身與新文化運動者抗辯。之所以如此苦心孤詣地維護古文命脈，除了大的社會環境以外，更與他個人作爲古文家所面臨的挑戰有關，其境遇又激起其「天將降大任於斯人」的使命感。此時，林紓只擔憂傳統文化將隨著古文衰落而消退；但他絕不是對白話文、對新文化運動全盤否定，從他創作白話新詩集、以白話鼓吹變法及主張開啓童智等思想都可以看出這一點。然來自章炳麟爲代表的負面攻擊，及強大的新文化陣營圍剿，迫使他放棄兼容並蓄的努力。因爲他被鎖定爲被革命的對象，是古文家群體的代表。

〔註438〕江小角、方寧勝：〈桐城派研究百年回顧〉，《安徽史學》第 6 期（2004 年），頁 92～93。

〔註439〕關愛和：〈二十世紀初文學變革中的新舊之爭——以後期桐城派與五四新文學的衝突與交鋒爲例〉，《文學評論》第 4 期（2004 年），頁 73。

林紓孤軍奮鬥，然而，對方就像一群從監獄釋放出來充滿恨意的惡霸，集中火力，砲聲隆隆，裏應外合，用盡心計，好像是在審判林紓，不把古文摧毀絕不休止。

平心而論，林紓以一介書生，而敢於《新青年》團體勢力滔天之時，不量敵之眾寡，度義而後動出來正面反擊，其膽識與抱負，值得後人欽佩。

四、對於桐城派古文之毀譽

樹大自然招風，桐城立派帶來許多尖刻的批評。以下彙整諸家評論，一為避免士子師心自用，率爾去取；另一方面是要訓練自我從眾多的評論，可能還是莫衷一是的評論中，做出持平的結論。

（一）責毀者之評

姚鼐主張義理、考據、文章三者並重，漢學家及駢文家對桐城派的批評有二：一是對桐城派注重詞章提出異議。戴震在〈與方希原書〉中明確地說：「事於文章者，等而末者也。」〔註440〕戴氏弟子段玉裁（1735～1815）則更進而以為「義理文章未有不由考覈而得者。」〔註441〕（〈戴東原集序〉）表現了漢學家重考證而輕文辭，與桐城派古文家異趣；漢學家崇尚學問，熟諳典實，自然易於駕馭駢體，對主張散體單行的桐城派，也就不免有虛矯空疏之譏。二是對於桐城派「法」的批評。經學家既重道重學，自然以為法不足恃，錢大昕更譏桐城派為「以古文為時文，卻以時文為古文」〔註442〕（〈與友人書〉引王若霖語）。這也是桐城派後來常為人詬病之處。

劉師培對桐城派「雅潔」的論文要求，也有所批評：「望溪方氏，敘事貴簡，或本末不具，舍事實而就空文，桐城文士多宗之。」〔註443〕

近人亦有譏桐城文為「懨懨無生氣」〔註444〕者，亦有議其空疏而足以束縛人才者，如楊蔭深（1908～1989）曰：

〔註440〕〔清〕戴震：《戴東原集》（上海：上海古籍出版社，《續修四庫全書·集部·別集類·1434 冊》影印清乾隆五十七年段玉裁刻本），卷9，頁 523。

〔註441〕〔清〕段玉裁：《戴東原集·戴東原集序》（上海：上海古籍出版社，《續修四庫全書·集部·別集類·1434 冊》影印清乾隆五十七年段玉裁刻本），頁 423。

〔註442〕〔清〕錢大昕：《潛研堂文集》，收入王雲五主編：《國學基本叢書》（臺北：臺灣商務印書館，1968 年），卷 33，頁 529。

〔註443〕劉師培：〈論近世文學之變遷〉，《國粹學報》第 26 期（1907 年）。

〔註444〕鄭振鐸：《中國文學研究》（香港：古文，1961 年），卷 5，頁 1230。

> 桐城派之文，自方苞至管、梅，凡四傳矣，自是以後，愈傳愈衰，浸以不振。蓋文字之間，形式成矣，派別定矣，文既成派，後之學者，就派以求，紆徐以爲妍，曲折以達意，空疎之病，摹倣之習，於以而見，其束縛人才，可慨已也。〔註445〕

所舉抉摘桐城派者，似頗失之偏激。

錢賓四（1895～1990）曰：

> 桐城派古文家，議者病其空疎。然其文字中尚有時世，當時經學家所謂實事求是者，其所爲書率與時世渺不相涉。則所謂空疎者究當何屬，亦未可一概而論也。〔註446〕

又曰：

> 管氏集中屢言士習吏治，……而其言風俗書尤深美。……異之有深識能持論，惜乎未極其年壽。……今讀其集，於當時吏治之窳，民心之不就寧，大禍猝發之無日，無往而不流露其深憂焉。同時有臨桂朱琦伯韓，亦爲姚氏學，爲名實說，亦足見當時士風之一斑。……而姚瑩石甫，與其邑人劉開，於漢宋是非，主持益堅，諍辨尤力。……又劉孟塗文集卷上學論上中下，卷三上萊陽中丞書，卷四與蔣礪堂，上汪瑟庵，卷五與朱魯岑，卷六沈曉堂壽序，論語補注自序，姚姬傳壽序諸篇，於人才風俗教化政術之間，頗善持論。〔註447〕

空憑臆測，遽下論斷，此殆近代學人之敝。錢氏綜觀桐城文家著作全集後，所論引證具在，認爲他們在關心家國社會方面，持之以恆，行之有素，非一時興致爲之，確有值得稱道之處。

　　簡言之，漢學家對桐城派的指責，未免帶有門戶之見和自標高格；駢文家企圖擯斥古文於文學之林，這種意見自然過趨極端，但對應古文家的排斥駢體，也是一種回擊。至「五四」新文化運動興起，白話文學家陳獨秀的《文學革命論》中，提出要推倒「雕琢的、阿諛的、鋪張的、空泛的貴族古典文

〔註445〕楊陰深：《中國文學家列傳・管同》（臺北：中華書局，1981 年 12 月），頁464。

〔註446〕錢穆：《中國近三百年學術史・下冊》（臺北：臺灣商務印書館，1968 年 4月），頁 574。

〔註447〕錢穆：《中國近三百年學術史・下冊》（臺北：臺灣商務印書館，1968 年 4月），頁 571～575。

學」，即從文章形式與內容兩方面，對舊文學發起了更極端的攻擊，認爲就是他們使中國的文學委瑣陳腐，遠不能與歐、美比肩。

（二）毀譽參半者之評

方苞「義法」說提出種種禁忌，由於戒律太嚴，其缺點在於過分拘謹，氣魄不夠宏大，「雄奇變化則不足，亦能醇不能肆之故也。」（劉開〈與阮芸臺宮保論文書〉）〔註448〕。如梁啓超嘗評論桐城派末流之人，因襲矯揉，無所取材。又論其學，則獎空疏，關創獲，無益於社會：

> 平心論之，「桐城」開派諸人，本狷潔自好；當「漢學」全盛時而奮然與抗，亦可謂有勇，不能以其末流之墮落歸罪於作始；然此派者，以文而論，因襲矯揉，無所取材；以學而論，則獎空疏，關創獲，無益於社會。且其在清代學術界，始終未嘗占重要位置，今後亦斷不復能自存，置之不論焉可耳。〔註449〕

梁氏所言失之極端，而桐城文之淺弱不振，則譏彈之者，非僅梁氏一人而已。如劉蓉（1816～1873）嘗謂：「近世談義理者，惟講語錄之求，而束經子史傳於不讀。習辭章者，惟宗派之趨，而不復玩味古書，研諸心而悅諸慮，皆所謂末流之失。」〔註450〕

劉師培認爲：

> 望溪方氏摹仿歐曾，明於呼應頓挫之法，以空議相演，又敘事貴簡，或本末不具，舍事實而就空文，桐城文士多宗之，海內人士亦震其名，至謂天下文章莫大乎桐城。厥後桐城古文傳於陽湖金陵，又數傳而至湘贛西粵，然以空疏者爲之，則枯木朽荄，索然寡味，僅得其轉折波瀾。惟姬傳之豐韻，子居之峻撥，滌生之博大雄奇，則又今之絕作也。〔註451〕

劉氏既指出桐城派古文「空疏」之弊，又肯定了姚鼐、惲敬、曾國藩三位文家之文，持論適中。葉龍《桐城派文學史》則曰：

> 有評桐城古文之弊，或因襲模古而不善變化；或力求簡潔而趨於拘

〔註448〕〔清〕劉開：《劉孟塗集・文集》（上海：上海古籍出版社，《續修四庫全書・集部・別集類・1510 冊》影印清道光六年姚氏檗山草堂刻本），卷 4，頁 351。

〔註449〕梁啓超：《清代學術概論》（臺北：台灣中華書局，1970 年 3 月），頁 112。

〔註450〕葉龍：《桐城派文學史》（臺北：文津出版社，1975 年 8 月），頁 18。

〔註451〕劉師培：〈論近世文學之變遷〉，《國粹學報》第 26 期（1907 年）。

謹狹隘；或因用字力求古雅而致奇僻聱牙，或言其有序之言雖多，
而有物之言則寡。此皆有道著處。然其能並示人以作文之門徑，使
初學者有軌轍可循。其謹嚴雅潔與夫清淡簡樸之文風，亦足箴貶流
俗粗疏繁冗之習，其在有清一代文學史上，自有其一定之價值與地
位，何可盡沒其功績哉。〔註452〕

葉氏對桐城派古文之學習，有路可循，有法可依，特別肯定。筆者亦認為至
不得以空、疏、虛、隘等名義，將桐城派古文之價值一筆抹殺。

（三）桐城派之自評

自從桐城開派，方、劉、姚三祖比較，便成為熱門的焦點。桐城後學們
同樣認可三祖，因個人才性、趣味及承傳等關系，也會有所褒貶抑揚。這些
褒貶未必十分精當，但也大致說明了方、劉、姚三家之別。

惲敬稱譽望溪之文為清朝當時之最，〈上舉主笠帆先生書〉曰：「本朝著
作如林，其得正者，方靈皋為最。」〔註453〕

全祖望（1705～1755）〈前侍郎桐城方公神道碑銘〉更稱譽有加：

古今宿儒，有經術者，或未必兼文章，有文章，或未必本經術，……
唯是經術文章之兼固難，而其用之，足為斯世斯民之重，則難之尤
難者，前侍郎桐城方公，庶幾不媿於此。〔註454〕

他認為望溪不但通經術，文章好，而且二者能夠「用之，足於斯世斯民之重」，
可見望溪對清代文壇之影響。

沈廷芳（1702～1772）《方望溪先生全集》之〈文集後序〉曰：

方先生品高而行卓，其為文，非先王之法弗道，非昔聖之旨弗宣，
其義峻遠，其法謹嚴，其氣肅穆而味淡以醇，湛於經而合乎道，洵
足以繼韓歐諸公矣。〔註455〕

沈廷芳是桐城派弟子，認為望溪之文「足以繼韓歐諸公」，雖然評價過高，但
至少這代表著後來桐城派學者的看法。

〔註452〕葉龍：《桐城派文學史》（臺北：文津出版社，1975年8月），頁18。

〔註453〕〔清〕惲敬：《大雲山房文稿・初集》（臺北：臺灣商務印書館，《四部叢刊》
影印清同治本），卷2，頁31。

〔註454〕〔清〕全祖望：《鮚埼亭集》（上海：上海古籍出版社，《續修四庫全書・集
部・別集類・1429冊》影印清嘉慶九年史夢蛟刻本），卷17，頁98。

〔註455〕〔清〕方苞：《方望溪先生全集・年譜附錄》（臺北：臺灣商務印書館，《四
部叢刊初編》影印本），頁472。

程夔震（生卒年不詳）《方望溪先生全集》之〈文集序〉曰：

> 先生之文，循韓、歐之軌跡，而運以左、史義法，所發揮推闡，皆
> 從檢身之切，觀物之深而得之，不惟解經之文，凡筆墨所涉，莫不
> 有六籍之精華寓焉，而無一不有補於道教也。〔註456〕

這幾句話頗能勾玄提要地指出望溪文章的特徵，不愧是望溪弟子。

黎庶昌〈續古文辭類序纂〉曰：

> 本朝文章，其體實正自望溪方氏，至姚氏生，而辭始雅潔，至曾文
> 正公，始變化以臻於大。〔註457〕

當五四新文化運動者欲推廣白話，疾呼改革時，桐城古文家成爲眾矢之
的，嘲笑謾罵他們成爲時尚。林紓爲桐城派作了有力辯護：

> 惜抱先生亦力追古學，得經史之腴，鎔裁以韓、歐之軌範，發言既
> 清，析理復粹，自然成爲惜抱之文，非有意立派也。學者能溯源於
> 古，多讀書，多閱歷，範以聖賢之言，成爲堅確之論。……後生小
> 子，胡敢妄闢桐城。〔註458〕

林紓且認爲其他派別「終不若桐城一派之能自立」，並企圖力挽狂瀾。

（四）讚譽者之評

王文濡（1867～1935）〈明清八大家文鈔序〉中曰：

> 望溪誠開山祖矣，而昆侖遠脈乃在震川。……望溪之謹嚴樸質，高
> 渾凝固，實宗師之。自姚氏姬傳出，而此派益大，……義理、考據、
> 詞章三者不可偏廢，必義理爲幹，而文有所附，考據有所歸，至理
> 名言，遂爲文家之金科玉律。……湘鄉根抵六經，泛濫百氏，含英
> 咀華，不名一家，而平生致力，以姚先生之言爲兢兢，文章正軌，
> 違此何求，……凡好所在，輯得是編，存先正之典型，擇后學之模
> 範。〔註459〕

王氏對桐城派推崇備至，有溢美之瑕。

〔註456〕　〔清〕方苞：《方望溪先生全集·年譜附錄》（臺北：臺灣商務印書館，《四
　　　　　部叢刊初編》影印本），頁473。

〔註457〕　〔清〕黎庶昌：《黎氏續古文辭類纂》（臺北：世界書局，1964年），頁3。

〔註458〕　〔清〕林紓：《春覺齋論文·述旨》，收入郭紹虞、羅根澤主編：《中國古典文
　　　　　學理論批評專著選輯》（北京：人民文學出版社，1998年），頁46。

〔註459〕　轉引萬奇：《桐城派與中國文章理論》（呼和浩特：內蒙古教育出版社，1999
　　　　　年7月），頁205。

林傳甲（1877～1922）在〈國朝古文之流別〉一文曰：

> 國朝學術昌明，其專力古文者。國初則有侯壯悔先生朝宗，……厥
> 後方望溪先生苞，崛起桐城，益究心聲希味淡之作。所選四書文，
> 爲一代宗。誠不媿清眞雅正四字矣。一傳爲劉才甫大櫆，再傳爲姚
> 姬傳鼐，而桐城一派，遂爲山斗。陽湖惲子居先生敬，起於才甫之
> 後，張皋文惠言，亦弃其音韻訓詁攷據之學，以治古文。汪容甫中，
> 李申耆兆洛，董方立佑誠，所爲古文，上法漢魏，遂與桐城異流。
> 中興之際，曾文正公以古文起於湘鄉。兄弟父子間，相勵以學，湖
> 南文風，因以大變。今日言古文者，惟吳摯甫總教習，爲近代第一
> 人，今已作古人矣。象譯日歧，文章日陋，摯甫既沒，惟侯官嚴子
> 幾道，其後勁乎。〔註460〕

其簡要勾勒桐城三祖的傳承關係，評贊姚鼐集大成和拓大門派的作用，及之
後桐城派在各地的衍演發展、流傳分布和主要成員的構成。

姜書閣在《桐城文派評述》中指出：

> 平心思之，不當以其短處而盡抹殺之也。即民國以來，新文學之鼓
> 吹，恐亦非先有此派通順文章爲之過渡，不易直由明末之先秦兩漢
> 而一變成功也；惟過渡太長，爲不值耳！〔註461〕

姜氏的評述符合實際，既無溢美之瑕，也沒有因「其短處而盡抹殺之」。他視
桐城派文章爲「新文學」之「過渡」，注意到了歷史的承傳性，而不苟同於把
桐城派古文看做是「新文學」之對立面的世俗觀點，頗有見地。

姚永樸在與他的學生吳孟復談話時，也持這樣的看法：

> 昔在京中，林琴南與陳獨秀爭，吾固不直琴南也。若吾子言，桐城
> 固白說文學之先驅矣。

回顧五四時期，錢玄同在〈寄胡適之〉（1918 年 7 月 2 日）中斥桐城派爲
「桐城謬種」、「選學妖孽」，雖有些偏激，但聯繫當時的社會、文化背景，是
可以諒解的。周作人一再主張桐城派古文實與八股文相近之觀點，獲得不少
學者認同，後來亦一直影響學者對桐城古文價值的判斷。部分學界對桐城古
文在形式上「囿於義法」，導致內容空疏，仍時有詬病；但從總體評價來看，

〔註460〕林傳甲：《中國文學史・唐宋至今體文》（上海：上海科學書局，1914 年），
　　　　頁 183～184。
〔註461〕姜書閣：《桐城文派評述》，收入王雲五主編：《國學小叢書》（臺北：臺灣商
　　　　務印書館，1966 年 1 月），頁 96～97。

則是肯定多否定少，尤其是桐城古文之藝術成就。如項純文〈桐城派評價臆說〉曰：「桐城派散文的總體特色是鮮明的，那就是純淨自然，精練流暢，一些敘事寫景記人的文章多是做得委婉生動，富有感染力的。」〔註462〕

王獻永持論較為公允：

> 它（指桐城派）不屬於政治上、組織上的宗派，而是散文藝術流派。即桐城派是文派。既然如此，就應該考察它對中國文章發展、文章理論有無正面影響，不應以「政治尺度」來衡量。〔註463〕

鄔國平、王鎮遠合著的《清代文學批評史》也對桐城派予以了公正的評價：

> 桐城派的出現標志著散文理論的長足發展，其理論的嚴密性和系統性在前代的批評中是罕有其匹的。……桐城派之所以綿延數代，幾與清祚相始終，與其理論上的合理因素是分不開的……。〔註464〕

較能夠理性地具體評述桐城派之貢獻與價值。此為目前所見今人對桐城派及其文論，最恰當的評價。誠如萬奇所言「這決非簡單地為桐城派『翻案』，而是還歷史的本來面目。」〔註465〕

雖清末迨海禁大開，西洋文學思潮輸入，維新之士力倡「語文合一」，亦詆此派所懸之「格律」與「禁忌」，足以阻礙思想之發展與科學之進步，五四時期更被斥為「桐城謬種」。此乃清末文壇上的新形勢，桐城文派衰歇的社會原因。但受當時學術界之影響，學者慣性於從政治、經濟、文化等文學發展的外部因素來評價。

總之，新文學運動是一種不可阻擋的歷史潮流。儘管時人對桐城文章有許多尖刻的批評，但誰也不會否認桐城為有清一代最大的文派。文學和時代環境有密切的關係，什麼樣的時代，就有什麼樣的文學。「若無新變，何以代雄」，任何事物皆有興替，文學亦然。衡諸桐城，不亦然哉！

〔註462〕 項純文：〈桐城派評價臆說〉，收入《桐城派研究論文選》（合肥：黃山書社，1986 年），頁 55。

〔註463〕 王獻永：《桐城文派》（北京：中華書局，1992 年），頁 7。

〔註464〕 轉引萬奇：《桐城派與中國文章理論》（呼和浩特：內蒙古教育出版社，1999 年 7 月），頁 206。

〔註465〕 萬奇：《桐城派與中國文章理論》（呼和浩特：內蒙古教育出版社，1999 年 7 月），頁 206。

第五章　桐城派學術思潮的演進

第一節　與傳統學術之激盪

　　清代文學（1644～1911）在歷任諸帝倡行之下，無論是宋學、漢學，或是詩、詞、古文、駢文、小說、戲曲等文學領域，皆各自取得相當輝煌之成就。而桐城派古文是清代最大之文學流派，在發展過程中，與滿清皇朝之文化政策息息相關，自然無法避免被當時文人，甚至是桐城諸家，拿來與其他傳統學術互為較量之挑戰。桐城文學在姚鼐（1731～1815）、姚門弟子、曾國藩（1811～1872）等人之努力下，並未因而落敗，反倒因此吸收更多傳統文學之精華，而激盪出更為璀璨之火花。本章所要探討之主題，是傳統學術及西方文化學術與桐城派之關係和影響，析探桐城文學為因應時代變遷，如何去做必要之調適與創新，以明桐城文學之學術內涵與轉變之跡。

一、桐城文學與漢宋學

（一）對宋學的態度

　　自桐城始祖方苞（1668～1749）以宋學（又名程朱之學）為義法基礎後，桐城諸家對於宋學大多抱持著肯定、尊崇之態度。姚鼐在〈程綿莊文集序〉一文曰：

> 論繼孔孟之統，後世君子必歸於程朱者，非謂朝廷之功令不敢違也，以程朱生平行己立身，固無愧於聖門，而其論說所闡發，上當於聖人之旨，下合乎天下之公心者，為大且多。使後賢果能篤信，

遵而守之，爲無病也。〔註1〕

他認爲宋學合於儒家之道，足以繼承孔孟之統；加上程朱生平律己甚嚴，堅守節義，士子若能就宋學之闡發，非但當於聖人之旨，亦合於天下公心之所求，遵而行之，則綱紀自存。

面對漢學言宋學之義理不符於文章眞義之批評，姚鼐〈再復簡齋書〉一文曰：

> 儒者生程朱之後，得程朱而明孔孟之旨，程朱猶吾父師也。然程朱言或有失，吾豈必曲從之哉。程朱亦豈不欲後人爲論而正之哉。正之可也，正之而詆毀之，訕笑之，是詆訕父師也。且其人生平不能爲程朱之行，而其意乃欲與程朱爭名，安得不爲天之所惡。〔註2〕

於〈復曹雲路書〉亦曰：

> 若其言無失而不達古人之意者，容有之矣。朱子說「元亨利貞」，舍孔子之說者，欲以達文王之意而已。苟欲達聖賢之意於後世，雖或舍程朱可也。〔註3〕

可見姚鼐雖然以程朱爲父師，後儒須藉之以明「孔孟之旨」，然其中若有所失，亦不能曲從其義，須挺身論而正之，以「達聖賢之意於後世，雖或捨程朱可也。」然修正過後，仍無故詆毀訕笑，則便是刻意刁難，以與程朱爭名，而爲「天之所惡」。

姚門弟子劉開（1784～1824）繼承其主張，於〈學論上〉一文曰：

> 昔者明代之末，天下爭爲講章語錄之學，束三代兩漢之書不觀，其君子以高論爲賢，其庸流以道聽成習，業病於空疎，功廢於苟簡，學術之獘甚矣。然當時賢才輩出，氣節功業，卓越今古，是何也？天下之學，皆以躬行實踐爲先。爲士者，莫不宗法程朱，以砥礪於實用。故學雖不博，而行誼不愧古人。即私淑陽明者，亦皆有奇節偉行之可稱，彼其觀感之效，切於稽古之功也。……其所嚴辨者，皆綱常名教之大，禮義廉恥之防，是非得失之介，可以激發心志品節性情，所係於日用出處者甚切。……用以扶植世道，綱紀人倫。〔註4〕

〔註1〕〔清〕鄭福照：《姚惜抱先生年譜》（清同治七年刻本），頁13。
〔註2〕〔清〕姚鼐：《惜抱軒詩文集·文集》（清嘉慶十二年刻本），卷6，頁53。
〔註3〕〔清〕姚鼐：《惜抱軒詩文集·文集》（清嘉慶十二年刻本），卷6，頁45。
〔註4〕〔清〕劉開：《劉孟塗集·文集》（上海：上海古籍出版社，《續修四庫全書·

可見劉開對於宋學之肯定，在於其「扶植世道，綱紀人倫」，是以「學雖不博，而行誼不愧古人。」

　　然而宋學發展日久，所論義理逐漸偏離人情，過於苛細；劉開針對其弊，曾予以嚴厲批評，於〈義理說〉一文曰：

> 三代而上，義理本乎人情，而聖人之言理也寬；三代而下，義理勝乎人情，而儒者之言理也密。……後儒不顧人情所安，而以義理之言束縛天下，嚴之以儀節，多之以防閑。於是乎有操勵之學，有專敬之功，論非不是，而人莫能久從，則是言理太密之過也。……今爲學之初而即繩以禮法，言笑不敢稍苟，動履不敢即安，天下於是始不勝其煩苦，而決去之。……此皆理勝情之弊也。〔註5〕

劉開指出理勝情之弊，在於「不顧人情所安，而以義理之言束縛天下，嚴之以儀節」，結果矯枉過正，「人莫能久從」，「天下於是始不勝其煩苦，而決去之。」

　　其後，梅曾亮（1786～1856）針對專宗宋學之弊端，也提出批判。〈答吳子敘書〉文中曰：

> 讀古人書，求其爲吾益而已。求其疵而辨勝之，無當也。專求其疵，則可爲吾益者，寡矣。方其得一說焉，皆自以爲維世道，防人心也，然人心世道久存而不毀者，自有在焉，雖朱陸之是非良知格物之同異，猶未足爲輕重也，況所辨有下於此者。〔註6〕

與劉開相較，雖然敘述較爲委婉，但態度明確。足見桐城諸家對於宋學之態度並非盲目認同，而是主張若有偏失，輒應論而正之，以得其當，「求其爲吾益而已。」

（二）對漢學的態度

　　乾隆中期以後，清廷轉而提倡漢學，〔註7〕於是學者移其心力於故紙堆

〔註5〕　〔清〕劉開：《劉孟塗集·文集》（上海：上海古籍出版社，《續修四庫全書·集部·別集類·1510冊》影印清道光六年姚氏檗山草堂刻本），卷2，頁328。

卷1，頁319。

〔註6〕　〔清〕梅曾亮：《柏梘山房全集·文集·贈序》（上海：上海古籍出版社，《續修四庫全書·集部·別集類·1513冊》影印清咸豐六年刻、民國補修本），卷3，頁19。

〔註7〕　乾隆皇帝提倡經學不遺餘力，曾親爲經書作詩篇，其諭曰：「朕閱四庫全書館所進鈔本朱彝尊經義考，於歷代說經諸書，廣搜博考，存佚可懲，實有裨於經學。朕因親製詩篇，題識卷首，此書現已刊行於世，聞書板尚在浙江，著

中，進行文化上之整理與考據工作，其治學內容相當廣泛，包括經學、小學、史學、天算學、地理學、音韻學、律呂學、金石學、校勘學、目錄學等。在政府大力獎掖之下，考據學蔚然成風，形成盛極一時之乾嘉漢學。漢學諸家認爲宋學對經書義理之理解，多爲附會之辭，是以主張通過對文字、音韻之訓詁及版本校勘來考證其本義。由於漢學與宋學相抗之故，加上過度強調考據，於是往往流於瑣碎，而忘其初衷，以致忽略文章所欲傳達之義理，故桐城諸家對漢學大多抱持批評之態度。

姚鼐於〈贈錢獻之序〉文中即批評曰：

> 明末至今日，學者頗厭功令所載爲習聞，又惡陋儒不考古而蔽於近，於是專求古人名物、制度、訓詁、書數，以博爲量，以關隙攻難爲功，其甚者欲盡舍程朱而宗漢之士。枝之獵而去其根，細之蒐而遺其鉅，夫寧非蔽與。〔註8〕

然而，姚鼐並非只是一昧地否定漢學，他肯定考據確有其功，文學上若吸收考據學之方法，可論而正宋學之失，因此，他提倡義理、考證、辭章，三者不可偏廢。

姚門弟子劉開對漢學之批評更直接，在〈上萊陽中丞書〉一文曰：

> 今也不然，所學不過訓詁，所習不過舉業，間有矯然自異者，亦徒知攻文辭，勤記問，不求之宏綱大用，而津津於一名一物之間，不慕古人之修德立行，而專攻一言之小失。其始也，特立異以求名，其繼也，遂相習以成俗。數十年以來，道聽塗說之流，視當時風氣所尚而致力其間，於是襲取近人之辭以爲古，獵取僻陋之書以爲博，敢爲不經之言以欺眾，內無補於身心，外無益於家國。夫是以學術益壞，而人才日至於衰惰而不克振起也。〔註9〕

在〈學論上〉一文亦曰：

> 然詳於名物度數，而或罳於義理之是非。其後嗜古者益以博爲能，以多爲貴，而不顧理之所安。厭故而喜新，以功令所載爲泛常，以

將御製詩錄寄三寶，就便詢問藏板之家，如願將朕此詩添冠卷端，聽其刊刻。亦使士林咸知朕闡崇經學之意。」詳見《清實錄‧高宗純皇帝實錄‧乾隆四十二年四月壬寅條》（北京：中華書局，1985年），卷1030，頁808。

〔註8〕　〔清〕姚鼐：《惜抱軒詩文集‧文集》（清嘉慶十二年刻本），卷7，頁57。

〔註9〕　〔清〕劉開：《劉孟塗集‧文集》（上海：上海古籍出版社，《續修四庫全書‧集部‧別集類‧1510冊》影印清道光六年姚氏檗山草堂刻本），卷3，頁345。

先儒所言為迂闊。於是獵奇好異之習興，而躬修心得屏而不論，因
之以進取，加之以希時，紛華奪其外，利欲亂其中，而所謂學術者
不可言矣。〔註10〕

劉開認為漢學「以博為能，以多為貴」，只能算是「嗜古者」。為表其與前人
所論不同，於是「不顧理之所安」以「獵奇好異」；如此，又怎能算得上為言
之有據的學術呢？其對漢學弊端之針砭，真可謂一語中的。

　　然而，劉開與其師姚鼐相同，肯定漢學亦自有其存在價值，當與宋學相
合以全其義理。他批評當時各執一偏之學者，於〈上汪瑟庵大宗伯書〉一文
曰：

方今人各立異，行不由衷，謂聖賢於己何急，不勝其好名之見，而
始殫志於學。高者狂而不知所裁，卑者靡而不克振立。治義理則近
於鄙俚，而不免語錄之習。治考證則隣於瑣碎，而不權是非之宜。
治文章則各執一偏，非囿於形模，即裂乎規矩。凡所謂經世之畧，
可以備天下之用者，皆置而不講。……於是言經既不適於用，言史
又無裨於身，言天則蔑古太甚，言地則是己太篤，言典章則因康成
而信讖說，言小學則從許慎而疑經文，口詆程朱，志存利祿。今人
其心，古人其迹，視彼家國，無關休戚。〔註11〕

劉開認為「夫道無不在，漢宋儒者之言皆各有所宜，不可偏廢也。」〔註12〕
（〈學論上〉），是以主張「取漢儒之博而去其支離，取宋賢之通而去其疏畧。」
〔註13〕（〈學論中〉）

　　方東樹（1772～1851）亦認為漢學家考據之義歧異甚多，不一定與經書
旨要相符；此外，考據也使士子苦於其義之繁瑣，在創作時更不知該如何選
詞用句。因此，他撰寫《漢學商兌》，以剖析漢學內在問題。在〈漢學商兌序〉
文曰：

近世有為漢學考證者，著書以鬨宋儒，攻朱子為本，首以言心、言

〔註10〕　〔清〕劉開：《劉孟塗集・文集》（上海：上海古籍出版社，《續修四庫全書・
　　　　集部・別集類・1510冊》影印清道光六年姚氏檗山草堂刻本），卷2，頁328。
〔註11〕　〔清〕劉開：《劉孟塗集・文集》（上海：上海古籍出版社，《續修四庫全書・
　　　　集部・別集類・1510冊》影印清道光六年姚氏檗山草堂刻本），卷4，頁355。
〔註12〕　〔清〕劉開：《劉孟塗集・文集》（上海：上海古籍出版社，《續修四庫全書・
　　　　集部・別集類・1510冊》影印清道光六年姚氏檗山草堂刻本），卷2，頁328。
〔註13〕　〔清〕劉開：《劉孟塗集・文集》（上海：上海古籍出版社，《續修四庫全書・
　　　　集部・別集類・1510冊》影印清道光六年姚氏檗山草堂刻本），卷2，頁329。

性、言理爲屬禁。……歷觀諸家之書，所以標宗旨、峻門戶，上援通賢，下譬流俗，眾口一舌，不出於訓詁、小學、名物、制度。棄本貴末，違戾詆誣。於聖人躬行求仁，修齊治平之教，一切抹摋。〔註14〕

於《漢學商兌》文中又曰：

今漢學家首以言理爲屬禁，是率天下而從于昏也。拔本塞源，邪説橫議，較之楊、墨、佛、老而更陋，擬之洪水猛獸而更凶，何者？洪水猛獸害野人，此害專及學士大夫。學士大夫學術昧，則生心發事害政，而野人無噍類矣。〔註15〕

方東樹認爲「程朱教人爲學，以格物窮理，克己主敬，又精擇以執其中，又不舍人事、廢倫常，此果尙有何病？悖于聖人何處」〔註16〕漢學爲與宋學相抗，竟不顧「聖人躬行求仁，修齊治平之教，一切抹摋。」

此外，漢學諸家由於過度專注在字詞考據上，而無力於創作古文，有本末倒置之嫌。此一缺失，《漢學商兌》文中亦曾論及，曰：

漢學家論文每曰土苴韓歐，俯視韓歐，又曰骫矣韓歐。夫以韓歐之文而謂之骫，眞無目而唾天矣。及觀其自爲，及所推崇諸家，類如屠酤計帳。〔註17〕

然方東樹不是只有批評漢學而已，他對漢學家在考據與音韻學方面之成就也曾有肯定之語。如《儀衛軒文集》文中曰：「近世言攷證之家，首推深甯王氏、亭林顧氏、太原閻氏。吾觀王、顧二家之書，體用不同，而皆足資於學者，而莫能廢」〔註18〕；《漢學商兌》亦曰：「但就音學而論，則近世諸家所得，實爲先儒所未逮。故今撮錄諸家要論于左，方俾學者略明其端緒，因是而求五家之書之全，固談經者所不可闕之功也。」〔註19〕可見方東樹與其

〔註14〕　〔清〕方東樹：《考槃集文錄・序》（清光緒二十年刻本），卷4，頁92～93。

〔註15〕　〔清〕方東樹：《漢學商兌》（上海：上海古籍出版社，《續修四庫全書・子部・儒家類・951冊》影印清道光十一年刻本），卷下，頁622。

〔註16〕　〔清〕方東樹：《漢學商兌》（上海：上海古籍出版社，《續修四庫全書・子部・儒家類・951冊》影印清道光十一年刻本），卷中上，頁557。

〔註17〕　〔清〕方東樹：《漢學商兌》（上海：上海古籍出版社，《續修四庫全書・子部・儒家類・951冊》影印清道光十一年刻本），卷下，頁613。

〔註18〕　〔清〕方東樹：《考槃集文錄・書後題跋》（清光緒二十年刻本），卷5，頁132。

〔註19〕　〔清〕方東樹：《漢學商兌》（上海：上海古籍出版社，《續修四庫全書・子

師姚鼐一樣，對於漢學之利弊皆有所見，欲言之以竟其功，而非出於門戶之私見。

梅曾亮對於漢學之弊端，亦有所論述。在〈復姚春木書〉一文曰：

> 說經者，自周以來更歷二三千歲，其考證性命之學，類不能別出漢唐宋儒之外，率皆予奪前人，迭為奴主，繳繞其異，引申其同，屈世就人，越今即古，多言於易辨，抵巇於小疵，其疏引鴻博、動搖人心，使學者日靡刃於離析破碎之域，而忘其為興亡治亂之要最、尊主庇民之成法也，豈不悖哉。〔註20〕

梅氏認為閱讀經書本是為了將聖賢之道致用於世，然而漢學諸家竟沉迷於字斟句酌之狹窄天地，而悖離儒者務實經世的目標。

（三）主張兼采漢宋

其實桐城諸家對於漢宋學之態度，有尊卑之別，然實際上對於其優缺亦瞭然於胸。他們認為漢宋學應當兼收並取，惟二者間有所側重，而非同等相待。姚鼐〈復蔣松如書〉一文曰：

> 漢人之為言，非無有善於宋而當從者也。然苟大小之不分，精粗之弗別，是則今之為學者之陋，且有勝於往者為時文之士，守一先生之說而失於隘者矣。博聞強識，以助宋君子之所遺則可也，以將跨越宋君子則不可也。〔註21〕

足見姚鼐是以宋學為主，輔以漢學之詁訓，彌補其缺失，以完善表達聖人之義理。

此後，以宋學為主，漢學為輔，便成為桐城諸家之共同主張。劉開在〈學論中〉一文曰：

> 吾之所以尊師程朱者，非黨於宋也，為其所論者大，所持者正，切於民彝，而禪於實修，可以維持風教於不墜也。其兼取漢儒而不欲偏廢者，非悅其博也，將用以參考異同，證明得失，可以羽翼夫聖道也。……夫宋之與漢也，其學固有大小緩急之殊也，其交相為用

部・儒家類・951冊》影印清道光十一年刻本），卷中下，頁585。

〔註20〕〔清〕梅曾亮：《柏梘山房全集・文集・書啟》（上海：上海古籍出版社，《續修四庫全書・集部・別集類・1513冊》影印清咸豐六年刻、民國補修本），卷2，頁9～10。

〔註21〕〔清〕姚鼐：《惜抱軒詩文集・文集》（清嘉慶十二年刻本），卷6，頁50。

一也，合之則兩得，離之則兩失。〔註22〕

　　管同（1780～1831）認同姚鼐將義理與考據結合之主張，於〈與吳子序書〉一文曰：「海內講義理者，或拙於文辭，工文辭者又疏於考證。吾師姚先生謂士必兼收焉然後爲善。」〔註23〕並承襲其兩者有所側重之看法，於〈答陳編修書〉文亦曰：

> 朱子解經於義理決無謬誤。至於文辭、訓詁、名物、典章，則朱子不甚留神，故其間亦不能無失。義理之得，賢者識其大也；文辭、訓詁、名物、典章之得，不賢者識其小也。世之善學者，當識大於朱子，識小於漢唐諸儒及近代經生之説，而又必超然有獨得之見，然後於經爲能盡其全體而無遺，求勝焉，曲徇焉，非私則妄，均之，無補於經也。〔註24〕

　　方東樹著《漢學商兌》之目的，便是融通漢宋，言明二者不可偏廢之原因所在。《漢學商兌》曰：「宋儒義理實不能不用訓詁、考證；而漢學訓詁、考證，實不足盡得聖人之義理」〔註25〕；又曰：「由今而論，漢儒、宋儒之功，竝爲先儒所收賴，有麤精而無軒輊，蓋時代使然也。」〔註26〕爲了進一步說明，方東樹再以佛教中「教」與「乘」之關係爲喻，再度強調以辭通意而求道認知路徑之可靠性，《昭昧詹言·述恉》曰：

> 釋氏有教、乘兩門。教者，講經家也。教固不如乘之超詣，然大乘之人，未有不通教者。……在吾儒，若漢人訓詁，教也；宋儒發明義理，身體而實踐，乘也。然使語言文字之未知，作者年歷行誼之未詳，而謾謂「吾能得其用意之精微，立言之甘辛」，以大乘自處，而卒之謬誤百出，捫燭扣槃，盲猜臆説，誣古人，誤來學，吾誰欺乎？千百年除李杜韓歐數公外，得眞人眞知者，寥闊少見，則何如求通其辭、求通其意之確有依據也。〔註27〕

〔註22〕〔清〕劉開：《劉孟塗集·文集》（上海：上海古籍出版社，《續修四庫全書·集部·別集類·1510冊》影印清道光六年姚氏檗山草堂刻本），卷2，頁329。

〔註23〕〔清〕管同：《因寄軒文集·二集》（清道光十三年管氏刻本），卷3，頁84。

〔註24〕〔清〕管同：《因寄軒文集·二集》（清道光十三年管氏刻本），卷1，頁67。

〔註25〕〔清〕方東樹：《漢學商兌》（上海：上海古籍出版社，《續修四庫全書·子部·儒家類·951冊》影印清道光十一年刻本），卷下，頁615。

〔註26〕〔清〕方東樹：《考槃集文錄·序》（清光緒二十年刻本），卷4，頁94。

〔註27〕〔清〕方東樹：《昭昧詹言》（上海：上海古籍出版社，《續修四庫全書·集部·詩文評類·1705冊》影印清光緒十七年刻本），頁472。

足見姚門弟子對於其師姚鼐之說，堅守不移。是以姚永樸（1862～1939）之《文學研究法》在整理桐城諸家對於漢宋學之主張時，強調「守漢儒之訓詁名物，而無取專己守殘；宗宋儒之義理，而力戒武斷。」

二、桐城文學與時文──時文與古文相濟爲用

所謂時文，即八股文，爲明清科舉取仕制度所限定之文體。〔註28〕桐城派自啓發者戴名世提出「自科舉取士而有所謂時文之說，於是乎古文乃亡」〔註29〕（〈甲戌房書序〉）以來，其後之方苞、劉大櫆等繼承其主張，對於時文也深感厭惡。其中方苞甚至還奉命，先後編選《古文約選》與《欽定四書文》爲其範本。〔註30〕實際上，士子們爲了透過科舉，晉身仕途；因此，無論對時文之觀感如何，都得在時文下一番功夫。

方苞於〈與韓慕廬學士書〉一文曰：

> 苞自童稚，未嘗從黨塾之師。父兄命誦經書，承學治古文，及年十四五，家累漸迫，衣食不足以相通。欲收召生徒，賴其資用以給朝夕，然後爲時文。〔註31〕

可見方苞自幼即不喜時文，爲了謀生才開始學習時文之寫作。然而，他始終認爲時文只是科舉產物，就其文學價值言，根本無存在之必要。但士子爲了應試，卻仍得耗其畢生心力，我們從〈何景桓遺文序〉一文，可見其對時文之嚴屬批評，曰：

> 余嘗謂害教化敗人材者，無過於科舉，而制藝則又甚焉。蓋自科舉興，而出入於其間者，非汲汲於利，則汲汲於名者也。八股之作，較論策詩賦爲尤難。就其善者，其持之有故，其言之成理，故溺人尤深，有好之老死而不倦者焉。〔註32〕

〔註28〕 有清科目取士，承明制用八股文，取四子書及易、書、詩、春秋、禮記五經命題，謂之制義。詳見《清史稿校註・選舉志三》（臺北：國史館，1986年），卷115，頁3171。

〔註29〕 〔清〕戴名世：《南山集・補遺》（清光緒二十六年刻本），卷下，頁258。

〔註30〕 《清實錄》曰：「食禮部侍郎俸方苞奏，遵旨選擇時文告竣。請頒御製序文，並標名字樣，應將原奉諭旨，勘刻卷首，標名欽定四書文。」見《清實錄・高宗純皇帝實錄・乾隆四年四月甲申條》（北京：中華書局，1985年），卷90，頁391。

〔註31〕 〔清〕方苞：《望溪集・外文・書》（清咸豐元年戴鈞衡刻本），卷5，頁355。

〔註32〕 〔清〕方苞：《望溪集・外文・序跋》（清咸豐元年戴鈞衡刻本），卷4，頁321。

於〈與韓慕廬學士書〉文中，更明確指出強爲古文所產生之不良後果，曰：

> 非其所習，強而爲之，其意義體製，與科舉之士守爲法程者，形貌
> 至不相似，用是召謗於同進，屢憎於有司。〔註33〕

因此，方苞試圖在時文與古文創作中找到旁通之道，而提出以古文爲時文，亦以時文爲古文之主張。

劉大櫆本身即不喜時文，在歷經數度科舉落第後，〔註34〕對於時文之弊，更是充滿憤恨。於〈張俊生時文序〉曰：「今之時文，號稱經義。以余觀之，如棲群蠅於圭壁之上，有玷汙而無洗濯。」〔註35〕足見其心中之不滿。

姚鼐與方苞、劉大櫆不同，他認爲「夫國家所以設經義取士之法者，欲人人講明於聖人之傳不謬而已。」〔註36〕（〈鄉黨文擇雅序〉），意即主張時文爲程朱之學之濃縮，唯有眞識其義者，方能將時文寫好。因此，在〈停雲堂遺文序〉一文曰：

> 士不知經義之體之可貴，棄而不欲爲者多矣。美才藻者，求工於詞
> 章聲病之學。強聞識者，博稽於名物制度之事。厭義理之庸言，以
> 宋賢爲疏闊，鄙經義爲俗體。若是者，大抵世聰明才傑之士也。國
> 家以經義率天下士，固將率其聰明才傑者爲之，而乃遭其厭棄。惟
> 庸鈍寡聞，不足與學古者，乃促促志於科舉，取近人所以得舉者，
> 而相效爲之。夫如是，則經義安得而不日陋。苟有聰明才傑者，守
> 宋儒之學，以上達聖人之精，即今之文體而通乎古作者文章極盛
> 之境。經義之體，其高出詞賦箋疏之上倍蓰十百，豈待言哉。可以
> 爲文章之至高，又承國家法令之所重，而士乃反視之甚卑，可嘆
> 也。〔註37〕

此即言明眞有其才者，則其時文即爲古文，兩者並無分別；如此，又怎能遽言時文爲體卑不足爲之作。事實上，正如姚鼐所言，一般精於古文者，本身

〔註33〕〔清〕方苞：《望溪集‧外文‧書》（清咸豐元年戴鈞衡刻本），卷5，頁355。
〔註34〕劉大櫆雍正七年（1729）、十年（1732）兩舉副榜貢生。乾隆元年（1736），方苞薦其應博學鴻詞科，爲大學士張廷玉所黜。乾隆十五年（1750），張廷玉特舉大櫆經學，而又報罷。詳見〈文苑劉大櫆傳附吳定‧傳稿〉（臺北：國立故宮博物院藏，清國史館本），文獻編號701004876，頁1～2。
〔註35〕〔清〕劉大櫆：《海峰文集‧序》（上海：上海古籍出版社，《續修四庫全書‧集部‧別集類‧1427冊》影印清刻本），卷4，頁378。
〔註36〕〔清〕姚鼐：《惜抱軒詩文集‧文集》（清嘉慶十二年刻本），卷4，頁29。
〔註37〕〔清〕姚鼐：《惜抱軒詩文集‧文集》（清嘉慶十二年刻本），卷4，頁27。

也多是時文能手，如戴名世、方苞即爲其例。

　　然而，管同卻認爲姑且不論時文存在之文學價值，及其地位之尊卑與否，最重要者在於士子學習時文之心態。其〈答某君書〉一文曰：

　　　　古之爲學者，或純或駁，或廣大淺細，要皆內治其身，外講明於天
　　　　下國家之事，用則施諸時，舍則著諸書而垂於後世，未有居庠序、
　　　　誦先王而汲汲然徒爲仕進計者。……使僕但工時文，蒨然不知有實
　　　　學，縱由此排金門、上玉堂，僕則榮矣，亦何補於斯世！〔註38〕

換言之，管同認爲士子學習時文，當秉持「內治其身，外講明於天下國家之事，用則施諸時」，方爲當世之學者。

三、桐城文學與駢文──駢散相成

　　駢文自唐代古文運動以來，即屢與古文互爲抗衡，是以方苞對於駢文之態度，主反對立場，如其〈書柳文後〉一文曰：「凡所作效古而自汩其體者，引喻凡猥者，辭繁而蕪句佻且稗者，……仍六朝、初唐餘習也。」〔註39〕因此，他將駢文視爲古文創作之一大禁忌。姚鼐對於駢文之看法，不若方苞那樣堅持，故其弟子劉開、梅曾亮、姚瑩、方東樹等人都主張兼采駢散，汲駢入散成爲其作品之顯著特色。〔註40〕

　　劉開即爲桐城派中首倡汲駢入散之代表。他主張駢散相成，以互補其短。其〈與王子卿太守論駢體書〉一文曰：

　　　　夫文辭一術，體雖百變，道本同源。經緯錯以成文，元黃合而爲
　　　　采，故駢之與散，並派而爭流，殊塗而合轍。千枝競秀，乃獨木之
　　　　榮；九子異形，本一龍之產，故駢中無散，則氣壅而難疏；散中無
　　　　駢，則辭孤而易瘠，兩者但可相成，不能偏廢。……世儒執墟曲之
　　　　見，騰培井之波，宗散者鄙儷詞爲俳優，宗駢者以單行爲薄弱，是
　　　　猶恩甲而仇乙，是夏而非冬也。夫駢散之分，非理有參差，實言殊
　　　　濃淡，或爲繪繡之饎，或爲布帛之溫。究其要歸，終無異致；推厥
　　　　所自，俱出聖經。……是則文有駢散，如樹之有枝幹，草之有花

〔註38〕　〔清〕管同：《因寄軒文集‧初集》（清道光十三年管氏刻本），卷6，頁26。

〔註39〕　〔清〕方苞：《望溪集‧文集‧書後題跋》（清咸豐元年戴鈞衡刻本），卷5，
　　　　頁59。

〔註40〕　姚鼐在駢散問題上態度通達，亦無門戶陋見。此據童麗慧：《論桐城派遊記創
　　　　作》所持之意見。詳見童麗慧：《論桐城派遊記創作》（合肥：安徽大學中國
　　　　古代文學碩士論文，2007 年），頁53。

蕚，初無彼此之別，所可言者，一以理爲宗，一以辭爲主耳。夫理
未嘗不藉乎辭，辭亦未嘗能外乎理，而偏勝之獘，遂至兩岐。始則
土石同生，終乃冰炭相格，求其合而一之者，其唯通方之識，絕特
之才乎？〔註41〕

所言可謂道盡古文與駢文間之微妙關係，洵爲精到之見解。（至於劉開古文理
論之相關內容，詳見於第四章第三節）

第二節　對西學東漸之態度及其貢獻

一、西學傳播之途徑

　　在鴉片戰爭（1840）後，中國傳統秩序觀受到西方殖民勢力強有力的挑
戰。面對西方侵略者的船堅礮利，在經歷多次軍事失敗之後，中國思想界開
始有了變化，清廷不得不打開大門，開始實際一連串之洋務運動，接觸西方
世界；而中國文人在「嚴夷夏之大防」之社會度過了上千年，受到時局之影
響，亦終於打破「天朝上國」封閉之外殼，正視西學，思欲從中尋得救國富
強之道，以對付外國之侵略。〔註42〕而當時能夠獲知西學，主要是透過四條
途徑。一爲外國之傳教士，其傳播之道大致可區分爲三種方式：第一，翻譯
西書；第二，於報刊發表相關文章；第三，在教會學校中培養中國學生。他
們透過這些方式宣導，向中國介紹關於科技、軍事、醫學、出版、教育等西
方文明，雖說對清末思想界有一定之啓蒙作用，然由於他們對中國歷史文化
缺乏深入之瞭解，加上自身也非該科目之專業人才，因此，僅能闡述其梗概，
而無法針對中西間之差異，作精到之解析。此外，由於其洋人之身分，更使
得其主張廣受排斥；因此，對清末文人之影響有限。〔註43〕

〔註41〕　〔清〕劉開：《劉孟塗集・駢體文》（上海：上海古籍出版社，《續修四庫全
　　　　　書・集部・別集類・1510 冊》影印清道光六年姚氏檗山草堂刻本），卷2，頁
　　　　　425～426。
〔註42〕　研究和討論整個洋務運動並非本文之重點。此處僅簡單介紹「洋務派」對當
　　　　　時情勢提出的基本方針，林則徐和魏源主張學習外國之長處，提出「師夷長
　　　　　技以制夷」，於是林則徐編《四洲志》，魏源編《海國圖志》，此爲 19 世紀先
　　　　　進的中國人之主張。林、魏之後，中國才開始有文人走出國門，到歐美、日
　　　　　本去接觸近代世界。
〔註43〕　清末傳教士可至各省地方傳教，然由於其宗教信仰和傳教方式，與中國原有
　　　　　的宗教差異甚大，時常造成中國人民百姓之反感，甚至導致衝突的發生，同

　　二爲清廷興辦之新式學校，如京師同文館、上海廣方言館、江南製造局工藝學堂、天津水師學堂等。〔註44〕由於屬官方所設立之學校，因而特地翻譯諸多相關之西學書籍。可惜因其內容過於專業，且爲翻譯之作，因此，所介紹之西學，大多並非一般文人所感興趣者。

　　三爲清廷派遣之外交使節團，如志剛（生卒年不詳）、郭嵩燾（1818～1891）、黎庶昌（1837～1897）、曾紀澤（1839～1890）、薛福成（1838～1894）等。由於外交使節是政府特別挑選國內精通洋務兼擅傳統文學之優秀官員赴任，每位使節皆有隨行人員，主要爲副使 1 人（後取消），參贊 2 人，翻譯 4 人，隨員、醫官 4 人，〔註45〕應選條件與使節相同。清廷早在同治五年（1866）首派斌椿（生卒年不詳）等人出訪歐洲之際，「即令其沿途留心，將該國一切山川形勢、風土人情隨時記載，帶回中國，以資印證」〔註46〕；光緒十三年（1887），清廷挑選遊歷使時，始正式擬定《出洋遊歷人員章程》。〔註47〕因此，他們對於西方考察所寫之日記、奏摺、書信及其他札記，便成爲人們瞭解西學之重要途徑。這些都是中國人從東方走向西方之實錄，自有

治年間即有多起傳教士遭百姓毆斃的事件。詳見《軍機處檔・月摺包・三口通商大臣兵部左侍郎崇厚奏摺錄副・同治九年五月二十四日》（臺北：國立故宮博物院藏），文獻編號 101319；《軍機處檔・月摺包・奕訢奏摺錄副・同治十二年十月初二日》（臺北：國立故宮博物院藏），文獻編號 111836。另附書影於附錄四（圖 13）。

〔註44〕自五口通商，列強侵擾，及至英法聯軍入北京之後，清廷鑒於外交受挫，便思以興學圖強。詳見《清史稿校註・選舉二》（台北：國史館，1986 年），卷114，頁 3153。

〔註45〕曹流：〈論晚清外交使節的歐美之旅〉，《桂林旅游高等專科學校學報》第 1 期（2004 年），頁 82。

〔註46〕同治五年（1866），總理衙門奏請派斌椿率同官生前往外國遊歷，採訪風俗。《清實錄・穆宗毅皇帝實錄・同治五年正月丙寅條》（北京：中華書局，1985年），卷 165，頁 8。

〔註47〕據總理衙門擬定《出洋遊歷人員章程》規定：「一、此次派出之員，除翻譯外，當以十員或十二員爲定額。二、各衙門保送人員，除翰林院外，由臣衙門定期傳集考試，以定去取。三、游歷至久者，以二年爲限，先歸者聽。四、京官實缺四品以上人員，願行者請旨定奪。五、往返船價，及各國游歷火車車價，准其開支公項。六、各員准豫支六箇月薪水，以備應用。七、船價車價，由各員自行造冊報銷，分兩次開報。八、游歷之時，應將各國地形風俗政治交通武備，逐一詳細記載。九、各國語言文字，及一切測量格致之學，各員如有能通曉及學習者，可以所寫手冊。錄交臣衙門，以備參考。十、各員游歷回華，擬擇成績卓著之員，奏請獎勵。」詳見《清實錄・德宗景皇帝實錄・光緒十三年四月癸未條》（北京：中華書局，1985 年），卷 241，頁 256。

其文化意義和歷史價值。

　　四為清廷外派之留學生，包括赴美之幼童，及福建船政局派遣出國學習之學生。赴美幼童中有後來著名之科學家詹天佑（1861～1919），著名之外交官唐紹儀（1862～1938）、梁誠（1864～1917）等；而福建船政局中則有著名之桐城後期諸子嚴復（1853～1921）。由於他們曾親身體驗過西方文化，瞭解其學術；因此，對近代西方科學與文化之傳播，發揮極大之推動作用。

　　上述途徑，以清廷派遣之外交使節及外派之留學生，影響西學傳播最為深遠。其中，私淑桐城文學之郭嵩燾、湘鄉派之薛福成，即為當時選赴之外交使節；〔註 48〕湘鄉派之黎庶昌即為隨郭嵩燾出任之參贊。〔註 49〕而嚴復即為當時福建船政局派遣出國學習駕駛、造船技能之留學生；〔註 50〕另外，其他歸國之留學生，也一心要將西方先進文明介紹給大眾，然受限於文筆表達無法明暢，為免辭不達意，用字艱澀之情況發生，他們大多選擇尋找當時古文名家合作，共同翻譯西學著作，林紓（1852～1924）即為其例；是以藉由他們的努力，留下記述翔實，態度認真之各種著作，而得以知曉西方文化學術之精要所在，考論近百年內史實者，必於茲取鏡焉。下文即針對桐城派文人以古文創作實踐，對傳播西方文化、學術方面所作之貢獻及所產生之影響加以論述。

二、出使見聞之實錄──中西對比下的思索

　　清末由於迫於形勢上之需要，不得不陸續選派官員出洋考察，甚至駐任外國使節，以辦理外交事務，而郭嵩燾即為首任駐外公使。郭嵩燾於光緒三年（1877）出使英法時，清廷即已施行洋務運動多年；因此，不單是西洋兵器早已被中國軍隊大量使用，西方各國政治、經濟、法律等方面之基本常識也逐漸為經世文人所瞭解。尤其是曾辦理過洋務運動之郭嵩燾、薛福成、黎庶昌（1837～1896）等人，對於西方文化的掌握更是深入；然而，當他們真

〔註48〕　郭嵩燾曾於光緒二年至四年間（1876～1878）任駐英正使、駐法大使。薛福成於光緒十五年至光緒 19 年間（1889～1893），任駐英大使兼駐法、駐義以及駐比等大使。詳見《清史稿校註・交聘年表上》（臺北：國史館，1986 年），卷 219，頁 7577～7595。

〔註49〕　《黎庶昌傳包・內閣為黎庶昌請立傳交摺》（臺北：國立故宮博物院藏），文獻編號 702001263。

〔註50〕　光緒二年（1876）嚴復受派赴英國海軍學校。詳見《文苑傳・林紓傳附嚴復、辜湯生》（臺北：國立故宮博物院藏，清史館本）。

正踏上異國土地時，迥異之西方世界仍然帶給他們強大的震撼。

　　由於郭嵩燾、薛福成、黎庶昌等人在出使前，對西學即有初步認知；加上出使後又致力於研究考察，因此，當他們將親自接觸和體驗的西方文化，以桐城古文爲筆法，記錄在日記、奏摺、書信、札記之中時，內容之數量與深廣度多大幅增加，而得到國內士大夫階層之普遍重視，成爲促進中西文化交流的媒介，影響深遠。

　　桐城派自方苞以雅潔爲古文之語言標準後，又訂定諸多禁忌，致使桐城古文在詞句方面有所限制，無法融入其他文體來鍛鍊新詞句。如此，傳統之桐城古文面對全新之西方文化，根本不足以反映，郭嵩燾、黎庶昌、薛福成等人在繼承桐城前賢與時並進、制宜達變之主張後，逐漸摸索出解決方法，便是於古文中運用大量之西方新名詞，以介紹西方之風俗民情、教育科技、政治體制與宗教信仰。如此之改變，不止擴充了詞彙，使桐城古文得以擺脫束縛，還拓展了創作題材，爲當時文壇注入新的養分，以延續桐城文學之生命，從而引發近代白話文體之變革。〔註51〕

（一）首任駐外公使──郭嵩燾《使西紀程》

　　郭嵩燾（1818～1891），字伯琛，號筠仙。湖南湘陰人。道光二十七年（1847）進士，官至兵部左侍郎。「嵩燾爲學，以宋儒義理植其基，進而講求經世致用之故。道光十七年，領鄉薦後，時值鴉片戰爭失敗議和，割地賠費，傳教通商，均所目擊，心焉傷之」，〔註52〕感到「西洋之入中國，誠爲天地一大變」〔註53〕，「因上覽古今之事變，旁察四國之情僞」，〔註54〕求自強之道。曾出使英、法大臣，其在清末，以熟諳洋務名於時，著作頗豐，所爲文輯爲《養知書屋文集》，共二十八卷，集中文字多與晚清內政、外交大有關

〔註51〕　曾光光指出「文學語言形態的變革，是近代文體改革的主要目標，近代文學的語言變革包含著通俗化、大眾化，大量引入日本、歐美的新名詞兩大方面。桐城派雖然在語言的通俗化、大眾化這一目標上完全與時代背道而馳，但並未完全與時代脫節，黎庶昌、郭嵩燾等人在以桐城派古文向國人介紹西方政教風俗、生活方式的同時，還將大量西方新名詞引入古文，一定程度上促進了近代文體的變革。」詳見曾光光：〈桐城派在中國近代文學史上的貢獻與地位〉，《江淮論壇》第6期（2004年），頁107。

〔註52〕　張舜徽：《清人文集別錄》（臺北：明文書局，1982年2月），卷18，頁501～502。

〔註53〕　〔清〕郭嵩燾：《養知書屋文集》（光緒十八年刻本），卷15。

〔註54〕　張舜徽：《清人文集別錄》（臺北：明文書局，1982年2月），卷18，頁501。

係。光緒十七年（1891）卒，年七十四。〔註 55〕劉聲木《桐城文學淵源考》曰：「郭嵩燾，……與曾國藩、劉蓉、吳敏樹等友善，以文字相切劘。研貫經史，尤邃于禮，議論必根于心，無所遷飾。其為文暢敷義理，冥合矩度。……主講城南書院。」〔註 56〕

同治十三年（1874），英國取得清廷同意，派遣一支隊伍從英國殖民地緬甸，探勘進入雲南之陸路交通。隔年二月，英國駐華公使館派書記官翻譯馬嘉理持總理衙門所發之護照，經由緬甸八莫進入雲南騰衝縣土司領地芒允，總理衙門同時發文予地方政府，以妥為照料。因時任騰越鎮左營都司之李珍國（？～1889）極端仇視洋人，加上該探險隊只有 15 名探測人員，卻有 150 名英軍士兵，遂引起當地百姓之疑惑。李珍國即組織當地軍民，以阻攔其前進。馬嘉理出面交涉，過程中發生衝突，馬嘉理及其 4 名中國隨員被當場擊斃，其餘人員則退返緬甸，此即為著名的「馬嘉理事件」，又稱「滇案」。〔註 57〕事後李珍國謊稱其為當地野人所害，英國不予採信，遂導致中英關係再次緊張。

光緒二年（1876）八月，在北洋大臣李鴻章代表清廷與英國交涉過程中，英國公使威妥瑪以不惜開戰為由，趁機訛詐，提出諸多不合理要求，包括減免稅釐、增開通商口岸與開放雲南邊界貿易等。面對其威脅，清廷只好答應簽訂失利慘重之「煙臺條約」，以圖緩解緊張的氣氛。其中，尚列有「遣使道歉」一條，即責令清政府速派「一二品實任大員」親往英國通好謝罪，及處理一切外交事務。時任福建按察使之郭嵩燾，即因此一不光彩事件，銜命出任駐英公使（後兼任駐法公使），成為中國近代第一位駐外使節。〔註 58〕於同年十月十七日自上海出發，十二月八日抵達，〔註 59〕並正式就任。光緒四年

〔註 55〕 關於郭嵩燾生平，詳見〈郭嵩燾列傳〉（臺北：國立故宮博物院藏，清史館本），文獻編號 701007656。另附書影於附錄四（圖表 14）。

〔註 56〕 〔清〕劉聲木：《桐城文學淵源考》（臺北：世界書局，1962 年《中國學術名著》影印《直介堂叢刻》本），卷 11，頁 5。

〔註 57〕 關於馬嘉理事件始末，詳見米鎮波：〈馬嘉理案〉，收入南炳文、白新良主編：《清史紀事本末·光緒朝·第九卷》（上海：上海大學出版社，2006 年），頁 2953～2956。

〔註 58〕 馬嘉理事件後續清廷與英國談判過程，詳見《清史稿校註·邦交二》（臺北：國史館，1986 年），卷 161，頁 4316～4317。

〔註 59〕 李慈銘云：「自丙子（即光緒二年）十月十七日於上海拜疏出洋，至十二月八日抵英吉利倫敦。」詳見〔清〕李慈銘：《越縵堂日記·己集·第二集》（臺北：文光圖書公司，1963 年），頁 5133。此外，有關晚清外交使節到達歐洲

（1878），即卸任回國，棄官居家。

　　郭嵩燾出使英國途經香港、新加坡、錫蘭等地時，因有英國當地駐官接待，得以遊覽各地名勝古蹟、地方要塞，並參觀學校、官署、監獄等官方機構，而對西方諸國的地理位置、風土人情、宗教信仰、憲法議會等有所瞭解；在航途中，還多次與隨行人員交談，討論西方與東方文化間之關係，他將這些見聞、感受及討論內容逐日記錄下來，並以日記型式，著成《使西紀程》一書。抵達倫敦後，隨即以之向總理衙門彙報，並希望公開刊印，以開闊國人之眼界與見識。

　　然而料想不到的是，在總理衙門交由同文館「檢字刷印，藉以傳示考求洋務者」後，竟引來國內保守派文人連番攻擊。因為郭嵩燾在考察西方後，大為肯定其先進之科技發展與優越有禮的文化，〔註60〕並抨擊中國保守派不明時勢變化，而一昧守舊的無知。在《使西紀程》文中曰：

> 西洋以智力相勝，垂二千年。麥西（即埃及）、羅馬、麥加迭為盛衰，而建國如故。近年英、法、俄、美、德諸大國角立稱雄，創為萬國公法，以信義相先，尤重邦交之誼。致情盡禮，質有其文，視春秋列國殆遠勝之。而俄羅斯盡北漠之地，由興安嶺出黑龍江，悉括其東北地以達松花江，與日本相接。英吉利起極西，通地中海以收印度諸部，盡有南洋之利，而建藩部香港，設重兵駐之。比地度力，足稱二霸。而環中國逼處以相窺伺，高掌遠蹠，鷹揚虎視，以日廓其富強之基，而絕不一逞兵縱暴，以掠奪為心。其構兵中國，猶輾轉據理爭辯，持重而後發。此豈中國高談闊論，虛驕以自張大時哉？〔註61〕

的路線，據曹流指出「大致是：從天津乘船經上海抵香港，再由香港南下，經新加坡、錫蘭（今斯里蘭卡），入紅海亞丁灣，至埃及蘇伊士。在蘇伊士運河尚未開通的情況下，改乘火車至開羅、亞歷山大港，易船過地中海，沿義大利海岸航行，到法國馬賽港上岸，分赴各國。」詳見曹流：〈論晚清外交使節的歐美之旅〉，《桂林旅游高等專科學校學報》第1期（2004年），頁82。

〔註60〕　朱平認為「郭氏文章氣度雄渾，其《使西紀程》在客觀考辨了歐洲政教之後，竟作出驚天之論：西方既有強悍的堅船利炮，亦存優越的政教文明。技術引進固然極為重要，根底命脈則在文教之變。此等觀念超越了漫長的封建專制所造成的心理慣性，實為三十餘年後『五四』運動之民主與科學觀念的雛形。」詳見朱平：〈晚清域外遊記中的觀念演變〉，《齊魯學刊》第6期（2008年），頁131。

〔註61〕　〔清〕郭嵩燾：《使西紀程》，收入王錫祺輯：《小方壺齋輿地叢鈔》（清光緒

揆諸當時西方情況，英美諸國早已完成工業革命，是政治、經濟、文化各方面都十分發達的資本主義國家，郭氏認為英美不是夷狄之邦，而是「政教修明」之國家，對待他們侵略的應付之方，要掃除「虛驕之氣」，這無疑是適應時代需要的正確主張。平心而論，「郭嵩燾的眞正價值，就在於他不僅超越了『天朝帝國』朝廷交給他的使命，而且還能夠超越幾千年封建專制主義形成的觀念和教條，……從而作出了西方不僅有『堅船利炮』，而且在『政教』『文物』等方面都已經優於當時的中華，中國若要自強，就必須向西方學習的這樣一個極為重要的結論。」〔註62〕

郭嵩燾以極為開放的心態，大方接受西方文化洗禮，並直接表達他心中如何看待當時的西方和中國的感想。他對西方的讚揚與對中國的批評，往往是交織在一起的，然而如此驚世駭俗的言論，由於過於新潮，那些士大夫們雖然經過承受幾十年來西方逞兇黷武入侵之屈辱，但千百年來天朝自大觀念，仍然根深柢固。刊行後輿論譁然，立即遭到圍攻。如李慈銘〔註63〕《越縵堂日記・己集・第二集》曰：

> 閱郭嵩燾侍郎《使西紀程》……記道里所見，極意夸飾，……迨此書出，而通商衙門為之刊行。凡有血氣者，無不切齒。於是河北人何金壽以編修為日講官，出疏嚴劾之。有詔燬板，而流布已廣矣。
>
> 嵩燾之為此言，誠不知是何肺肝，而為之刻者又何心也。〔註64〕

王闓運（1832～1916）《湘綺樓日記・光緒三年丁丑・四月》亦曰：「廿八日晴，海翁來鬆松生送筠仙日記至。殆已中洋毒，無可采者」〔註65〕，足見其憤恨之情。不久，王闓運《湘綺樓日記・光緒三年丁丑・六月》又曰：「十二日晴熱，樾岑來言，何金壽，本名何鑄，昨疏劾郭筠仙有二心於英國，欲中國臣事之。有詔申飭郭嵩燾，毀其使西記版鑄本。」〔註66〕由此可見，當時

十七年上海著易堂印行），第十一帙，頁13。

〔註62〕 鍾叔河：《從東方到西方——走向世界叢書敘論集》（長沙：岳麓書社，2002年8月），頁228～229。

〔註63〕 李慈銘，字愻伯，號蓴客，光緒六年（1880）進士。由部郎官至山西道監察御史，光緒二十年卒（1894），年六十六。要其一生所學，悉薈萃於《越縵堂日記》中，共12卷，《清史稿》列之〈文苑傳〉末。

〔註64〕 〔清〕李慈銘：《越縵堂日記・己集・第二集》（臺北：文光圖書公司，1963年），頁5133～5135。

〔註65〕 〔清〕王闓運：《湘綺樓日記》（臺北：臺灣商務印書館，1973年），頁712。

〔註66〕 〔清〕王闓運：《湘綺樓日記》（臺北：臺灣商務印書館，1973年），頁725。

之士大夫皆把與洋人打交道視爲奇恥大辱，清廷爲平服民心，不僅申飭郭嵩燾，且下詔銷毀《使西紀程》字版，禁止印行，但當時即已廣行全國。在光緒三年（1877）六月二日至八月四日間，又再度於《萬國公報》上連載。他奉命出使英國，明明是「爲國家任此一番艱難」（慈禧太后召見時語，光緒 2年 7 月 19 日記。）卻被輿論斥爲異端、醜行加以圍剿。雖然郭嵩燾《使西紀程》在當時並未獲得認同，但此書所帶來的巨大衝擊，也在傳統文人中產生了發酵作用，使他們開始有所反思，甚至打算親自至西方，以驗證書中所述是否眞實。〔註67〕

其實，今天我們重翻《養知書屋文集》，檢索郭氏生平之主要言行，探索他遭人詬罵原因，當可證明他是個見識卓越的先行者，藉此亦可洞見當時社會之昏昧、閉塞狀況之一斑了。

（二）薛福成《出使英法義比四國日記》

光緒十五年（1889），薛福成被任命爲出使英法義比四國大臣，但直至光緒十六年（1890）正月，始確定成行赴任。薛福成對於郭嵩燾《使西紀程》所載曾抱持懷疑之態度，直到他得以遠赴歐洲，親眼目睹後，才相信郭嵩燾所言不虛。於《出使英法義比四國日記》文曰：

> 昔郭筠仙侍郎每嘆羨西洋國政民風之美，至爲清議之士所觝排，余
> 亦稍訝其言之過當。以詢之陳荔秋中丞、黎蒓齋觀察（按：陳荔秋
> 即陳蘭彬，曾任清廷出使美國大臣，黎蒓齋即黎庶昌，曾任清廷出
> 使日本大臣），皆謂其說不誣。此次來遊歐洲，由巴黎至倫敦，始信
> 侍郎之說，當於議院、學堂、監獄、醫院徵之。〔註68〕

然而，此時距郭嵩燾出使英法已有十三年之久。

〔註67〕當時的士大夫們，固守著「夷夏之辨」的老觀念，視西方各國爲不通文化的「夷狄」之邦。林瓊提出「由此可見郭嵩燾這本兩萬來字的小書，對當時的社會，尤其是上層社會所帶來的巨大衝擊。雖然社會的回應並不是積極的，但我們知道，這遠比被置之不理或受冷落效果要好得多。實際上，對西方社會的正面描述，郭嵩燾的著作遠不如當時傳教士所作的詳實和全面，但正因爲讚揚西方文明的話，出自郭嵩燾這樣一個中國學者之口，才引起了士大夫的一片公憤。這也充分說明了他們在衝擊人們的固有觀念方面所起的作用。」洵爲的論。詳見林瓊：〈清末早期駐外使節對西方文化的傳輸〉，《廣西民族學院學報（哲學社會科學版）》第 5 期（2000 年），頁 71。

〔註68〕〔清〕薛福成：《出使英法義比四國日記》（清光緒十八年鉛印本），卷 2，頁 37。

　　薛福成將其歷經 34 日的交通赴任旅程之見聞記錄下來，撰為《出使英法義比四國日記》，約二十餘萬字。鑒於郭嵩燾《使西紀程》之教訓，該書寫法略顯保守，內容也不再只是單純聚焦於介紹西方文化，而是於敘述過程中，巧妙與東方文化作適度之連結。如其於文中稱許「英德兩國之制頗稱盡善」，後筆鋒一轉，言「泰西各邦治國之法，或暗合《管子》之旨」，而《莊子》也「與近來泰西之學有相出入者」，終則結言曰：「所謂西學者，無非中國數千年來所創，彼襲而精究之。……所以蒸蒸日上，青出於藍也。」〔註 69〕是以與郭嵩燾《使西紀程》相較，該書內容著重在描述中西文化的不同面。他運用桐城古文簡潔雅潤的筆法，透過傳神地描寫細節，不露痕跡地在行文中，融入其對西方新事物種種主觀上的不同體驗；因此，很容易使讀者感同身受，被視為認識西學，體驗西方文化的入門書籍之一，而擴大其影響力，並開拓桐城派古文之新境界。〔註 70〕

　　此外，薛福成出使歐洲後，開拓其視野，在經由一連串對西方社會全面考察與中西文化之比較後，認為清廷若不即時實施興利除弊、挽救時變之國策，便無法與世界站在平等地位。他在《出使英法義比四國日記》中曾言及其對西方民主政治之考察，曰：

> 下議院之人，皆由民舉，……無早暮皆得見君主……凡議院坐次，宰相、大臣及與宰相同心之官，皆居院長之右；其不同心者居左；其有不黨者，則居前橫坐。世爵不在議院及各國公使入聽議者，皆坐樓上。〔註 71〕

由於親身感受過民主政治之優勢，遂決意倡導國家政治體制改革，所表達之主張與洋務時期相較，更是迥然不同，而成為光緒二十四年（1898），百日維新（又名戊戌變法）之重要參考資料。光緒二十七年（1901）初，清廷宣布

〔註 69〕　雖然清廷派遣出國者多數是洋務派，但從辦「夷務」到辦「洋務」，也是一個困難的過程，朱平提出：「薛福成《出使英法義比四國日記》，則反映了異域形象從『夷』向『洋』的艱難擺渡，也索引著近代文化觀念之變。」詳見朱平：〈晚清域外遊記中的觀念演變〉，《齊魯學刊》第 6 期（2008 年），頁130。

〔註 70〕　翔雲認為薛福成的文章「逐漸擺脫桐城義法的束縛，形成平易暢達的風格，有力地糾正桐城派的空疏之弊。」詳見翔雲：〈曾國藩與曾門四弟子關係之論析〉，《太原師範學院學報（社會科學版）》第 7 卷第 5 期（2008 年），頁 103。

〔註 71〕　〔清〕薛福成：《出使英法義比四國日記》（清光緒十八年鉛印本），卷 3，頁87。

科舉廢除八股，改試策論。〔註 72〕薛福成《出使英法義比四國日記》由於內容符合官方標準，撰述又平易暢達，因此，相當獲得當時士子喜愛，而造成廣大的流行。〔註 73〕

（三）黎庶昌《西洋雜誌》

光緒二年（1876）十月，黎庶昌得丁寶楨（1820～1886）舉薦，隨郭嵩燾赴英，任三等參贊，而展開其外交生涯，先後於英、德、法、西班牙等駐外使館擔任參贊，並遊歷西歐 10 國。期間黎庶昌與郭嵩燾一樣，致力於考察西方文化，而撰成《西洋雜誌》八卷刊行，書中收有旅歐期間的遊記、地誌與書札等 125 篇及雜記 7 篇，全面性地介紹歐洲之政治、外交、經濟、軍事、教育、文化、天文、地理及地方名勝，以完整反映歐洲諸國的政教文風與風俗民情。

同樣地，黎庶昌亦鑒於郭嵩燾《使西紀程》之教訓，因此，該書中不僅刻意避開敏感話題與用辭，關於政治方面之議論亦極少論及，即使提到，也僅以描述過程之方式帶過，而無由得窺其個人之主張。如在《西洋雜誌·西洋遊記第二》中介紹瑞士之民主制，曰：

> 瑞士分二十二縣，每縣舉上議院紳二人；下議員紳則以人數之多寡
> 為額，大率二萬人得舉一人。其入議院者，共一百三十餘人，辦事
> 則推七人為首，七人之中推一人裁決，定例每歲一易。西洋民政之
> 國，其置伯理璽天德本屬畫諾，然尚擁虛名。瑞士並此不置，無君
> 臣上下之分，一切平等，視民政之國又益化焉。〔註 74〕

關於在言及西方文化時，則皆以中學為體之傳統觀念出發，以求不重蹈覆轍。如〈耶穌復生日〉文曰：「耶穌竊釋氏緒餘以設教，其立言雖以勸人

〔註 72〕清廷於光緒二十四年（1898）即已逐漸改變科舉考試內容，首先自鄉會試及生童歲科各試改試策論。詳見《清實錄·德宗景皇帝實錄·光緒二十四年五月丁巳條》（北京：中華書局，1985 年），卷 419，頁 490～491。光緒二十七年（1901）始正式停廢八股。詳見《清實錄·德宗景皇帝實錄·光緒二十七年七月己卯條》（北京：中華書局，1985 年），卷 485，頁 412。

〔註 73〕黃樹生認為薛福成「出使日記」被視作為瞭解西學、認識世界的入門書籍，為戊戌維新運動提供了最重要的理論資源。詳見黃樹生：〈辭筆醇雅，聲光駿發——概論薛福成的散文創作〉，《蘇州大學學報（哲學社會科學版）》第 2 期（2005 年），頁 64。

〔註 74〕〔清〕黎庶昌：《西洋雜誌》（北京：社會科學文獻，2007 年 4 月），頁 155～156。

行善爲主，而詞皆膚淺，遠不如釋理之深。西人雖陽爲遵從，實迫于習俗使然，不過奉行故事而已，非眞于此心折也。」〔註75〕文中竟取東西方不同之信仰相提並論，甚至擅自忖度「耶穌竊釋氏緒餘以設教」，完全悖離眞實情況。

此外，黎庶昌之創作筆法乃採取透過細節之描繪，針對文化內涵方面大爲渲染，以突顯西方缺乏涵養之社會文化背景。如書中描述西班牙鬥牛時，文曰：

> 是日凡鬥七牛。第一牛鬥傷兩馬，一馬死于圍內，一馬騎出死；用劍者六刺始中脊縫。第二牛鬥傷兩馬，一馬死于圍內，一馬騎出死；牛怒逐人，躍出圍外三次；用劍者三刺始中，血從牛口噴出。第三牛鬥死兩馬如前；用劍者一刺即中。第四牛鬥死兩馬，一馬腹裂，肚腸全墮于地，立死；一馬腸拖丈餘，倒地，騎者用帶束之，鞭起再鬥，然後死；又別傷一馬；牛躍出圍外者一次；用劍者七刺始中，牛倒地後尚欲起立，另一人刺其頭始斃。予觀至此，已倦，即歸。

> ……此事西洋各邦，無不譏其殘忍；然成爲國俗，終不能革。並屬地古巴，亦有此風。觀其房式，正與羅馬鬥獸處廢址如一。聞羅馬古時，以罪人與各種猛獸徒搏，此只用牛，則習俗由來已久矣。

〔註76〕

黎庶昌以委婉敘述之方式，表現出西方人野蠻好鬥性格。是以《西洋雜誌》與郭嵩燾《使西紀程》相較，該書內容著重在以中學爲體之傳統觀念批判西方文化。他運用桐城古文平實穩健的筆法，透過細節之陳述，不露聲色地將自己主觀傾向，巧妙地隱藏於字裏行間。而這樣的創作，自然也較受傳統文人歡迎。

三、西方學術之譯介

在歷經郭嵩燾、薛福成、黎庶昌等人親歷西洋考察之介紹後，清末文人對於西方文化已有大致瞭解。但對於西方學術，卻只有簡單概念。嚴復留學

〔註75〕〔清〕黎庶昌：《西洋雜誌》（北京：社會科學文獻，2007年4月），卷5，頁120。

〔註76〕〔清〕黎庶昌：《西洋雜誌》（北京：社會科學文獻，2007年4月），卷5，頁113～114。

歸國後，即準備著手譯述西方學術，在經由湘鄉派吳汝綸之指導後，對於以桐城古文爲載體，已逐漸有所掌握；當時桐城名家林紓，也陸續有許多歸國之留學生要求與之合作，共同翻譯西方文學。〔註77〕而他們對西方學術相關著作之廣泛譯介與傳播，「是促使近代中國文學觀念向現代轉型的重要原因。」〔註78〕

（一）海軍出身的翻譯家——嚴復

19 世紀中葉，鴉片戰爭（1840）打開了中國封閉的大門。由於清末政治腐敗、國勢日衰，知識分子渴望藉吸收並利用西方之文明，求得救治早已垂危之滿清帝國。嚴復遠赴西方留學歸國後，意識到西方諸國之所以強盛，關鍵不在於西方文化之進步，更不在於天文地算、汽械兵機等科技，而是在於其學術思想之先進。嚴復認爲康有爲（1858～1927）、梁啓超（1873～1929）等人要實施變法維新，實行君主立憲制度，不如先從啓蒙思想的傳播著手，如此方能激發國人救亡圖存之愛國熱情，使政治制度改革變得水到渠成。是以作爲海軍人才培養的嚴復，並不從事於造船製炮技藝方面之翻譯，而是針對中國需求之緩急，與時勢之發展，精心挑選西方學術名著爲翻譯原本。

嚴復曾從湘鄉派之吳汝綸學習古文，而翻譯所採用之文體與義法，則一律以桐城古文爲主。〔註79〕他認爲宣揚西方先進思想，爲促進國家進步之動力，因此系統地挑選西方哲學、邏輯學、自然、科學、社會、政治、法律、經濟等方面的重要著作，期能有益於大眾。此外，由於他以「信、達、雅」爲翻譯標準，態度嚴謹精愼，因而終其一生，只翻譯出赫胥黎《天演論》、亞當·斯密《原富》、斯賓塞《群學肄言》、約翰·穆勒《群己權界論》和《穆勒名學》、甄克斯的《社會通詮》、孟德斯鳩《法意》、耶芳斯《名學淺說》等

〔註77〕 林紓所翻譯的西方著作達數百種，然其本不識外國語文，翻譯作品均爲口達而筆述之。詳見《文苑傳·林紓傳附嚴復、辜湯生》（臺北：國立故宮博物院藏，清史館本）。

〔註78〕 有關桐城派對西方作品的翻譯所產生的作用，曾光光表示相當肯定的看法。詳見曾光光：〈桐城派在中國近代文學史上的貢獻與地位〉，《江淮論壇》第 6 期（2004 年），頁 108。

〔註79〕 吳汝綸主張：「文者，天地之至精至粹，吾國所獨優。語其實用，則歐、美新學尚焉。博物格致機械之用，必取資於彼，得其長乃能共競。舊法完且好，吾猶將革新之，況其窳敗不可復用。」詳見《文苑傳·吳汝綸附蕭穆、賀濤、劉孚京》（臺北：國立故宮博物院藏，清史館本）。

八部西方學術名著；加上譯宓克《支那教案論》、衛西琴《中國教育議》與根據外國報紙所翻之《歐戰緣起》等三部，共有十一部，約 170 多萬字，而成爲開啓近代西方學術啓蒙思想之代表性人物。〔註80〕

（二）不懂外文的翻譯家——林紓

身爲清末桐城古文大家之林紓，本身對外語是一竅不通，也從未出國過，對於西方文化之瞭解甚爲有限；然而他憑藉自身深厚之桐城古文素養與創作功力，透過與精通外文者合作方式，將口述之西方文學作品，以桐城古文重現，向中國輸入。因此，對中國文壇影響很大。而林紓之翻譯主要集中在小說，一生翻譯英、法、美、俄、日、比利時、瑞士、西班牙、希臘、挪威等十個國家，共 97 位作家，189 種文學作品，〔註81〕翻譯範圍相當廣泛，如《巴黎茶花女遺事》、《吟邊燕語》、《黑奴籲天錄》、《迦因小傳》等。其中，以英、法兩國最多，其次是美國，而翻譯多爲長篇，世稱林譯小說。以個人之精力有如此成果，「不能不說是文學史上的一大奇蹟。」〔註82〕

現今可以考究出與林紓合作翻譯者，計有 19 人之多。〔註83〕由於林紓並不熟悉外語，對於外國小說先前也完全沒有涉及，所翻譯之作品並無一定的取向，而是取決於合作夥伴；至於翻譯出來之內容，其文學性之強弱自然也得取決於擔任口譯者之外語水平。〔註84〕此外，在翻譯過程中，口譯者自身對內容之選擇偏好，加上林紓後天加工的結果，也常導致翻譯出來的作品與

〔註80〕根據黃樹紅的研究，指出嚴復的這些譯著促進了中國近代新思想的發展。詳見黃樹紅：〈論嚴復對文學與翻譯的貢獻〉，《廣東教育學院學報》第 4 期（1996 年），頁 7。

〔註81〕林娟：《在中國文學傳統與外國文學資源之間——談林紓的翻譯和創作實踐》（福州：福建師範大學比較文學與世界文學研究所碩士論文，2002 年），頁 3。

〔註82〕馮明之：《中國文學史話・下冊・從元、明、清到近代》（香港：宏業書局，1978 年 2 月），頁 587。

〔註83〕林娟：《在中國文學傳統與外國文學資源之間——談林紓的翻譯和創作實踐》（福州：福建師範大學比較文學與世界文學研究所碩士論文，2002 年），頁 7。

〔註84〕林娟認爲「林紓的翻譯，由於以下三種原因的干擾，對『信』是很難達到的。一是講述原著情節者的外語水平；二是他們的文化、審美的選擇；三是林紓自身在此基礎上的選擇與加工。正因爲他的翻譯事業是在這樣的特定情況下進行，其譯品的誤植、誤譯就在所難免，對原作的大幅度刪改與增補，在『林譯小說』中更是比比皆是，這是他屢屢遭受譏評的重要原因之一。」詳見林娟：《在中國文學傳統與外國文學資源之間——談林紓的翻譯和創作實踐》（福州：福建師範大學比較文學與世界文學研究所碩士論文，2002 年），頁 3。

原著所載情節不同，因此飽受後世譏評。〔註85〕然而當時他們翻譯外國小說之主要目的，是希望透過小說情節故事之描寫，以潛移默化方式，促進中國人對西方文化與思想作深入之瞭解；因此，他們所選擇者大多爲當時歐美流行之讀物，並以通俗易懂之文字表達，以符合大眾之閱讀習慣。〔註86〕

綜上所述，從 1840 年鴉片戰爭起，由洋務運動到維新運動，再到 1919 年五四運動，是中國傳統文化與西方文化正面碰撞、相互交流與融匯的變化和發展時期，的確是一個劃時代的巨大變化。此一時期的近代史，從文化角度看，可說是一部「西學東漸」的歷史。「西學東漸」可大致分爲傳教士學術傳教、洋務運動技術引進、先進知識分子科學啟蒙期三個時期。西學東漸的過程中，藉由來華西人、出洋華人、書籍以及傳教等作爲媒介，將西方文化思想傳入中國；經歷了盲目排斥、有限接受和蓄意吸收探索三個階段。隨著西學東漸，近代中國之文化、思想開始發生巨變，諸種學說，紛然雜陳，各式思潮，彼此激盪。知識分子在內外危機之刺激下，開始從虛矯自大之心態中覺醒，進行了勇敢的和創造性的探索，吸收西學成爲進行新的社會變革之重要途徑。身處時代風濤，桐城古文家們爲救亡圖存，成爲西學的提倡者和實行者，並各自爲傳播中西文化與學術啟蒙，作出了竭盡心力的貢獻。他們著書立說，抗逆時風，也都以強烈的愛國色彩，激發人心，成了中華民族在嚴格考驗中的不屈宣言書，並且開闢了清末文壇新路。這些著述對近代西方

〔註85〕 林娟對此現象表示，「後世的論者常指責林紓和他的口譯合作者對原著不忠實，或對西方文學及文化缺乏認識，……往往一舉抹煞了那個時期的社會背景和文化需求。雖然『林譯小說』很多都不是西方文學建制承認的經典，我們也應該同時明白，這並不代表林紓與口譯合作者缺乏文學判斷力，更不表示他們的翻譯能力不足或翻譯態度不佳。我們應該記住，西方文學建制並不是他們最關注的事。」詳見林娟：《在中國文學傳統與外國文學資源之間——談林紓的翻譯和創作實踐》（福州：福建師範大學比較文學與世界文學研究所碩士論文，2002 年），頁 7。

〔註86〕 對於流行大量譯介外國小說的現象，相關的研究甚多，林娟認爲「在那個外國文學作品極端缺乏的環境裡，數量顯然比質量更重要。所以要較全面的移植西方文學，最恰當的無疑是在翻譯作品中夾雜不同民族風格、藝術風格。……當時文人翻譯文學作品並不以『文學』爲目標，促成文學翻譯興盛的原因，在於爲中國社會的變革引進新觀念和新思想，而當時的文人志士認爲救國必先強民，要教育群眾，實現根本的改革，最好的教育工具正是小說，這是當時文人譯介外國小說的普遍心態。」詳見林娟：《在中國文學傳統與外國文學資源之間——談林紓的翻譯和創作實踐》（福州：福建師範大學比較文學與世界文學研究所碩士論文，2002 年），頁 4。

科學與文化之傳播，發揮極大的推動作用；也記錄著自 19 世紀下半葉起，中國之社會變革不得不緩慢而痛苦地前進之蛻變的軌跡。現在看來，也具有極大的歷史價值，足資見證近代東西方交流之過渡歷程，且在文化變遷之際，扮演重要領導地位，共同創造了 20 世紀初，中國學術界的瑰偉氣象。

第六章　桐城文學之選集與論著

第一節　桐城文學選集

　　明清以來，古文選本向來頗受士子歡迎，然而清初的古文選家，對於古文的界定，沒有一個十分嚴格的概念，是以編文章選集時，多以先秦兩漢、唐宋八大家的散文為主，並雜有少量六朝、唐以來的駢文。雍正十一年（1733），方苞（1668～1749）奉國子監督學果親王允禮命，收錄兩漢書、疏及唐宋八家之散文，編為《古文約選》，以提供在國子監就讀的八旗子弟作為學習古文之範本。方苞趁勢於〈序例〉中梳理古文源流，以釐清古文觀念，一改當時古文選本兼收駢文的做法。〔註1〕經由其界定後，清代文人對於古文始有初步的瞭解，得以區分其間的差異。如此，對於桐城派古文之推行自然也大有助益。

　　《古文約選》畢竟是官方古文教材，是為了方便初學者學習古文而特別選錄的，方苞無法完全順己之意去編選，只能將想法與文學主張或多或少地融入其中；加上此書是應果親王允禮之請而選，依照當時的習慣，作者即署名為允禮，是以此書無法被單純視為桐城文學選集；但《古文約選》確實提高了桐城古文的地位。其於〈序例〉中辨析古文源流，指示為學途徑，亦有效宣導桐城派清正古雅的風範及標榜刪繁就簡的宗旨；此一特點讓姚鼐有所

〔註1〕　孟偉認為「這種文體上的嚴格去取，與編選者作為有獨到理論建樹的古文家的身份是相適合的，文體上的純粹也是建立古文文統所必須的。」詳見孟偉：《清人編選的文章選本與文學批評研究》（上海：復旦大學中國古代文學研究所博士論文，2006年），頁31。

借鑒，繼而編選了《古文辭類纂》，更便於傳播桐城文學。

　　清人編選的文章選本數量眾多，首先，本文特以影響較大，文學批評意義較強的《古文辭類纂》爲代表，介紹其編選情況、刊刻、流傳，及文學批評意義作簡要介紹。之後，對曾國藩（1811～1872）、王先謙（1842～1917）、黎庶昌（1837～1897）等人的古文選本與古文批評進行論述。

一、姚鼐《古文辭類纂》

　　乾隆四十四年（1779），姚鼐（1731～1815）主持揚州梅花書院時，有感於士子學習桐城古文，並無一部可示初學者入門途徑的古文選本，加上自身授課的需求，因此決定編選《古文辭類纂》，可謂古今文選本之最精核者，示士子以必遵之道與必至之境。

（一）文體分類

　　在體例方面，姚鼐將各式文學體裁區分爲十三類：論辨、序跋、奏議、書說、贈序、詔令、傳狀、碑誌、雜記、箴銘、頌贊、辭賦、哀祭，並對各類體的源流、功能及其規範作簡要的論述，以界定其義。〔註2〕在中國傳統文學中，早有以文體分類來論述之習慣，如《文心雕龍》分爲三十三類，部分文體尚有細分；《文選》分爲三十九大類，大類下的小類則更爲詳細。姚鼐的分類與之相比，可說是大爲簡化，之所以能夠如此，在於其以文體之功用與內容屬性爲標準，將所謂「名異實同」的文體歸併爲一，所謂「名同實異」的文體進行區分。〔註3〕如論、辯、議、說皆爲功用相近的文體，姚鼐即將其整合爲論辯類；又如韓愈〈伯夷頌〉，單就體裁來看，歷來古文選家即將其歸於頌類；然其中所述，實偏於論類，是以姚鼐將其收入論辯類，較爲適當。

（二）選集範圍與標準

　　其收錄範圍，上自先秦兩漢，下迄明清。所收文章皆合於方苞《古文約選‧序例》之桐城古文界義，內容以唐宋八大家爲主，選輯文最多；〔註4〕於

〔註2〕 劉守安認爲「姚氏的這些說明文字，可視爲他的文章體裁論。他對每種文體的淵源、發展、演變狀況論之頗當，這對學習者掌握各種文體的特點及有關知識都大有益處。」詳見劉守安：〈姚鼐的文章論〉，《中國人民大學學報》第1期（1998年），頁96。

〔註3〕 孟偉：《清人編選的文章選本與文學批評研究》（上海：復旦大學中國古代文學研究所博士論文，2006年），頁38。

〔註4〕 龐礴的研究指出，「其中所選唐以後文凡四百七十六篇，於唐宋八家中，所選

明則唯取歸有光（1506～1571），於清取方苞、劉大櫆（1698～1780），顯然有通過選篇來表明桐城派繼承歷代古文文統、道統的目的。〔註5〕但姚鼐於清代古文只取方苞、劉大櫆，即遭到不少批評，認爲其選文帶有門戶之私見。姚鼐晚年因畏懼此論，曾考慮過刪除方、劉之古文，但方東樹（1772～1851）認爲「此只當論其統之眞不眞，不當問其黨不黨。」〔註6〕（〈答葉溥求論古文書〉）

　　此外，亦遵行方苞義法限定之「古文中不可入語錄中語，魏晉六朝人藻麗俳話，……詩歌中雋話，南北史佻巧語」〔註7〕，與《古文約選‧序例》所言：

> 周末諸子，精深閎博，漢、唐、宋文家皆取精焉。但其著書主於指事類情，汪洋自恣，不可繩以篇法。其篇法完具者間亦有之，而體製亦別，故概弗採錄，覽者當自得之。〔註8〕

對於諸子散文、史傳、駢文或兼有駢散之文，一律不予以選錄。但姚鼐也不是完全仿照，而是在繼承之餘又有所突破。首先，最爲明顯的便是擴大選文範圍；其次，便是將方苞所禁止之「漢賦」，與近似小說體之韓愈〈毛穎傳〉皆納入選集。〔註9〕

以韓、歐爲最多，計韓退之三百二十二篇，歐陽永叔六十六篇，其次王介甫六十篇，蘇子瞻五十二篇，柳子厚三十七篇，曾子固二十七篇，蘇老泉二十四篇，蘇子由十五篇，計姚鼐選入八家文凡四百十三篇，占全書比重極大。」詳見龐礡：〈從姚鼐的《古文辭類纂》看桐城古文派的理論得失〉，《成都教育學院學報》第15卷第11期（2001年），頁18。

〔註5〕 趙棟棟表示「姚鼐編撰《古文辭類纂》，通過入選作家表明其文風取向，向世人宣告桐城派所繼承的古文傳統。」詳見趙棟棟：《桐城文派的形成及其古文理論意義之闡釋》（西安：陝西師範大學文藝學碩士論文，2006年），頁45。孟偉亦認爲「姚鼐編選《古文辭類纂》，有通過選篇來建立古文文統的目的。……這樣就建立起由方苞、劉大櫆經歸有光上接唐宋八大家的文章統緒。」詳見孟偉：《清人編選的文章選本與文學批評研究》（上海：復旦大學中國古代文學研究所博士論文，2006年），頁40。

〔註6〕 〔清〕方東樹：《考槃集文錄‧書》（清光緒二十年刻本），卷6，頁166。

〔註7〕 〔清〕蘇惇元：《望溪先生年譜》（清咸豐刻本），頁28。

〔註8〕 〔清〕方苞：《望溪集‧外文‧序跋》（清咸豐元年戴鈞衡刻本），卷4，頁323。

〔註9〕 鍾揚指出「他不錄子部、史傳以及六朝古文，以純潔古文家族，……也不像方苞《古文約選》之偏狹。……姚鼐不墨守唐宋古文的樊籬，而對上自秦漢下迄本朝的古文都兼收並蓄，甚至對詩歌化的散文如辭賦，以及小說化的散文如韓愈之〈毛穎傳〉等，都納入古文王國，使後學既有章可循，又能自由

（三）刊刻版本

《古文辭類纂》撰成於乾隆四十四年（1779），然因姚鼐無力刊刻，起先只能以抄本形式流傳。姚鼐〈與孔撝約〉曰：「鼐前在揚州……纂錄古人文字七十餘卷，曰《古文辭類纂》，似乎於文章一事有所發明，恨未有力，即與刊刻，以遺學者。」〔註 10〕李斗（生卒年不詳）《揚州畫舫錄》亦曰：「乾嘉之間學者所見大抵皆傳鈔之本，至嘉慶季年先生門人興縣康中丞紹鏞始栞於粵東，道光五年江甯吳處士啓昌復栞於金陵。」〔註 11〕其流傳版本，主要可分為三種，簡述如下：

1. 康本

道光元年（1821），姚鼐門人興縣康紹鏞（？～1834）始刊於粵東，共七十四卷，世稱「康本」。時間與李斗《揚州畫舫錄》所載略有出入。由於《古文辭類纂》為姚鼐書院講學之教材，因此，在其講學之四十年間，對該書當即時審訂，且詳為評注。而康本所刊行之內容，是根據姚鼐乾隆間之訂本，由李兆洛精校。此為《古文辭類纂》之首刊本，此後的翻刻本多以此本為底本，且流通最為廣泛。

2. 吳本

道光五年（1825），姚鼐門人江寧吳啓昌（生卒年不詳）復刊於金陵，共七十五卷，世稱「吳本」。吳本所刊行之內容，是根據姚鼐晚年主講鍾山書院時之訂本，且依姚鼐之命刪去文章之批抹圈點，由吳啓昌、管同、梅曾亮、劉欽等姚門弟子共同精校。此版本不甚流行。

3. 李本

康、吳兩本刊行後，南北各省翻刻者多，就連日本亦有刊本。由於康、

馳騁，有著廣闊的用武之地。」詳見鍾揚：〈兼濟·相容·兼美——姚鼐古文理論及其文化背景概說〉，《南京師大學報（社會科學版）》第 6 期（1999 年），頁 110。孟偉亦認為「姚鼐編選《古文辭類纂》把辭賦納入古文的學習範圍，是姚鼐的創舉。方苞以義法和雅潔論文，對古文寫作要求較為嚴格，提出種種禁忌，他認為漢賦板重字法，不可入古文，但對古文限制過多，古文學習造成困難，也不利於古文自身水準的提高。」詳見孟偉：《清人編選的文章選本與文學批評研究》（上海：復旦大學中國古代文學研究所博士論文，2006 年），頁 40。

〔註 10〕 啓業書局：《明清十大家尺牘》（臺北：啓業書局，1971 年），頁 312。

〔註 11〕 〔清〕蕭穆：《敬孚類稿·書序贈序壽序》（清光緒三十三年刻本），卷 2，頁 29。

吳兩本所選篇目互有出入，因此光緒二十七年（1901），滁州李承淵（生卒年不詳）請桐城蕭穆（1835～1904）先以康、吳兩本互為校刊，再取其他與此書相關的各種舊刻本互校，後又得到桐城派蘇惇元（生卒年不詳）鈔錄姚鼐少子姚雉（生卒年不詳）家藏本，為姚鼐晚年的圈點本，李承淵便將其圈點過錄於其校本；此外，考慮到初學者的需求，即將內文予以分段與斷句，並增加句讀，以重新刊行，共七十五卷，同時附有吳序與康序，世稱「李本」。為《古文辭類纂》中另一個流傳較廣的刊行本。

　　清末至民國以來，仍舊翻刻多次，版本或用康本，或用吳本，或用李本；甚至附有評點或注釋。如由商務印書館編印之《四部叢刊》，由於刊行目的在於取初刻，故用康本；由中華書局編印之《四部備要》，由於刊行目的在於取精校，故用李本。是以，劉聲木《桐城文學淵源考》一文曰：

> 所選《古文辭類纂》七十四卷，超然遠識，古雅有法，奄出歷代選本之上，為六經以後第一書，尤為海內所傳頌。世之欲學文者不由是而進之，譬由行荊棘而棄康莊，欲至國都不可得也。〔註12〕

吳孟復《桐城文派述論》亦曰：

> 要之，二三百年之間，刻印之頻，流傳之廣，實為古籍中所罕見。蓋由其書博而不蕪，約而不陋。行世以來，二三百年，在此二三百年之間，讀書治學之士，無論其為漢學為宋學，為學者為文人，為舊學為新學，後來成就各不相同，然當其讀書之始，學文之日，固无一人不讀此書，无一人不受此書之益。〔註13〕

足見此書既是學古文之最佳入門，也是桐城文派的最好宣傳，對於傳播桐城文學更達到風行草偃之效果。

　　姚鼐《古文辭類纂》體例嚴謹，選文精當，上自秦漢，下迄方、劉，又將中國歷代以來所發展之各式文學體裁，依照其特性，區分為十三類，使初學士子得以快速掌握各種文體，運用於古文創作中，而這正是《古文辭類纂》何以被清代文人廣泛接受，且能普遍流行的主因。〔註14〕但《古文辭類纂》為了提供初學者入門之徑，僅收錄一些易於學習、模仿的文章；像諸子散文

〔註12〕〔清〕劉聲木：《桐城文學淵源考》（臺北：世界書局，1962 年《中國學術名著》影印《直介堂叢刻》本），卷 4，頁 1。

〔註13〕吳孟復：《桐城文派述論》（合肥：安徽教育出版社，2001 年 7 月），頁 113。

〔註14〕孟偉：《清人編選的文章選本與文學批評研究》（上海：復旦大學中國古代文學研究所博士論文，2006 年），頁 39。

那樣變化多端，難以義法侷限之文章皆不予以選輯，如此，士子之眼界必有所限制，爲文亦必顯得千篇一律，而毫無個人特色可言。〔註15〕是以，曾國藩即針對其不足之處，推尊經典，發明經世濟民之思想，另行編選《經史百家雜鈔》，在清代古文選學上與之分庭抗禮。

二、曾國藩《經史百家雜鈔》

曾國藩（1811～1872）編選《經史百家雜鈔》原因有二。其一，強調經濟在文學創作中的重要性。曾國藩於文體中特意增加典志一類，即著眼於政事，要求文人應當關切時勢之變化與社會之實際問題，以多爲經世致用之文，使文學得以直接爲政治服務。其二，補充姚鼐《古文辭類纂》選文之不足，而擴大選集範圍與標準。咸豐二年（1852），於正月初二日記〈綿綿穆穆之室日記〉中曰：「是日，思詩既選十八家矣，古文當選百篇，鈔置案頭，以爲揣摩。」〔註16〕範文訂定後，曾氏還特意作〈經史百家雜鈔題語〉、〈經史百家簡編序〉，以誌其心。但此書遲至咸豐十年（1860）才得以完成，共二十六卷，於同治元年（1862）刻行。

（一）文體分類

在體例方面，曾國藩仿照姚鼐《古文辭類纂》之法區分，但又有所更動，他將姚鼐十三類中之「頌贊」、「箴銘」兩類併入傳誌中，以修正爲九類；並新增「敘記」、「典志」兩類，共十一類。又獨創三門以統之，分別爲：著述門統論著、詞賦、序跋三類，告語門統詔令、奏議、書牘、哀祭四類，記載門統傳誌、敘記、典志、雜記四類。因此，在文體分類方式上，比《古文辭類纂》更爲簡略。

曾國藩還將此十一類與姚鼐之陰陽剛柔說作進一步結合。咸豐十年三月十七日日記曰：「大抵陽剛者，氣勢浩瀚；陰柔者，韻味深美。浩瀚者，噴薄而出之；深美者，吞吐而出之。就吾所分十一類言之，論著類、詞賦類宜噴薄，序跋類宜吞吐；奏議類、哀祭類宜噴薄，詔令類、書牘類宜吞吐；傳誌類、敘記類宜噴薄，典志類、雜記類宜吞吐。其一類中微有區別者，如

〔註15〕龐礴的研究指出，「作爲教材，選取易於學習、易於模仿的篇目是對的，但同時暴露桐城學習的拘圍性，不免有模式化的傾向。而且文章有了法限，不免會削弱個性特色。」詳見龐礴：〈從姚鼐的《古文辭類纂》看桐城古文派的理論得失〉，《成都教育學院學報》第 15 卷第 11 期（2001 年），頁 18。

〔註16〕〔清〕曾國藩：《求闕齋日記類鈔》（清光緒二年刻本），卷下，頁 54。

哀祭類雖宜噴薄，而祭郊社祖宗則宜吞吐，……此外各類，皆可以是意推之。」〔註17〕

（二）選集範圍與標準

曾國藩收錄的時代範圍大抵與姚鼐《古文辭類纂》相同，但不同的是《經史百家雜鈔》重視經史。曾國藩在〈經史百家雜鈔題語〉文中曰：

> 近世一二知文之士纂錄古文，不復上及六經，以云尊經也。然溯古文所以立名之始，乃由屏棄六朝駢儷之文，而返之於三代兩漢。今舍經而降以相求，是猶言孝者敬其父祖而忘其高曾。〔註18〕

是以「每類必以六經冠其端」〔註19〕，〈經史百家雜鈔題語〉亦曰：

> 姚姬傳氏撰次古文，不載史傳，其說以爲史多不可勝錄也。然吾觀其奏議類中，錄《漢書》至三十八首；詔令類中，錄《漢書》三十四首，果能屏諸史而不錄乎？余今所論次，采輯史傳稍多，命之曰《經史百家雜鈔》云。〔註20〕

曾國藩認爲六經爲古文之源；且於史傳亦多有采輯，故將此書命名爲《經史百家雜鈔》。此外，還於論著類中選錄莊子、孟子、荀子等諸子散文及間有駢散之古文。

薛福成〈寄龕文存序〉即評此書曰：「文正一代偉人，以理學經濟發爲文章，其閱歷親切，迴出諸先生上，早嘗師義法於桐城，得其峻潔之詣。平時論文，必導源六經、兩漢，而所選《經史百家雜鈔》，蒐羅極博，《文選》一書，甄錄至百餘首。故其爲文，氣清體閎，不名一家，足與方、姚諸公並峙。」〔註21〕雖然曾國藩言自己粗解文章由姚鼐始，而文風卻與桐城迴異，究其因，桐城論文惡駢儷，以質實爲美；曾氏法漢賦、尚聲律藻飾，重文章藝術。

〔註17〕　〔清〕曾國藩：《求闕齋日記類鈔》（清光緒二年刻本），卷下，頁49。

〔註18〕　〔清〕曾國藩：《曾文正公詩文集（下）》，收入《國學基本叢書四百種》（臺北：臺灣商務印書館，1968年），卷2，頁165。

〔註19〕　〔清〕曾國藩：《曾文正公詩文集（下）》，收入《國學基本叢書四百種》（臺北：臺灣商務印書館，1968年），卷2，頁165。

〔註20〕　〔清〕曾國藩：《曾文正公詩文集（下）》，收入《國學基本叢書四百種》（臺北：臺灣商務印書館，1968年），卷2，頁165。

〔註21〕　〔清〕薛福成：《庸庵文外編》（上海：上海古籍出版社，《續修四庫全書·集部·別集類·1562冊》影印清光緒刻庸庵全集本），卷2，頁212。

三、王先謙《續古文辭類纂》

王先謙（1842～1917），字益吾，號葵園。湖南長沙人。同治四年（1865）進士。劉聲木《桐城文學淵源考》曰：「王先謙，……私淑桐城文學，其為文一以姚鼐宗旨為歸。其為文考覈詳密，源流畢賅，遣字積語，校量銖黍，粹然出于醇雅。……深思剝膚存液，于經史諸子、國朝掌故皆鈎稽考訂，輯有成書，……《續古文辭類纂》三十四卷，尤有益于文學。」〔註22〕

王先謙之所以編纂《續古文辭類纂》，在於乾隆至咸豐間（1735～1861）桐城諸家輩出，而姚鼐一書於清代僅收錄方苞、劉大櫆二家之文，無以顯見清代桐城古文創作方面之成就；因此，仿照《古文辭類纂》之體例，除減去奏議、詔令、辭賦三類，及將書說類改名為書類、將頌贊類改名為贊類外，其餘皆與《古文辭類纂》相同。選集範圍自乾隆至咸豐間之諸家名篇，以補姚書不足，故將此書命名為《續古文辭類纂》。此外，更附有「姓氏爵里誌略」，對收錄作者之生平、事蹟、著述作簡要介紹。

本書選文收錄計三十九人，為姚範（1702～1771），朱仕琇（1715～1780），彭績（1742～1785），彭紹升（1740～1796），羅有高（1733～1779），姚鼐（1732～1815），魯仕驥（生卒年不詳），吳定（1744～1809），秦瀛（1743～1821），惲敬（1757～1817），王灼（1081～1160），張惠言（1761～1802），陸繼輅（1772～1834），陳用光（1768～1835），姚瑩（1785～1853），鄧顯鶴（1777～1851），周樹槐（生卒年不詳），呂璜（1778～1838），劉開（1784～1824），姚椿（1777～1853），毛嶽生（1791～1841），吳德旋（1767～1840），管同（1780～1831），梅曾亮（1786～1856），方東樹（1772～1851），張穆（1808～1849），朱琦（1803～1861），馮志沂（1814～1867），曾國藩，吳嘉賓（1803～1864），龍啓瑞（1814～1858），彭昱堯（生卒年不詳），王拯（1815～1876），邵懿辰（1810～1861），魯一同（1805～1863），戴均衡（1814～1855），孫鼎臣（1819～1859），吳敏樹（1805～1873），管嗣復（？～1860）。此書共三十四卷，完成於光緒八年（1882），並於當年由王氏虛受堂刊行。

四、黎庶昌《續古文辭類纂》

黎庶昌（1837～1896）為補姚鼐《古文辭類纂》選文未備之處，及推衍

〔註22〕〔清〕劉聲木：《桐城文學淵源考》（臺北：世界書局，1962年《中國學術名著》影印《直介堂叢刻》本），卷11，頁7。

曾國藩《經史百家雜鈔》之選文宗旨，因此編選《續古文辭類纂》。體例除減去贈序、碑誌二類外，餘則仿照《古文辭類纂》。選集範圍與標準即依據《經史百家雜鈔》所錄，將《續古文辭類纂》分爲上編經子；中編史傳，皆補姚鼐所缺錄之文。下編選清文，爲方苞、劉大櫆前後諸家之文，約二百四十餘篇，共十卷之多，爲此書最有價值的部分。〔註23〕而獲選者，已不限制爲桐城派文人，如李紱（1673～1750）、錢大昕（1728～1804）、汪中（1745～1794）等人之優秀作品皆有收入；然就其所收比例來看，仍以桐城派諸家爲要。此書完成於光緒十五年（1889），共二十八卷。於光緒十六年（1890），由金陵書局刊行。

　　綜上所述，就各部文選相較，尋繹其間差異，當可探究選輯者用心所在。

第二節　桐城文學理論總述

　　清代桐城派古文理論歷經桐城三祖、姚門弟子之發展，已形成一個龐大的體系。雖然他們的主張是以桐城三祖爲基礎，再加以修正，但由於所論過於瑣碎精細，使初學桐城古文理論者，不得其門而入。因此，清末民初之桐城後期諸子，便利用在書院講學之餘，撰寫桐城文學理論總述之專著，最爲出色者，即林紓《春覺齋論文》與姚永樸《文學研究法》。茲介紹於下：

一、林紓《春覺齋論文》

　　林紓（1852～1924）《春覺齋論文》爲其任教於京師大學堂（北京大學前身）時所編寫之教材，手稿名爲《論文要言》；1913年，在《平報》連載，名爲《春覺生論文》；1916年，北京都門印書局出版，將此書更名爲《春覺齋論文》；1921年，上海：商務印書館出版，又將此書更名爲《畏廬論文》；1959年，人民出版社以都門印書局版本重新刊行，名爲《春覺齋論文》。之後在大陸印刷多次，海外亦有發行，並收錄林紓多種文集於其中。

　　此書雖歷經多次更名、排版，然書中內容、體例相同，爲林紓總結桐城諸家古文創作理論與藝術技巧運用之成果，且態度較爲客觀，眼界較爲寬闊。此書與姚永樸《文學研究法》以史論式之論述方法不同，乃從文章創作之實

〔註23〕孟偉：《清人編選的文章選本與文學批評研究》（上海：復旦大學中國古代文學研究所博士論文，2006年），頁56。

際需求出發，對古文寫作技法之闡述相當詳盡具體，爲近代文章創作理論之重要著述。

全書分爲〈述旨〉、〈流別論〉、〈應知八則〉、〈論文十六忌〉、〈用筆八則〉、〈用字四法〉六章，約六、七萬字。對每一類問題之討論，皆結合前人論述與具體文章分析，不尚空談。〈述旨〉、〈流別論〉二章主要在於論述古文要旨、流別，以幫助初學者快速掌握古文發展之梗概。

首言〈應知八則〉，揭示創作要則，桐城派劉大櫆之「神氣說」、姚鼐之「神理氣味格律聲色」，均對林紓有所啓發。共有八個要點：意境、識度、氣勢、聲調、筋脈、風趣、情韻、神味。文中重點剖析其原則、演變、具體表現、創作技巧及代表作品等，以幫助初學者瞭解古文之創作要素，與創作之追求目標，進而提高文章之藝術美感。

次言〈論文十六忌〉，明示創作避忌，亦承方苞「義法說」而來，然其中亦不乏林紓個人見解，共有十六個要點由反面著墨：忌直率、忌剽襲、忌庸絮、忌虛枵、忌險怪、忌凡猥、忌膚博、忌輕儇、忌偏執、忌狂謬、忌陳腐、忌塗飾、忌繁碎、忌糅雜、忌牽拘、忌熟爛。林紓於文中詳細說明古文創作時常見之弊病，且推其病源，言明改善方法。如此，即能更有效地幫助初學者瞭解其缺失所在。

三言〈用筆八則〉，主要在於探討文章筆法之運用與布局之技巧，爲謀篇安章之方，共有八個要點：起筆、伏筆、頓筆、頂筆、插筆、省筆、繞筆、收筆。林紓提出此八種筆法，以幫助初學者體悟如何運用寫作技巧，以達到所追求之文章效果。

四言〈用字四法〉，主要在於闡釋文章句法、詞語之運用，明字句鍛鍊之法，特別是虛詞，共有四個要點：換字法、拼字法、矣字用法、也字用法，以幫助初學者能適當運用字法，而營造出不同之氣勢與情境。

綜觀林紓之《春覺齋論文》，舉凡體裁特徵，謀局布篇，用筆用字，節奏音響，風格情韻，皆予以詳究，並一語道出玄機；可謂論述精到，自成體系，使初學者得以認識文章創作之關鍵所在，爲桐城古文入門之指導性著作。

二、姚永樸《文學研究法》

姚永樸（1862～1939）《文學研究法》爲其任教於北京大學中文系時所編寫之教材，1912 年，北京：商務印書館出版。體例仿《文心雕龍》而作。論

述範圍上自先秦，下迄清末諸家文論，並以分類命題之方式，選擇性地將不同時代、人物之零散言論，依其邏輯，將所欲表達之主旨，先由原則性之解說開始，再逐步推展至具體之闡述，各主題間又互有相關，而構成一個完整的理論體系，以全面性介紹桐城派古文理論與發展過程。姚永樸之學生張瑋評論本書是「自周秦以迄近代通人之論，莫不考其全而擷其精。故雖謹守家法，而無門戶之見」，〔註24〕實為至言。

　　《文學研究法》全書分為四卷，每卷又依其主旨，分為二十四篇，結論一篇，共二十五篇，約九萬餘字。每篇皆取二字，作為題目，然後再從考據二字開始，分層論述。全書主要是依姚鼐之文論體系編定篇目，並作為全書之綱領。卷一為古文之本質論，分為起源、根本、範圍、綱領、門類、功效六篇。起源篇主要乃闡明文章之源在於文字，文字之源在於對人聲之形象記錄，人聲之源在於天地之元音；是以姚永樸認為文章與語言是一體的，「欲文章之工，未有可不用力於小學者」，且古道蘊含於古文中，欲興前賢先聖之道，則唯有透過撰寫古文方能持續流傳，而此即桐城派倡導古文之原因。根本篇主要在於剖析為文之本質，在於明道經世。範圍篇主要在於探討文學內涵，與文學家得以稱為文學家之原因。綱領篇主要在於論述方苞義法中，內容與形式之統一。門類篇介紹姚鼐分文體為十三類之觀點後，又引入曾國藩再把這十三類分為四大類之主張，主要在於討論文學體裁間之問題。功效篇主要在於闡發文章之功用性。

　　卷二為古文之發展論和體裁論，分為運會、派別、著述、告語、記載、詩歌六篇。運會篇主要在論述文學的發展。派別篇主要在於剖析文學流派之產生及意義。至於著述篇、告語篇、記載篇、詩歌篇，則著重討論各種文學體裁之特徵。

　　卷三為古文作品之構成要素與評論標準，分為性情、狀態、神理、氣味、格律、聲色六篇。性情篇主要在於強調作者為文當獨具個人性情。狀態篇主要在於探討文章之格調品味。神理篇、氣味篇、格律篇、聲色篇主要以姚鼐之古文八字訣，闡明作品內容與形式方面之構成要素與評論標準。

　　卷四為古文之風格論，分為剛柔、奇正、雅俗、繁簡、疵瑕、工夫六篇。剛柔篇乃論述風格之內在特徵。奇正篇則強調風格之外在特徵。至於雅俗篇、繁簡篇、疵瑕篇、工夫篇，則偏重於闡述文章語言風格問題。

〔註24〕見張瑋為本書所作的序，推論本書約是民國初年所著。

　　姚永樸身爲桐城派之最後一代人物,《文學研究法》將桐城派之文章理論集中整理,分門別類進行系統化之闡述。由於姚永樸對桐城古文義法相當熟悉,每述及桐城派諸家文論之觀點時,總會特意言明其文學淵源。因此,他的考察就比較準確,並具有很高的參考價值。如姚鼐論文八字中之「神」字,並非首創於桐城派。他在〈神理〉一篇中說:「《易‧說卦傳》云:『神也者,妙萬物而爲言者也』。《孟子‧盡心》篇云:『夫君子所過者化,所存者神。』又云:『大而化之之謂聖,聖而不可之之謂神。』」後又摘錄《莊子‧養身》篇中庖丁解牛一節。這些都是文論史上最早有關「神」之重要論述。而劉大櫆、姚鼐論文都主「神」,此爲繼承、改造前人理論,將「神」此一文章中之精神氣質,作爲「文之精」而特別提出的,對於寫作及欣賞文章很有意義。姚永樸能如此找出根源,集中了古代文論家精采的言論鎔鑄一爐,客觀上使桐城派的理論更加充實豐富,並加深人們對桐城派理論之理解;同時,對研究桐城派理論也是一種開拓性的貢獻。

　　而當其述及古今各文章學家之重要論述時,經融會貫通,則往往將其納入桐城派之文論中,以作爲「桐城寫作理論的注腳」〔註25〕,可謂博采眾長,匯釋各家。透過姚永樸《文學研究法》一書,便足以瞭解古文理論在各個時代所取得的成就、影響,與先後之師承關係。然由於範圍過於廣闊,所述過於龐雜,因此常有重複之處,以致令人感覺過於繁瑣。而內容也大多爲整理歷代諸家之說,少有作者自身之創見。

　　儘管如此,此書之特點是引述涉及面廣,始於先秦,止於清末;分類比較清楚,記載集中、詳盡,具有重要之資料彙集性。從中可以查到桐城派人物的主要論述,也可以查到許多古代文章學的重要論述,此爲本書不可抹煞之價值。

〔註25〕劉可:〈從傳統走向現代——轉型期的寫作理論一覽〉,《內蒙古教育學院學報(哲學社會科學版)》第 12 卷第 1 期(1999 年),頁 34。

第七章　桐城派之書院傳播與影響

第一節　桐城派之書院講學風潮

　　安徽桐城文學之盛始自明代（1638～1643），由於名臣、名儒輩出，鼓舞著當地士子隨其求學問道，使得當地書院、家學盛行。

　　桐城派經由三祖的發展，始建立理論系統的基礎，使桐城古文得以在清代（1644～1911）偌大的各式文學中占一席之地。然真正擴展桐城派影響力者，即是桐城派借助書院教學之方式，讓桐城古文能夠突破區域限制而盛行全國。

　　書院等同於現代的大學，為傳統教育體制中，儒者自身研究學問、探討思想及教授學生的場所，創辦者或為官府，或為私人。清初為了鞏固政權，使文學成為宣揚其正統的政治工具，採取高壓、懷柔的統治策略，以嚴格控制士子之學術思想。這樣的舉措卻使得書院日趨官化，且講學內容不再像以往那樣自由，逐漸變成科舉制度的附庸。此時順應清廷文化政策之桐城派，由於義理方面以程朱之學為準的，又主張古文與時文的寫作技巧相通，正符合官方需求；加上桐城諸家大多從事教職，派中名儒自清初之桐城三祖起，中期之姚門弟子，至清末桐城派馬其昶（1855～1930）、姚永樸（1862～1939）、姚永概（1866～1923）、嚴復（1853～1921）、林紓（1852～1924），甚至陽湖派張鶴齡（1867～1908），湘鄉派張裕釗（1823～1894）、吳汝綸（1840～1903）等人，亦皆長期講學於各大書院，主要領域在江蘇、安徽、

江西、廣西、湖南、湖北等省，〔註1〕影響所及，桐城派古文創作與學術思想形成一股文學風潮，使全國士子紛紛隨其求學問道而得以普行天下。因此，書院可說是桐城派傳播之「發源地」。〔註2〕

一、南方各省桐城文學流行之奠基者——姚鼐

桐城派創始者方苞（1668～1749），早年即奔走四方，就館授徒爲業。南山案後，入值南書房，以編書爲務，成爲康、雍、乾三代（1662～1795）之文學侍從；閒暇之餘，仍兼事教職，年八十餘，猶講學不倦，「但終其身非文化教育之職不就。」〔註3〕

中繼者劉大櫆（1698～1780）一生致力於科舉應試，卻始終未成，爲求維生，曾入江蘇、湖北、山西學幕，助評文卷。六十歲方授爲黟縣教諭，後被聘爲歙縣問政書院山長，又主講安慶敬敷書院，終身教評桐城古文，成才甚眾。由於晚年才開始講學，書院地點又多位於桐城附近，且唯一所任官職僅是黟縣教諭，是以雖頗有文名，仍無法吸引各地士子遠赴桐城向其問學。〔註4〕

眞正將桐城古文順利傳播出去者，爲桐城派集大成的姚鼐（1731～1815）。姚鼐自辭職南歸，即先後主講於揚州梅花書院、安慶敬敷書院、歙縣紫陽書院、南京鍾山書院，將近40年皆在揚州、南京等地書院擔任教職，使桐城派古文首次得以突破區域的局限而普行於南方各省。姚瑩於〈春麓先生傳〉一文曰：

> （姚鼐）既還江南，遼東朱子穎爲兩淮運使，延先生主講梅花書院。久之，書紱庭尚書總督兩江，延主鍾山書院。自是揚州則梅花，徽州則紫陽，安慶則敬敷，主講席者四十年。所至，士以受業先生爲幸，或越千里從學。四方賢雋，自達官以至學人士，過先生所在必

〔註1〕依據曾光光的研究指出桐城派在書院中講學的人數有案可查的幾達百人，桐城派各階段的代表人物都與書院講學有聯繫。太平天國活動的主要領域，正好是桐城派的主要活動領域。詳見曾光光：〈桐城派的傳承與傳統教育〉，《清史研究》第3期（2005年），頁65。

〔註2〕曾光光：〈傳統學派的發展與區域文化因素——以桐城派爲研究個案〉，《貴州社會科學》第2期（2007年），頁162。

〔註3〕吳微：〈從親和到遺棄：桐城派與京師大學堂的文化因緣〉，《東方叢刊》第3期（2006年），頁244。

〔註4〕曾光光：〈傳統學派的發展與區域文化因素——以桐城派爲研究個案〉，《貴州社會科學》第2期（2007年），頁162。

求見焉。〔註5〕

曾國藩（1811～1872）在〈歐陽生文集序〉亦曰：

> 其不列弟子籍，同時服膺有新城魯仕驥絜非，宜興吳德旋仲倫。絜
> 非之甥爲陳用光碩士，碩士既師其舅，又親受業姚先生之門。鄉人
> 化之，多好文章。碩士之羣從，有陳學受藝叔、陳溥廣敷，而南豐
> 又有吳嘉賓子序，皆承絜非之風，私淑於姚先生。由是江西建昌有
> 桐城之學。〔註6〕

姚鼐將畢生精力投注於書院講學中，並集桐城三祖之大成，提出一套完善的古文理論；又編《古文辭類纂》，以爲士子學文的標準；加上曾任朝廷要職、遊歷南方諸省各大書院等因素，使得「士以受業先生爲幸，或越千里從學」，桐城派古文蔚爲流行。

　　姚門四大弟子中，姚瑩（1785～1853）即從姚鼐問學於安慶敬敷書院，管同（1780～1831）、方東樹（1772～1851）、梅曾亮（1786～1856）即從姚鼐問學於南京鍾山書院，他們大多也以教書爲業，講學於各地；影響所及，日後桐城派諸家一生幾乎都與書院爲伍，傳播桐城派古文義法，以維持生計。此外，書院環境相當適合他們互爲交流切磋，是以樂此不疲。繁盛時期，「自淮以南，上泝長江，西至洞庭沅、澧之交，東盡會稽，南踰服嶺，言古文者，必宗桐城，號桐城派。」〔註7〕（薛福成〈寄龕文存序〉）

　　據劉聲木《桐城文學淵源考》所載，曾講學於各地書院的桐城派諸家多達83人；講學書院遍布各地，如廣西榕湖書院、秀峰書院；廣東韓山書院；浙江杭州書院；福建廈門書院、安瀾書院；湖南岳麓書院、城南書院；安徽亳州書院、徽州書院等；河北蓮池書院；湖北江漢書院等。書院講學範圍的拓展，自然也擴大桐城派古文在文壇上的影響力，進而鞏固其地位。〔註8〕

〔註5〕〔清〕姚瑩：《東溟文集》（清中復堂全集本），卷6，頁80。

〔註6〕〔清〕曾國藩：《曾文正公詩文集（上）》，收入《國學基本叢書四百種》（臺北：臺灣商務印書館，1968年），卷1，頁81～82。

〔註7〕〔清〕薛福成：《庸庵文外編》（上海：上海古籍出版社，《續修四庫全書‧集部‧別集類‧1562冊》影印清光緒刻庸庵全集本），卷2，頁212。

〔註8〕據曾光光的研究指出，桐城派古文在河北的廣爲傳播，就與張裕釗、吳汝綸主講蓮池書院息息相關。張裕釗、吳汝綸主講蓮池書院時，教授弟子甚多，影響很大。……桐城派古文在廣西的傳播，就得益於呂璜在桂林秀峰書院的講學。」詳見曾光光：〈傳統學派的發展與區域文化因素──以桐城派爲研究個案〉，《貴州社會科學》第2期（2007年），頁162。

二、遍及全國桐城文學風潮之帶領者——梅曾亮

姚門弟子劉開、管同、方東樹、梅曾亮皆以授徒為生，其中最具關鍵性者乃梅曾亮，為繼姚鼐之後，傳承桐城派最重要的人物。梅曾亮官任戶部郎中二十餘年，久居京師，其效法歸有光以文人自居，不欲以功名庸庸度世之行事作風，潛心於詩、古文之創作與古文理論之闡發。〔註9〕此外，道光（1821～1850）後期，姚鼐弟子如陳用光（1768～1835）、吳德旋（1767～1840）、劉開、管同等皆已去世；姚瑩、方東樹等則久離京城，是以姚瑩在〈惜抱先生與管異之書跋〉曰：

> 當時異之（即管同）與梅伯言（即梅曾亮）、方植之（即方東樹）、劉孟塗（即劉開）稱姚門四傑。然孟塗、異之皆蚤卒，植之著述雖富，而窮老不遇，言不出鄉里，獨伯言為戶部郎官二十餘年，植品甚高，詩、古文功力無與抗衡者，以其所得，為好古文者倡導，和者益眾，于是先生（即姚鼐）之說益大明。〔註10〕

由於梅曾亮以文字自期，終使古文造詣臻於成熟而獨樹一格；〔註11〕且與京中名流顯宦往來，交遊非常廣闊，從遊者大別有二類；其一，是以研習古文創作為目的之古文家，如孫鼎臣（1819～1859）、邵懿辰（1810～1861）、余小坡（生卒年不詳）、魯一同（1805～1863）、馮志沂（1814～1867）、吳子序（生卒年不詳），及嶺西五家等人，互為探討桐城古文義法與古文創作技巧。其二，是經世派文人和官員，如姚瑩、湯鵬（1800～1844）、林則徐（1785～1850）、曾國藩等人，〔註12〕彼此談藝論文，關心時政，成為當時士林風氣的主導者。〔註13〕李詳〈論桐城派〉曰：

〔註9〕 關於梅曾亮生平，詳見〈文苑傳・梅曾亮傳附毛嶽生〉（臺北：國立故宮博物院藏，清國史館本），文獻編號701004390。

〔註10〕 〔清〕姚瑩：《東溟文集・文後集》（清中復堂全集本），卷11，頁277。

〔註11〕 沈黎指出「道光之後，桐城派文統歸於梅氏，梅曾亮被視為一代文宗，其門徒遍涉江浙、湖廣等廣大地區，……而姚鼐之後，梅曾亮成為傳承桐城派最重要的人物，其原因不難理解。道光後期，姚鼐的弟子如陳用光、吳德旋、劉開、管同等都已去世；姚瑩、方東樹等也久離京城，而梅曾亮此時居京已十多年，其間心無旁騖，潛心於詩古文辭，……能夠自成一家。」詳見沈黎：《梅曾亮研究》（蘇州：蘇州大學古代文學研究所碩士論文，2007年），頁19。

〔註12〕 沈黎：《梅曾亮研究》（蘇州：蘇州大學古代文學研究所碩士論文，2007年），頁15。

〔註13〕 邱紅紅：《梅曾亮及其散文研究》（濟南：山東大學中國古代文學研究所碩士

> 至道光中葉以後，姬傳弟子僅梅伯言郎中一人，同時好爲古文者，
> 群尊郎中爲師，姚氏之薪火，於是烈焉。復有朱伯韓（即朱琦）、龍
> 翰臣（即龍啓瑞）、王定甫（即王拯）、曾文正（即曾國藩）、馮魯川
> （即馮志沂）、邵位西（即邵懿辰）、余小坡之徒，相與附麗，儼然
> 各有一桐城派在其胸中。〔註14〕

是以梅曾亮之名聲日隆，與諸士子間之文學交流，影響了一批新進學者，此
後桐城古文又隨著他們的提倡而繼續傳播，形成一股巨大的文學風潮，使桐
城派的重心由南方各省轉回北京，同時提高桐城派在學術上之地位，成爲全
國首屈一指的古文流派。

據朱慶元（生卒年不詳）〈柏梘山房文集跋〉所載，至京師向梅曾亮求問
桐城古文法者甚多，而使桐城派得以流衍至廣西、江西、湖南、江蘇各地。
其中最具代表性者，便是人稱廣西文派之嶺西五大家與湘鄉派之曾國藩。

（一）廣西文派──嶺西五大家

廣西僻於中國一隅，相較之下，學術略顯落後。嘉、道時期（1796～
1850），桐城派不斷拓展，使得古文逐步流衍至廣西，而影響當地的文學發
展。桐城文派在廣西興起，較爲著名之古文家爲呂璜（1777～1838）、龍啓瑞
（1814～1858）、朱琦（1803～1861）、王拯（1815～1876）、彭昱堯（生卒年
不詳），合稱「嶺西五大家」。此說首見於光緒二十四年（1898），當時侯紹瀛
（生卒年不詳）編纂《粤西五家文鈔》，謝元福（生卒年不詳）則加入參與相
關工作，並於序言中曰：

> 嘉道之際，永福呂禮北、臨桂朱伯韓兩先生始以桐城之文導鄉黨，
> 馬平王氏、臨桂龍氏兩先生復起而和之，于是粤西之文且爲世所指
> 名。上元梅郎中伯言至謂：「海内文章殆在粤西」，雖一時好尚，遂
> 闢吾鄉文辭之正軌，則亦若有運會存乎其間，非偶然也。吾友侯東
> 洲大令習聞諸先生之學，閒嘗約采其本集諸文薈爲一編，復傳以吾
> 師鄭先生之文，命曰五家文鈔。〔註15〕

但謝元福以其師鄭獻甫（1801～1872）取代彭昱堯，直到1935年，黃薊（生

論文，2005年），頁40。

〔註14〕李詳：〈論桐城派〉，收入羅聯添編：《中國文學史論文選集（四）》（臺北：台
灣學生書局，1986年9月），頁1727。

〔註15〕轉引自張維、梁揚：《嶺西五大家研究》（南京：江蘇古籍出版社，2003年），
頁27。

卒年不詳）在《涵通樓師友文鈔》中發現彭昱堯之《致翼堂詩文鈔本》，合而刊刻，名爲《嶺西五家詩文集》，並於跋語中闡述嶺西五大家之由來，即現今文學史上所指稱之嶺西五大家。

然而桐城派如何傳入廣西？朱琦（1803～1861）《怡志堂文初編》文中曰：

> 伯言（即梅曾亮）居京師久，文益老而峻，吾黨多從之游，四方求碑版者走集其門。先是吾鄉呂先生以文倡粵中，自浙罷官講於秀峰十年。先生自言得之吳仲倫（即吳德旋），仲倫亦私淑姚先生者。是時同里諸君如王定甫、龍翰臣、彭子穆、唐子實輩，益知講學。及在京，又皆昵伯言，爲文字飲，日夕講摩，當是時海內英俊皆知求姚先生遺書讀之，然獨吾鄉嗜之者多。〔註16〕

曾國藩在〈歐陽生文集序〉亦曰：

> 仲倫與永福呂璜月滄交友，月滄之鄉人有臨桂朱琦伯韓、龍啟瑞翰臣；馬平王錫振定甫，皆步趨吳氏、呂氏，而益求廣其術於梅伯言，由是桐城宗派流衍於廣西矣。〔註17〕

據此足見嶺西五大家與桐城派關係之密切，所受之影響亦分爲吳德旋與梅曾亮兩個階段，由於鄉人「嗜之者多」，因此「桐城宗派流衍於廣西」。

呂璜，字禮北，號月滄。廣西永福人。居嶺西五大家之首。嘉慶十六年（1811）進士，任浙江知縣。〔註18〕自幼即偏好唐宋古文，後習舉業，浸習宋明理學日深，而益好韓歐。道光五年（1825），因案罷官而滯留杭州，開暇之餘致力於古文。

「吳德旋，字仲倫。宜興人，諸生。師事張惠言、姚鼐受古文法，一意宗法桐城。」〔註19〕道光八年（1828）三月，呂璜與吳德旋相識。呂璜就之以問桐城古文義法。據吳德旋〈月滄呂君墓表〉文中曰：

> 憶歲在戊子（道光八年）之春，予授經甬上，君（呂璜）在杭州於

〔註16〕 〔清〕朱琦：《怡志堂文初編》（清同治四年刻本），卷6，頁37。

〔註17〕 〔清〕曾國藩：《曾文正公詩文集（上）》，收入《國學基本叢書四百種》（臺北：臺灣商務印書館，1968年），卷1，頁82。

〔註18〕 呂璜任官於浙江時，人稱循吏。詳見〈文苑傳・朱琦傳附呂璜、王拯〉（臺北：國立故宮博物院藏，清國史館本），文獻編號701004390。

〔註19〕 〔清〕劉聲木：《桐城文學淵源考》（臺北：世界書局，1962年《中國學術名著》影印《直介堂叢刻》本），卷6，頁2。

友人處見予文而善之，以其所撰述郵視于予，商榷可否。是年冬，予歸途過杭州，造訪之，宿留於其所居之叢桂山房二十餘日，議論往復益切深。〔註20〕

呂璜又在其自編年譜記載「三月以文就質於宜興吳仲倫明經，深獲其益」〔註21〕，並將二十餘日間雙方所談筆錄成冊，名爲《初月樓古文緒論》，使廣西文人得以瞭解桐城古文義法之梗概。同時亦「成爲指導『嶺西五大家』創作的理論綱要。」〔註22〕

道光十四年（1834），呂璜辭官返鄉。據吳德旋〈月滄呂君墓表〉文中曰：「已而主講秀峯書院，其教人先行而後文，以身相示，故弟子皆服從而則效之」〔註23〕；劉聲木《桐城文學淵源考》又曰：「罷官後，益肆力于詩、古文詞。……粵西能古文者，實璜有以開其先。歷主榕湖、秀峰兩書院講席十餘年，以桐城古文義法倡導後進。」〔註24〕可知呂璜亦以書院講學爲傳播桐城義法之途徑，使桐城古文在廣西境內，得以極盛一時，而「開啓廣西桐城文學的先風。」〔註25〕

道光十八年（1838），呂璜卒於秀峰書院。龍啓瑞〔註26〕、朱琦〔註27〕、王拯〔註28〕、彭昱堯〔註29〕等人並未就此中斷桐城古文之研習，而是於隔年

〔註20〕〔清〕呂璜：《月滄自編年譜》，收入《北京圖書館藏珍本年譜叢刊》（北京：北京圖書館出版社，1999年），頁429。

〔註21〕〔清〕呂璜：《月滄自編年譜》，收入《北京圖書館藏珍本年譜叢刊》（北京：北京圖書館出版社，1999年），頁455。

〔註22〕張維：〈清代嘉道時期桐城派的中堅——嶺西五大家〉，《河池學院學報》第25卷第4期（2005年），頁41。

〔註23〕〔清〕呂璜：《月滄自編年譜》，收入《北京圖書館藏珍本年譜叢刊》（北京：北京圖書館出版社，1999年），頁433。

〔註24〕〔清〕劉聲木：《桐城文學淵源考》（臺北：世界書局，1962年《中國學術名著》影印《直介堂叢刻》本），卷6，頁1。

〔註25〕張維：〈清代嘉道時期桐城派的中堅——嶺西五大家〉，《河池學院學報》第25卷第4期（2005年），頁41。

〔註26〕劉聲木云：「龍啓瑞，字輯五，號翰臣。臨桂人。道光辛丑進士。……師事梅曾亮受古文法。」詳見〔清〕劉聲木：《桐城文學淵源考》（臺北：世界書局，1962年《中國學術名著》影印《直介堂叢刻》本），卷7，頁2。

〔註27〕劉聲木云：「朱琦，字濂甫，……號伯韓。臨桂人。道光乙未進士。……師事梅曾亮受古文法。」詳見〔清〕劉聲木：《桐城文學淵源考》（臺北：世界書局，1962年《中國學術名著》影印《直介堂叢刻》本），卷7，頁2。

〔註28〕劉聲木云：「王拯，原名錫振，字定甫，號少鶴。馬平人。道光辛丑進士。……師事梅曾亮受古文法。」詳見〔清〕劉聲木：《桐城文學淵源考》（臺北：世

陸續至當時爲桐城派重鎮之北京，向梅曾亮問學。以呂璜致力於古文研究起，至渠等赴京之前一年止，即1825～1838年，爲嶺西五大家受吳德旋影響，而投入桐城古文研究之第一階段。

道光十九年（1839），朱琦率先至京師與梅曾亮交遊，其後龍啓瑞、王拯、彭昱堯等人進京赴考，亦有意向梅曾亮請益。由於在廣西時，他們對桐城義法已有初步認識；因此，主要是針對桐城古文創作之內容掌握與技巧運用部分，與梅曾亮往復討論；經由如此鍛鍊，使其古文創作日趨成熟，個人風格日益顯現且成績斐然。龍啓瑞於〈彭子穆遺稿序〉憶及當時，曰：

> 梅先生古文爲當代宗匠，子穆（即彭昱堯）、少鶴（即王拯）暨朱伯韓（即朱琦）、唐仲實啓華及不肖，每有所作，輒相就正，得先生一言以爲定。……方是時海寓承平既久，粵西僻在嶺嶠，獨文章著作之士，未克與中州才儁爭驁而馳逐，逮子穆與伯韓、少鶴、仲實先後集京師，凡諸公文酒之讌，吾黨數子者必與。語海內能文者，屈指必及之。梅先生嘗曰：「天下之文章，其萃於嶺西乎。」〔註30〕

由梅曾亮發出「天下之文章，其萃於嶺西乎」之贊歎，即可見他對嶺西五大家古文創作成就之肯定，同時亦表明了渠等在桐城派之地位。此外，他們也與向梅曾亮問學之其他文人，如吳嘉賓（1803～1864）、馮志沂（1814～1867）、余坤一（生卒年不詳）等互爲切磋，其彼此間密切之文學交流，亦從而帶動京中士大夫日夕造門梅曾亮請教桐城古文義法，使得桐城文風再度興盛。

道光二十七年（1847），朱琦、龍啓瑞、彭昱堯、王拯等人相繼離京，或歸里，或外任，然仍始終堅持鍛鍊古文技法，並積極傳播桐城義法。如張之洞（1837～1909）「師事從舅朱琦受古文法。」〔註31〕自朱琦與梅曾亮交遊起，至其結束京中遊學生活止，即1839～1847年，爲嶺西文家受梅曾亮影

界書局，1962年《中國學術名著》影印《直介堂叢刻》本），卷7，頁1。

〔註29〕 劉聲木云：「彭昱堯，字子穆，初字蘭畹。平南人。道光庚子舉人。師事呂璜受古文法，復從梅曾亮學文，盡得古文義法，與龍啓瑞、朱琦、王拯等齊名。」詳見〔清〕劉聲木：《桐城文學淵源考》（臺北：世界書局，1962年《中國學術名著》影印《直介堂叢刻》本），卷6，頁2。

〔註30〕 〔清〕龍啓瑞：《經德堂文集·內集》（清光緒四年刻本），卷2，頁28。

〔註31〕 劉聲木《桐城文學淵源考》云：「張之洞，字孝達，號香濤。南皮人。」詳見〔清〕劉聲木：《桐城文學淵源考》（臺北：世界書局，1962年《中國學術名著》影印《直介堂叢刻》本），卷7，頁7。

響，而投入桐城古文研究之第二階段。〔註32〕

　　嶺西諸家有如此之成就，理應能在當代造成相當程度之影響力。然不幸者，咸豐元年（1851），太平天國運動於廣西桂平金田村爆發，廣西成為起義軍首要攻擊之地區。〔註33〕此非僅中斷桐城古文在廣西發展之可能性，且對嶺西諸家亦產生極大之影響，而無法專心於古文之研究。〔註34〕如朱琦在《怡志堂文集》文中曰：「自余歸里，連歲寇亂，出入兵間，不暇伏案，但憶梅先生語，太息而已。」〔註35〕為保衛家園，朱琦還挺身治團練，以助守城，略有所成。然最終仍因城陷而死。曾國藩於〈歐陽生文集序〉亦言及當時之情景，曰：

> 自洪楊倡亂，東南荼毒。鍾山石城，昔時姚先生撰杖都講之所，今
> 為犬羊窟宅，深固而不可拔。桐城淪為異域，既克而復失。戴鈞衡
> 全家殉難，身亦歐血死矣。余來建昌，問新城、南豐，兵燹之餘，
> 百物蕩盡，田荒不治，蓬蒿沒人，一二文士，轉徙無所。而廣西用
> 兵九載，羣盜猶洶洶，驟不可爬梳。龍君翰臣又物故。獨吾鄉少安，
> 二三君子尚得優游文學，曲折以求合桐城之轍。而舒燾前卒，歐陽
> 生亦以瘵死。老者牽於人事，或遭亂不得竟其學；少者或中道夭殂，
> 四方多故，求如姚先生之聰明早達，太平壽考，從容以躋於古之作
> 者，卒不可得，然則業之成否，又得謂之非命也耶？〔註36〕

此即嶺西諸家之古文雖早於湘鄉派崛起，然日後卻無疾而終之主因。

　　（二）湘鄉派──曾國藩

　　曾國藩早年在京為官之十年，與梅曾亮相交，得其親授桐城古文義法，且有機會與向梅曾亮請益之其他文人往來，使曾國藩日後為文服膺桐城義

〔註32〕 張維指出「第一階段從 1825～1838 年。……第二階段的活動從 1839～1847
　　　　 年。正是有了這段遊學京城的經歷，嶺西五大家的創作才真正成熟，並成為
　　　　 名副其實的桐城派中堅力量。」詳見張維：〈清代嘉道時期桐城派的中堅──
　　　　 嶺西五大家〉，《河池學院學報》第 25 卷第 4 期（2005 年），頁 40～41。
〔註33〕 太平軍於咸豐元年（1851）六月起事。詳見《清史稿校註‧文宗本紀》（臺
　　　　 北：國史館，1986 年），卷 20，頁 713。
〔註34〕 張維：〈清代嘉道時期桐城派的中堅──嶺西五大家〉，《河池學院學報》第 25
　　　　 卷第 4 期（2005 年），頁 41。
〔註35〕 〔清〕朱琦：《怡志堂文初編》（清同治四年刻本），卷 6，頁 37。
〔註36〕 〔清〕曾國藩：《曾文正公詩文集（上）》，收入《國學基本叢書四百種》（臺
　　　　 北：臺灣商務印書館，1968 年），卷 1，頁 82～83。

法，並以傳承桐城派、振興古文為目標，是密切相關的。此外，梅曾亮文章
中所蘊含之經世思想與因時合變之主張，使曾國藩得以在姚瑩經濟說之雛
形，與梅曾亮所建構之桐城經世文論之體系中加以發展，且強調其政治性，
而成為政治家之文。加上梅曾亮不同於三祖之柔雅文風，其獨具一格的雄健
氣勢，使得桐城經世文論之延續、開拓，及桐城派古文從純「文人之文」到
湘鄉派「政治家之文」的演進變得水到渠成。〔註37〕

三、河北古文、新式教育之提倡地──蓮池書院

　　清末民初桐城文學傳播最具影響力之書院，當屬直隸保定蓮池書院。蓮
池書院之建立，起因於雍正十一年（1733），當時雍正敕各省督撫於省城建立
書院，〔註38〕直隸總督李衛（1686～1738）奉命在蓮池舊址上修建講堂，於
隔年完工，名為蓮池書院，又名直隸書院、保定書院。由於屬官辦之省級書
院，是以自創辦起，即得到君王與各級官員之高度重視。李鴻章任直隸總督
後，即聘請曾國藩弟子張裕釗主持書院。〔註39〕

　　光緒九年（1883），張裕釗應直隸總督李鴻章之聘，主講蓮池書院，兼學
古堂教習。光緒十四年（1888），張裕釗稟告李鴻章，湖北巡撫奎斌（生卒年
不詳）擬聘其返主江漢書院講席，李鴻章隨即函請核示，並擬改聘其婿張佩
綸（1848～1903）接主蓮池書院講席。在如此之情勢下，迫使張裕釗不得不
於十月辭職，轉而任教於湖北江漢書院。〔註40〕

　　然張裕釗在文壇之地位甚高，辭職後引發不少反彈聲浪，書院學生多具
書聲明要求退學，使得張佩綸無顏接掌，李鴻章亦進退兩難。〔註41〕此時吳
汝綸正為送別張裕釗南歸而赴天津，便趁機拜見李鴻章，吳汝綸認為是個棄
官從教的大好機會，當即毛遂自薦。李鴻章雖感詫異，然憑其在文學界之地
位，當深孚眾望，同時亦能解決棘手問題，遂當即面允。〔註42〕吳汝綸歸去

〔註37〕沈黎：《梅曾亮研究》（蘇州：蘇州大學古代文學研究所碩士論文，2007年），
頁18～19。
〔註38〕〔清〕嵇璜：《清朝文獻通考》（臺北：新興書局，1958年），卷70，頁5504。
〔註39〕張裕釗曾主持過江寧鳳池書院、保定蓮池書院及江漢鹿門書院。詳見《儒林
張裕釗傳》（臺北：國立故宮博物院藏，清國史館本），文獻編號701004446。
〔註40〕雷祿慶：《李鴻章年譜》（臺北：臺灣商務印書館，1977年10月），頁369。
〔註41〕此外，雷祿慶更言「佩綸婿於鴻章，頗為人譏評。」詳見雷祿慶：《李鴻章年
譜》（臺北：臺灣商務印書館，1977年10月），頁374。
〔註42〕黃偉的研究指出，吳汝綸謁見李鴻章時，覺得「機不可失，當即毛遂自薦。……

後，即具稟稱病乞休。光緒十五年（1889）二月，吳汝綸正式辭去冀州知州職，出任蓮池書院山長。

蓮池書院位於直隸省城，吳汝綸藉由地利之便，大量閱讀報紙與西學之相關著作，並與西方之傳教士、日本等國之來華學生多方交流，以準確地獲知最新資訊。吳汝綸在李鴻章幕府時，首度接觸西學，在此過程中，吳汝綸體認到中國傳統文學，已跟不上時代之需求，必須取資歐美新學，得其所長方能與之競爭。

吳汝綸主持蓮池書院後，便對書院進行一連串的改革。其中最為重要者有兩項。其一，放寬入學條件：即不論考生是否具有秀才資格，凡通過書院考試者即予以錄取，包括外國留學生；其二，增加外文課程：聘任英人居格豪任英語教師、日人野口多內任日語教師，「書院中兼習西文，亦恐止蓮池一處也」〔註43〕，在當時「無疑開了風氣之先」。〔註44〕

光緒二十六年（1900），義和團遍於全國。直隸按察使廷雍（？～1900）等保守派，因不滿吳汝綸常與外國人往來，且於蓮池書院增設外文課程，遂唆使義和團搗毀蓮池書院，並追殺吳汝綸。吳汝綸險遭不測，輾轉逃至深州，受到當地士紳挽留，至隔年一月底才回保定。〔註45〕光緒二十七年（1901）十一月，李鴻章病逝，李經邁（1876～1938）兄弟邀請吳汝綸為其父整理遺稿，為報知遇之恩，吳汝綸遂辭去蓮池書院一職，以便幫忙搜集整理。

李鴻章雖很詫異，但他深知吳之為人，此絕非戲言，而且憑吳之資歷，若出任蓮池書院山長，當深孚眾望，不僅可解其尷尬之境，而且還能做個順水人情，故李當即面允。」詳見黃偉：《有所變而后大：吳汝綸社會變革思想研究》（武漢：華中師範大學中國近現代史研究所碩士論文，2007年），頁23。此外，李鴻章另於光緒十四年（1888）十二月二十七日函復張裕釗，告知蓮池書院已聘吳汝綸主講席一事。詳見雷祿慶：《李鴻章年譜》（臺北：臺灣商務印書館，1977年10月），頁380。

〔註43〕　郭立志：《桐城吳先生（汝綸）年譜·二十五年己亥》，收入沈雲龍主編：《近代中國史料叢刊序編第七十三輯》（臺北：文海出版社），卷2，頁146。

〔註44〕　汪效駟：〈吳汝綸與蓮池書院〉，《安慶師範學院學報（社會科學版）》第23卷第3期（2004年），頁56。

〔註45〕　汪效駟的研究指出，「義和團運動期間，直隸按察使廷雍等頑固派官僚，因吳汝綸常與外國人交往並在蓮池書院開辦了外文學堂，遂慫恿義和團搗毀了蓮池書院。吳汝綸顛沛流離至深州，受到深州士紳的再三挽留，直到1901年1月底才回到保定。」詳見汪效駟：〈吳汝綸與蓮池書院〉，《安慶師範學院學報（社會科學版）》第23卷第3期（2004年），頁55。

　　張裕釗先後雖歷主多家書院，但主持蓮池書院六年，時間最長，影響力也最大。而吳汝綸在同治十至十二年（1871～1873），出任深州知州，治以文教爲先；光緒六至十四年（1880～1888），出任冀州知州，仍銳意興學；接掌蓮池書院後，亦致力於書院之改革，使桐城派之重心轉至直隸。此外，在張裕釗、吳汝綸之前，河北古文並不興盛，據胡阿祥《魏晉本土文學地理研究》統計，「清代河北全部 119 位古文作家中，張、吳的門人弟子竟達 103 人。」〔註46〕

第二節　桐城派之影響

　　古文之歷史源遠流長，可上推至先秦《尚書》、《春秋》等歷史散文，而下迄明清，然因取徑不同而各有面貌。清代文人力矯明代文學摹擬剽竊、空疏不學之弊，展現新的面貌。桐城文派其可貴處之一，是在於繼承並發揚了中國自秦漢以來以「文以載道」觀，倡導經世致用之優良傳統，扭轉前朝文風，致力歸復唐宋古文，以程朱學行自期，形成了雅正之學；且在藝術上也是自具特色，並展現散文創作之傑出成就。桐城派的確產生承先啓後的巨大影響，它是代表清代散文正統的重要流派。而此一流派的作家，都能以創作實踐，去貫徹和充實其文學理論和主張，從而擴大其影響，名家輩出，佳作繽紛。以下就桐城派發展之角度，析論其對時代文風、古文理論及文化學術三方面之影響。

一、對時代文風的影響

（一）復古創新兼具

　　方苞所說的「義法」有其時代特徵，它是與清廷所提倡的程朱理學密切聯繫的，因爲他的「義法」論不只是就古文說的，也包括時文，其具體的標準，就是「清眞古雅」。時文既然是明清兩代的流行文體，又是士人謀求功名的必由之路，時文和古文的對峙與溝通，一直是清代文章的一大課題。由於古文與時文之關係是互相影響且相當密切，古文大家往往亦是時文名家，桐城作家在創作中又常常以古文爲時文，或以時文爲古文。桐城派受到的最激

〔註46〕 胡阿祥：《魏晉本土文學地理研究》（南京：南京大學出版社，2001 年），頁224。

烈批評，便是「以時文爲古文」。「唐宋八大家的獨領風，以及桐城派的光大門戶，其中一個重要原因，便是其趣味與八股文章有相通之處。」〔註47〕

就流派發展之角度言，康、乾年間（1662～1795），桐城派尚屬前期開創階段，此時期之代表作家戴名世、方苞、劉大櫆之貢獻，則在於他們從創作與理論兩方面爲桐城派之形成奠定基礎。就創作內容言，多以反映勞動大眾之疾苦，抨擊黑暗之社會爲主題，儘管他們各自作品具鮮明之個人特徵，然而在風格各異中，卻有意無意地表現出平易自然、簡潔雅致之共同審美傾向。〔註48〕

從理論上看，他們又注意探索散文寫作之規律，提出文學主張。例如，戴名世「精、氣、神統一」之觀點，方苞之「義法」說，劉大櫆之「神、氣、音節」論，都爲日後桐城家法之形成提供了思想資源。

乾隆至道光年間（1735～1850）爲興盛時期，姚鼐是此時期之集大成者，其對桐城派拓展所作之貢獻，首先在於以其創作之實績，爲桐城散文提供了範例。許多優秀之作，如〈李斯論〉、〈贈程魚門書〉、〈登泰山記〉、〈袁隨園君墓志銘〉、〈劉海峰先生傳〉等都寫得簡煉精致，韻味醇厚。特別是人物傳記，善於以日常瑣事入文，曲曲道來，白描傳神，頗得歸有光之神髓。其次，在理論上總結桐城前輩之思想，比較系統地提出了桐城古文法，即義理、考證、文章三者不可偏廢之主張，全面地概括了作文之要素，及風格論的陽剛、陰柔之說，揭示風格與人格之關系，對後期桐城散文有直接之影響。其三，他積極培養了一大批作家。姚氏晚年以講學爲業，先後主講於揚州、安慶、歙縣、南京等地書院，管同、梅曾亮、方東樹、姚瑩、劉開、陳用光、吳德旋等均出其門，轉相授受，姚門弟子遍及大江南北，形成了一個強有力的作家集團，對桐城派之拓展傳播起風吹草偃作用。此外，《古文辭類纂》之編選，此部選集采錄戰國至清代之古文辭賦，通過選篇體現桐城派之審美取向和論文宗旨，被桐城後學視爲法典，其影響至深且鉅。

（二）體現愛國的文學思潮

咸豐、同治年間（1851～1874），此時期之代表作家曾國藩，作爲清室之

〔註47〕陳平原：《中華文化通志・藝文典・散文小說志》（上海：人民出版社，1998年10月），頁165。

〔註48〕歸青：〈桐城派簡述〉，收入蔣凡主編：《古代十大散文流派・第五卷》（湖南：文藝出版社，1998年10月），頁2887。

中興名臣，他在戎馬倥傯之際，除致力於洋務活動外，仍不忘提倡文學。非但自己致力寫作，還羅致了一大批作家，如張裕釗、吳汝綸、方宗誠（1818～1888）、薛福成，黎庶昌、吳敏樹（1805～1873）、吳嘉賓（1803～1864）等，均曾在其幕中。此時期之桐城散文顯示了若干新貌：其一，在文章之思想上，都帶著「中學爲體，西學爲用」之改良特徵，雖然並未突破理學之樊籬，但畢竟帶來了一點新的氣息。尤其像郭嵩燾、薛福咸、黎庶昌等人，先後出使歐洲各國，耳濡目染，對西方文明有親自接觸和初體驗的切實感受，因而在文章中往往鼓吹改良政治、變法圖強、發展工商、接納新學，表現新思想、新事物，運用新詞彙，強調文章與現實政治結合，以適應維新運動之需要，並成爲其重要組成部分。此爲先前之散文中從未有過的風貌。其二，在文章風格上，更強調雄健氣勢與陽剛之美。曾氏及其弟子之作品，大都寫得氣勢遒勁，奇崛恣肆，駢、散兼行，文氣酣暢，可謂代表道光以後桐城散文之新變化。

至清末光、宣年間（1875～1911），正是傳統守舊文化走向衰落，資本主義新文化勃興時期，影響及於民初。此時期之代表作家有嚴復、林紓、馬其昶（1855～1930）、姚永樸、姚永概（1866～1923）等。面對著風雷激盪之時代巨變，桐城作家們大都以遺老自居，他們對維新變法、民主革命之歷史潮流，有一種濃重的憂時憂國之感。因此表現在文章裏，便一改曾國藩剛健挺拔之氣，代之以感傷無力、遷徐委婉之哀惋風格，以寄託其憂患之情緒。在散文風貌上，陰柔文風取代陽剛之氣，重占主導地位。

光緒二十七年（1901）之後，隨著廢八股、廢科舉、興學校，學習西方科學文化知識，成爲不可抗拒之洪流。以梁啓超、黃遵憲（1848～1905）爲主將之維新派，爲適應開通民智和擴大宣傳之需，領導文學改革運動，採用新體散文，寫出一些感情奔放、通俗易懂的白話散文，提出「詩界革命」、「小說界革命」、「文界革命」之口號，從內容到形式進行大膽革新。他們在文學實踐和文學理論兩方面，進行前無古人之變革，對文學理論改革之核心集中在文統、道統、政統三方面。先後出現於文學論壇之包世臣（1775～1855）、龔自珍（1792～1841）、魏源（1794～1857）、馮桂芬（1809～1874）、王韜（1828～1897），都是此一文學思潮之代表人物。最先對封建文統、道統發動攻擊者爲包世臣，他不僅否定以韓愈爲代表之唐宋八大家在文統、道統中之合法地位，而且否定爲清代統治者所提倡、所尊奉之程朱理學的無上權威，

從而推動文學思想之解放。龔自珍則是最早以文學爲工具，對腐朽的清王朝，乃至包括對舊文學在內整個封建社會之種種弊端，作出無情批判之傑出思想家。其政論和雜文深刻而鮮明地勾畫出社會之病象，爲「近代中國文壇上以文議政之風的開拓者」，〔註49〕可謂開風氣之先的鬥士。

當時無論文學、史學還是藝術，都貫穿著一條愛國主義之主線，其內容有著強烈的現實主義，爲維新變法運動和民主革命運動服務，製造輿論。成爲我國近代民主主義文化的重要開端。

此時桐城派古文已不適應形勢發展之需要，失去往日之輝煌。於此一時期之桐城作家中，嚴復似乎顯得與眾不同。在思想上他早已越出理學之樊籬，系統地接受西方思想。他鼓吹民主，反對專制，用進化論開啓民智，當時確屬新穎、大膽。他譯介西方學術，由於熟精古文，善於將西方思想用純熟之古文表達出來，是以較易爲一些舊式士大夫接受，某些譯文因之成爲具有較高文學意味之佳作。此外，政論文亦寫得洋洋灑灑，透迤條暢，大有周秦諸子之風；在1897年與夏曾佑（1863～1924）等合辦《國聞報》時，主要是宣傳「尊民叛君、尊今叛古」（蔡元培語），〔註50〕對變法運動也在不同方面、不同程度上作出貢獻。特別是他翻譯的英國赫胥黎《天演論》（1898年正式出版）爲當時的中國人提供「嶄新的思想武器」，〔註51〕產生了深遠影響。同時，翻譯理論也是「文界革命」理論成就之重要組成部分；此一領域中，翻譯成就和理論影響最大者是嚴復。在中國近代史上，他是第一個系統地介紹西方之哲學、社會學說，較早鼓吹變法救亡之先進者。嚴復藉譯著建構變法改革之理論與主張，不愧是近代重要之啓蒙思想家。

二、對古文理論的影響──建立完整的古文理論體系

中國散文源遠流長，但早期散文家主要就作品之思想內容方面有所推衍，針對古文理論方面則少有提及，僅數篇有些零星片斷之闡述。直到魏晉南北朝（220～580），有關文學批評之專著才陸續產生，如曹丕（187～226）

〔註49〕黃保眞、成復旺、蔡鐘翔：《中國文學理論史（五）‧近代卷》（北京：中國人民大學出版社，2009年4月），頁6。

〔註50〕黃保眞、成復旺、蔡鐘翔：《中國文學理論史（五）‧近代卷》（北京：中國人民大學出版社，2009年4月），頁124。

〔註51〕黃保眞、成復旺、蔡鐘翔：《中國文學理論史（五）‧近代卷》（北京：中國人民大學出版社，2009年4月），頁124。

《典論・論文》、劉勰（465～520）《文心雕龍》等。唐宋以後，古文理論方面之發展又回歸先前狀況，僅能從諸家文章中瞭解到部分要義；因此，往往體例駁雜，而無體系之論述。

　　直至清代桐城派興起後，總結歷代古文理論、前輩師說及個人感悟體驗，構築出系統化之理論主張；在桐城三祖時期，便已確定該派古文理論之發展方向。方苞以「義法」與「雅潔」爲論文基礎，劉大櫆繼之，而姚鼐尤能擷古人之長，且多古人之所未發，再予以進一步修正，以義理、考證、辭章爲文論核心，成爲集歷代文論之大成。後繼之桐城諸家大抵以之爲主線，將歷代古文理論，及自身之文學主張與創作經驗，統合爲新的古文理論，並作爲闡釋前賢思想之論述，以建立完整之古文理論體系。劉聲木在《桐城文學撰述考・序》曰：

> 義法實千古文章之準的，非桐城文學諸家所得而私有也。古人未嘗以此告人，當時能文者，無不知有義法，不煩言而解也。歸（即歸有光）、方（即方苞）生當文運彫敝之際，精心研求，窺見此秘，盡以告人，世遂以古文義法歸之桐城。歸、方豈能舍經史以別求文章義法。〔註52〕

　　桐城派雖在演進過程中，相同之主題經由不斷的增補，不免顯得過於瑣碎而缺少博大精深氣度；但能夠從諸家不同之主張，抽離出可以輔助其說之部分，加以重新闡揚與創新，是以益促使古文理論更具系統性。

　　此外，桐城諸家爲傳播其文論主張，更是透過書院講學與專著編輯之方式，對後學產生深遠之影響。因此，郭紹虞曰：

> 桐城文之成派，即因桐城文人之文論有其一貫的主張之故。……清代文論以古文家爲中堅，而古文家之文論又以桐城派爲中堅。有清一代的古文，前前後後殆無不與桐城發生關係。在桐城派未立以前的古文家，大都可視爲「桐城派」的前驅：在「桐城派」方立或既立的時候，一般不入宗派或別立宗派的古文家，又都是桐城派之羽翼與支流。由清代的文學史言，由清代的文學批評言，論到它散文的部分都不能不以桐城爲中心。〔註53〕

〔註52〕　〔清〕劉聲木：《桐城文學撰述考》（臺北：世界書局，1962 年《中國學術名著》影印《直介堂叢刻》本），頁 1。

〔註53〕　郭紹虞：《中國文學批評史・下卷》（天津：百花文藝出版社，2001 年 4 月），

桐城派南北影響幾十省，前後作家有六百餘人，〔註54〕桐城文學能不能立「正宗」暫且不論，然桐城文學之廣爲流傳並易於模仿，確爲不爭之事實。

三、對文化學術的影響

（一）融和中西文化學術之交流

桐城派向來非屬封閉的文學派別，在其演進的過程中，不僅繼承古人，還與當代的傳統學術互爲激盪而激發了新的主張，以修正桐城古文不足之處。舉例來說，桐城派本以宋學思想爲基礎，但在漢學興盛後，姚鼐隨即提出漢宋融合，考據爲輔之主張，使桐城古文敘述確實，且內容不致偏重於道。

目睹清末時局危急而政風頹廢，外國列強的侵入，被迫簽訂一系列不公平的條約，桐城後期諸子經歷此番鉅變，爲挽救內外交困國家頹勢的責任心所驅使，於是掀起了革新熱潮，陸續創作許多關於禁煙、加強軍備、重視工商等面對新時代所條陳時務之經世致用主張。不幸的是，在上位者未能採行踐履，自然無從體現具體成效。

但桐城諸家並未就此灰心，反而更致力於將西學介紹給國內，如郭嵩燾、薛福成、黎庶昌、林紓等，皆爲一時代之人物，也各自以其文學理論和創作實踐，在洋務運動時期發揮了領導作用。嚴復是將「西學」比較系統地引介中國之開創性人物。在戊戌維新前後，「西學」開始漸進式地融進「中學」之中，「融通中西，適應天演，不斷改革，求新求變」，正是嚴復等先賢在新陳代謝的時代轉型之際，對中西文化進行了第一次大的融合。在他們的著作中，運用桐城古文的體裁，創造大量的西方新名詞，以介紹西方風俗民情、教育科技、政治體制與宗教信仰。這樣的改變，不止擴充了詞彙，使桐城古文得以擺脫義法束縛，還拓展了創作題材，爲當時文壇注入新的養分，使古文更爲完善地發揮經世致用之作用，以增強古文之藝術性與實用功能。

藉由他們的努力，融和東西方學術之交流，西方文化學術之精要得以廣泛傳播，促使近代中國文學觀念的轉型，從而引發近代白話文體的變革。

頁 310。
〔註54〕吳孟復：〈序〉，收入〔清〕劉聲木撰：《桐城文學淵源考》（合肥：黃山書社，1989 年影印本），頁 3。

（二）促進白話文的變革

張榮輝在論及清末文體之演變過程時，曾提出桐城後期諸子淺白通順之文章，促進了新文學運動之成功，文曰：

> 蓋自道咸以後，桐城派一度中衰，賴曾國藩之力，得以復興。適值
> 當時西洋學術漸漸輸入，此種平易而通順之文體，尚能應付時需。
> 迨後康梁出，亦循此種文體，加以改進，使其更趨淺白，成為當時
> 盛行之報章文字。其於新思想及新文學之介紹，乃至革命大業之鼓
> 吹，實有莫大貢獻。古文之演變，至桐城派之末期（清末）已趨於
> 淺白通順，新文學運動固由應時代實際之需要而產生，然設無此派
> 通順之文章爲之過渡，恐亦不易成功！〔註55〕

可見在白話文流行以前，桐城派扮演著重要的角色，其促進白話文的變革，功不可沒，並產生深遠的影響。

在五四文學革命運動中，林紓抗逆時風，不爲苟同，以維護文言被新文化陣營鄙視、攻擊不遺餘力，然而林紓恰爲中國現代白話文學的開拓者。早在梁啓超、黃遵憲大力倡導「詩界革命」、「文界革命」之初，在五四文學革命先驅們創作白話詩之前，林紓已經結集出版了他的白話詩集《閩中新樂府》，可謂傳統文人的開風氣之作，以致 20 多年後胡適讀到它，大爲驚嘆。要說林紓反對白話文學，是沒有道理的。關於古文與白話的關係，林紓強調「總之能讀書閱世，方能爲文，如以虛枵之身，不特不能爲古文，亦並不能爲白話。」〔註56〕此外，「林譯小說」及林紓文學理論，對中國現代文學具有開拓之功，他在大量的譯序、跋中所闡發的文學觀念，許多方面可說是五四新文化運動和文學革命的思想資源。在近代中國史上，林紓與嚴復以其各自的翻譯事業，爲中西文化的交流和中國文化和文學的現代化，作出了不可磨滅的貢獻。

延續了兩千多年的古文作爲民族文化主要載體，有其不可替代的記載功能和獨特的審美功能，成爲中國傳統文化富於魅力的重要組成部分；而深諳中國歷史與文化的飽學之士，其白話成就很大一部分來自文言的滋養。明白古文與白話之間，不可割裂的淵源承繼關係，兩者各有其道、各有其長，不

〔註55〕 張榮輝：《清代桐城派文學之研究》（臺北：政治大學中國文學研究所碩士論文，1966 年），頁 292～293。

〔註56〕 〔清〕林紓：〈論古文白話之相消長〉，收入胡適編：《五四新文學論戰集彙編（下）》（臺北：長歌出版社，1976 年 2 月），頁 337。

可偏廢。嚴復在〈古今文鈔序〉所言：「夫帖括講章，向之家唔咿而戶揣摩者，其於亡古文辭，乃尤亟耳。然而自宋歷明，以至於今，彼古文辭，未嘗亡也。以向之未嘗亡，則後之必有存，固可決也。」〔註57〕可爲注腳。

〔註57〕〔清〕嚴復：〈古今文鈔序〉，收入〔清〕吳曾祺編：《古今文鈔》（臺北：大通書局，1970 年影印清宣統二年鉛印本），頁 1。

第八章 結 論

一、對桐城派的總體評價

　　文學之升降興衰，與在上位者之理念，政治環境與制度、學者士大夫之自覺俱有關涉，一風氣一制度之正反優劣，往往並時而興。後人評論前人學術，實不宜執一偏以論全體。桐城派自清初產生起，就毀譽繁興，茲就創作實踐與古文理論兩方面，對桐城派作一客觀正確之總體評價。

（一）創作成就方面

　　桐城諸家既然建立了完整的古文理論體系，在實際之古文創作方面，自然也試圖要真實貫徹其主張，以呈現其心目中符合桐城古文義法，語言雅潔之完美作品。方苞（1668～1749）「義法」說重在以「法」來闡明「義」之內容，尤其是桐城三祖，堪稱文章大家。桐城諸子為文造詣各殊，作家濟濟，文章眾多，形成整體文派特色。其創作實踐及藝術風格，在在都具有獨特性與不可抹滅的時代價值。事實而言，寫作實踐上要達成理想並不容易，若考察桐城派文章理論的成就，實高於其文章創作實績。因此，往往飽受「所作不及所論」的批評。〔註1〕

　　其實，桐城派之創作成就，不在是否出現文學史上一流之散文家或驚世作品，而是該派散文具有自己的鮮明特色；且在諸家綿延不絕之創作實踐中，散文藝術水準普遍提高，留下了不少值得研讀的精品。如周中明《桐城派研究》曰：「我們既要高度評價「五四」運動以白話文代替文言文的偉大功

〔註1〕　萬奇：《桐城派與中國文章理論》（呼和浩特：內蒙古教育出版社，1999年），
　　　　頁15。

績，又不能完全抹煞桐城派古文過去乃至現在對我國文學發展所已經和將可能起到的積極作用，它有其不朽的文學價值。」〔註2〕

對桐城派作全面性評斷，而提出褒貶互見看法的，如葉龍《桐城派文學史》文曰：

> 有評桐城古文之弊，或因襲模古而不善變化；或力求簡潔而趨於拘謹狹隘；或因用字力求古雅而致奇僻聱牙，或言其有序之言雖多，而有物之言則寡。此均有道著處。然亦能並示人以作文之門徑，使初學者有軌轍可尋。其謹嚴雅潔與夫清談簡樸之文風，亦足箴貶流俗粗疏繁冗之習，其在有清一代文學史上，自有其一定之價值與地位，何可盡沒其功績哉。〔註3〕

後又於《桐城派文學藝術欣賞》曰：

> 桐城派……其衰落亦非無因。……末期雖亦有古文大師如張裕釗、吳汝綸……等人物出現，但論魄力氣象，多數已不及前輩如姚鼐、曾國藩諸家了。……所以，姚曾以後，其後諸家「有所法而後能」者雖有，然「有所變而後大」者實不多見。……無論如何，桐城派古文是有其貢獻的。它提出古文義法的具體的理論和方法，並使之系統化，使後人有所學效；它告訴後學如何研讀古典文學並告以入門方法；它寫下了不少優秀作品，以供後人觀摩及借鏡；它從清代直至民初指示了學者一條較為明確而正當的古文寫作途徑。〔註4〕

此外，桐城諸家一些優秀之散文創作，至今仍有著可堪品味鑑賞之審美價值，他們大量優秀的作品，便是實踐桐城古文理論之完美範例。

（二）義法說理論之實踐

民國以後，桐城派之研究日益盛行，部分學界對桐城古文在形式上「囿於義法」，導致內容空疏，仍時有詬病。方苞「義法」說是在「言有物」、「言有序」基礎上，達到「澄清至極，自發精光」之藝術境界；桐城後期諸子對前輩藝術之繼承發展，也自有其不可抹殺之積極意義。然創作必須要能夠抒發性情、感懷言志、反應現實、批判不公，才能使文章具有時代精神。相形

〔註2〕周中明：《桐城派研究》（瀋陽：遼寧大學出版社，1999年7月），頁406～407。

〔註3〕葉龍：《桐城派文學史》（臺北：文津出版社，1975年8月），頁18。

〔註4〕葉龍：《桐城派文學藝術欣賞》（香港：繁榮出版社，1998年12月），頁9～10。

之下，桐城派之「義法」，重在以「法」來闡明「義」之內容，較爲強調文學之濟世功能，有明顯的侷限性，壓抑士子之文學創作熱情與才能，以致缺乏宏通之識與大家氣度，導致在理論方面無法推陳出新。過於強調「義」之觀念，同樣也束縛了文人之思想，迫使爲符合規定而犧牲個人情感，無法自由寫作；將古文變成宣揚及討論孔孟之道的道學書，於是走上崇道論理之狹窄道路，從而導致古文之空疏。

方東樹（1772～1851）、吳汝綸（1840～1903）、薛福成（1838～1894）等居清代鼎盛乍衰之轉折點上，加以時局動盪與閱歷觀點之刺激，所論之義法及對文章本體之探討與技巧之推敲，深具兼容並蓄與因時達變等特色，繼承諸多傳統文學「文以載道」、「經世」之說，將其與古文結合，糾正桐城派空疏之文風。除此之外，郭嵩燾爲了使中國現代化，主張實行開放，主張向西方學習，結合現實，爲有益於濟世之文；嚴復（1853～1921）長期從事教育和翻譯事業，是將「西學」較有系統地引介中國的開創性人物，爲近代中國人才培養和思想啓蒙，留下不可抹滅之貢獻；林紓翻譯小說打破桐城派「古文之體忌小說」的陳規；他們各自從不同層面反映當時之社會風貌，體現文章與文論結合之主張，並延續桐城文學之生命。他們面對西學之態度與因應，也同時對近現代中國思想文化產生深刻影響。「融通中西，適應天演，不斷改革，求新求變」，正是彼等先賢在新陳代謝的時代轉型之際，對國家社會所作的巨大貢獻，足以垂範後世。此外，晚清雖出現諸多反桐城之論說，然其實當時知識份子，大多不自覺地依循著相同之思維模式，以不同之主題分享相同之價值觀。

（三）集中國古文理論之大成

桐城文論思想不僅繼承前人主張，又一再突破，使文學能隨著社會與作家風格變化，具有獨創性與現實性，諸家完善深化的散文理論建設，亦有效推動中國古文理論之發展，此爲桐城派最大成就。

總之，評價桐城派是個複雜的問題，只要從不同角度，或就其自身發展過程中之優缺點著手，自然會有各式各樣的意見產生，是以劉聲木《桐城文學撰述考·序》曰：「無歷覽諸書，言桐城文法者，雖毀譽不一，終以譽者從者多，可見力敵公論之難矣！」〔註5〕但有一點是無庸置疑者，即桐城派在中

〔註 5〕　〔清〕劉聲木：《桐城文學撰述考》（臺北：世界書局，1962 年《中國學術名　　　　著》影印《直介堂叢刻》本），頁 1。

國文學史上，確實透過諸家的古文理論與創作實踐，引發一連串的影響，而爲清代文學的重要流派之一。

二、桐城派在文學史上的地位

關於探究桐城派在文學史上的地位，除應將其納入時代變遷、學風轉變之大環境下討論，當然也必須回顧中國歷代古文自身的發展脈絡方面加以考察，才足以體現理性與客觀之態度。

清代桐城派有鑒於歷代古文理論在發展過程中，各家主張有其優缺；加上後代文學乃是以前代文學爲基礎而推衍，因此，認爲應全面繼承，〔註6〕然後在集其大成之根柢上，重新研擬出超越前人之古文主張，並根據時代需求與作者性情，創作出具有個人風格之文章。是以劉聲木《桐城文學撰述考·序》曰：

> 庶足以見桐城文學諸家，本經經緯史，涵泳百氏，不株株于一先生之言以自錮；其爲文宗旨，擷經史之腴，簡鍊肅穆，文從字順，語必己出，一以義法爲尚。不以繪章絺句，如明七子之所爲；霏青醲白，如駢體家所爲；繁稱博引，如漢學家；艱澀詰倔，或如樊宗師、胡天游之文。〔註7〕

桐城派取法唐宋八大家，要求學兼韓、歐，而又兼程、朱，所倡導之核心理論「義法」說，「義」者內容立意，雖未明言是道，而要合乎道，試圖將程朱理學融入文法體系中。桐城派文人之學術思想，亦表現出基本一致之特點，即恪守程朱理學之立場。

綜觀桐城派興衰發展軌跡，基本上是與晚清經世致用思潮、洋務思潮、維新變法思潮相對應。桐城文人以他們鮮明的文學主張與創作風格，以古文翻譯介紹西方文化與學術，對中國教育、思想和政治之變革，均有巨大之影響，也確實醞釀了民初白話文學之誕生。總之，桐城派文人的確在清代歷史上，在東西文化交流史上，留下了不可磨滅的痕跡。對於桐城派在文學史上之評價，胡適（1891～1962）掙脫世俗偏見，從一個嶄新的觀察點，去作一

〔註6〕 周中明認爲「單純地摹擬前人，或完全拋棄傳統，都是沒有出路的。桐城派即總結和汲取了這個歷史的經驗教訓，它既不是專學秦漢，也不是只學唐宋，更不是只求神韻，或只要獨抒性靈，而是主張全面繼承。」詳見周中明：《桐城派研究》（瀋陽：遼寧大學出版社，1999年7月），頁399。

〔註7〕 〔清〕劉聲木：《桐城文學撰述考》（臺北：世界書局，1962年《中國學術名著》影印《直介堂叢刻》本），頁1。

歷史總結，他說：「桐城派的影響，使古文作通順了，爲後來二三十年勉強應
用的預備，這一點功勞，是不可埋沒的。」〔註8〕充分肯定桐城文學之歷史價
值，以及其與五四新文學的血脈相關。當然，強調桐城派對新文學的影響，
並非胡適的別出心裁。1919 年，自胡適正式亮出「整理國故」的旗幟，新文
化人有嬉笑怒罵「所謂國學」的，都已另以新的觀點，對古文重作新的評
價；大都承認提倡新文學，必須與整理國故相結合。〔註9〕鄭振鐸用「重新估
定或發現中國文學的價值，把金石從瓦礫堆中搜找出來」〔註10〕，以彌補這
代人的矯枉過正，是再適合不過的了。當初詛咒文言的新文化人，於白話文
運動取得成功之後，都正考慮以某種方式吸納文言乃至古文技法。這悟知是
來自對文學史之大量總結，也包含著他們自己的切身感受。畢竟，散文傳統
資源最豐富，從傳統吸取養分，「借文言改造白話」，爲白話文尋根，才能重
新獲得無限生機。本文即藉此勾勒現代中國散文成長的一個重要側面，以印
證桐城文學在中國文學史和東西文化交流史上，實位居承先啓後之關鍵地
位。這，應該就是桐城古文的貢獻與價值。

　　近代以來，西朝激盪，時勢大變，文學風氣亦漸更易，由文言向白話的
轉換，是歷史發展之趨勢，亦即文學離不開時代的影響。《文心雕龍・時序》
有言「文變染乎世情，興廢繫乎時序」〔註11〕，此之謂也。

三、本論文研究結果

　　百年來桐城派古文研究，經過眾多學者們之努力，雖已獲得不少輝煌的
成績，然仍有許多尚待釐清與探討之問題。本論文即針對前人所未及之部分
爲研究重點，而得到如下七項結果：

（一）桐城派、陽湖派、湘鄉派創始者之文論

　　桐城三祖方苞、劉大櫆（1698～1780）、姚鼐（1731～1815），與重振桐
城餘緒之湘鄉派曾國藩（1811～1872）之文論架構，近年來早已發展成熟，學

〔註8〕　胡適：〈五十年來中國之文學〉，收入歐陽哲生編：《胡適文集三》（北京：北
　　　　京大學出版社，1998 年），頁 205。
〔註9〕　陳平元：〈散文小說志〉收入劉夢溪主編：《中華文化通志・藝文典》（上海：
　　　　人民出版社，1998 年 10 月），頁 204～214。
〔註10〕鄭振鐸：〈新文學的建設與國故之新研究〉，《小說月報》第 14 卷第 1 號，1923
　　　　年。
〔註11〕〔南北朝〕劉勰：《文心雕龍》（臺北：臺灣商務印書館，《四部叢刊》影印明
　　　　嘉靖刊本），卷 9，頁 50。

界對其定義也都存有普遍共識。

然而，陽湖派張惠言（1761～1802）、惲敬（1757～1817），則尚未有完整之文論架構。在歷經考察其文集及近年來之相關研究，本論文總結出其代表性之文論，並具體闡述其歧異點與進步之處。如張惠言主張為文當以載儒術事學之道為要，否則即便為名篇亦不足稱為文，以強調文章之經世致用功能；惲敬則主張義法當取自六經諸子百家，如此方可避免塞於一端，而造成內容空虛，創作手法受限之窘境。

此外，關於清初古文名家戴名世，學界在定位其與桐城派之關係時，觀點不一。本文針對戴名世與方苞之間，二十餘年的文學交流，肯定其在促進桐城文論成型的貢獻，並探討其文學主張。總之，筆者認為戴名世當為桐城派之啓發者；事實證明，談桐城派，必須將其先驅戴名世亦列於內才算完整。

（二）桐城派、陽湖派、湘鄉派後期諸子文論之轉變與創新

關於各派後進之文論研究，目前僅有梅曾亮（1786～1856）較受學界矚目；因此，文論架構已大致成形。然而，有關桐城派之姚門弟子劉開（1784～1824）、管同（1780～1831）、方東樹（1772～1851）、姚瑩（1785～1853）；桐城後期諸子嚴復（1853～1921）、林紓（1852～1924）；陽湖派後進陸繼輅（1772～1834）、李兆洛（1769～1841）；湘鄉派曾門弟子張裕釗（1823～1894）、薛福成（1838～1894）、黎庶昌（1837～1897）、吳汝綸（1840～1903）等，則僅有梗概性之論述，甚至多以數語帶過而已。

本論文即對前述諸家總結出其代表性之文論。同時，亦發現各家所持之文論，雖以前人為基礎所發展，然各有其獨到之見解；由於提出之時機不對，或地位不夠崇高等諸多因素之影響，使得其主張在當時並未受到注意。其中，以劉開最為明顯，如為修正桐城古文創作難以顯現個人特色之缺失，所提出「駢散相成」之主張，正與陽湖派李兆洛所論相呼應；同為姚門弟子之梅曾亮亦認同古文創作應適當揉合駢文之技巧，以豐富作品之藝術性；可見劉開之文論實際上是有其突破性。然由於劉開距姚鼐之年代甚近，此論一出，即被視為背離家法，飽受批評。

綜觀集合在桐城旗幟下的古文名家，在古文創作實踐上可貴之處，不但都能體現桐城文派之「載道」思想和「義法」理論之傳統，且更與時俱進加以創新，並以創作實績去貫徹和充實其文學主張。尤其至清末光、宣鼎盛乍

衰之際，桐城如郭嵩燾、薛福成、黎庶昌、吳汝綸、嚴復、林紓等後進，身處時局動盪，加上西學東漸之刺激，所論之義法隨著學術思潮，深具「兼容並蓄」與「因時達變」之特色。此一時期之桐城「義法」已融通中西，不斷改革，產生了質的轉變；文章之思想內容，已非侷限於恪守程朱理學的「文以載道」思想，而是以體現「經世致用」爲要旨，創作大量評論時政、針砭時弊之作，展現對國家社會強烈的愛國心，也同時對近現代中國思想文化，產生深刻影響與貢獻。

（三）桐城古文名家派別之歸屬

自桐城以派別論後，使得陽湖、湘鄉之派名陸續成立，以與之區別，然而其間之界限並非明確可辨；因此，往往不知應當將某人判別爲何派，而增添後世學者研究時之困擾。目前學界採取之方式有二：其一爲就其師承、祖籍；其二爲就其文論偏向與文章特色爲判斷。表面上看兩者似各有其優點，然實際上兩者之依據皆有局限性；加上湘鄉派由於被視爲桐城派之中興者，因此，先前學界習慣將其與桐城派合論，導致部分古文家之歸屬難以分別。如吳汝綸在未進曾國藩幕府前，恪守桐城義法；後經曾國藩授以文論後，改爲傾向湘鄉，是以學界有言其爲桐城者，亦有言其爲湘鄉者。

在歷經一番探究後，筆者認爲陽湖、湘鄉係出桐城，本無細分之必要；而既然現今學界之研究，已逐漸注重分門別派，以便考究其異同，此爲文學演進過程所產生之自然趨勢，則本論文亦不應屈守於派別之見而畫地自限；因此，決定統合學界之兩種辨別方式，作爲判斷派別歸屬之依據。是以將嚴復、林紓認定爲桐城派；李兆洛認定爲陽湖派；吳汝綸認定爲湘鄉派。

（四）桐城派文論之演進脈絡

由於學界之研究方式，皆以某一派爲研究主題，其他派別則列舉其要，或予以忽視；如此，雖能瞭解該派之主張，然對桐城派文論之演進脈絡，便無法通盤掌握，自然也就無法確切判斷諸家文論之眞實價值與文學地位。如陽湖派李兆洛，繼桐城派劉開「駢散相成」，重申「合駢散爲一」之主張，起初他耗費相當大之心力提倡，無奈始終未獲得當時文壇重視，遂決定破釜沈舟，輯《駢文類鈔》一書，改而大肆宣揚棄散學駢，希望能藉此修正當時文人固守桐城義法，崇散行而薄駢偶之弊病。然終未達成其預想，反倒因此屢遭攻擊，甚至被歸類於駢文家，而忽略其對古文方面之貢獻。

本文將桐城派的興盛與清代學術思想聯繫起來,梳理桐城三祖及其後期諸子的理論建樹,並取代表作家之文論與創作,對桐城派之緣起、師承、傳播、發展、遞變與式微進行系統性之考察,並釐清其間繼承發展的關係脈絡。

(五)桐城派文人面對西學東漸的態度及其貢獻

中外東西方的交流,對清代來說,已是不可抵擋的潮流。針對此主題,學界目前僅有零星的論述,尚未有專題研究。在歷經多方探討後,本論文總結出桐城派的有識之士,值時局之多故,任大責重;面對西學和新文化之衝擊,其態度是由半信半疑轉變到全面坦然地接受。爲了救亡圖存,並主張積極自西學吸取文明,以尋求新的思想視窗,以及新的希望遠景,期挹助衰老的中國重新蛻化成世界強權。是以先後出使歐洲各國之郭嵩燾(1818~1891)、黎庶昌、薛福成等人,皆可謂中國近代史上之關鍵人物,他們抱著「經世致用」明確目的,仗著一支筆桿子,客觀平實地記錄了對西方文明之觀察和感想,表現新思想、新事物,運用新詞彙,在 19 世紀 80 年代,打開中國人的眼睛,瞭解世界。尤以薛福成強調文章與現實政治結合,時多發議論,提倡改革,以適應維新運動之需要,並成爲其重要組成部分。此爲先前之散文中從未有過的風貌。

記錄出使遊記,生動鮮活地描述了種種海外見聞,介紹親歷之西方文化,作品頗具歷史價值和文學興味,更容易使當時多數讀者樂見喜聞。除開闊國人的眼界,同時,亦對桐城古文注入了新的生命,不但擴充了詞彙,也使桐城古文得以擺脫「義法」束縛,還拓展創作題材,爲當時文壇注入新的養分,使古文更爲完善地發揮「經世致用」之作用,以增強古文之藝術性與實用功能。海軍出身之嚴復、不懂外文之林紓,也運用桐城古文譯介西方學術與文學,處處透露出經世致用的熱情,同時,爲近代西方科學與文化之傳播與發展,付出了受世人肯定的重要貢獻,且在清代歷史上留下不可磨滅的痕跡。在政治激盪的清末,實爲時代觸角最敏銳,亦開風氣之先,深具代表性的知識分子。

(六)桐城文學與白話文學之關係

在文學革命(1917)之際,桐城派古文作爲古文學之代表,成了打倒的目標。然探索近代文學史便可發現,白話文是經由桐城諸家之古文演進,才

得以順利發展完成，甚至林紓本身即爲早期創作白話詩之先鋒。因此，不能單爲推行新興之「白話文」，便將傳統之「古文」視爲箭靶，而一昧地予以反對。基於時代思潮之影響，新文化運動者急有所成，作出種種不理性的行爲與論述，是可以理解的；然現今情勢既已底定，自然應該以理性與客觀之態度重新加以回顧與檢視，以釐清桐城派古文實際上並非白話文之敵人，反倒是促進白話文變革之最大功臣。

冷靜回顧在五四文學革命運動中，林紓苦心孤詣爲維護古文命脈，敢於不顧世人的笑罵，毅然孤軍奮鬥，其品德與人格，值得後人肯定。

如今基於時代思潮，白話文學成爲文壇正宗。然無可諱言者，在白話文流行以前，桐城派確實扮演著重要的角色及樞紐。總之，現代文學是接續古典文學之滋養而產生，彼此間的密切關聯性，是不可能割裂而完全獨立；若無古典文學爲基礎，現代文學將如同一棟缺乏穩定地基的建築，隨時有傾倒之虞。今人在醉心於現代文學之時，更應具備古典文學之素養，同時以古典文學之精鍊、優雅，彌補現代文學的不足。

（七）桐城派之傳播

現今學界之專書、學位論文研究，多提及姚鼐、梅曾亮在文壇所造成之影響，對於書院講學部分，僅略爲帶過而已。關於書院講學所引領之桐城文學風潮，目前之研究明顯不足；對於桐城派之傳播，自然無法有全盤瞭解。本論文從文派形成與發展的角度來考察，總結出桐城派經由三祖建立完整的理論系統基礎，始得以在清代文壇占一席之地。而眞正擴展桐城派影響力者，主要是藉由文壇領導者之推廣與書院教學之方式，讓桐城古文能夠突破區域限制而普行全國，形成一股文學風潮，成爲影響清代文壇二百餘年之古文流派。

由於清初高壓、懷柔的統治，使得書院日趨官化而成科舉的附庸。此時順應清廷文化政策之桐城派，於義理方面以程朱之學爲準的，又主張古文與時文的寫作技巧相通，符合官方需求；加上派中名儒大多長期講學於各大書院。尤其姚鼐將近 40 年皆在揚州、南京等地書院擔任教職，並集大成提出一套完善的古文理論；又編《古文辭類纂》，以爲士子學文標準；加上曾任朝廷要職、遊歷南方諸省各大書院等因素，使得「士以受業先生爲幸，或越千里從學」，遂使桐城派古文蔚爲流行。梅曾亮是繼姚鼐之後，傳承桐城派最重要的人物，他使桐城派逐步流衍至廣西、江西、湖南、江蘇各地，同時提高桐

城派之學術地位，成為全國首屈一指的古文流派。因此，熱情培養青年作家，傳授創作經驗之書院教育，可說是桐城派門庭日廣的重要因素。

　　總而言之，清代桐城派無論古文理論、作品、人才及對時代文化學術之影響與貢獻，皆有可觀。文學革命之時，鼓煽詆毀，以作敵愾之氣，乃政治之事，非學問之事也。故文學史上之桐城古文，不應故為貶抑，自失學術態度。

徵引書目

一、古籍史料

（一）文獻檔案

1. 《宮中檔嘉慶朝奏摺》，臺北：國立故宮博物院影印本。
2. 〈文苑劉大櫆傳附吳定・傳稿〉，臺北：國立故宮博物院藏，清國史館本，文獻編號 701004876。
3. 〈文苑姚鼐傳附姚範、劉開・傳稿〉，臺北：國立故宮博物院藏，清國史館本，文獻編號 701004612。
4. 〈儒林張惠言傳・傳稿〉，臺北：國立故宮博物院藏，清國史館本，文獻編號 701008160。
5. 〈文苑惲敬傳・傳稿〉，臺北：國立故宮博物院藏，清國史館本，文獻編號 701004893。
6. 〈文苑傳・傳稿・管同傳附劉開〉，臺北：國立故宮博物院藏，清國史館本，文獻編號 701004390。
7. 〈儒林傳上卷・傳稿・方東樹傳附方宗誠〉，臺北：國立故宮博物院藏，清國史館本，文獻編號 701003929。
8. 〈文苑傳・傳稿・陸繼輅傳附陸耀遹〉，臺北：國立故宮博物院藏，清國史館本，文獻編號 701004389。
9. 〈文苑李兆洛傳・傳稿〉，臺北：國立故宮博物院藏，清國史館本，文獻編號 701004884。
10. 〈文苑傳・梅曾亮傳附毛嶽生〉，臺北：國立故宮博物院藏，清國史館本，文獻編號 701004390。
11. 〈文苑傳・朱琦傳附呂璜、王拯〉，臺北：國立故宮博物院藏，清國史館本，文獻編號 701004390。

12. 〈曾國藩列傳‧傳稿〉，臺北：國立故宮博物院藏，清國史館本，文獻編號 701001510。

13. 〈文苑傳‧傳稿‧魏源傳附龔自珍〉，臺北：國立故宮博物院藏，清國史館本，文獻編號 701004390。

14. 〈儒林張裕釗傳‧傳稿〉，臺北：國立故宮博物院藏，清國史館本，文獻編號 701004446。

15. 〈文苑吳汝綸傳附蕭穆、賀濤、劉孚京‧傳稿〉，臺北：國立故宮博物院藏，清史館本，文獻編號 701007913。

16. 〈郭嵩燾列傳〉，臺北：國立故宮博物院藏，清史館本，文獻編號 701007656。

17. 〈黎庶昌傳包‧內閣為黎庶昌請立傳交摺〉，臺北：國立故宮博物院藏，文獻編號 702001263。

18. 〈國史大臣薛福成列傳‧傳稿〉，臺北：國立故宮博物院藏，清國史館本，文獻編號 701003757。

19. 〈文苑林紓傳附嚴復、辜湯生‧傳稿〉，臺北：國立故宮博物院藏，清史館本，文獻編號 701007913。

20. 《軍機處檔‧月摺包‧三口通商大臣兵部左侍郎崇厚奏摺錄副‧同治九年五月二十四日》，臺北：國立故宮博物院藏，文獻編號 101319。

21. 《軍機處檔‧月摺包‧奕訢奏摺錄副‧同治十二年十月初二日》，臺北：國立故宮博物院藏，文獻編號 111836。

（二）古籍（依四部分類）

1. 《毛詩序說》，〔明〕呂柟撰，明山草堂集內編本。

2. 《論語義疏》，〔梁〕皇侃撰，清知不足齋叢書本。

3. 《孟子》，〔漢〕趙岐注，《四部叢刊》影印宋大字本。

4. 《孟子說》，〔宋〕張栻撰，清通志堂經解本。

5. 《讀四書大全說》，〔清〕王夫之撰，清同治四年湘鄉曾國荃金陵刊船山遺書之一。

6. 《說文解字》，〔漢〕許慎撰，〔清〕段玉裁注《四部叢刊》影印清同治本。

7. 《史記》，〔漢〕司馬遷撰，臺北：文馨出版社影印清乾隆武英殿刊本，1975 年 10 月。

8. 《漢書》，〔漢〕班固撰，清乾隆四年武英殿刻本。

9. 《周書》，〔唐〕令狐德棻撰，清乾隆四年武英殿刻本。

10. 《隋書》，〔唐〕魏徵撰，臺北：臺灣中華書局影印武英殿本，1965 年。

11. 《舊唐書》，〔五代〕劉昫撰，臺北：臺灣中華書局影印武英殿本，1965年。

12. 《新唐書》，〔宋〕歐陽修撰，清乾隆四年武英殿刻本。

13. 《宋史》，〔元〕脫脫撰，臺北：臺灣中華書局影印武英殿本，1965年。

14. 《明史》，〔清〕張廷玉撰，臺北：臺灣中華書局影印武英殿本，1965年。

15. 《續資治通鑒長編》，〔宋〕李燾撰，清光緒七年浙江書局刻本。

16. 《平定教匪紀略》，〔清〕托津撰，清嘉慶刻本。

17. 《清史稿校註》，臺北：國史館，1986年。

18. 《清實錄》，北京：中華書局影印本，1985年。

19. 《國朝詩人徵略》，〔清〕張維屏輯，清道光十年刻本。

20. 《國朝先正事略》，〔清〕李元度輯，清同治刻本。

21. 《古今文鈔》，〔清〕吳曾祺編，臺北：大通書局影印清宣統二年鉛印本，1970年。

22. 《桐城文學淵源考》，〔清〕劉聲木撰，合肥：黃山書社影印本，1989年。

23. 《桐城文學淵源考》，〔清〕劉聲木撰，臺北：世界書局影印《直介堂叢刻》本，1962年。

24. 《越縵堂日記》，〔清〕李慈銘撰，臺北：文光圖書公司影印本，1963年。

25. 《湘綺樓日記》，〔清〕王闓運撰，臺北：臺灣商務印書館影印本，1973年。

26. 《清朝碑傳全集》，〔清〕錢儀吉編，臺灣：大化書局排印本。

27. 《王荊公年譜考略》，〔清〕蔡上翔撰，清嘉慶九年刻本。

28. 《月滄自編年譜》，〔清〕呂璜編，北京：北京圖書館出版社影印清道光二十一年刻本。

29. 《望溪先生年譜》，〔清〕蘇惇元撰，清咸豐刻本。

30. 《姚惜抱先生年譜》，〔清〕鄭福照撰，清同治七年刻本。

31. 《曾文正公年譜》，〔清〕黎庶昌編，《續修四庫全書》影印清光緒二年傳忠書局刻本。

32. 《清李申耆先生兆洛年譜》，〔清〕蔣彤編，臺北：臺灣商務印書館影印本，1981年11月。

33. 《出使英法義比四國日記》，〔清〕薛福成撰，清光緒十八年鉛印本。

34. 《使西紀程》，〔清〕郭嵩燾撰，清光緒十七年上海著易堂排印本。

35. 《西洋雜誌》，〔清〕黎庶昌撰，北京：社會科學文獻影印光緒庚子遵義黎氏刊本，2007 年 4 月。

36. 《天咫偶聞》，〔清〕震鈞撰，清光緒刻本。

37. 《欽定皇朝通志》，清高宗敕撰，清文淵閣四庫全書寫本。

38. 《清朝文獻通考》，〔清〕嵇璜撰，臺北：新興書局影印本，1958 年。

39. 《學政全書》，〔清〕素爾訥撰，清乾隆三十九年刻本。

40. 《欽定大清會典事例》，北京：中華書局影印本，1991 年。

41. 《四庫全書總目提要》，〔清〕永瑢編，臺北：臺灣商務印書館影印本，1968 年。

42. 《文史通義》，〔清〕章學誠撰，民國章氏遺書本。

43. 《漢學商兌》，〔清〕方東樹撰，《續修四庫全書》影印清道光十一年刻本。

44. 《二程遺書》，〔宋〕程顥、程頤撰，朱熹輯，清文淵閣四庫全書寫本。

45. 《曾文正公家訓》，〔清〕曾國藩撰，清光緒五年刻本。

46. 《張子正蒙注》，〔清〕王夫之撰，清船山遺書本。

47. 《藝舟雙楫》，〔清〕包世臣撰，清安吳四種本。

48. 《春覺齋論文》，〔清〕林紓撰，北京：人民大學出版社排印本，1998 年。

49. 《焦氏筆乘》，〔明〕焦竑撰，明萬曆三十四年刻本。

50. 《宋稗類鈔》，〔清〕潘永因編，清文淵閣四庫全書本。

51. 《求闕齋日記類鈔》，〔清〕曾國藩撰，清光緒二年刻本。

52. 《墨子》，〔東周〕墨翟撰，明正統道藏本。

53. 《日知錄》，〔清〕顧炎武撰，清乾隆刻本。

54. 《康輶紀行》，〔清〕姚瑩撰，臺北：文海出版社影印中復堂全集本，1974 年。

55. 《庸盦筆記》，〔清〕薛福成撰，上海：商務印書館影印本，1937 年。

56. 《天演論》，〔清〕嚴復撰，臺北：商務印書館排印本，2009 年。

57. 《陸士衡文集》，〔晉〕陸機撰，清宛委別藏本。

58. 《昌黎先生文集》，〔唐〕韓愈撰，宋蜀本。

59. 《韓昌黎文集校注》，〔唐〕韓愈撰，馬通伯校注，臺北：華正書局影印本，1986 年 10 月。

60. 《河東先生集》，〔唐〕柳宗元撰，〔宋〕魏仲舉注，宋刻本。

61. 《樊川集》，〔唐〕杜牧撰，《四部叢刊》影印明翻宋本。

62. 《小畜集》，〔宋〕王禹偁撰，《四部叢刊》影印宋本配呂無黨鈔本。

63. 《河東集》，〔宋〕柳開撰，《四部叢刊》影印舊鈔本。

64. 《河南集》，〔宋〕尹洙撰，《四部叢刊》影印春岑閣鈔本。

65. 《徂徠石先生全集》，〔宋〕石介撰，清康熙五十六年刻本。

66. 《范文正公文集》，〔宋〕范仲淹撰，《四部叢刊》影印明翻元刊本。

67. 《歐陽文忠公集》，〔宋〕歐陽修撰，《四部叢刊》影印元本。

68. 《嘉祐集》，〔宋〕蘇洵撰，《四部叢刊》影印宋鈔本。

69. 《蘇文忠公全集》，〔宋〕蘇軾撰，明成化本。

70. 《欒城集》，〔宋〕蘇轍撰，《四部叢刊》影印明嘉靖蜀藩活字本。

71. 《元豐類稿》，〔宋〕曾鞏撰，《四部叢刊》影印元本。

72. 《臨川集》，〔宋〕王安石撰，《四部叢刊》影印明嘉靖本。

73. 《袁中郎全集》，〔明〕袁宏道撰，明崇禎刊本。

74. 《遵巖集》，〔明〕王慎中撰，《景印文淵閣四庫全書》影印本。

75. 《敬孚類稿》，〔清〕蕭穆撰，清光緒三十三年刻本。

76. 《牧齋有學集》，〔清〕錢謙益撰，《四部叢刊》影印清康熙本。

77. 《牧齋初學集》，〔清〕錢謙益撰，《四部叢刊》影印明崇禎本。

78. 《南山集》，〔清〕戴名世撰，清光緒二十六年刻本。

79. 《壯悔堂文集》，〔清〕侯方域撰，《續修四庫全書》影印清順治刻增修本。

80. 《戴名世集》，〔清〕戴名世撰，王樹民編校，北京：中華書局排印本，1986年2月。

81. 《潛研堂文集》，〔清〕錢大昕撰，臺北：臺灣商務印書館影印本，1968年。

82. 《惜抱軒文後集》，〔清〕姚鼐撰，《續修四庫全書》影印清嘉慶三年刻增修本。

83. 《惜抱軒文集》，〔清〕姚鼐撰，《續修四庫全書》影印清嘉慶三年刻增修本。

84. 《惜抱軒詩文集》，〔清〕姚鼐撰，清嘉慶十二年刻本。

85. 《望溪集》，〔清〕方苞撰，清咸豐元年戴鈞衡刻本。

86. 《望溪文集》，〔清〕方苞撰，臺北：臺灣中華書局影印戴編足本。

87. 《方望溪先生全集》，〔清〕方苞撰，《四部叢刊初編》影印本。

88. 《堯峰文鈔》，〔清〕汪琬撰，《四部叢刊》影印林佶寫刻本。

89. 《鈍翁前後類稿》，〔清〕汪琬撰，《四庫全書存目叢書》影印清康熙刻本。

90. 《魏叔子文集外篇》，〔清〕魏禧撰，清寧都三魏全集本。

91. 《海峰文集》，〔清〕劉大櫆撰，《續修四庫全書》影印清刻本。

92. 《茗柯文編》，〔清〕張惠言撰，《續修四庫全書》影印清同治八年刻本。

93. 《茗柯文補編》，〔清〕張惠言撰，《四部叢刊》影印清道光本。

94. 《大雲山房文稿》，〔清〕惲敬撰，《四部叢刊》影印清同治本。

95. 《崇百藥齋文集》，〔清〕陸繼輅撰，《續修四庫全書》影印清嘉慶二十五年合肥學舍刻本。

96. 《崇百藥齋續集》，〔清〕陸繼輅撰，清道光四年刻本。

97. 《養一齋文集》，〔清〕李兆洛撰，《續修四庫全書》影印清道光二十三年活字印，二十四年增修本。

98. 《淵雅堂全集》，〔清〕王芑孫撰，清嘉慶刻本。

99. 《劉孟塗集》，〔清〕劉開撰，《續修四庫全書》影印清道光六年姚氏檗山草堂刻本。

100. 《濂亭文集》，〔清〕張裕釗撰，《續修四庫全書》影印清光緒八年查氏木漸齋蘇氏刻本。

101. 《鮚埼亭集》，〔清〕全祖望撰，《續修四庫全書》影印清嘉慶九年史夢蛟刻本。

102. 《蘊愫閣文集》，〔清〕盛大士撰，清道光六年刻本。

103. 《因寄軒文集》，〔清〕管同撰，清道光十三年管氏刻本。

104. 《庸庵文編》，〔清〕薛福成撰，《續修四庫全書》影印清光緒刻庸庵全集本。

105. 《庸庵文外編》，〔清〕薛福成撰，《續修四庫全書》影印清光緒刻庸庵全集本。

106. 《庸庵海外文編》，〔清〕薛福成撰，《續修四庫全書》影印清光緒刻庸庵全集本。

107. 《曾文正公全集》，〔清〕曾國藩撰，臺北：臺灣東方書店排印本，1964年3月。

108. 《曾文正公詩文集》，〔清〕曾國藩撰，臺北：臺灣商務印書館影印本，1968年。

109. 《曾國藩家書》，〔清〕曾國藩撰，臺北：黎明文化排印本，1987年。

110. 《考槃集文錄》，〔清〕方東樹撰，清光緒二十年刻本。

111. 《怡志堂文初編》，〔清〕朱琦撰，清同治四年刻本。

112. 《東溟文集》，〔清〕姚瑩撰，清中復堂全集本。

113. 《柏梘山房全集》，〔清〕梅曾亮撰，《續修四庫全書》影印清咸豐六年刻、民國補修本。

114. 《養一齋集》，〔清〕潘德輿撰，清道光刻本。

115. 《養知書屋文集》，〔清〕郭嵩燾撰，光緒十八年刻本。

116. 《拙尊園叢稿》，〔清〕黎庶昌撰，《續修四庫全書》影印清光緒二十一年金陵狀元閣刻本。

117. 《桐城吳先生尺牘》，〔清〕吳汝綸撰，吳氏家刻本。

118. 《桐城吳先生詩文集》，〔清〕吳汝綸撰，清桐城吳先生全書本。

119. 《桐城吳先生文集》，〔清〕吳汝綸撰，《續修四庫全書》影印清光緒三十年王思綖等刻桐城吳先生全書本。

120. 《侯官嚴氏叢刻》，〔清〕嚴復撰，臺北：文海出版社排印本，1975年。

121. 《畏廬論文等三種》，〔清〕林紓撰，臺北：文津出版社影印本，1978年。

122. 《畏廬續集》，〔清〕林紓撰，臺北：文海出版社影印本，1973年。

123. 《畏廬三集》，〔清〕林紓撰，臺北：文海出版社影印本，1973年。

124. 《經德堂文集》，〔清〕龍啟瑞撰，清光緒四年刻本。

125. 《齊物論齋文集》，〔清〕董士錫撰，清道光二十年刻本。

126. 《太炎文錄初編》，章炳麟撰，《續修四庫全書》影印章氏叢書本。

127. 《訄書》，章炳麟撰，北京：三聯書店影印本，1998年。

128. 《戴東原集》，〔清〕戴震撰，《續修四庫全書》影印清乾隆五十七年段玉裁刻本。

129. 《六臣注文選》，〔梁〕蕭統編，〔唐〕李善等注，明萬曆二年崔孔昕新都刊六年徐成位修訂本。

130. 《文苑英華》，〔宋〕李昉輯，明隆慶元年胡維新等福建刊本。

131. 《文章辨體彙選》，〔明〕賀復徵編，清文淵閣四庫全書寫本。

132. 《古文辭類纂》，〔清〕姚鼐撰，《續修四庫全書》影印清道光元年合河康氏家塾刻本。

133. 《評校音註續古文辭類纂》，〔清〕王先謙輯，王文濡校注，臺北：臺灣中華書局排印本，1967年。

134. 《黎氏續古文辭類纂》，〔清〕黎庶昌輯，臺北：世界書局排印本，1964年。

135. 《文選》，〔梁〕蕭統編，〔唐〕李善注，胡刻本。

136. 《宋文鑒》，〔宋〕呂祖謙編，《四部叢刊》影印宋刊本。

137. 《全唐文》，〔清〕董誥輯，清嘉慶內府刻本。

138. 《唐宋文醇》，〔清〕張照輯，清文淵閣四庫全書本。

139. 《明文海》，〔清〕黃宗羲編，清涵芬樓鈔本。

140. 《皇清文穎》，〔清〕張廷玉編，清文淵閣四庫全書本。

141. 《清經世文編》，〔清〕賀長齡撰，清光緒十二年校本。

142. 《清經世文續編》，〔清〕葛士濬編，清光緒石印本。

143. 《曾文正公書札》，〔清〕曾國藩撰，清光緒二年刻增修本。

144. 《翰海》，〔明〕沈佳胤撰，明末刻本。

145. 《文心雕龍》，〔梁〕劉勰撰，《四部叢刊》影印明嘉靖刊本。

146. 《吟窗雜錄》，〔宋〕舊題陳應行編，明嘉靖二十七年崇文書堂刻本。

147. 《藝苑卮言》，〔明〕王世貞撰，明萬曆十七年刻本。

148. 《論文偶記》，〔清〕劉大櫆撰，北京：人民文學出版社排印本，1998年。

149. 《昭昧詹言》，〔清〕方東樹撰，《續修四庫全書》影印清光緒十七年刻本。

150. 《初月樓古文緒論》，〔清〕吳德旋撰，清常州先哲遺書後編本。

151. 《文學研究法》，〔清〕姚永樸撰，臺北：廣文書局，1962年。

152. 《桐城文學撰述考》，〔清〕劉聲木撰，臺北：世界書局影印《直介堂叢刻》本，1962年。

153. 《古學彙刊》，國粹學報社編，臺北：力行書局排印本，1964年。

二、近人著作

（一）專書（依作者姓名筆劃排列）

1. 不著編人，《晚清文學叢鈔》，臺北：新文豐出版公司，1989年4月。

2. 不著編人，《清代名人傳略》，臺北：南天書局，1991年10月。

3. 中國第一歷史檔案館編，《纂修四庫全書檔案（上）》，上海：上海古籍出版社，1997年7月。

4. 尤信雄撰，《桐城文派學述》，臺北：文津出版社，1989年1月。

5. 方孝岳撰，《中國散文概論》，桂林：廣西大學出版社，2007年1月。

6. 王更生撰，《唐宋散文作家與古文運動》，臺北：中華文化復興運動推行委員會，1989年。

7. 王更生撰，《歐陽修散文研讀》，臺北：文史哲出版社，2001年10月。

8. 王更生撰，《蘇軾散文研讀》，臺北：文史哲出版社，2001年2月。

9. 王忠林、左松超、皮述民、金榮華、邱燮友、黃錦鋐、傅錫壬、應裕康撰，《中國文學史初稿》，臺北：萬卷樓圖書公司，2002年10月。

10. 王達敏撰，《姚鼐與乾嘉學派》，北京：學苑出版社，2007年11月。

11. 王鎮遠撰，《桐城派》，臺北：群玉堂出版事業有限公司，1991年。

12. 王獻永撰，《桐城文派》，北京：中華書局，1992 年。

13. 朱自清撰、錢伯城導讀，《經典常談》，上海：上海古籍出版社，1999年。

14. 何天傑撰，《桐城文派：文章法的總結與超越》，廣州：廣州文化出版社，1989 年。

15. 何寄澎撰，《北宋的古文運動》，臺北：幼獅文化事業公司，1992 年 8月。

16. 吳小林撰，《唐宋八大家》，臺北：里仁書局，1999 年 12 月。

17. 吳孟復撰，《桐城文派述論》，合肥：安徽教育出版社，2001 年 7 月。

18. 李道英撰，《唐宋古文研究》，北京：北京師範大學出版社，1997 年 5月。

19. 周中明撰，《桐城派研究》，瀋陽：遼寧大學出版社，1999 年。

20. 周作人撰，《中國新文學的源流》，上海：華東師大出版社，1995 年。

21. 周寅賓撰，《明清散文史》，長沙：湖南人民出版社，2004 年 6 月。

22. 周興陸、魏春吉等編著，《中國歷代文論選新編・晚清卷》，上海：上海教育出版社，2008 年 3 月。

23. 林保淳撰，《嚴復——中國近代思想啟蒙者》，臺北：幼獅文化事業公司1988 年。

24. 林傳甲撰，《中國文學史》，上海：上海科學書局，1914 年。

25. 南炳文、白新良主編，《清史紀事本末》，上海：上海大學出版社，2006年。

26. 姜書閣撰，《桐城文派評述》，臺北：臺灣商務印書館，1966 年 1 月。

27. 姚翠慧撰，《方望溪文學研究》，臺北：文史哲出版社，1988 年。

28. 胥洪泉撰，《中國古代散文簡史》，重慶：西南師範大學出版社，2005 年8 月。

29. 胡阿祥撰，《魏晉本土文學地理研究》，南京：南京大學出版社，2001年。

30. 胡適主編，《胡適古典文學研究論集（下）》，上海：上海古籍出版社，1988 年（在臺版）。

31. 胡適撰，《胡適文存》，臺北：遠流出版公司，1986 年（在臺版）。

32. 胡適編，《五四新文學論戰集彙編（下）》，臺北：長歌出版社，1976 年 2月（在臺版）。

33. 范培松撰，《中國散文批評史》，南京：江蘇教育出版社，2000 年 4 月。

34. 唐傳基撰，《桐城文派新論》，臺北：現代書局，1976 年。

35. 張若英編，《新文學運動史資料》，上海：光明書局，1936 年 9 月。

36. 張舜徽撰，《清人文集別錄》，臺北：明文書局，1982 年 2 月。

37. 張夢新撰，《中國散文發展史》，杭州：杭州大學出版社，1998 年 1 月。

38. 張維、梁揚撰，《嶺西五大家研究》，南京：江蘇古籍出版社，2003 年。

39. 啓業書局編，《明清十大家尺牘》，臺北：啓業書局，1971 年。

40. 曹虹撰，《陽湖文派研究》，北京：中華書局，1996 年。

41. 梁啓超撰，《清代學術概論》，臺北：臺灣中華書局，1970 年 3 月。

42. 梁啓超撰，《梁啓超全集》，北京：北京出版社，1999 年 7 月。

43. 許福吉撰，《義法與經世：方苞及其文學研究》，上海：學林出版社，2001 年。

44. 郭立志編，《桐城吳先生（汝綸）年譜》，臺北：文海出版社，1972 年。

45. 郭成康、林鐵鈞撰，《清朝文字獄》，北京：群眾出版社，1990 年。

46. 郭紹虞撰，《中國文學批評史》，天津：百花文藝出版社，2001 年 4 月第 3 刷。

47. 陳平原撰，《中華文化通志》，上海：人民出版社，1998 年 10 月。

48. 陳耀東撰，《方苞劉大櫆姚鼐散文選》，上海：古籍出版社；香港：三聯書店聯合出版，1990 年 12 月。

49. 陳耀南撰，《典籍英華》，香港：人人書局，1980 年。

50. 馮明之撰，《中國文學史話》，香港：宏業書局，1978 年 2 月。

51. 黃保眞、成復旺、蔡鐘翔撰，《中國文學理論史（五）‧近代卷》，北京：中國人民大學出版社，2009 年 4 月。

52. 黃毅撰，《明代唐宋派研究》，上海：上海古籍出版社，2008 年 3 月。

53. 楊蔭深撰，《中國文學家列傳》，臺北：中華書局，1981 年 12 月。

54. 萬奇撰，《桐城派與中國文章理論》，呼和浩特：內蒙古教育出版社，1999 年 7 月。

55. 葉龍撰，《桐城派文學史》，臺北：文津出版社，1975 年。

56. 葉龍撰，《桐城派文學藝術欣賞》，香港：繁榮出版社，1998 年。

57. 葛曉音撰，《唐宋散文》，臺北：群玉堂出版事業有限公司，1992 年 9 月。

58. 雷祿慶編，《李鴻章年譜》，臺北：臺灣商務印書館，1977 年 10 月。

59. 漆緒邦主編，《中國散文通史（下）》，長春：吉林教育出版社，1994 年。

60. 趙建章撰，《桐城派文學思想研究》，北京：北京圖書館出版社，2003 年。

61. 劉一沾、石旭紅撰，《中國散文史》，臺北：文津出版社，1995 年 6 月。

62. 劉夢溪主編，《中華文化通志・藝文典》，上海：人民出版社，1998 年 10月。

63. 歐陽哲生編，《胡適文集三》，北京：北京大學出版社，1998 年。

64. 蔣凡主編，《古代十大散文流派》，湖南：文藝出版社，1998 年 10 月。

65. 蔡元培等撰，《中國新文學大系導論集》，上海：良友圖書公司，1940年。

66. 鄭吉雄撰，《清儒名著述評》，臺北：大安出版社，2001 年 8 月。

67. 鄭振鐸撰，《中國文學研究》，香港：古文，1961 年。

68. 鄭振鐸撰，《晚清文選》，北京：中國社會科學出版社，2002 年 9 月。

69. 錢冬父撰，《唐宋古文運動》，臺北：群玉堂出版事業有限公司，1992 年7 月。

70. 錢基博撰，《中國文學史》，北京：中華書局，1993 年。

71. 錢基博撰，《國學必讀》，上海：中華書局，1932 年。

72. 錢基博撰，《現代中國文學史》，臺北：文海出版社，1981 年。

73. 錢基博撰，《韓愈志》，北京：中國書店，1988 年 3 月。

74. 錢穆撰，《中國近三百年學術史》，臺北：臺灣商務印書館，1968 年 4月。

75. 鍾叔河撰，《從東方到西方——走向世界叢書敘論集》，長沙：岳麓書社2002 年 8 月。

76. 魏際昌撰，《桐城古文學派小史》，石家莊：河北教育出版社，1988 年 4月。

77. 羅聯添編，《中國文學史論文選集（四）》，臺北：臺灣學生書局，1986年 9 月。

78. 譚家健撰，《中國古代散文史稿》，重慶：重慶出版社，2006 年 1 月。

79. 關愛和撰，《古典主義的終結：桐城派與五四新文學》，上海：上海文藝出版社，1998 年。

（二）單篇論文

1. 〈論近世文學之變遷〉，劉師培撰，《國粹學報》第 26 期，1907 年。

2. 〈文學改良芻議〉，胡適撰，《新青年》第 2 卷第 5 號，1917 年。

3. 〈文學革命論〉，陳獨秀撰，《新青年》第 2 卷第 6 號，1917 年。

4. 〈通信欄〉，錢玄同撰，《新青年》第 3 卷第 1 號，1917 年。

5. 〈文學革新申義〉，傅斯年撰，《新青年》第 4 卷第 1 號，1918 年。

6. 〈林琴南很可佩服〉，陳獨秀撰，《每週評論》第 17 期，1919 年。

7. 〈致陳獨秀〉，錢玄同撰，《新青年》第 4 卷第 4 號，1919 年。

8. 〈新文學的建設與國故之新研究〉，鄭振鐸撰，《小說月報》第 14 卷第 1 號，1923 年。

9. 〈評桐城派在社會主義社會有無作用〉，劉季高撰，《安徽大學學報（哲學與社會科學版）》，1961 年。

10. 〈桐城派在中國文學史上的地位和作用〉，王氣中撰，合肥：安徽人民出版社編《桐城派研究論文集》，1963 年。

11. 〈論桐城派的義法說及其實質〉，段熙仲撰，合肥：安徽人民出版社編《桐城派研究論文集》，1963 年。

12. 〈關於桐城派的義法說〉，王竹樓撰，合肥：安徽人民出版社編《桐城派研究論文集》，1963 年。

13. 〈桐城派方劉姚三家文論述評〉，馬茂元撰，上海：上海古籍出版社編《古代文學理論研究‧叢刊第 1 輯》，1979 年。

14. 〈桐城派古文在清代盛行之原因（上）〉，何沛雄撰，《華學月刊》第 104 期，1980 年。

15. 〈桐城派古文在清代盛行之原因（下）〉，何沛雄撰，《華學月刊》第 105 期，1980 年。

16. 〈試論桐城派的藝術特點〉，吳孟復撰，《江淮論壇》第 5 期，1980 年。

17. 〈桐城文派源流考〉，馬厚文撰，《藝譚》第 1 期，1981 年。

18. 〈桐城派美學理論中的神氣說〉，郁沅撰，《江淮論壇》第 6 期，1982 年。

19. 〈論桐城派〉，敏澤撰，《江淮論壇》第 3 期，1983 年。

20. 〈陽湖、桐城文派歧異釋〉，萬陸撰，《江淮論壇》第 2 期，1984 年。

21. 〈桐城三大家時代學術文化之橫觀〉，陸聯星撰，合肥：黃山書社編《桐城派研究論文選》，1986 年。

22. 〈桐城文派綿延久遠原因蠡測〉，徐壽凱撰，合肥：黃山書社編《桐城派研究論文選》，1986 年。

23. 〈桐城派評價臆說〉，項純文撰，合肥：黃山書社編《桐城派研究論文選》，1986 年。

24. 〈曾國藩學文門徑試探〉，楊鐘基撰，合肥：黃山書社編《桐城派研究論文選》，1986 年。

25. 〈試論桐城派文論的歷史特點和美學特徵〉，莊嚴撰，《文學遺產》第 4 期，1986 年。

26. 〈對桐城派散文之美學述評〉，萬陸撰，《贛南師院學報》第 3 期，1986 年。

27. 〈論桐城派〉，方銘、呂美生撰，《安徽大學學報（哲學與社會科學版）》

第 1 期，1986 年。

28. 〈論桐城派的藝術流變與美學特徵〉，艾斐撰，合肥：黃山書社編《桐城派研究論文選》，1986 年。

29. 〈論桐城派與時代風尚——兼論桐城派之變〉，王鎮遠撰，《文學遺產》第 4 期，1986 年。

30. 〈說桐城派之神〉，許結撰，《江淮論壇》第 2 期，1987 年。

31. 〈方苞與戴名世〉，鄺健行撰，《香港中文大學文化研究所學報》第 20 卷，1990 年。

32. 〈劉大櫆的古文理論〉，何沛雄撰，《新亞學報》第 16 卷，1993 年。

33. 〈應恢復戴名世桐城派鼻祖的地位〉，周中明撰，《安徽大學學報（哲學社會科學版）》第 3 期，1994 年。

34. 〈林紓晚年評價的兩個問題〉，洪峻峰撰，《齊魯學刊》第 1 期，1995 年。

35. 〈桐城古文學派與蓮池書院〉，魏際昌、吳占良撰，《文物春秋》第 3 期，1996 年。

36. 〈論嚴復對文學與翻譯的貢獻〉，黃樹紅撰，《廣東教育學院學報》第 4 期，1996 年。

37. 〈近十幾年來戴名世研究綜述〉，俞樟華撰，《文史知識》第 1 期，1997 年。

38. 〈晚年林紓與新文學運動〉，劉克敵撰，《中國現代文學研究叢刊》第 1 期，1997 年。

39. 〈姚永樸《文學研究法》述論〉，楊福生撰，《北京大學學報（哲學社會科學版）》第 5 期，1998 年。

40. 〈姚鼐的文章論〉，劉守安撰，《中國人民大學學報》第 1 期，1998 年。

41. 〈20 世紀陽湖派研究述評〉，汪龍麟撰，《通化師範學院學報（社會科學版）》第 1 期，1999 年。

42. 〈姚鼐的古文藝術理論及其對桐城派形成的貢獻〉，關愛和撰，《文藝研究》第 6 期，1999 年。

43. 〈兼濟‧相容‧兼美——姚鼐古文理論及其文化背景概說〉，鍾揚撰，《南京師大學報（社會科學版）》第 6 期，1999 年。

44. 〈從傳統走向現代——轉型期的寫作理論一覽〉，劉可撰，《內蒙古教育學院學報（哲學社會科學版）》第 12 卷第 1 期，1999 年。

45. 〈五四前後的林紓〉，王楓撰，《中國現代文學研究叢刊》第 1 期，2000 年。

46. 〈清末早期駐外使節對西方文化的傳輸〉，林瓊撰，《廣西民族學院學報

（哲學社會科學版）》第 5 期，2000 年。

47. 〈張惠言散文簡論〉，嚴明撰，《蘇州大學學報（哲學社會科學版）》第 3 期，2001 年。

48. 〈從姚鼐的《古文辭類纂》看桐城古文派的理論得失〉，龐礴撰，《成都教育學院學報》第 15 卷第 11 期，2001 年。

49. 〈劉開述略〉，龔書鐸撰，《清史研究》第 3 期，2001 年。

50. 〈方東樹與十九世紀的漢學批評〉，李賢撰，《史學集刊》第 3 期，2002 年。

51. 〈桐城派研究的世紀回顧〉，汪龍麟撰，《北京社會科學》第 1 期，2002 年。

52. 〈論桐城派與清代政治文化的關係〉，劉相雨撰，《河南師範大學學報（哲學社會科學版）》，第 29 卷第 1 期，2002 年。

53. 〈《南山集》案與清代士人的心路歷程——以戴名世、方苞爲例〉，關愛和撰，《史學月刊》第 12 期，2003 年。

54. 〈20 世紀桐城派研究述評〉，高黛英撰，《鄭州大學學報（哲學社會科學版）》第 36 卷第 2 期，2003 年。

55. 〈胡適論桐城派〉，朱洪撰，《安慶師範學院學報（社會科學版）》第 22 卷第 6 期，2003 年。

56. 〈二十世紀初文學變革中的新舊之爭——以後期桐城派與五四新文學的衝突與交鋒爲例〉，關愛和撰，《文學評論》第 4 期，2004 年。

57. 〈先驅者復古現象考——以嚴復爲例〉，李鈞撰，《社會科學論壇》第 1 期，2004 年。

58. 〈吳汝綸與蓮池書院〉，汪效駟撰，《安慶師範學院學報（社會科學版）》第 23 卷第 3 期，2004 年。

59. 〈桐城派在中國近代文學史上的貢獻與地位〉，曾光光撰，《江淮論壇》第 6 期，2004 年。

60. 〈桐城派研究百年回顧〉，江小角、方寧勝撰，《安徽史學》第 6 期，2004 年。

61. 〈義法說：桐城派古文藝術論的起點和基石〉，關愛和撰，《文藝研究》2004 卷第 6 期，2004 年。

62. 〈論晚清外交使節的歐美之旅〉，曹流撰，《桂林旅游高等專科學校學報》第 1 期，2004 年。

63. 〈桐城派的因聲求氣〉，趙棟棟撰，《太原師範學院學報（社會科學版）》第 4 卷第 3 期，2005 年。

64. 〈桐城派的傳承與傳統教育〉，曾光光撰，《清史研究》第 3 期，2005 年。

65. 〈清代嘉道時期桐城派的中堅——嶺西五大家〉，張維撰，《河池學院學報》第 25 卷第 4 期，2005 年。

66. 〈辭筆醇雅，聲光駿發——概論薛福成的散文創作〉，黃樹生撰，《蘇州大學學報（哲學社會科學版）》第 2 期，2005 年。

67. 〈20 世紀以來的清代散文研究概述〉，賀嚴、楊洲撰，《河北大學學報（哲學社會科學版）》第 31 卷第 4 期，2006 年。

68. 〈一個主張維新的舊文學流派——後期桐城派作家的經學立場與文論話語〉，劉再華撰，《湖南大學學報（社會科學版）》第 20 卷第 4 期，2006年。

69. 〈姚鼐立派與桐城家法〉，嚴迪昌撰，《文學遺產》第 1 期，2006 年。

70. 〈桐城派研究學術史回顧〉，張晨怡、曾光光撰，《船山學刊》第 1 期，2006 年。

71. 〈從親和到遺棄：桐城派與京師大學堂的文化因緣〉，吳微撰，《東方叢刊》第 3 期，2006 年。

72. 〈新散文的興起——唐代古文〉，繆鉞撰，《四川大學學報（哲學社會科學版）》2006 卷第 4 期，2006 年。

73. 〈《文章研究法》：桐城派文章理論的總結〉，慈波撰，《江淮論壇》第 5 期，2007 年。

74. 〈傳統學派的發展與區域文化因素——以桐城派為研究個案〉，曾光光撰，《貴州社會科學》第 2 期，2007 年。

75. 〈論管同的思想與文學創作〉，劉相雨撰，《齊魯學刊》第 5 期，2007年。

76. 〈晚清域外遊記中的觀念演變〉，朱平撰，《齊魯學刊》第 6 期，2008年。

77. 〈曾國藩與曾門四弟子關係之論析〉，翔雲撰，《太原師範學院學報（社會科學版）》第 7 卷第 5 期，2008 年。

78. 〈意境：文之母也——林紓古文藝術論〉，張勝璋撰，《中國石油大學學報（社會科學版）》第 24 卷第 6 期，2008 年。

79. 〈戴名世與桐城派關係辨析〉，曾光光撰，《安徽史學》第 5 期，2008年。

80. 〈林琴南先生的白話詩〉，胡適撰，《晨報》六周年紀念增刊，1924 年 12月 1 日。

81. 〈桐城派在社會主義社會有無作用〉，李鴻翱撰，《光明日報》第 14 版，1961 年 5 月 7 日。

82. 〈桐城派文氣理論述評〉，第環寧撰，《絲綢之路》S2 期，2004 年。

（三）學位論文

1. 《清代桐城派文學之研究》，張榮輝撰，臺北：國立政治大學中國文學研究所碩士論文，1966 年。

2. 《桐城文派研究》，莊碧芳撰，香港：珠海書院中國文學研究所碩士論文，1975 年。

3. 《清代湘鄉派古文之研究》，潘金英撰，臺北：國立政治大學中國文學研究所碩士論文，1979 年。

4. 《方苞、劉大櫆、姚鼐三家之研究》，甄榮歡撰，香港：珠海書院中國文學研究所碩士論文，1981 年。

5. 《清代陽湖派的源流及其文學理論研究》，崔亨旭撰，臺北：國立政治大學中國文學研究所碩士論文，1988 年。

6. 《惲敬研究》，吳健福撰，臺中：東海大學中國文學研究所碩士論文，1993 年。

7. 《方東樹文論研究》，金鎬撰，臺北：國立政治大學中國文學研究所碩士論文，1997 年。

8. 《桐城古文義法研究》，呂善成撰，桃園：國立中央大學中國文學研究所碩士論文，1998 年。

9. 《唐代古文家的文體革新研究》，李珠海撰，臺北：國立臺灣大學中國文學研究所博士論文，2001 年。

10. 《林琴南古文理論研究》，呂立德撰，臺北：國立臺灣師範大學國文研究所博士論文，2001 年。

11. 《方東樹文章學研究》，蔡美惠撰，臺北：國立臺灣師範大學國文研究所博士論文，2002 年。

12. 《在中國文學傳統與外國文學資源之間——談林紓的翻譯和創作實踐》，林娟撰，福州：福建師範大學比較文學與世界文學研究所碩士論文，2002 年。

13. 《張惠言研究》，董俊玨撰，蘇州：蘇州大學中國古代文學研究所碩士論文，2003 年。

14. 《梅曾亮文論及其在桐城派之地位》，陳美秀撰，彰化：國立彰化師範大學國文研究所碩士論文，2003 年。

15. 《曾國藩對桐城派文論的發展》，劉來春撰，長沙：湖南師範大學文藝學研究所碩士論文，2003 年。

16. 《梅曾亮及其文學研究》，金鎬撰，臺北：國立臺灣大學中國文學研究所博士論文，2004 年。

17. 《湘鄉派文論研究》，李建福撰，臺北：國立臺灣師範大學國文研究所博

士論文，2004 年。

18. 《梅曾亮及其散文研究》，邰紅紅撰，濟南：山東大學中國古代文學研究所碩士論文，2005 年。

19. 《清季文之理念與經世使命的展開與影響——以吳汝綸爲中心》，翁稷安撰，臺北：國立臺灣大學歷史研究所碩士論文，2005 年。

20. 《薛福成研究》，黃樹生撰，蘇州：蘇州大學中國古代文學研究所博士論文，2005 年。

21. 《姚永樸《文學研究法》文章理論研究》，黃伯韡撰，呼和浩特：內蒙古師範大學文藝學研究所碩士論文，2006 年。

22. 《桐城文派的形成及其古文理論意義之闡釋》，趙棟棟撰，西安：陝西師範大學文藝學研究所碩士論文，2006 年。

23. 《清人編選的文章選本與文學批評研究》，孟偉撰，上海：復旦大學中國古代文學研究所博士論文，2006 年。

24. 《曾國藩文學思想研究》，胡影怡撰，蘇州：蘇州大學中國古代文學研究所碩士論文，2006 年。

25. 《管同《因寄軒文集》研究》，田惠珠撰，合肥：安徽大學中國古代文學研究所碩士論文，2006 年。

26. 《論林紓對五四新文化運動的貢獻》，黃志斌撰，福建：福建師範大學中國現當代文學碩士論文，2006 年。

27. 《戴名世古文研究》，王奇峰撰，鄭州：鄭州大學中國古代文學碩士，2006 年。

28. 《戴名世散文研究》，李褘撰，廣州：暨南大學中國古代文學碩士論文，2006 年。

29. 《有所變而后大：吳汝綸社會變革思想研究》，黃偉撰，武漢：華中師範大學中國近現代史研究所碩士論文，2007 年。

30. 《林紓《春覺齋論文》古文理論探要》，安安撰，呼和浩特：內蒙古師範大學文藝學研究所碩士論文，2007 年。

31. 《梅曾亮研究》，沈黎撰，蘇州：蘇州大學古代文學研究所碩士論文，2007 年。

32. 《曾國藩文學思想研究》，汪磊撰，蕪湖：安徽師範大學文藝學研究所碩士論文，2007 年。

33. 《論桐城派遊記創作》，童麗慧撰，合肥：安徽大學中國古代文學碩士論文，2007 年。

34. 《曾國藩與桐城中興》，邰紅紅撰，上海：上海大學中國現當代文學研究所博士論文，2008 年。

附　錄

附錄一：桐城派流變圖

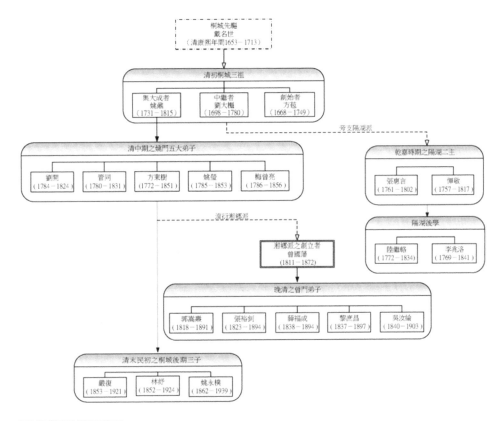

桐城派師承關係說明：

1. 戴名世與方苞間的文學交流，促進桐城文論成形，為桐城派之啓發者。
2. 方苞以古文鳴當世，上接震川，同邑劉大櫆繼之。姚鼐世父姚範與大櫆友善，而命鼐受古文法於大櫆。
3. 乾嘉年間（1738～1818），姚鼐先後主講於揚州梅花書院、安慶敬敷書院、歙縣紫陽書院、南京鍾山書院，姚門弟子遍及南方各省，桐城古文逐漸成為文壇風尚。
4. 姚瑩自幼受教於鼐。
5. 曾國藩自云「初解文章，由姚先生啓之也」，後在京為官之十年，與梅曾亮相交，得其親授桐城古文義法。
6. 張惠言、惲敬早年工駢文辭賦，受劉大櫆學生錢伯坰、王灼之影響，轉而致力於古文。
7. 姚永樸去世最晚（1862～1939），被視為桐城派最後一位大師。

附錄二：桐城派代表性人物之圖像

圖1：清人繪姚鼐畫像

資料來源：此圖取自曾國藩《聖哲畫像記》一書內所附圖像，該書乃民國二年（1913），京師
國羣鑄一社印，版框高 16.5 公分，寬 11.3 公分。國立故宮博物院藏，香港：中山
圖書館捐贈，2009 年。

說　　明：姚鼐，世稱惜抱先生，主講鍾山書院四十餘年，性恬淡不慕榮利，所為文高簡深
古，品學兼備。其論學主張義理、考證、文章兼長相濟，不拘漢宋門戶。桐城自
方苞、劉大櫆倡為古文，姚鼐繼之，選《古文辭類纂》以明義法，世因目為桐城
派。

圖2：清人繪李兆洛畫像

資料來源：朱誠如主編，《清史圖典·道光朝》（北京：紫禁城出版社，2002 年），頁 163。

圖 3：清人繪曾國藩像

資料來源：朱誠如主編，《清史圖典・咸豐、同治朝》（北京：紫禁城出版社，2002 年），頁 35。

圖 4：張裕釗像

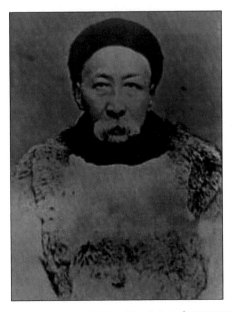

資料來源：http://baike.baidu.com/view/80431.htm?fr=ala0_1（2010/4/25）

圖 5：郭嵩燾像

資料來源：http://zh.wikipedia.org/zh-tw/%E6%9E%97%E7%B4%93（2010/3/16）
說　　明：同治十三年（1874）發生馬嘉理事件，郭嵩燾出使英國道歉，成為中國首任駐英
　　　　　國公使，兼駐法國公使，是中國第一位外交大使。

圖 6：薛福成像

資料來源：鍾叔河撰，《從東方到西方——走向世界叢書敘論集》（長沙：岳麓書社，2002 年
　　　　　8 月），頁 475。

圖 7：黎庶昌畫像

資料來源：鍾叔河撰，《從東方到西方──走向世界叢書敘論集》（長沙：岳麓書社，2002 年
　　　8 月），頁 388。

圖 8：吳汝綸像

資料來源：http://hi.baidu.com/%B0%B2%C7%EC%D0%A1%B8%E7/album/item/1cd580273951
　　　565734a80fa1.html（2010/4/25）

圖 9：嚴復像

資料來源：林保淳撰，《嚴復——中國近代思想啓蒙者》（臺北：幼獅文化事業公司，1988 年），
頁 4。

說　　明：光緒三年（1877），嚴復被派往英國留學。據林保淳之說：「一八七八年攝於巴
黎，時年二十六歲。嚴復有詩。『漫題二十六歲時照影』，即此照。」（對應本論文
頁 148。）

圖 10：林紓像

資料來源：http://zh.wikipedia.org/zh-tw/%E6%9E%97%E7%B4%93（2010/4/25）

總說明：本附錄搜輯 10 位桐城派人物之圖像，以作爲第三章：桐城派的古文
家及其古文創作，「文與其人」之對照。

附錄三：桐城派古文名家之書影

圖1：戴名世《南山集・與余生書》

（光緒二十六年重刊本，北京故宮博物院藏）

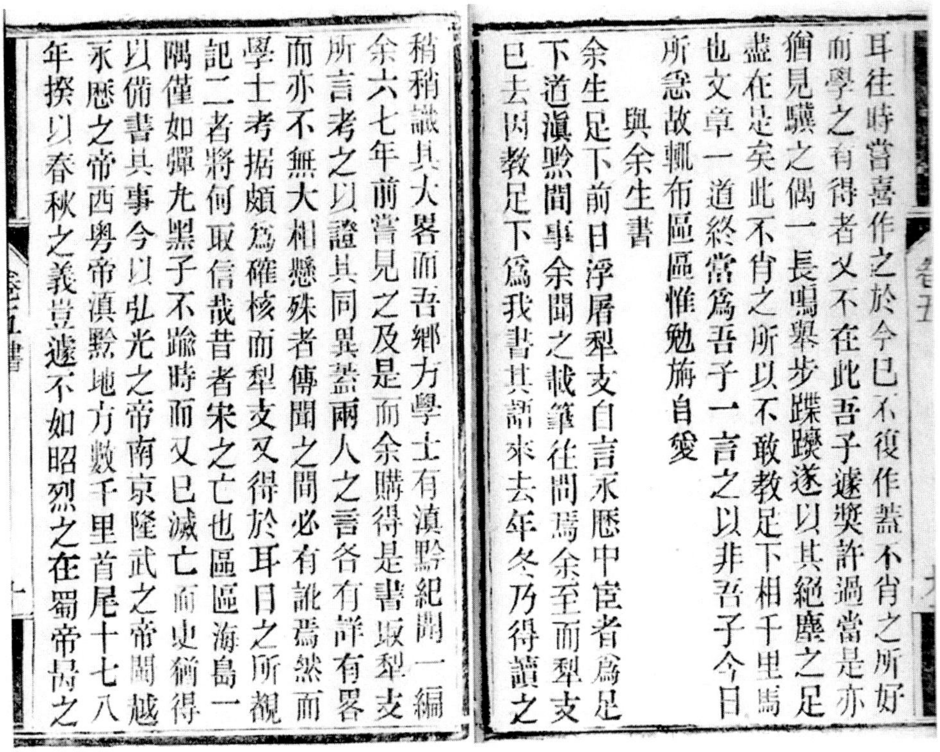

耳往時嘗喜作之於今已不復作蓋不肖之所好
而學之有得者又不在此吾子遽獎許過當是亦
猶見一長鳴舉步蹀躞遂以其絕塵之足
盡在是矣此不肖之所以不敢教足下相干里馬
也文章一道終當為吾子一言之以非吾子今日
所急故輒布區區惟勉旃自愛

與余生書

余生足下前日浮屠犁支自言永曆中宦者為足
下道滇黔間事余聞之載筆往問焉余至而犁支
已去因教足下為我書其語來去年冬乃得讀之

稍稍識其大器而吾鄉方學士有滇黔紀聞一編
余六七年前嘗見之及是而余購得是書販犁支
所言考之以證其同異蓋兩人之言各有詳有畧
而亦不無大相懸殊者傳聞之間必有訛焉然而
學士考據頗為確核而犁支又得於耳目之所覩
記二者將何取信哉昔者宋之亡也區區海島一
隅僅如彈丸黑子不踰時而又已滅亡而史猶得
以備書其事今以弘光之帝南京隆武之帝閩越
永曆之帝西粵帝滇黔地方數千里首尾十七八
年揆以春秋之義豈遽不如昭烈之在蜀帝昺之

資料來源：朱誠如主編，《清史圖典・康熙朝》（北京：紫禁城出版社，2002年），頁392。

說　　明：康熙五十年（1711），著名的文字獄《南山集》案發，戴名世在〈與余生書〉中提出寫歷史時，應給明末幾個皇帝立「本紀」。事被御史趙申喬揭發，戴名世全家及其族人牽累定死罪者甚多；方苞也因《南山集》序文上列有名字，並收藏其書板，被捕入獄。（對應本論文頁105。）

圖 2：方苞之古文五不可

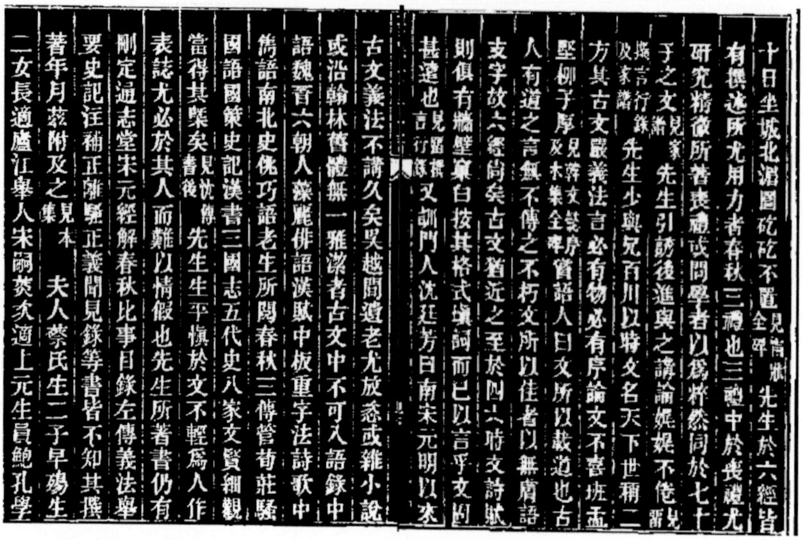

十日坐城北湄圖矻矻不置（見肯狀全碑） 先生於六經皆
有撰述所尤用力者春秋三禮也三禮中於喪禮尤
研究精微所著喪禮或問學者以爲粹然同於七十
子之文（見家譜） 先生引誘後進與之講論娓娓不倦（見兒撰言行錄及家譜） 先生少與兄百川以時文名天下世稱二
方其古文嚴義法言必有物必有序論文不喜班孟
堅柳子厚（見蔣文毅序及本集全卑）嘗語人曰文所以載道也古
人有道之言無不傳之不朽文所以佳者以無膚語
支字故六經尚矣古文猶近之至於四六時文詩賦
則俱有牆壁窠臼按其格式塡詞而已以言乎文固
甚遠也（見蠶楙言行錄）又訓門人沈廷芳曰南宋元明以來
古文義法不講久矣吳越間遺老尤放恣或雜小說
或沿翰林舊體無一雅潔者古文中不可入語錄中
語魏晉六朝人藻麗俳語漢賦中板重字法詩歌中
雋語南北史佻巧語老生所閱春秋三傳管荀莊騷
國語國策史記漢書三國志五代史八家文賢細觀
當得其槩矣（見沈傳書後） 先生生平愼於文不輕爲人作
表誌尤必於其人而難以情假也先生所著書仍有
刪定通志堂宋元經解春秋比事目錄左傳義法舉
要史記注補正離騷正義聞見錄等書皆不知其撰
著年月茲附及之（見本集） 夫人蔡氏生二子早殤生
二女長適廬江舉人宋嗣葵次適上元生員鮑孔學

資料來源：方苞撰，《方望溪先生全集・年譜》（臺北：臺灣商務印書館，《四部叢刊初編》影印本），頁 465。

說　　明：方苞爲求文章之雅潔，制定古文之限制條例，即古文中不可入一、語錄中語；二、魏晉六朝人藻麗俳語；三、漢賦中板重字法；四、詩歌中雋語；五、南北史佻巧語。（對應本論文頁 196。）

圖 3：方苞〈獄中雜記〉

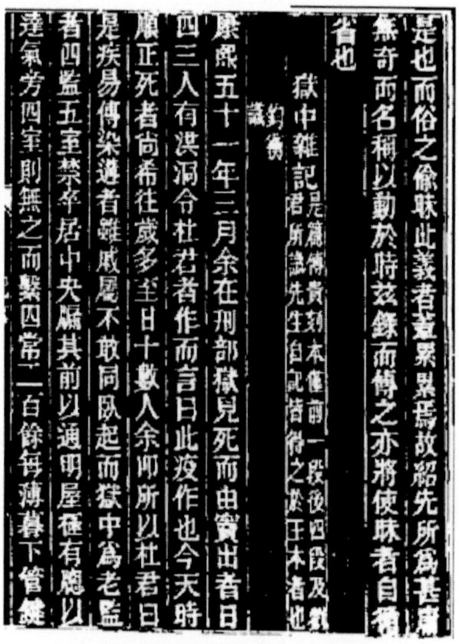

是也而俗之偸昧此義者甚衆累爲故紹先所爲甚[illegible]
無奇而名稱以動於時茲錄而傳之亦將使昧者自得
省也
獄中雜記（是篇傳貴刻本僅前一段後四段及戴君所論先生自記皆得之於王本者也）
鈞衡識
康熙五十一年三月余在刑部獄見死而由竇出者日
四三人有洪洞令杜君者作而言曰此疫作也今天時
順正死者尚希往歲多至日十數人余叩所以杜君曰
是疾易傳染遘者雖戚屬不敢同臥起而獄中爲老監
者四監五室禁卒居中央牖其前以通明屋極有窻以
達氣旁四室則無之而繫囚常二百餘每薄暮下管鍵

資料來源：方苞撰，《望溪先生集外文・紀事》（《叢書集成三編・文學類・文別集・55 冊》影印本），卷 6，頁 162～163。（對應本論文頁 121。）

圖 4：方苞〈答顧震蒼〉

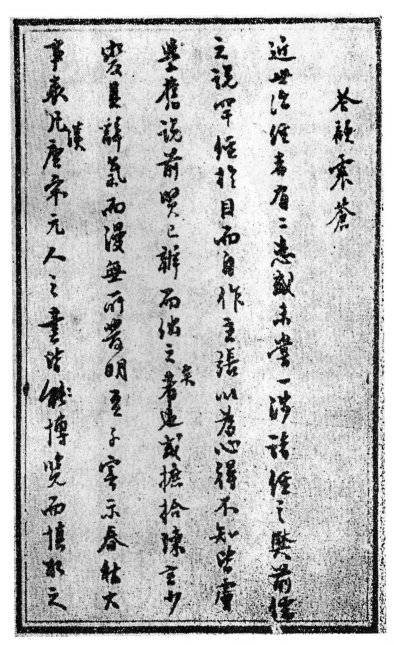

資料來源：葉龍撰，《桐城派文學藝術欣賞》（香港：繁榮出版社，1998 年 12 月），頁 4。

說　　明：方苞〈答顧震蒼〉釋文──近世治經者有二患，咸未嘗一涉諸經之弊。前儒之說
　　　　　罕經於目，而自作主張以爲心得，不知皆膚學舊說，前賢已辨而絀之矣。或摭拾
　　　　　陳言少變其辭氣，而漫無所發明，至子寄示春秋大事表，凡漢唐宋元人之書，皆
　　　　　博覽而愼取之。

圖5：劉大櫆墨跡

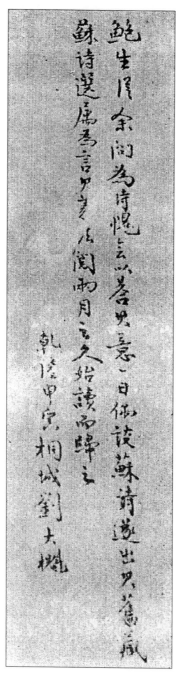

資料來源：葉龍撰，《桐城派文學藝術欣賞》（香港：繁榮出版社，1998年12月），頁7。
說　　明：劉大櫆墨跡釋文——鮑生從余問爲詩，愧無以答其意。一日，偶談蘇詩，遂出其
　　　　　舊藏蘇詩選，屬爲言其義法。閱兩月之久，始讀而歸之。乾隆甲寅，桐城劉大櫆。

圖 6：姚鼐〈行書七言詩〉軸（北京故宮博物院藏）

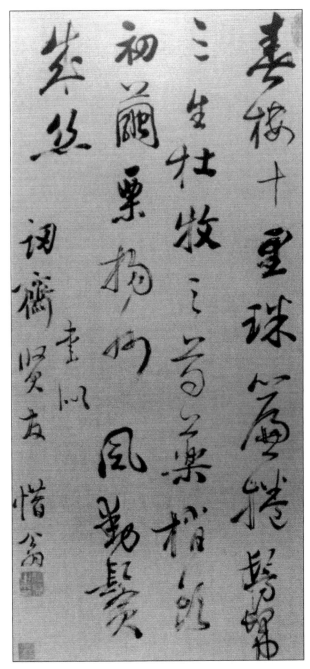

資料來源：朱誠如主編，《清史圖典・嘉慶朝》（北京：紫禁城出版社，2002 年），頁 183。

說　　明：姚鼐〈行書七言詩〉：春樓十里珠簾捲，髣髴三生杜牧之。芍藥梢頭初繭栗，揚州風動鬢成絲。書似訒齋賢友　惜翁。

圖 7：姚鼐《古文辭類纂》（北京故宮博物院藏）

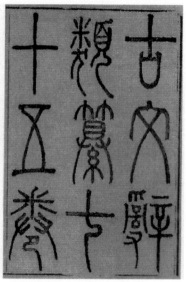

資料來源：朱誠如主編，《清史圖典‧嘉慶朝》（北京：紫禁城出版社，2002 年），頁 183。（對
　　　　　應本論文頁 330。）

圖 8：姚瑩《中復堂全集》

資料來源：朱誠如主編，《清史圖典‧道光朝》（北京：紫禁城出版社，2002 年），頁 150。
說　　明：姚瑩於鴉片戰爭期間任臺灣兵備道，多次率兵擊退入侵英軍，擒獲英軍士兵 100
　　　　　多人。鴉片戰爭後潛心研究西方史地，著書立說，《康輶紀行》是其代表作之一。
　　　　　（對應本論文頁 139。）

圖 9：李兆洛〈行書七絕詩〉軸

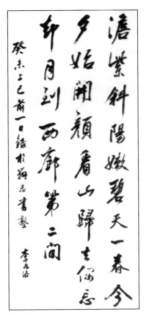

資料來源：朱誠如主編，《清史圖典・道光朝》（北京：紫禁城出版社，2002 年），頁 163。
說　　明：詩軸作於道光三年（1823），於此可見其書風，亦可品其詩韻。

圖 10：曾國藩《曾文正公集》（同治十三年湖南傳忠書局原刻本）

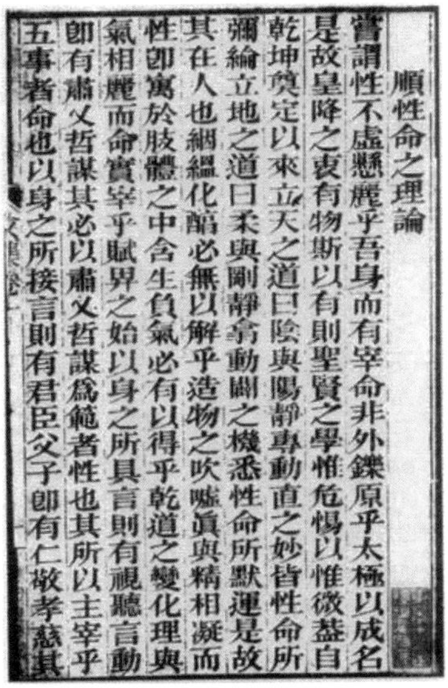

順性命之理論

嘗謂性不虛懸麗乎吾身而有宰命非外鑠原乎太極以成名是故皇降之衷有物斯以有則聖賢之學惟危惕以惟微益自乾坤奠定以來立天之道曰陰與陽靜專動直之妙皆性命所彌綸立地之道曰柔與剛靜翕動闢之機悉性命所默運是故其在人也絪縕化醇必無以解乎造物之吹噓眞與精相凝而性卽寓於肢體之中含生負氣必有以得乎乾道之變化理與氣相麗而命實宰乎賦畀之始以身之所具言則有視聽言動卽有肅乂哲謀其必以肅乂哲謀爲範者性也其所以主宰乎五事者命也以身之所接言則有君臣父子卽有仁敬孝慈其

資料來源：朱誠如主編，《清史圖典・咸豐、同治朝》（北京：紫禁城出版社，2002 年），頁 215。

圖 11：曾國藩《曾文正聖哲畫像記》（臺北國立故宮博物院藏）

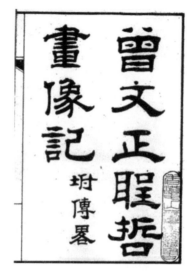

資料來源：國立故宮博物院藏，香港：中山圖書館捐贈，2009 年。
說　　明：此爲曾國藩〈聖哲畫像記〉一文，民國二年（1913），京師國華鑄一社印，版框高 16.5 公分，寬 11.3 公分，分上下 2 冊。除杜佑（杜君卿）、馬端臨（馬貴與）、秦蕙田（秦味經）、王引之四人外，有圖像者 30 人。爲王紫珊君「廣爲搜輯，無者闕之，後坿以各史本傳。」是書爲今日所見唯一內附圖像之版本，其價值珍貴，不在話下。（對應本論文頁 169。）

圖 12：曾國藩家書手稿

沅浦九弟左右二十七日胡二等來營
接弟書具悉一切兄十七日在瑞州發
去之函臚列 弟與周梧岡來瑞赴吉
之利害不敢專輒請左季兄夏憩兄
黃南兄爲我斷決而 弟之行止則
斷以與溫弟軍而豪無疑義此際

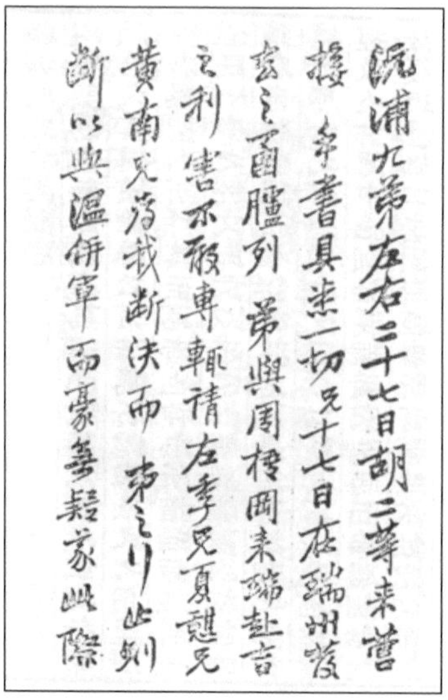

資料來源：葉龍撰，《桐城派文學藝術欣賞》（香港：繁榮出版社，1998 年 12 月），頁 13。

圖 13：曾國藩贈郭嵩燾聯

資料來源：鍾叔河撰，《從東方到西方——走向世界叢書敘論集》（長沙：岳麓書社，2002 年
　　8 月），頁 237。

圖 14：郭嵩燾《使西紀程》

資料來源：鍾叔河撰，《從東方到西方——走向世界叢書敘論集》（長沙：岳麓書社，2002 年
　　8 月），頁 230。（對應本論文頁 317。）

圖 15：郭嵩燾書法

資料來源：鍾叔河撰，《從東方到西方——走向世界叢書敘論集》（長沙：岳麓書社，2002 年
8 月），頁 242。

圖 16：張裕釗書法七言聯（河南博物館藏）

資料來源：http://artist.367art.com/painting/fineart_370721/（99/4/25）

圖 17：薛福成《出使英法義比四國日記》目錄

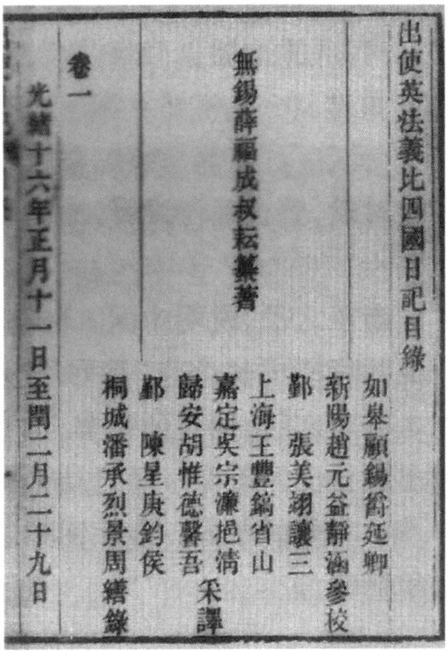

出使英法義比四國日記目錄

無錫薛福成叔耘纂著

如臯顧錫爵延卿
新陽趙元益靜涵　參校
鄞　張美翊讓三
上海王豐鎬省山
嘉定吳宗濂挹清
歸安胡惟德馨吾　釆譯
鄞　陳星庚鈞侯
桐城潘承烈景周　繕錄

卷一

光緒十六年正月十一日至閏二月二十九日

資料來源：鍾叔河撰，《從東方到西方——走向世界叢書敘論集》（長沙：岳麓書社，2002 年 8 月），頁 485。（對應本論文頁 321。）

圖 18：薛福成《出使英法義比四國日記》光緒十六年三月二十四日

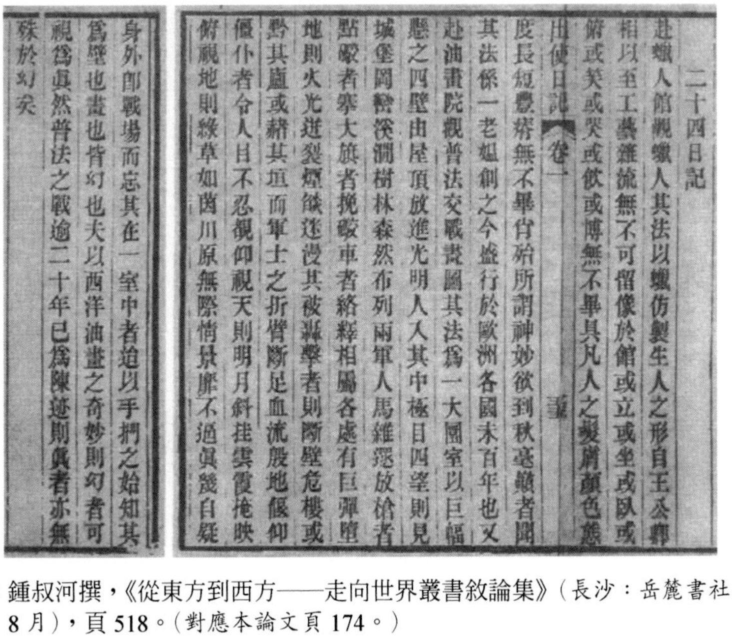

二十四日記

赴蠟人館觀蠟人其法以蠟仿製生人之形自王公卿相以至工藝雜流無不可留像於館或立或坐或臥或俯或笑或哭或飲或博無不畢具凡人之鬚髮顏色態度長短豐瘠無不畢肖殆所謂神妙欲到秋毫顛者聞其法係一老媼創之今盛行於歐洲各國未百年也又赴油畫院觀普法交戰畫圖其法爲一大圜室以巨幅懸之四壁由屋頂放進光明人入其中極目四望則見城堡岡巒溪澗樹林森然布列兩軍人馬雜遝放槍者點礮者搴大旗者挽礮車者絡繹相屬各處有巨彈墮地則火光迸裂煙焰迷漫其被轟擊者則斷壁危樓或黔其廬或赭其垣而軍士之折臂斷足血流殷地偃仰僵仆者令人目不忍視仰視天則明月斜挂雲霞掩映俯視地則綠草如茵川原無際情景靡不逼眞幾自疑身外即戰場而忘其在一室中者迫以手捫之始知其爲壁也畫也皆幻也夫以西洋油畫之奇妙則幻者可視爲眞然普法之戰逾二十年已爲陳迹則眞者亦無殊於幻矣

出使日記　卷一

資料來源：鍾叔河撰，《從東方到西方——走向世界叢書敘論集》（長沙：岳麓書社，2002 年 8 月），頁 518。（對應本論文頁 174。）

圖 19：黎庶昌《西洋雜志》

資料來源：鍾叔河撰，《從東方到西方──走向世界叢書敘論集》（長沙：岳麓書社，2002 年
8 月），頁 375。（對應本論文頁 175。）

說　　明：黎庶昌於光緒三年（1877）初隨郭嵩燾出使英國，同年冬隨使德國，後又調法國、
西班牙使館參贊，並曾遊歷瑞、意、荷、比。《西洋雜志》是其出使西洋時期，關
於歐洲的記述，介紹各國之國政民俗、經濟社會、交通途徑、風土人情，是反映
「十九世紀西歐社會生活的一卷風俗畫」。鍾叔河云：「今據庚子遵義黎氏刻本，
刪去其中摘錄他人的文字，將黎氏本人的作品，以類相從，仍依原定次序編為一
冊。」

圖 20：黎庶昌《西洋雜志》庚子遵義黎氏刊本

資料來源：鍾叔河撰，《從東方到西方──走向世界叢書敘論集》（長沙：岳麓書社，2002 年
8 月），頁 383。

圖 21：嚴復語西洋學術之精深

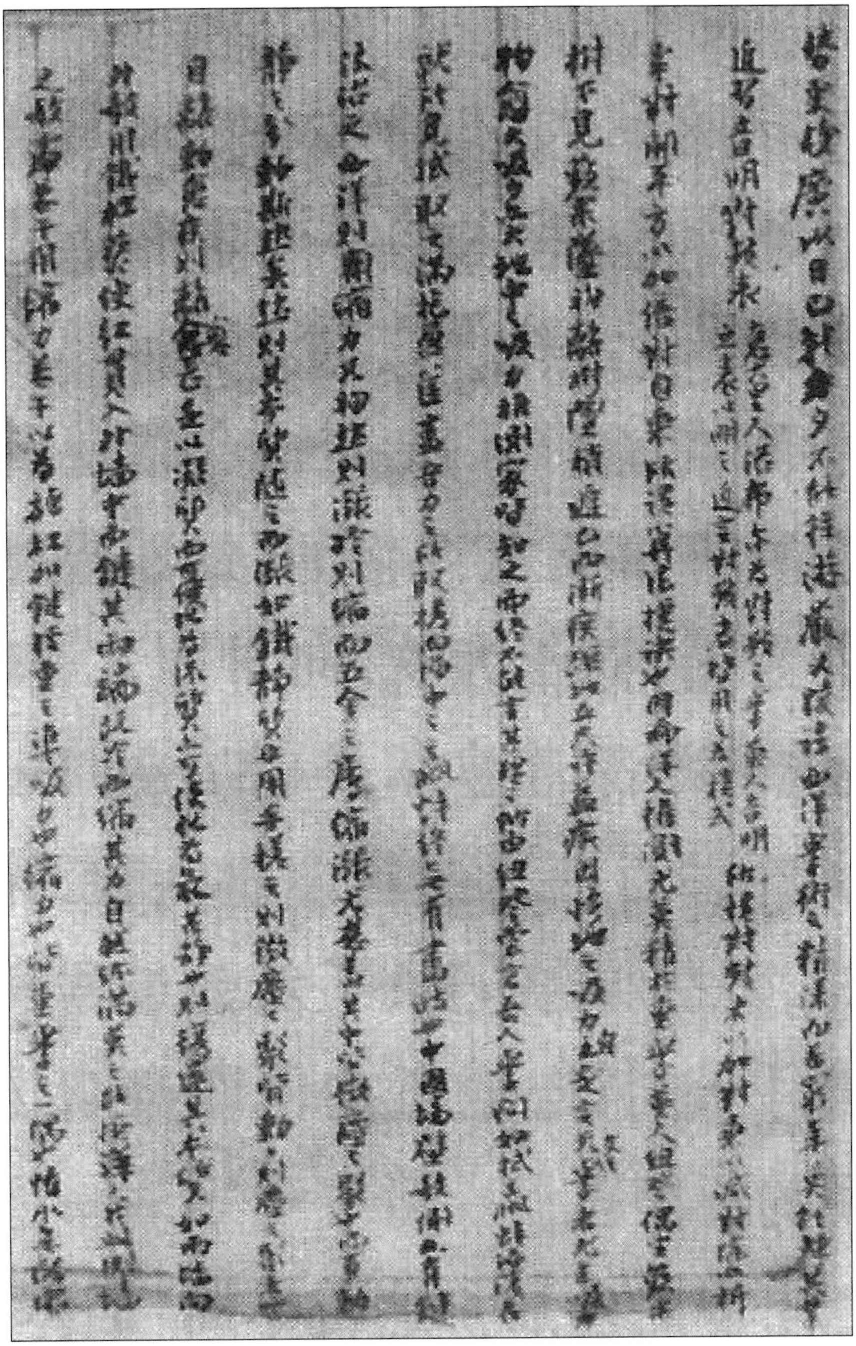

資料來源：鍾叔河撰，《從東方到西方——走向世界叢書敘論集》（長沙：岳麓書社，2002 年
8 月），頁 262。

附錄四：文獻檔案書影

圖1：方苞列傳

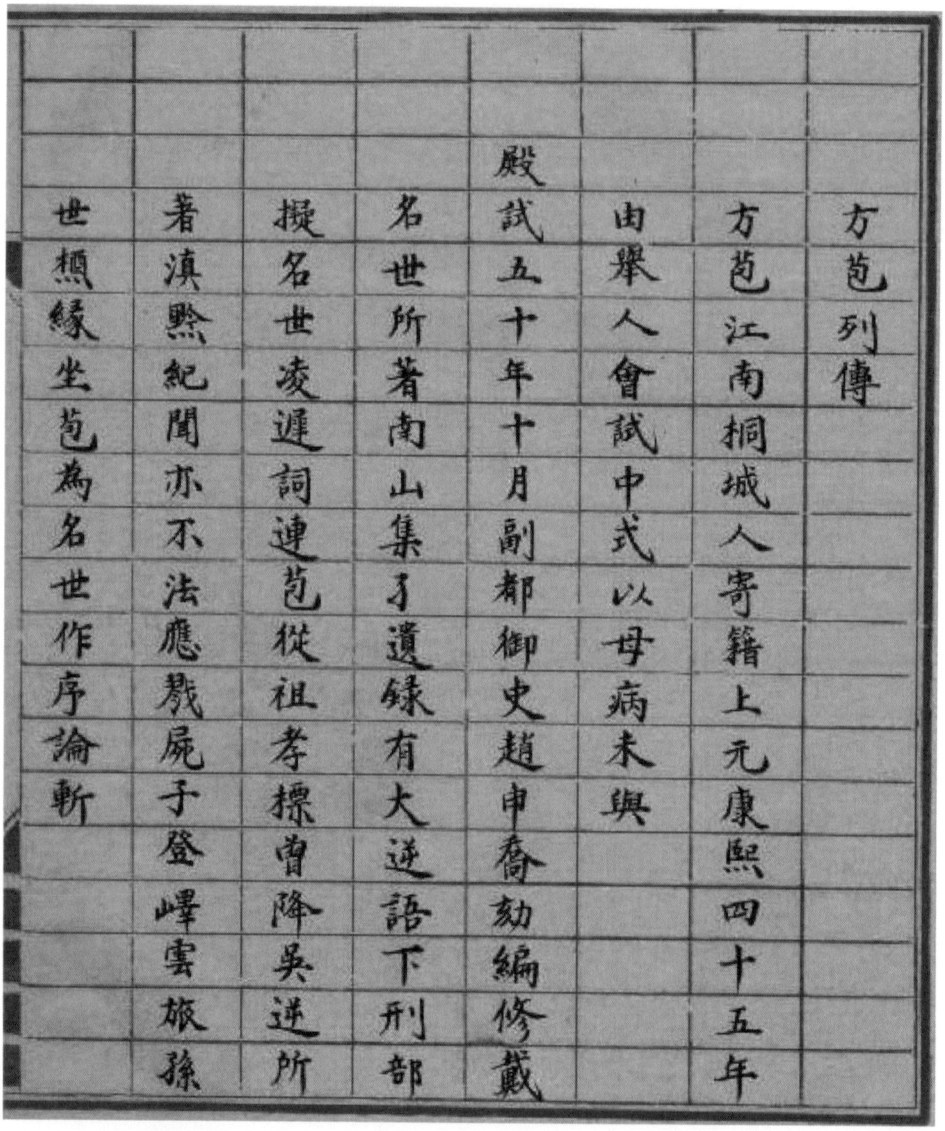

方苞列傳

方苞江南桐城人寄籍上元康熙四十五年由舉人會試中式以母病未與殿試五十年十月副都御史趙申喬劾編修戴名世所著南山集于遺錄有大逆語下刑部擬名世凌遲詞連苞從祖孝標曾降吳逆所著滇黔紀聞亦不法應戮屍子登嶧雲旅孫世櫵緣坐苞為名世作序論斬

資料來源：〈國史大臣方苞列傳‧傳稿〉（臺北：國立故宮博物院藏，清國史館本），文獻編號701005728。

說　　明：方苞為戴名世《南山集》作序，論斬。（對應本論文頁120。）

圖 2：劉大櫆傳

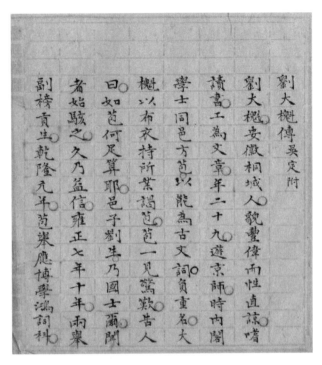

資料來源：〈文苑劉大櫆傳‧傳稿〉（臺北：國立故宮博物院藏，清國史館本），文獻編號
701004876。

說　　明：方苞見劉大櫆之古文，驚歎：「邑子劉生乃國士爾！」乾隆九年（1744），方苞舉
劉大櫆應博學鴻詞科，爲大學士張廷玉所黜，既乃知大櫆，深惋惜。（對應本論文
頁 125。）

圖 3：姚鼐傳

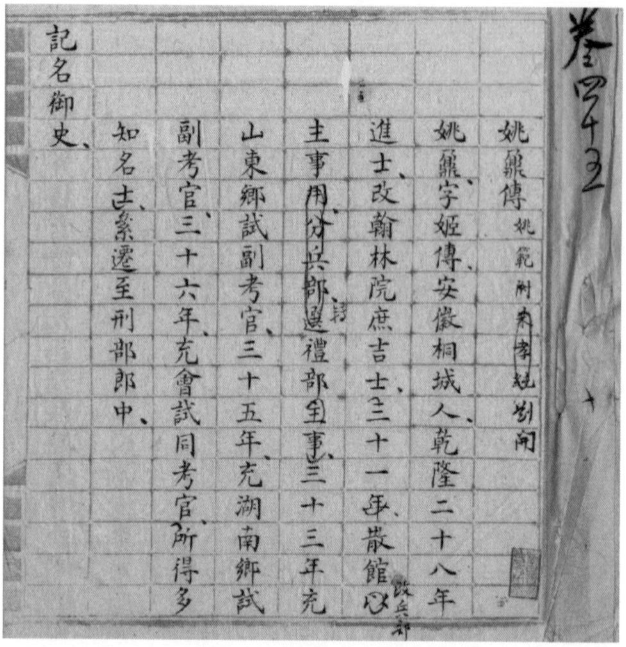

姚鼐傳 姚範附 劉開

姚鼐、字姬傳、安徽桐城人、乾隆二十八年
進士、改翰林院庶吉士、三十一年、散館、以
主事用、分兵部、選禮部主事、三十三年、充
山東鄉試副考官、三十五年、充湖南鄉試
副考官、三十六年、充會試同考官、所得多
知名士、累遷至刑部郎中、
記名御史、

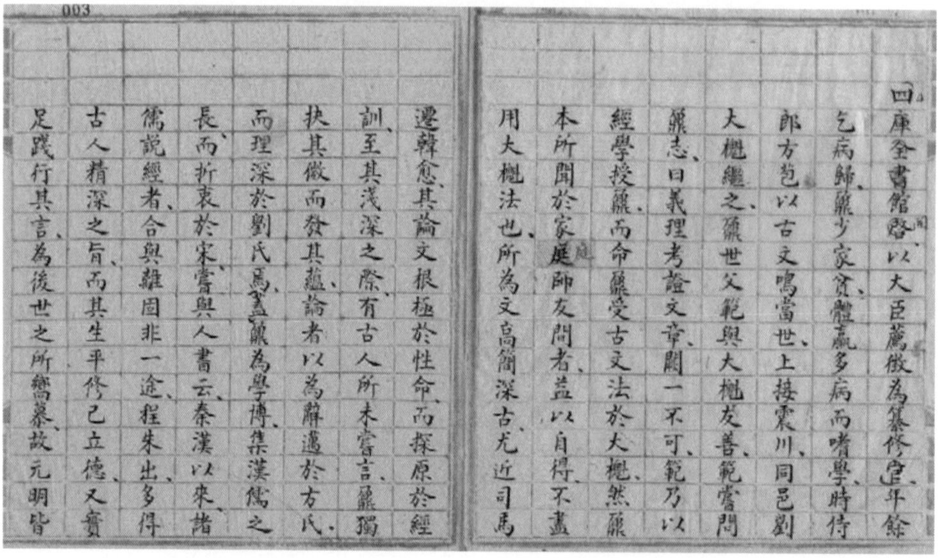

四庫全書館啟、以大臣薦徵為纂修官、年餘
乞病歸、鼐少家貧、體羸多病、而嗜學、時侍
郎方苞以古文鳴當世、上接震川、同邑劉
大櫆繼之、鼐世父範與大櫆友善、範嘗問
鼐志、曰義理考論文章、闕一不可、範乃以
經學授鼐、而命鼐受古文法於大櫆、然鼐
本所聞於家庭師友間者、益以自得、不盡
用大櫆法也、所為文高簡深古、尤近司馬
遷韓愈、其論文根極於性命、而探原於經
訓、至其淺深之際、有古人所未嘗言、鼐獨
抉其微而發其蘊、論者以為辭邁於方氏、
而理深於劉氏焉、蓋鼐為學博集漢儒之
長、而折衷於宋、嘗與人書云、秦漢以來、諸
儒說經者、合與離固非一途、程朱出、多得
古人精深之旨、而其生平修己立德、又實
足踐行其言、為後世之所嚮慕、故元明皆

資料來源：〈文苑姚鼐傳附姚範、劉開．傳稿〉（臺北：國立故宮博物院藏，清國史館本），文獻編號 701004612。

說　　明：姚鼐所爲文高簡深古，尤近司馬遷、韓愈，其論文根極於性命，而探原於經訓，至其淺深之際，有古人所未嘗言，鼐獨抉其微而發其蘊，論者以爲辭邁於方氏（方苞），而理深於劉氏（劉大櫆）焉。蓋鼐爲學博集漢儒之長，而折衷於宋。（對應本論文頁 128。）

圖 4：劉開傳

龍門書院。年六十有八。（葉撰行狀）「四年奉
旨崇祀鄉賢（馬承昭撰傳）
劉開。字孟塗。安徽桐城人。（先正事略）生數月而
孤。（姚元之撰劉開傳）年十四。上書同邑姚鼐。鼐曰。
此子他日當以古文名家。方苞劉大櫆之
墜緒。頼以復振。（陳方海撰劉開傳）因從姚鼐學。
其為人落脫不羈。喜交游。與人談論。輒罄
肺腑。家貧不能養。奔走公卿間。無干謁態。

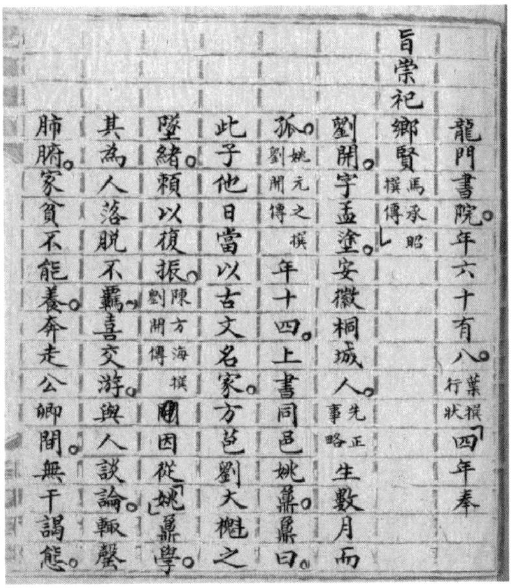

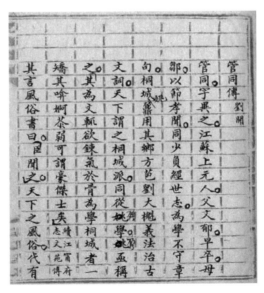

資料來源：〈文苑劉開傳・傳稿〉（臺北：國立故宮博物院，清國史館本），文獻編號 701004390。
說　　明：劉開年十四，上書姚鼐。鼐曰：「此子他日當以古文名家。方苞、劉大櫆之墜緒頼以復振。」（對應本論文頁 133。）

圖 5：管同傳

管同傳　劉開
管同。字異之。江蘇上元人。父文郁。早卒。母
鄒。以節孝聞。同少負經世志。為學不守章
句。桐城姚鼐用其鄉方苞劉大櫆義法治古
文詞。天下謂之桐城派。同從姚鼐學。姚鼐亟稱
之。其為文輒欲鍊氣於骨。為學桐城者一
矯其嘽緩茶弱。可謂豪傑士矣。（江甯府志續文苑傳）
其言風俗書曰。臣聞之。天下之風俗。代有

資料來源：〈文苑管同傳・傳稿〉（臺北：國立故宮博物院，清國史館本），文獻編號 701004390。
說　　明：管同少負經世志，爲學不守章句。從姚鼐學古文，鼐亟稱之。（對應本論文頁 136。）

圖 6：姚瑩傳稿

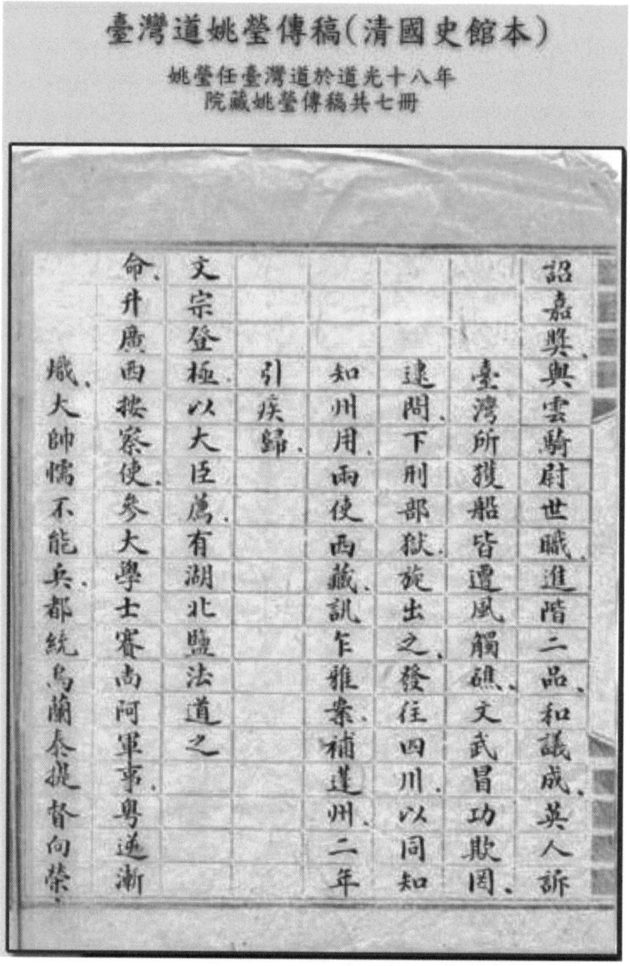
臺灣道姚瑩傳稿(清國史館本)

姚瑩任臺灣道於道光十八年
院藏姚瑩傳稿共七冊

詔嘉獎、與雲騎尉世職、進階二品、和議成、英人訴
臺灣所獲船皆遭風觸礁、文武冒功欺罔、
逮問、下刑部獄、旋出之、發往四川、以同知
知州用、兩使西藏、訊乍雅案、補蓬州、二年
引疾歸、
文宗登極、以大臣薦、有湖北鹽法道之
命、升廣西按察使、參大學士賽尚阿軍事、粵逆漸
熾、大帥懦不能兵、都統烏蘭泰提督向榮

資料來源：引自「斯土斯民——活躍在清代台灣歷史上的人物」特展（國立故宮博物院，2001年 7 月），http://www.npm.gov.tw/exhbition/cdoc0104/selections5.htm（2010/4/25）

說　　明：1. 道光十八年（1838），姚瑩（1785～1853）任台灣兵備道，值鴉片戰爭爆發，積極抗禦英軍，保衛台灣，卻被誣「冒功欺罔」獲罪，貶官四川，再罰入藏，二十八年引疾歸里。咸豐元年（1851），與林則徐等被起用，授爲廣西按察使，參與鎮壓太平天國起義，不久即病死軍中。（對應本論文頁 136。）

2. 清廷於康熙二十三年（1684）在臺灣設置郡縣，以臺廈兵備道爲全臺最高的文官，各駐半年，兼理學政。雍正五年（1727），清廷將臺廈道的轄區縮小到僅管臺灣和澎湖兩地，故稱臺灣道或臺澎道。乾隆五十二年（1787）加按察使銜，賦予具摺奏事權。光緒十一年（1885）臺灣設巡撫，臺灣道仍兼按察使銜，增設司獄一員，襄理司法事務。

3. 清制，地方官總督（從一品、正二品以上）、巡撫（從二品以上）、提督（從一品）、總兵（正二品）等有政績者，列入國史立傳範圍，臺灣道因職位偏低（正四品），故官修傳記資料較少。（對應本論文頁 139。）

圖 7：曾國藩傳包及內含檔案

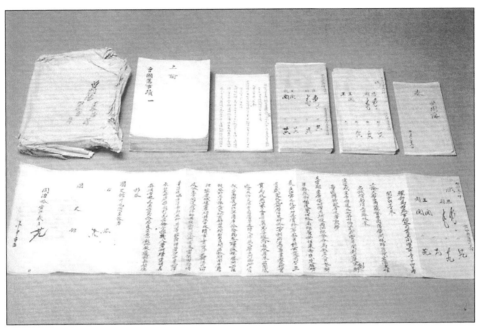

資料來源：轉引自《妙筆生花──書畫文獻》（臺北：國立故宮博物院，2006 年 4 月），故傳
　　　　　009675，文獻編號 702001322。

說　　明：傳包套內有禮部、吏部、湖南巡撫鈔摺等五件片文、事蹟冊四及一張包紙。其中
　　　　　湖南巡撫鈔摺，摘錄曾國藩（1811～1872）奏摺題要共 1454 件；禮部片文二，一
　　　　　奉諭曾氏宣付史館、一賞曾氏子主事缺；直隸總督片文二件，請修建曾氏專祠；
　　　　　吏部片文，檢送曾國藩履歷清冊；四冊事蹟冊，是國史館為了纂修曾氏傳分別自
　　　　　上諭檔、月摺檔、奏摺檔、剿捕檔彙鈔而成的曾氏事蹟清冊；傳包原包紙上則記
　　　　　錄《國史大臣列傳又續編》由王先謙（1842～1917）負責纂輯，周壽昌（1814～
　　　　　1884）覆輯成稿。（對應本論文頁 167。）

圖 8：薛福成列傳

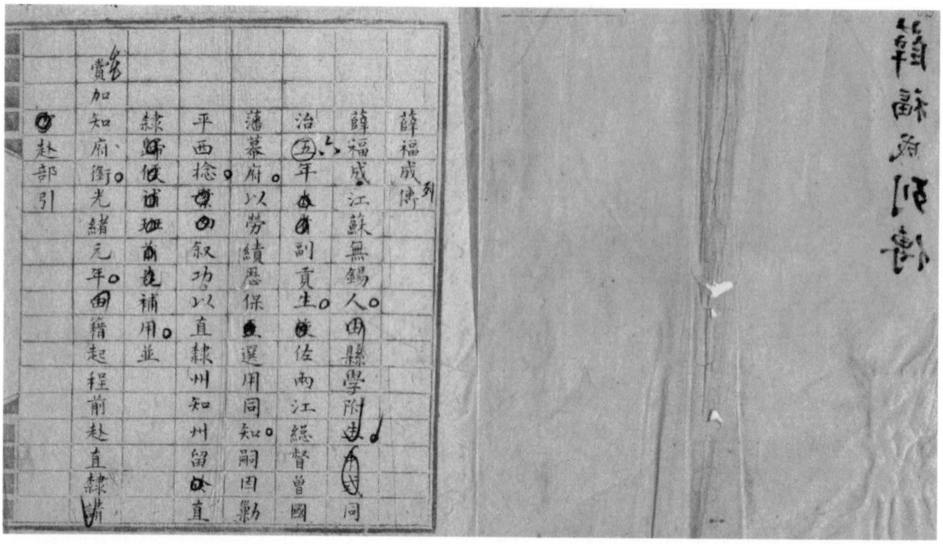

薛福成列傳

薛福成列傳

薛福成江蘇無錫人。由縣學附生

同治五年以副貢生。從佐兩江總督曾國

藩幕府。以勞績歷保選用同知。嗣因勦

平西捻案內敘功以直隸州知州留於直

隸補用並

賞加知府銜。光緒元年。由籍起程前赴直隸請

旨赴部引

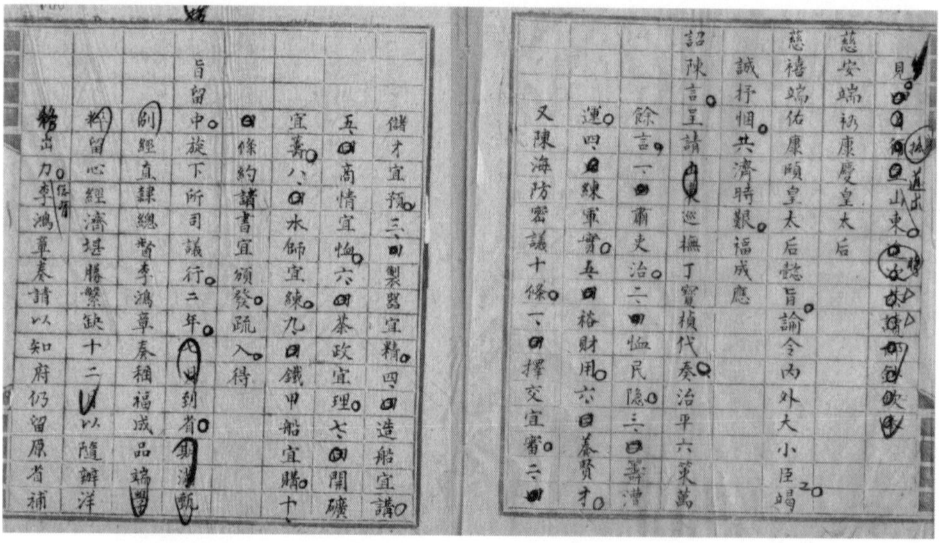

見

慈安端裕康慶皇太后

慈禧端佑康頤皇太后懿旨諭令內外大小臣工竭

誠抒悃。共濟時艱。福成應

詔陳言。呈請巡撫丁寶楨代奏治平六策萬

餘言。一。肅吏治。二。恤民隱。三。籌漕

運。四。練軍實。五。裕財用。六。養賢才。

又陳海防密議十條。一。擇交宜審。二。

儲才宜預。三。製器宜精。四。造船宜講

求。五。商情宜恤。六。茶政宜理。七。開礦

宜籌。八。水師宜練。九。鐵甲船宜購。十。

條約諸書宜頒發。疏入。得

旨留中。旋下所司議行。二年。到省

飭經直隸總督李鴻章奏稱福成品端學

粹留心經濟堪勝繁缺十二以隨辦洋

務出力。李鴻章奏請以知府仍留原省補

資料來源：〈國史大臣薛福成列傳．傳稿〉（臺北：國立故宮博物院藏，清國史館本），文獻編號 701003757。

說　　明：慈禧諭令：內外大小臣工，竭誠抒悃，共濟時艱，福成應詔陳言，呈請巡撫丁寶楨代奏〈治平六策〉萬餘言，又陳〈海防密議十條〉。經直隸總督李鴻章奏稱福成品端學粹，留心經濟，堪勝繁缺。以隨辦洋務出力。（對應本論文頁 172。）

圖 9：〈內閣為黎庶昌請立傳交摺〉

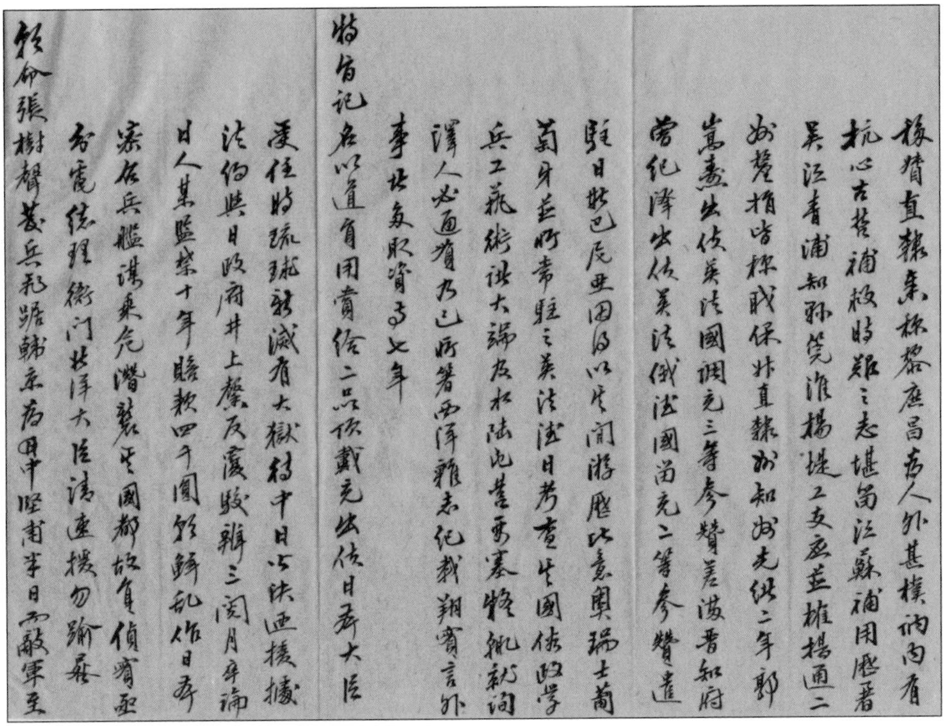
[illegible]贊直隸[illegible][illegible]黎庶昌為人外甚樸訥內有
抗心古哲補救時艱之志堪留江蘇補用歷署
吳江青浦知縣筦淮揚[illegible]工支應並權揚通二
州[illegible]擢[illegible]咨保[illegible]以直隸州知州光緒二年郭
嵩燾出使英法國調充三等參贊差滿晉知府
曾紀澤出使英法俄德國留充二等參贊遣
駐日斯巴尼亞因得以其閒游歷比意奧瑞士葡
萄牙並所常駐之英法德日考查其國俗政學
兵工藝術諸大端及水陸屯營要塞輒就詢
譯人必通貫乃已所著西洋雜志紀載翔實言外
事者多取資焉七年
特旨記名以道員用賞給二品頂戴充出使日本大臣
是任時琉球新滅有大獄猜中日以[illegible]迫擾據
法約與日政府井上馨反覆駁辯三閱月卒論
日人棄壁案十年臨款四千圓[illegible]鮮亂作日本
索在兵艦謀乘危潛襲其國都故員偵寄亟
告處總理衙門北洋大臣請速援勿踰期
欽命張樹聲發兵艦赴韓京為用中[illegible]日本敵軍至

資料來源：〈黎庶昌傳包〉（臺北：國立故宮博物院藏），文獻編號 702001263。

說　　明：黎庶昌爲人外甚樸訥，內有抗心古哲，補救時艱之志，堪留江蘇補用，歷署吳江青浦知縣。……光緒二年郭嵩燾出使英、法國，調充三等參贊，差滿，晉知府。曾紀澤出使英、法、俄、德國，留充二等參贊。遣駐日斯巴尼亞，因得以其閒游歷比、意、奧、瑞士、葡萄牙，並所常駐之英、法、德、日考查其國俗、政學、兵工、藝術諸大端，及水陸、屯營、要塞，疑輒就詢譯人，必通貫乃已。所著《西洋雜志》記載翔實，言外事者多取資焉。（對應本論文頁 175。）

圖 10：吳汝綸

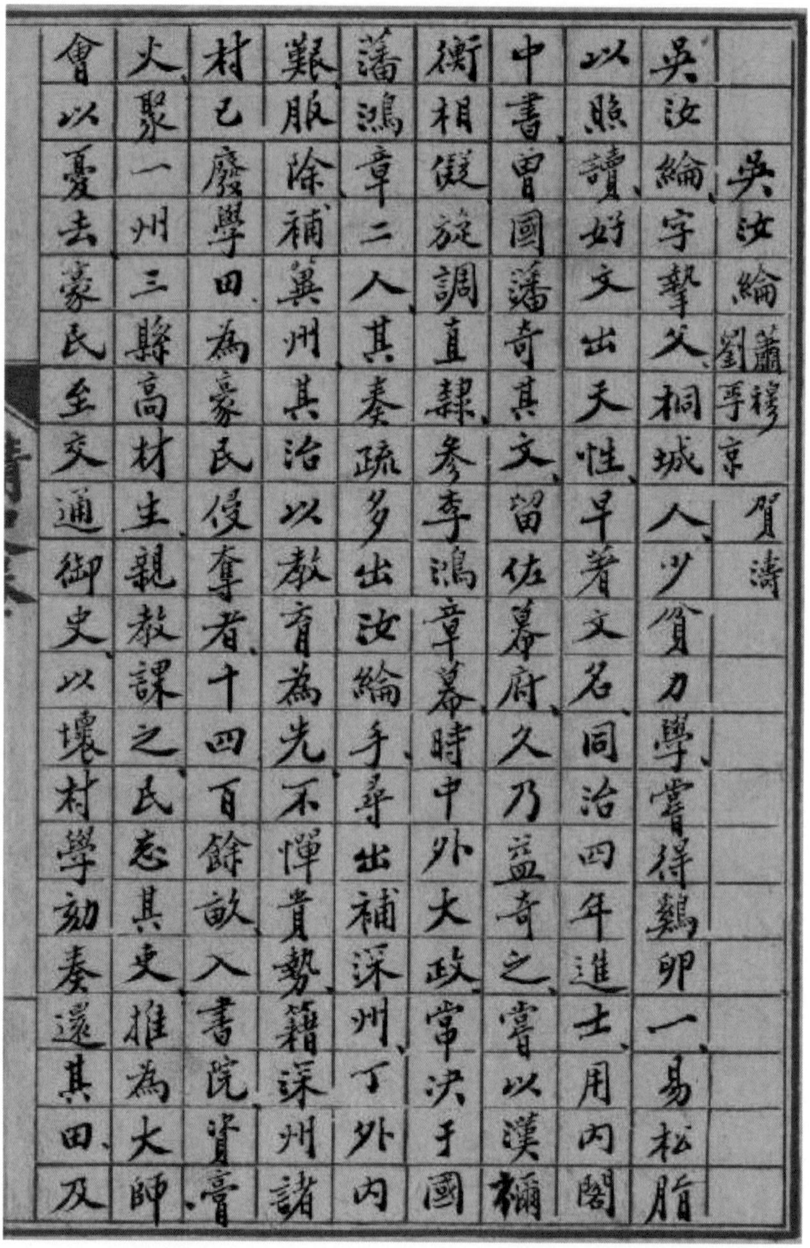
吳汝綸 蕭穆 劉孚京 賀濤
吳汝綸字摯父桐城人少貧力學嘗得鷄卵一易松脂
以照讀好文出天性早著文名同治四年進士用內閣
中書曾國藩奇其文留佐幕府久乃益奇之嘗以漢禰
衡相儗旋調直隸參李鴻章幕時中外大政常決于國
藩鴻章二人其奏疏多出汝綸手尋出補深州丁外內
艱服除補冀州其治以教育為先不憚貴勢籍深州諸
村已廢學田為豪民侵奪者千四百餘畝入書院資膏
火聚一州三縣高材生親教課之民忘其吏推為大師
會以憂去豪民至交通御史以壞村學劾奏還其田及

資料來源：〈文苑吳汝綸傳・附蕭穆、賀濤、劉孚京〉（臺北：國立故宮博物院藏，清史館本），文獻編號 701007913。

說　　明：吳汝綸少貧力學，好文出天性，早著文名，曾國藩奇其文，留佐幕府。旋調直隸參李鴻章幕。時中外大政，常決于國藩、鴻章二人，其奏疏多出汝綸手。其治以教育爲先，不憚貴勢。（對應本論文頁 177。）

圖11：嚴復傳

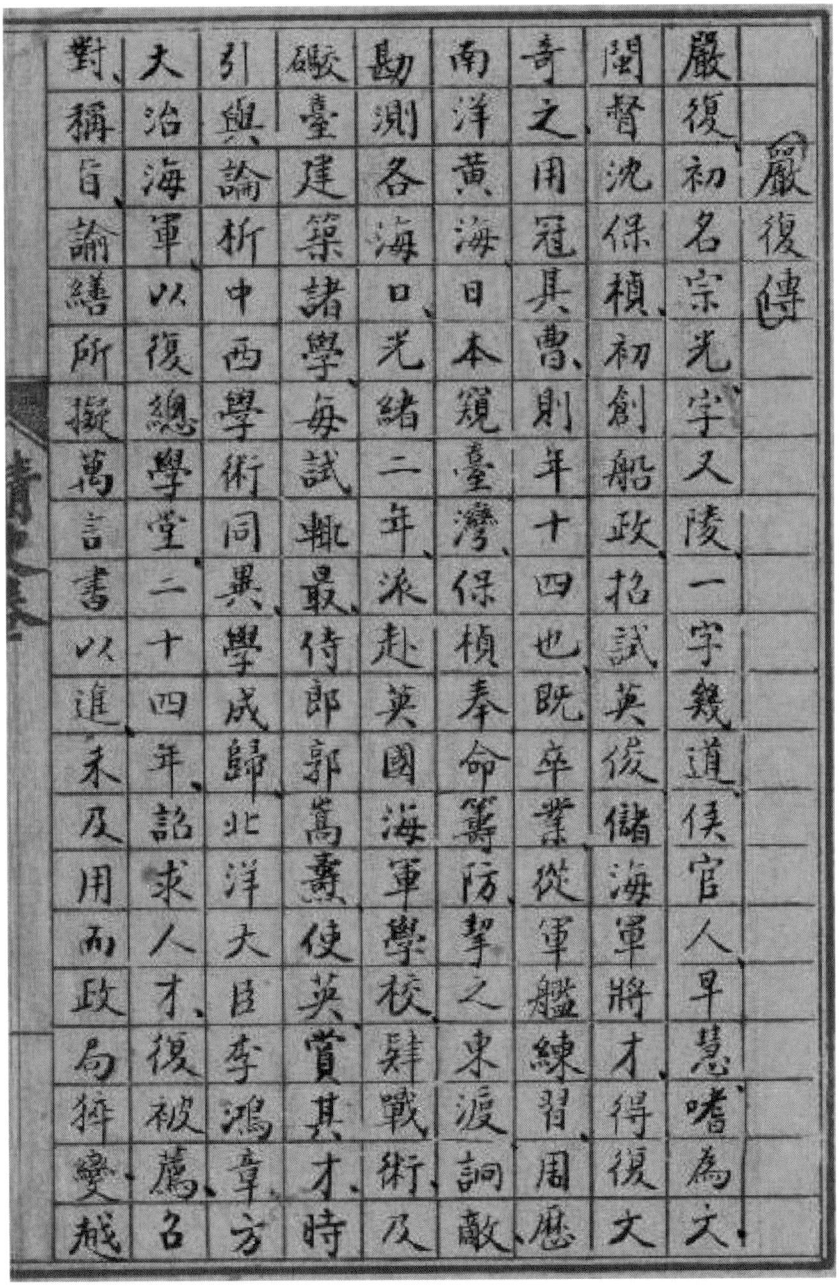

嚴復傳

嚴復初名宗光，字又陵，一字幾道，侯官人，早慧，嗜為文，奇之，用冠其曹，初則年十四也。既卒業，從軍艦練習周歷南洋黃海日本窺臺灣，保楨奉命籌防，挈之東渡，詞敏閩督沈保楨初創船政，招試英俊，儲海軍將才，得復文勘測各海口，光緒二年派赴英國海軍學校，肄戰術及礮臺建築諸學，每試輒最，侍郎郭嵩燾使英，賞其才，時引與論析中西學術同異，學成歸，北洋大臣李鴻章方大治海軍，以復總學堂二十四年，詔求人才，復被薦，名對，稱旨，諭繕所擬萬言書以進，未及用而政局猝變，越

資料來源：〈文苑林紓傳附嚴復、辜湯生傳‧傳稿〉（臺北：國立故宮博物院藏，清史館本），文獻編號 701007913。

說　　明：嚴復於光緒二年（1876），派赴英國海軍學校，肄戰術及礮臺建築諸學，每試輒最。侍郎郭嵩燾使英，賞其才，時引與論析中西學術同異。（對應本論文頁148。）

圖 12：林紓傳

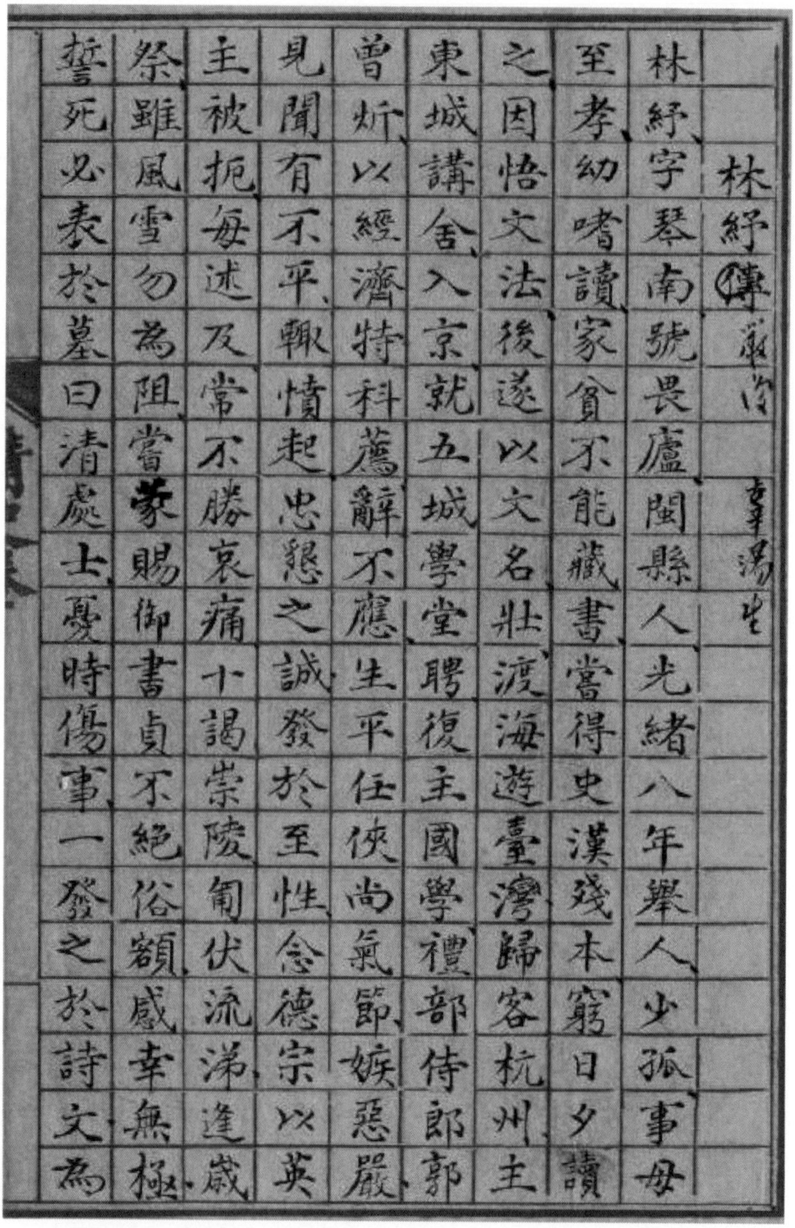
林紓傳 嚴復 辜湯生

林紓字琴南號畏廬閩縣人光緒八年舉人少孤事母
至孝幼嗜讀家貧不能藏書嘗得史漢殘本窮日夕讀
之因悟文法後遂以文名壯渡海遊臺灣歸客杭州主
東城講舍入京就五城學堂聘復主國學禮部侍郎郭
曾炘以經濟特科薦辭不應生平任俠尚氣節嫉惡嚴
見聞有不平輒憤起忠懇之誠發於至性念德宗以英
主被扼每述及常不勝哀痛十謁崇陵匍伏流涕逢歲
祭雖風雪勿為阻嘗蒙賜御書貞不絕俗額感幸無極
誓死必表於墓曰清處士憂時傷事一發之於詩文為

資料來源：〈文苑林紓傳附嚴復、辜湯生傳．傳稿〉（臺北：國立故宮博物院藏，清史館本），文獻編號 701007913。

說　　明：林紓生平任俠尚氣節，嫉惡嚴，見聞有不平，輒憤起，忠懇之誠，發於至性。念德宗以英主被扼，每述及，常不勝哀痛。十謁崇陵，匍伏流涕。逢歲祭，雖風雪勿爲阻，嘗蒙賜御書「貞不絕俗」額，感幸無極，誓死必表於墓曰：「清處士」。（對應本論文頁 151。）

圖 13：奕訢奏傳教士遭毆斃摺件錄副

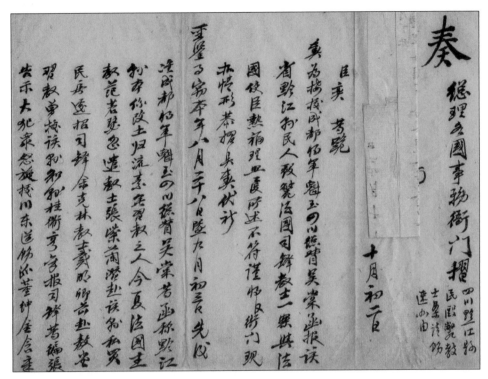

資料來源：《軍機處檔‧月摺包》（臺北：國立故宮博物院藏），文獻編號 111836，〈奕訢奏摺
　　　　　錄副〉，同治十二年（1873）十月初二日。
說　　明：奕訢奏：四川黔江縣民毆斃教士案，請飭速辦由。清朝自軍機處設後，凡經皇帝
　　　　　硃批的奏摺，必先交至軍機處鈔錄副本存查，這件鈔錄的副本，檔案學界稱為「奏
　　　　　摺錄副」或「錄副奏摺」。（對應本論文頁 318。）

圖 14：郭嵩燾列傳

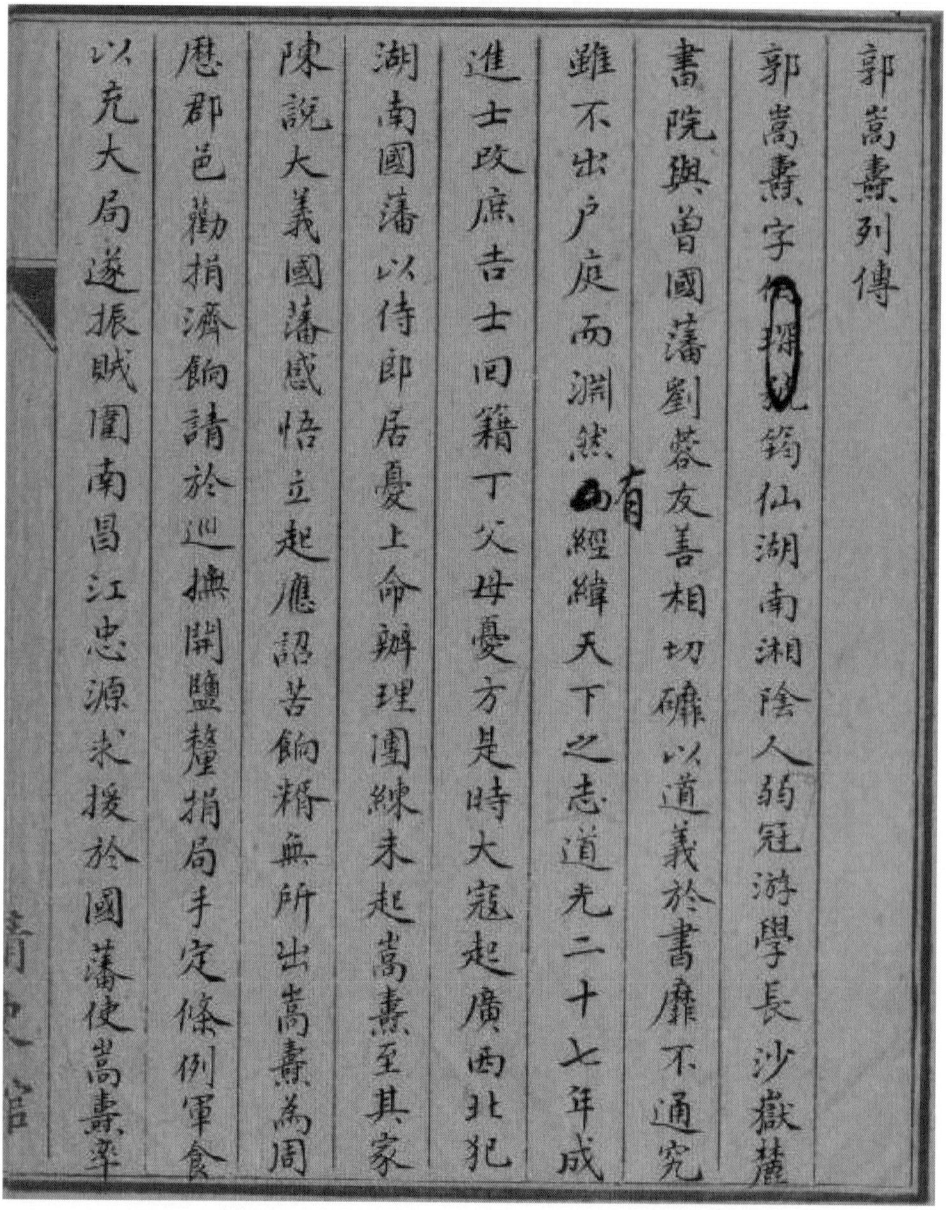
郭嵩燾列傳
郭嵩燾字伯琛筠仙湖南湘陰人弱冠游學長沙嶽麓
書院與曾國藩劉蓉友善相切磋以道義於書靡不通究
雖不出戶庭而淵然有經緯天下之志道光二十七年成
進士改庶吉士回籍丁父母憂方是時大寇起廣西北犯
湖南國藩以侍郎居憂上命辦理團練未起嵩燾至其家
陳說大義國藩感悟立起應詔苦餉糈無所出嵩燾為周
歷郡邑勸捐濟餉請於巡撫開鹽釐捐局手定條例軍食
以充大局遂振賊圍南昌江忠源求援於國藩使嵩燾率

資料來源：〈國史大臣郭嵩燾列傳．傳稿〉（臺北：國立故宮博物院藏，清史館本），文獻編號 701007656。

說　　明：太平軍起於廣西，北犯湖南，國藩以侍郎居憂，上命辦理團練未起，嵩燾至其家陳說大義，國藩感悟，立起應詔。苦餉糧無所出，嵩燾爲周歷郡邑，勸捐濟餉，請於巡撫開鹽釐捐局。手定條例，軍食以充，大局遂振。（對應本論文頁 317。）

總說明：

1. 所謂「傳包」，是清國史館爲了纂修人物列傳，咨取蒐集的各種傳記資料，以人爲單位各自歸納成包，故稱「傳包」。傳包資料來源有四：一是傳主所在衙門和原籍地方官提供的事蹟清冊、履歷片、行狀、行述、咨文、奏稿、祭文、哀啓、文集、年譜等；其次由傳主家屬上交的資料如誥敕、功牌、行狀、行述、家傳、墓誌銘、神道碑、文集、訃聞等；再者是史官從各種官方檔案中摘編的事蹟冊，如從上諭、實錄、起居注、廷寄、奏摺、月摺、外紀、議覆、剿捕等諸種檔冊中摘錄，按年、月、日匯編成冊；最後是史官修傳留下的稿本，如初纂本、覆纂本、修訂本、訂本等，通常一包有兩、三冊，也有多達六、七冊者。國立故宮博物院所藏「傳包」，以道、咸、同、光四朝爲主，共計三千五百多包，是極珍貴的清人傳記資料。

2. 所謂「傳稿」，是史官修傳所留下的稿本，因非進呈定本，故統稱爲「傳稿」。「傳稿」的史料價值有二，一是保存了更豐富的傳主資料，通常一冊兩、三千字的稿本，成爲定本刪改得只剩下幾百字；一是保留了史官修史的痕跡，若透過校勘、比較、歸納與分析，當可瞭解官修史書的嚴謹過程以及當時評價歷史人物的標準。本院所藏清代人物傳稿，分清國史館所纂者，以及民國清史館爲修《清史》所纂者，共八千三百餘冊。

3. 清國史館通常是用三山齋小紅格稿紙纂修列傳最初的稿本，稱之曰「三山齋小紅格稿本」。

4. 凡國史館所修列傳的覆輯本或定本，均用紫藍格稿紙，稱之曰「國史館紫藍格本」。

5. 國立故宮博物院藏有豐富的清代歷史人物傳記資料，其中有三千五百多個「傳包」，八千多冊「傳稿」，分別是一萬四千九百多位清代人物的傳記及他們的事蹟史料，值得關注。

　　本文乃以桐城派代表性人物爲主軸，選出其中最具代表者之傳記資料；同時，亦讓各界瞭解國立故宮博物院相關清代人物傳記史料的豐富收藏。

附錄五：桐城派重要作家傳略表

桐城派重要作家傳略		備註（本文第三章引用及附錄作品篇名）
戴名世 （1653～1713）	字田有，號褐夫，別號憂庵。安徽桐城人。康熙進士，官編修。少以古文名，喜縱論天下事。因所著《南山集》，用明永曆年號，左都御史趙申喬劾爲狂妄，事下刑部，竟坐大逆伏法。株連獲罪者數十人。遭禍後，人隱其姓名曰宋潛虛。年六十一卒，有《南山集》、《孑遺錄》傳世。	〈畫網巾先生傳〉
方　苞 （1668～1749）	字靈皋，號望溪。安徽桐城人。康熙進士。曾以戴名世《南山集》下獄。累官至禮部右侍郎。學宗程朱，尤致力於春秋三禮。其文謹嚴簡潔，爲桐城派之初祖。年八十二卒，有《方望溪先生全集》傳世。	〈獄中雜記〉 〈左忠毅公軼事〉
劉大櫆 （1698～1780）	字耕南，一字才甫，號海峯，安徽桐城人。副貢生。乾隆時舉鴻博經學，皆報罷。晚官黟縣教諭。工古文，嘗遊京師，以文謁方苞，苞大驚服。爲方苞弟子，是姚鼐老師，爲桐城三祖之一。論文強調義理、書卷、經濟合一；在藝術上強調「神氣」，以爲「行文之道，神爲主，氣輔之」，重視文章的聲調、節奏。其散文氣勢飛動，波瀾壯闊，敘事翔實生動，又擅以日常瑣事細節入文，音調鏗鏘高朗。然爲文擬古太甚是其缺點，《清史稿·文苑傳》謂：「大櫆雖游方苞之門，所爲文造詣各殊。」頗爲有見。年八十三卒。有《海峯詩文集》、《論文偶記》。	〈海舶三集序〉 〈遊萬柳堂記〉
姚　鼐 （1731～1815）	字姬傳，一字夢穀，世稱惜抱先生，安徽桐城人。乾隆進士。散館主事，充四庫全書館纂修官，遷刑部郎中告歸，主講鍾山書院。論學主集義理、考證、詞章之長。桐城自方苞、劉大櫆倡爲古文，鼐繼之，選《古文辭類纂》以明義法，世目爲桐城派集大成者。曾國藩推崇其「古文當爲百年正宗」，且在桐城派中唯一將其列爲有史以來，三十二位「聖哲」之一；包世臣論書，亦以鼐之行書入逸品。今人論桐城有「學派」、「詩派」、「文派」，而鼐兼爲三派之大師，其影響皆及於天下。年八十五卒，有《惜抱軒全集》傳世。	〈登泰山記〉 〈古文辭類纂序〉 〈復魯絜非書〉
劉　開 （1784～1824）	字明東，號孟塗。安徽桐城人。諸生。以孤童牧牛，聞塾師誦書，竊聽之，盡記其語。塾師留之學，而妻以女。年十四，以文謁鼐，有國士之譽，盡授以文法。游客公卿，才名動一時。與同門方東樹、管同、梅曾亮稱「方劉梅管」。年四十一卒。子繼，字少塗，有信義，遍走貴勢求刻其父書，以此《孟塗文集》益顯。	〈問說〉
管　同 （1780～1831）	字異之，江蘇上元（今南京）人。道光舉人。少孤，母鄒氏，以節孝聞。同善屬文，有經世之志，稱姚門高足弟子。嘗擬〈言風俗書〉、〈籌積貯書〉，爲一時傳誦。道	〈餘霞閣記〉

	光五年，陳用光典試江南，同中試。用光語人曰：「吾校兩江士，獨以得一異之自憙耳。」用光亦鼐弟子也，鼐門下著籍者眾，惟同傳法最早。其於同里，則亟稱劉開之才。年五十二卒，有《因寄軒文集‧詩集》、《孟子年譜》等。	
方東樹 （1772～1851）	字植之。安徽桐城人。諸生。曾祖澤，拔貢生，為姚鼐師。東樹既承先業，更師事鼐。當乾、嘉時，漢學熾盛，鼐獨守宋賢說。至東樹排斥漢學益力。阮元督粵，闢學海堂，名流輻湊，東樹亦客其所，不苟同於眾。以謂：「近世尚考據，與宋賢為水火。而其人類皆鴻名博學，貫穿百氏，遂使數十年承學之士，耳目心思為之大障。」乃發憤著《漢學商兌》一書，正其違謬。又著《書林揚觶》，戒學者勿輕事著述。東樹始好文事，專精治之，有獨到之識，中歲為義理學，晚耽禪悅，凡三變，皆有論撰。務盡言，惟恐詞不達。博覽經史，能詩文，窮老不遇，傳其學宗誠。既歿，宗誠刊布其書，名乃大著。年八十卒於祁門東山書院。著有《漢學商兌》、《儀衛軒文集》、《外集》、《書林揚觶》、《昭昧詹言》等。	《漢學商兌‧重序》
姚　瑩 （1785～1853）	字石甫。安徽桐城人。姚範曾孫，師事從祖鼐。嘉慶進士。官至湖南按察史。治行為閩中第一。先後疆吏趙慎畛、陶澍、林則徐皆薦其可大用。道光十年，特擢臺灣道。及海疆戒嚴，瑩與總兵達洪阿預為戰守計。達洪阿性剛，與同官鮮合，瑩推誠相接，一日謁謝曰：「武人不學，為子所容久矣，自今聽子而行。」洎江寧議款求息事，遂有臺灣鎮道冒功之獄。文宗即位，黜大學士穆彰阿，詔宣示中外，並及瑩與達洪阿被陷狀，於是復起用。瑩隨軍至湖南，巡撫張亮基奏署按察使，憂憤致疾，卒於官。所著東溟文集、奏稿、後湘詩集、東槎紀略、康輶紀行及雜著諸書，為中復堂全集，行於世。文章善持論，指陳時事利害，慷慨深切。 論曰：林培厚救荒治河有實績，而以察吏招忌。李宗傳便宜平夷，功在邊方。王鳳生、俞德淵佐陶澍治淮鹽，尤濟時之才。姚瑩保巖疆，挫強敵，反遭讒譖，然朝廷未嘗不諒其忠勤，海內引領望其再用，亦不可謂不遇矣。	〈遊欖山記〉
梅曾亮 （1786～1856）	字伯言。江蘇上元（南京）人。道光進士，官戶部郎中，少時工駢文。古文紹姚鼐之傳。曾亮與管同俱出其門，同肆力古文，鼐稱之不容口，名大起。義法本桐城，稍參以異己者之長，選聲練色，務窮極筆勢。居京師二十餘年，與宗稷辰、朱琦、龍啟瑞、王拯、邵懿辰輩游處，曾國藩亦起而應之。京師治古文者，皆從梅氏問法。當是時，管同已前逝，曾亮最為大師；而國藩又從唐鑑、倭仁、吳廷棟講身心克治之學，其於文推挹姚氏尤至。於是士大夫多喜言文術政治，乾、嘉考據之風稍稍衰矣。未幾，曾亮依河督楊以增。年七十一卒。以增為刊其詩文，曰《柏梘山房集》。	〈記棚民事〉

嚴　復 （1853～1921）	名宗光，字又陵，一字幾道，侯官人。早慧，嗜爲文。閩督沈葆楨初創船政，招試英俊，儲海軍將才，得復文，奇之，用冠其曹，則年十四也。既卒業，從軍艦練習，周歷南洋、黃海。日本窺臺灣，葆楨奉命籌防，挈之東渡詗敵，勘測各海口。光緒二年，派赴英國海軍學校肄戰術及砲臺建築諸學，每試輒最。侍郎郭嵩燾使英，賞其才，時引與論析中西學術同異。學成歸，北洋大臣李鴻章方大治海軍，以復總學堂。二十四年，詔求人才，復被薦，召對稱旨。論繕所擬萬言書以進，未及用，而政局猝變。越二年，避拳亂南歸。是時人士漸傾向西人學說，復以爲自由、平等、權利諸說，由之未嘗無利，脫靡所折衷，則流蕩放佚，害且不可勝言，常於廣眾中陳之。以碩學通儒徵爲資政院議員。殫心著述，於學無所不窺，舉中外治術學理，靡不究極原委，抉其失得，證明而會通之。精歐西文字，所譯書以瓌辭達奧旨。世謂紓以中文溝通西文，復以西文溝通中文，並稱「林嚴」。年六十九卒。著有文集及譯《天演論》、《原富》、《羣學肄言》、《穆勒名學》、《法意》、《羣己權界論》、《社會通詮》等。	〈論八股存亡之關係〉 《天演論》首段
林　紓 （1852～1924）	字琴南，號畏廬，晚稱春覺齋主人。閩縣人。光緒八年舉人。少孤，事母至孝。幼嗜讀，家貧，不能藏書。嘗得史、漢殘本，窮日夕讀之，因悟文法，後遂以文名。自云「四十五以內，匪書不觀」壯渡海遊臺灣，歸客杭州，主東城講舍。入京，就五城學堂聘，復主國學。生平任俠尙氣節，嫉惡嚴。見聞有不平，輒憤起，忠懇之誠發於至性。念德宗以英主被扼，每述及，常不勝哀痛。十謁崇陵，匍伏流涕。逢歲祭，雖風雪勿爲阻。嘗蒙賜御書「貞不絕俗」額，感幸無極，誓死必表於墓，曰「清處士」。憂時傷事，一發之於詩文。爲文宗韓、柳。崇尙程、朱理學，讀程朱二氏之書「篤嗜如飫粱肉」，其論文主意境、識度、氣勢、神韻，而忌率襲庸怪，文必己出。紓所作務抑遏掩蔽，能伏其光氣，而其眞終不可自閟。尤善敘悲，音吐悽梗，令人不忍卒讀。論者謂以血性爲文章，不關學問也。所傳譯歐西說部至百數十種。然紓故不習歐文，皆待人口達而筆述之。任氣好辯，自新文學興，有倡非孝之說者，奮筆與爭，雖脅以威，累歲不爲屈。尤善畫，山水渾厚，冶南北於一爐，時皆寶之。紓講學不分門戶，嘗謂清代學術之盛，超越今古，義理、考據，合而爲一，而精博過之。實於漢學、宋學以外別創清學一派。時有請立清學會者，紓撫掌稱善，力贊其成。年七十三卒，門人私謚貞文先生。著述甚豐，有《畏廬文集》、《畏廬詩存》、《春覺齋論文》等。	〈冷紅生傳〉 〈不如歸序〉
姚永樸 （1862～1939）	字仲實，晚號蛻私老人，安徽桐城人。家貧，光緒七年（1881）赴湖口縣授經。光緒二十年（1894）舉人。出身書香官宦世家。姚文然、姚范、姚鼐是其先輩，祖父姚瑩，清文學家，父姚濬昌，同光詩人，姊丈馬其昶。	《文學研究法》

	客鳳陽王鼎丞觀察署中，修《兩淮鹽法志》。遠赴廣東信宜縣，任起鳳書院山長。畢生潛心經學，致力教育。宣統二年起，歷任北京大學、國立東南大學（南京大學）、安徽大學文科教授。趙爾巽聘爲清史館纂修，1939 年卒於桂林寓舍。年七十八。著書甚豐，有《蛻私軒集》、《舊聞隨筆》、《文學研究法》、《史學研究法》、《諸子考略》、《群經考略》、《群儒考略》、《歷朝經世文鈔》、《初學古文讀本》等。	
張惠言 （1761〜1802）	原名一鳴，字皋文，武進（今江蘇常州）人。幼年貧困，仁宗嘉慶四年（1799）中進士，授庶吉士，充實錄館纂修官。善古文，工篆書。精通經學，好駢文、辭賦，尤工詞，提出「比興寄託」，主張「意內言外」，人稱常州詞派始祖。譚獻說他：「胸襟學問，醞釀噴薄而出，賦手文心，開倚聲家未有之境。」著有《易義別錄》、《茗柯文編》、《茗柯詞》等。	〈周維城傳〉
惲　敬 （1757〜1817）	字子居，號簡堂，江蘇陽湖人。乾隆舉人。治古文，得力於韓非、李斯，與蘇明允相上下，近法家言，世稱陽湖派。有《大雲山房文集》。	〈遊廬山記〉
陸繼輅 （1772〜1834）	字季木，號祁孫，江蘇陽湖人。幼孤，生母林嚴督之，非其人，禁勿與遊。甫成童，出應試，得識丁履恆，歸告母，母察其賢，始令與結。其後益交莊曾詒、張琦、惲敬、洪飴孫輩，學日進。嘉慶舉人。以修《安徽省志》敘勞，官江西貴溪知縣。三年引疾歸。繼輅儀幹秀削，聲清如唳鶴。不以塵務經心，惟肆力於詩。清溫多風，如其人也。常州自張惠言、惲敬以古文名，繼輅與董士錫同時並起，世遂推爲陽湖派，與桐城相抗。工詩。有《崇百藥齋詩文集》及札記，輯《七家文鈔》。 然繼輅選七家古文，以爲惠言，敬受文法於錢伯坰，伯坰親業劉大櫆之門；蓋其淵源同出唐、宋大家，以上窺史、漢，桐城、陽湖，皆未嘗自標異也。	〈與友人書〉
李兆洛 （1769〜1841）	字申耆，號養一，陽湖人。嘉慶十年進士，選庶吉士。改令鳳臺，以父憂去。鳳台在官凡七年，治奸滑，興文教，行政成績卓著，因而逝世後得以入祀安徽名宦祠。主講江陰書院幾二十年，以實學課士，其治經學、音韻、訓詁，訂輿圖，考天官曆術及習古文辭者輩出。年七十一卒。著《養一齋集》。輯有《皇朝文典》、《大清一統輿地全圖》、《鳳臺縣志》、《地理韻編》。 兆洛短身碩腹，豹顱剛目，望之若不可近，而接人和易，未嘗疾言遽色。資恤故舊窮乏無不至。藏書逾五萬卷，皆手加丹鉛，尤嗜輿地學。其論文欲合駢散爲一，病當世治古文者知宗唐、宋不知宗兩漢，因輯《駢體文鈔》。其序略云：「自秦迄隋，其體遞變，而文無異名。由唐以來，始有古文之目，而目六朝之文爲駢體。爲其學者，亦自以爲與古文殊路。夫氣有厚薄，天爲之也；學有純駁，人爲之也；體格有遷變，人與天參者也；義理無	《駢體文鈔》

	殊途，天人合焉者也。得其厚薄純雜之故，則於其體格之變，可以知世焉；於其義理之無殊，可以知文焉。文之體至六代而其變盡，夫沿其流極而泝之以至乎其源，則其所出者一也。」	
曾國藩 （1811～1872）	字滌生，號伯涵，湖南湘鄉人。道光十八年（1838）進士。以翰林院檢討典試四川。轉侍讀，累遷內閣學士，禮部、兵部、刑部、吏部侍郎。太平天國時，奉命在湖南辦團練，後擴編爲湘軍，任兩江總督并節制浙、蘇、皖、贛四省軍務，與太平軍轉戰於湖南、湖北、江西、安徽數省，最後攻陷天京（今南京市）。並與李鴻章在上海創江南製造總局，興辦軍事工業。調直隸總督，加太子少保銜，同治時封一等毅勇侯，世襲罔替。卒諡「文正」。年六十二。有《曾文正公全集》、《經史百家雜鈔》等。爲軍事家、理學家、政治家，「中興名臣」之一，也是文學家，晚清散文「湘鄉派」創立人。	〈聖哲畫像記〉 〈致沅弟書〉 〈歐陽生文集序〉
郭嵩燾 （1818～1891）	字筠仙，湖南湘陰人。道光二十七年進士，選庶吉士，遭憂歸。會粵寇犯長沙，曾國藩奉詔治軍，嵩燾力贊之出。贛事亟，江忠源乞師國藩，國藩遣之往，從忠源守章門。是時寇艦集饒、瑞，分泊長江，因獻編練水師議，忠源韙之，令具疏請敕湖南北、四川製戰艦百餘艘。嗣以贛被圍久，船非可剋期造，迺先造巨筏，列砲其上，與陸師夾擊，寇引去。厥後用以塞湖口者即此筏也。湘軍名大顯。論功，授編修。還朝，入直上書房。咸豐九年，英人犯津沽，僧格林沁撤北塘備，嵩燾力爭之，議不合，辭去。嵩燾雖家居，然頗關心君國。朝鮮亂作，法越釁開，皆有所論列。逮馬江敗，恭親王奕訢等去位，言路持政府益亟，嵩燾獨憂之。嘗言：「宋以來士夫好名，致誤人家國事。託攘外美名，圖不次峻擢；洎事任屬，變故興，遷就倉皇，周章失措。生心害政，莫斯爲甚！」是疏傳於外，時議咸斥之。及庚子禍作，其言始大驗，而嵩燾已於十七年卒矣。年七十四。著作頗豐，有《養知書屋文集》，《禮記質疑》，《大學中庸質疑》，《訂正家禮》，《周易釋例》，《毛詩約義》，《綏邊徵實》，《詩文集》等。	《使西紀程》
張裕釗 （1823～1894）	字廉卿，武昌人。少時，塾師授以制舉業，意不樂。家獨有南豐集，時時竊讀之。咸豐元年舉人，考授內閣中書。曾國藩閱卷賞其文，既，來見，曰：「子豈嘗習子固文耶？」裕釗私自喜。已而國藩益告以文事利病及唐、宋以來家法，學乃大進，癈前此所爲猶凡近，馬遷、班固、相如、揚雄之書，無一日不誦習。又精八法，由魏、晉、六朝以上窺漢隸，臨池之勤，亦未嘗一日輟。國藩既成大功，出其門者多通顯。裕釗相從數十年，獨以治文爲事。國藩爲文，義法取桐城，益閎以漢賦之氣體，尤善裕釗之文。嘗言「吾門人可期有成者，惟張、吳兩生」，謂裕釗及吳汝綸也。裕釗文字淵懿。歷主江寧、湖北、直隸、陝西各書院，成就後學甚眾。嘗言：「文以意	〈遊虞山記〉

	爲主，而辭欲能副其意，氣欲能舉其辭。譬之車然，意 爲之御，辭爲之載，而氣則所以行也。欲學古人之文， 其始在因聲以求氣，得其氣，則意與辭往往因之而益顯， 而法不外是矣。」世以爲知言。著《濂亭文集》。	
薛福成 （1838～1894）	字叔耘，號庸庵，江蘇無錫人。咸豐八年（1858）中秀 才。咸豐十年（1860）撰寫《選舉論》上、中兩篇，揭 露科舉制度的種種弊端，同治四年（1865），以副貢生參 曾國藩戎幕，積勞至直隸州知州。光緒初年，下詔求言， 福成上治平六策，又密議海防十事。作《籌洋芻議》，提 出變法主張。清光緒十年（1884）中法戰爭期間，任浙 江寧紹台道，在寧波以電報遙控鎮海之戰擊退法艦。出 使歐洲各國，曾盛讚歐洲君主立憲制，回國後不久，病 逝於上海。有《庸庵全集》。	〈巴黎觀油畫記〉
黎庶昌 （1837～1897）	字蒓齋，貴州遵義人。少嗜讀，從鄭珍游，講求經世學。 同治初元，星變，上書論政，條舉利病甚悉，以廩貢生 授知縣，交曾國藩差序，後入幕府，師法桐城派，自稱 「雅不欲以文士自期」，與張裕釗、吳汝綸、薛福成同爲 「曾門四弟子」。羅文彬評其文：「特有奇氣。雖大旨遠 祖桐城，近宗湘鄉，而不規規一格。」光緒二年（1876）， 郭嵩燾出使英國，調充參贊。歷比、瑞、葡、奧諸邦， 著書以撮所聞見，成《西洋雜誌》。光緒七年，出使日本， 期間搜羅典籍，刻成《古逸叢書》共二十六種、計 200 卷，內含《玉篇》、《文館詞林》、《太平寰宇記補闕》等 軼書，每書分撰解題，述其源流，考其版本，並以高級 紙張印刷。光緒十六年任滿歸國，離任時，日人送行塞 巷盈途，餞行至數百裡外，終官川東兵備道，整武恤商， 百廢具舉。中東事起，庶昌曰：「日本蓄謀久矣，朝鮮猶 其外府也。戰固難勝，讓亦啓侮。」遒倡布告列邦議， 以維持屬國，願東渡排難，當事者弗納。及戰事殷，財 詘，庶昌首輸萬金，請按職列等差，亦不報。光緒二十 一年，詔陛見。駐於法領事聞其將去，留辦教案，代者 多方困之。以疾返里。光緒二十三年（1897）卒，年六 十。川東民建祠焉郡祀之。著有《拙尊園叢稿》、《丁亥 入都記程》、《西洋雜誌》等。	〈卜來敦記〉
吳汝綸 （1840～1903）	字摯甫，安徽桐城人。少貧力學，嘗得雞卵一，易松脂 以照讀。好文出天性，早著文名。同治四年進士，用內 閣中書。曾國藩奇其文，留佐幕府，久乃益奇之，嘗以 漢禰衡相儗。旋調直隸，參李鴻章幕。時中外大政常決 於國藩、鴻章二人，其奏疏多出汝綸手。擔任過直隸深 州、冀州（今均屬河北）知州。並在兩州開辦書院，主 講保定蓮池書院多年，自請赴日本考察教育制度，歸國 後還鄉辦學。爲今安徽省桐城中學。在 1902 年（光緒二 十八年）親筆題寫校訓「勉成國器」。	〈跋蔣湘帆尺牘〉

說明：本表對桐城諸家之生平、事蹟、著述作簡要之介紹，爲論世知人之備，俾益查閱參考，
　　　冀有助於較深入地了解作品之思想內容。

附錄六：桐城派代表性人物之重要著作

1. 〔清〕戴名世：《南山集》、《戴名世集》。
2. 〔清〕方苞：《方望溪先生全集》。
3. 〔清〕劉大櫆：《海峰文集》、《論文偶記》。
4. 〔清〕姚鼐：《古文辭類纂》、《惜抱軒詩文集》。
5. 〔清〕劉開：《劉孟塗集》。
6. 〔清〕管同：《因寄軒文集》。
7. 〔清〕方東樹：《昭昧詹言》、《漢學商兌》、《考槃集文錄》。
8. 〔清〕姚瑩：《東溟文集》、《中復堂全集》、《康輶紀行》。
9. 〔清〕梅曾亮：《柏梘山房全集》。
10. 〔清〕嚴復：《天演論》、《侯官嚴氏叢刻》。
11. 〔清〕林紓：《春覺齋論文》、《畏廬論文》、《畏廬文集》、《畏廬續集》、《畏廬三集》。
12. 〔清〕姚永樸：《文學研究法》。
13. 〔清〕張惠言：《茗柯文編》、《茗柯文補編》。
14. 〔清〕惲敬：《大雲山房文稿》。
15. 〔清〕陸繼輅：《崇百藥齋文集》、《崇百藥齋續集》。
16. 〔清〕李兆洛：《養一齋文集》。
17. 〔清〕曾國藩：《曾文正公詩文集》、《求闕齋日記類鈔》、《曾文正公家訓》、《曾國藩家書》、《曾文正公書札》。
18. 〔清〕郭嵩燾：《使西紀程》、《養知書屋文集》。
19. 〔清〕張裕釗：《濂亭文集》。
20. 〔清〕薛福成：《庸庵文編》、《庸庵文外編》、《庸庵海外文編》、《庸盦筆記》、《出使英法義比四國日記》。
21. 〔清〕黎庶昌：《西洋雜誌》、《拙尊園叢稿》、《續古文辭類纂》。
22. 〔清〕吳汝綸：《桐城吳先生尺牘》、《桐城吳先生文集》。

附錄七：桐城派重要作家之古文名作

1.戴名世〈畫網巾先生傳〉

　　順治二年，既定江東南，而明唐王即皇帝位於福州。其泉國公鄭芝龍陰受大清督師洪承疇旨，棄關撤守備，七閩皆沒。而新令薙髮更衣冠，不從者死。於是士民以違令死者不可勝數，而畫網巾先生事尤奇。

　　先生者，其姓名爵里皆不可得而知也。攜僕二人，皆仍明時衣冠，匿跡於邵武、光澤山寺中，事頗聞於外。而光澤守將吳鎮，使人掩捕之，逮送邵武守將池鳳陽。鳳陽命去其網巾，留於軍中，戒部卒謹守之。先生既失網巾，櫛盥畢，謂二僕曰：「衣冠者，歷代各有定制；至網巾，則我太祖高皇帝創爲之也。今吾遭國破，即死，詎可忘祖制乎？女曹取筆墨來，爲我畫網巾額上。」於是，二僕爲先生畫網巾。畫已，乃加冠。二僕亦互相畫也；日以爲常，軍中皆譁笑之。而先生無姓名，人皆呼之曰「畫網巾」云。

　　當是時，江西、福建間，有四營之役。四營者：曰張自盛，曰洪國玉，曰曹大鎬，曰李安民。先是自盛隸明建武侯王得仁爲裨將，得仁既敗死，自盛亡入山，與洪國玉等收召散卒及羣盜，號曰恢復，眾且踰萬人。而明之遺臣如督師兵部右侍郎揭重熙、詹事府正詹事傅鼎銓等，皆依之。歲庚寅夏，四營兵潰於邵武之禾坪，池鳳陽詭稱先生爲陣俘，獻之提督楊名高。名高視其所畫網巾斑斑然額上，笑而置之。名高軍至泰甯，從檻車中出先生，謂之曰：「若及今降我，猶可以免死。」先生曰：「吾舊識王之綱，當就彼決之。」

　　王之綱者，福建總兵，破四營有功者也。名高喜，使往之綱所。之綱曰：「吾固不識若也。」先生曰：「吾亦不識若也。今特就若死耳。」之綱窮詰其姓名，先生曰：「吾忠未能報國，留姓名則辱國；智未能保家，留姓名則辱家；危不即致身，留姓名則辱身。軍中呼我爲「畫網巾」，即以此爲吾姓名可矣！」之綱曰：「天下事已大定。吾本明朝總兵，徒以識時變，知天命，至今日不失富貴。若一匹夫，倔強死，何益？且夫改制易服，自前世已然。」因指其髮而詬之曰：「此種種者而不肯去，何也？」先生曰：「吾於網巾且不忍去，況髮耶！」之綱怒，命卒先斬其二僕。羣卒前捽之。二僕瞋目叱曰：「吾二人豈惜死者耶？顧死亦有禮，當辭吾主人而死耳！」於是向先生拜，且辭曰：「奴等得事埽除泉下矣！」乃欣然受刃。之綱復謂先生曰：「若豈有所負耶？義死雖亦佳，何執之堅也？」先生曰：「吾何負？負吾君耳。一籌莫效而

束手就擒，與婢妾何異？又以此易節烈名。吾笑夫古今之循例而負義者，故恥不自述也。」出袖中詩一卷，擲於地，復出白金一封，授行刑者曰：「此樵川范生所贈也，今與汝。」遂被戮於泰甯之杉津。泰甯諸生謝韓葬其骸於郭外杉窩山，題曰「畫網巾先生之墓」，歲時上塚致祭不輟。

當四營之既潰也，楊名高、王之綱復追破之，死逃略盡。而敗將有願降者，率兵受招撫於邵武。行至朱口，一卒獨不肯前，伸頸謂其伍曰：「殺我！殺我！」其伍怪之，且問故。曰：「吾熟思之累日夜矣，終不能俯首事降將，寧死汝手。」其伍難之。乃奮袂裂眥，抽刃相擬，曰：「不殺我者，今當殺汝！」其伍乃揮淚斬之，埋其骨而去。揭重熙、傅鼎銓先後被獲，不屈死。張自盛、曹大鎬等，後就縛於瀘溪山中。

贊曰：自古守節之士，不肯以姓字落人間者，始於明永樂之世。當是時，一夫守義，而禍及九族，故多匿跡而死，以全其宗黨。迨崇禎甲申而後，其令未有如是之酷也。而以余所聞，或死或遁，不以姓名里居示人者頗多，有使弔古之士莫能詳焉，豈不可惜也！夫如畫網巾先生事甚奇。聞當時有馬耀圖者，見而識之，曰：「是為馮生舜也。」至其生平，則又不能言焉。余疑其出於附會，故不著於篇。

資料來源：〔清〕戴名世撰，《南山集·傳》（清光緒二十六年刻本），卷 8，
頁 133。

說　　明：對應本論文頁 103。

2.姚鼐〈復魯絜非書〉

桐城姚鼐頓首，絜非先生足下：相知恨少，晚遇先生，接其人，知為君子矣；讀其文，非君子不能也。往與程魚門、周書昌嘗論古今才士，惟為古文者最少，苟為之，必傑士也，況為之專且善如先生乎！辱書引義謙而見推過當，非所敢任。鼐自幼迄衰，獲侍賢人長者為師友，剟取見聞，加臆度為說，非真知文能為文也，奚辱命之哉？蓋虛懷樂取者，君子之心；而誦所得以正於君子，亦鄙陋之志也。

鼐聞天地之道，陰陽剛柔而已。文者，天地之精英，而陰陽剛柔之發也。惟聖人之言，統二氣之會而弗偏。然而《易》、《詩》、《書》、《論語》所載，亦間有可以剛柔分矣。值其時其人，告語之體，各有宜也。自諸子而降，其為文無弗有偏者。其得於陽與剛之美者，則其文如霆、如電、如長風之出谷、如崇山峻崖、如決大川、如奔騏驥；其光也如杲日、如火、如金鏐鐵；其於

人也，如馮高視遠、如君而朝萬眾、如鼓萬勇士而戰之。其得於陰與柔之美
者，則其文如升初日、如清風、如雲、如霞、如煙、如幽林曲澗、如淪、如
漾、如珠玉之輝、如鴻鵠之鳴而入寥廓；其於人也，漻乎其如歎，邈乎其如
有思，暖乎其如喜，愀乎其如悲。觀其文，諷其音，則為文者之性情形狀，
舉以殊焉。且夫陰陽剛柔，其本二端，造物者糅，而氣有多寡進絀，則品次
億萬，以至於不可窮，萬物生焉。故曰：「一陰一陽之為道。」夫文之多變，
亦若是已。糅而偏勝可也，偏勝之極，一有一絕無，與夫剛不足為剛，柔不
足為柔者，皆不可以言文。今夫野人孺子聞樂，以為聲歌絃管之會爾；苟善
樂者聞之，則五音十二律，必有一當，接於耳而分矣。夫論文者，豈異於是
乎？宋朝歐陽、曾公之文，其才皆偏於柔之美者也。歐公能取異己者之長而
時濟之，曾公能避所短而不犯。觀先生之文，殆近於二公焉。抑人之學文，
其功力所能至者，陳理義必明當，布置取舍，繁簡廉肉不失法，吐辭雅馴不
蕪而已。古今至此者，蓋不數數得，然尚非文之至；文之至者通乎神明，人
力不及施也。先生以為然乎？

　　惠寄之文，刻本固當見與，抄本謹封還，然抄本不能勝刻者，諸體中，
書疏贈序為上，記事之文次之，論辨又次之。鼐亦竊識數語於其間，未必當
也。《梅崖集》果有逾人處，恨不識其人。郎君令甥皆美才，未易量，聽所好，
恣為之，勿拘其途可也。於所寄文，輒妄評說，勿罪勿罪。秋暑，惟體中安
否？千萬自愛。七月朔日。

資料來源：〔清〕姚鼐撰，《惜抱軒文集》（上海：上海古籍出版社，《續修四
　　　　　庫全書・集部・別集類・1453 冊》影印清嘉慶三年刻增修本），卷
　　　　　6，頁 47～48。

說　　明：魯絜非（1732～1794），名仕驥，字九皋，江西新城（今江西省黎
　　　　　川縣）人，乾隆三十六年（1771）進士。先受古文義法於朱仕琇，
　　　　　繼受業於姚鼐。著有《山木居士集》。本文向來被視為探討桐城派
　　　　　古文家在文學風格理論上之重要文獻。（對應本論文頁 211。）

3.姚鼐〈古文辭類纂序〉

　　鼐少聞古文法于伯父薑塢先生，及同鄉劉才甫先生，少究其義，未之深
學也。其後遊宦數十年，益不得暇，獨以幼所聞者，寘之胸臆而已。乾隆四
十年，以疾請歸，伯父前卒，不得見矣。劉先生年八十，猶善談說，見則必
論古文。後又二年，余來揚州，少年或從問古文法。

　　夫文無所謂古今也，惟其當而已。得其當，則六經至于今日，其爲道也一。知其所以當，則于古雖遠，而於今取法，如衣食之不可釋。不知其所以當，而敝棄于時，則存一家之言，以資來者，容有俟焉。

　　于是以所聞習者，編次論說爲《古文辭類纂》。其類十三，曰：論辨類、序跋類、奏議類、書說類、贈序類、詔令類、傳狀類、碑誌類、雜記類、箴銘類、頌贊類、辭賦類、哀祭類。一類內而爲用不同者，別之爲上下編云。

　　論辨類者，蓋原于古之諸子，各以所學著書詔後世。孔、孟之道與文，至矣。自老、莊以降，道有是非，文有工拙。今悉以子家不錄，錄自賈生始。蓋退之著論，取于六經、《孟子》；子厚取于韓非、賈生；明允雜以蘇、張之流；子瞻兼及於《莊子》。學之至善者，神合焉；善而不至者，貌存焉。惜乎！子厚之才，可以爲其至，而不及至者，年爲之也。

　　……序跋類者，昔前聖作《易》，孔子爲作《繫辭》、《說卦》、《文言》、《序卦》、《雜卦》之傳，以推論本原，廣大其義。《詩》、《書》皆有《序》，而《儀禮》篇後有《記》，皆儒者所爲。其餘諸子，或自序其意，或弟子作之，《莊子·天下》篇、《荀子》末篇，皆是也。余撰次古文辭，不載史傳，以不可勝錄也。惟載太史公、歐陽永叔表、志、序、論數首，序之最工者也。向、歆奏校書各有序，世不盡傳，傳者或僞，今存子政《戰國策序》一篇，著其概。其後目錄之序，子固獨優已。

　　……奏議類者，蓋唐、虞、三代聖賢陳說其君之辭，《尚書》具之矣。周衰，列國臣子爲國謀者，誼忠而辭美，皆本謨誥之遺，學者多誦之。其載《春秋》內外傳者不錄，錄自戰國以下。漢以來有表、奏、疏、議、上書、封事之異名，其實一類。惟對策雖亦臣下告君之辭，而其體少別，故寘之下編。兩蘇應制舉時所進時務策，又以附對策之後。

　　……書說類者，昔周公之告召公，有《君奭》之篇。春秋之世，列國士大夫或面相告語，或爲書相遺，其義一也。戰國說士，說其時主，當委質爲臣，則入之奏議；其已去國，或說異國之君，則入此編。

　　……贈序類者，老子曰：「君子贈人以言。」顏淵、子路之相違，則以言相贈處。梁王觴諸侯於范臺，魯君擇言而進，所以致敬愛，陳忠告之誼也。唐初贈人，始以序名，作者亦眾。至于昌黎，乃得古人之意，其文冠絕前後作者。蘇明允之考名序，故蘇氏諱序，或曰引，或曰說。今悉依其體，編之于此。

　　……詔令類者，原於《尚書》之誓誥。周之衰也，文誥猶存。昭王制，肅強侯，所以悅人心而勝于三軍之眾，猶有賴焉。秦最無道，而辭則偉。漢至文、景，意與辭俱美矣，後世無以逮之。光武以降，人主雖有善意，而辭氣何其衰薄也！檄令皆諭下之辭，韓退之〈鱷魚文〉，檄令類也，故悉附之。

　　……傳狀類者，雖原于史氏，而義不同。劉先生云：「古之為達官名人傳者，史官職之。文士作傳，凡為圬者、種樹之流而已。其人既稍顯，即不當為之傳，為之行狀，上史氏而已。」余謂先生之言是也。雖然，古之國史立傳，不甚拘品位，所紀事猶詳。又實錄書人臣卒，必撮序其平生賢否。今實錄不紀臣下之事，史館凡仕非賜諡及死事者，不得為傳。乾隆四十年，定一品官乃賜諡。然則史之傳者，亦無幾矣。余錄古傳狀之文，並紀茲義，使後之文士得擇之。昌黎〈毛穎傳〉，嬉戲之文，其體傳也，故亦附焉。

　　……碑誌類者，其體本于《詩》；歌頌功德，其用施于金石。周之時有石鼓刻文，秦刻石于巡狩所經過。漢人作碑文又加以序。序之體，蓋秦刻琅邪具之矣。茅順甫譏韓文公碑序異史遷，此非知言。金石之文，自與史家異體。如文公作文，豈必以效司馬氏為工耶？誌者，識也。或立石墓上，或埋之壙中，古人皆曰誌。為之銘者，所以識之之辭也。然恐人觀之不詳，故又為序。世或以石立墓上曰碑、曰表，埋乃曰誌，及分誌銘二之，獨呼前序曰誌者，皆失其義。蓋自歐陽公不能辨矣。墓誌文，錄者尤多，今別為下編。

　　……雜記類者，亦碑文之屬。碑主于稱頌功德，記則所紀大小事殊，取義各異，故有作序與銘詩全用碑文體者，又有為紀事而不以刻石者。柳子厚紀事小文，或謂之序，然實記之類也。

　　……箴銘類者，三代以來有其體矣。聖賢所以自戒警之義，其辭尤質而意尤深。若張子作〈西銘〉，豈獨其意之美耶，其文固未易幾也。

　　……贊頌類者，亦《詩》頌之流，而不必施之金石者也。

　　……辭賦類者，風雅之變體也。楚人最工為之，蓋非獨屈子而已。余嘗謂〈漁父〉及〈楚人以弋說襄王〉、宋玉〈對楚王問〉遺行，皆設辭無事實，皆辭賦類耳。太史公、劉子政不辨，而以事載之，蓋非是。辭賦固當有韻，然古人亦有無韻者，以義在託諷，亦謂之賦耳。漢世校書有《辭賦畧》，其所列者甚當。昭明太子《文選》，分體碎雜，其立名多可笑者。後之編集者，或不知其陋而仍之。余今編辭賦，一以漢《畧》為法。古文不取六朝人，惡其

靡也；獨辭賦則晉、宋人猶有古人韻格存焉。惟齊梁以下，則辭益俳而氣益卑，故不錄耳。

……哀祭類者，《詩》有〈頌〉，風有〈黃鳥〉、〈二子乘舟〉，皆其原也。楚人之辭至工，後世惟退之、介甫而已。

凡文之體類十三，而所以為文者八，曰：神、理、氣、味、格、律、聲、色。神、理、氣、味者，文之精也；格、律、聲、色者，文之粗也。然苟舍其粗，則精者亦胡以寓焉。學者之於古人，必始而遇其粗，中而遇其精，終則御其精者而遺其粗者。文士之效法古人，莫善于退之，盡變古人之形貌，雖有摹擬，不可得而尋其跡也。其他雖工于學古，而跡不能忘，揚子雲、柳子厚于斯蓋尤甚焉，以其形貌之過于似古人也。而遽擯之，謂不足與于文章之事，則過矣；然遂謂非學者之一病，則不可也。

資料來源：〔清〕姚鼐撰，《古文辭類纂》（上海：上海古籍出版社，《續修四庫全書・集部・總集類・1609 冊》影印清道光元年合河康氏家塾刻本），頁 311～319。

說　　明：《古文辭類纂》是姚鼐所編以唐宋八家為主體的古文選本。上取《戰國策》、《楚辭》和西漢作品，下及歸有光、方苞、劉大櫆，以此說明唐宋八家之淵源和發展。這篇序言，對各種文體的繼承關係和代表作家的看法，比之方苞的《古文約選序》為精闢、平允，特別是對「文之精」、「文之粗」的看法，在方苞、劉大櫆的論文基礎上，逐步發展成比較系統的理論，對散文寫作的理論建設有十足的貢獻。語言也雅潔有韻致，本身就體現桐城派的文風。（對應本論文頁 208。）

4.曾國藩〈聖哲畫像記〉

國藩志學不早，中歲側身朝列，竊窺陳編，稍涉先聖昔賢魁儒長者之緒；駑緩多病，百無一成。軍旅馳驅，益以蕪廢。喪亂未平，而吾年將五十矣。往者吾讀班固《藝文志》，及馬氏《經籍考》，見其所列書目，叢雜猥多。作者姓氏，至於不可勝數。或昭昭於日月，或湮沒而無聞。及為文淵閣直閣校理，每歲二月，侍從宣宗皇帝入閣，得觀《四庫全書》。其富過於前代所藏遠甚；而存目之書，數十萬卷，尚不在此列。嗚呼，何其多也！雖有生知之姿，累世不能竟其業；況其下焉者乎？故書籍之浩浩，著述者之眾若江海，然非一人之腹所能盡飲也，要在慎擇焉而已。余既自度其不逮，乃擇古

今聖哲三十餘人，命兒子紀澤圖其遺像，都爲一卷，藏之家塾。後嗣有志讀書，取足於此，不必廣心博騖，而斯文之傳，莫大乎是矣。昔在漢世，若武梁祠、魯靈光殿，皆圖畫偉人事蹟，而列女傳亦有畫像。感發興起，由來已舊。習其器矣，進而索其神，通其微，合其莫，心誠求之，仁遠乎哉？國藩記。

堯、舜、禹、湯，史臣記言而已。至文王拘幽，始立文字，演《周易》。周、孔代興，六經炳著，師道備矣。秦、漢以來，孟子蓋與莊、荀竝稱。至唐、韓氏獨尊異之。而宋之賢者，以爲可躋之尼山之次，崇其書以配《論語》。後之論者，莫之能易也。兹以亞於三聖人後云。

左氏傳經，多述二周典禮；而好稱引奇誕，文辭爛然，浮於質矣。太史公稱莊子之書皆寓言。吾觀子長所爲《史記》，寓言亦居十之六七。班氏閎識孤懷，不逮子長遠甚。然經世之典，六藝之旨，文字之源，幽明之情狀，粲然大備；豈與夫斗筲者爭得失於一先生之前，妹妹而自悦者哉？

諸葛公當擾攘之世，被服儒者，從容中道。陸敬輿事多疑之主，馭難馴之將，燭之以至明，將之以至誠。譬若御駑馬，登峻坂，縱橫險阻，而不失其馳，何其神也！范希文、司馬君實，遭時差隆，然堅卓誠信，各有孤詣。其以道自持，蔚成風俗，意量亦遠矣。昔劉向稱董仲舒王佐之才，伊、呂無以加，管、晏之屬，殆不能及。而劉歆以爲董子師友所漸，曾不能幾乎游、夏。以予觀四賢者，雖未逮乎伊、呂，固將賢於董子，惜乎不得如劉向父子而論定耳！

自朱子表章周子、二程子、張子，以爲上接孔、孟之傳。後世君相師儒，篤守其說，莫之或易。乾隆中，閎儒輩起，訓詁博辨，度越昔賢，別立徽志，號曰「漢學」，擯有宋五子之術，以謂不得獨尊。而篤信五子者，亦屏棄漢學，以爲破碎害道，斷斷焉而未有已。吾觀五子立言，其大者多合於洙、泗，何可議也？其訓釋諸經，小有不當，固當取近世經說以輔翼之，又可屏棄羣言以自隘乎？斯二者亦俱譏焉。

西漢文章，如子雲、相如之雄偉，此天地遒勁之氣，得於陽與剛之美者也；此天地之義氣也。劉向、匡衡之淵懿，此天地溫厚之氣，得於陰與柔之美者也；此天地之仁氣也。東漢以還，淹雅無慙於古，而風骨少隤矣。韓、柳有作，盡取揚、馬之雄奇萬變，而内之於薄物小篇之中，豈不詭哉？歐陽氏、曾氏皆法韓公，而體質於匡、劉爲近。文章之變，莫可窮詰；要之，不

出此二途,雖百世可知也。

余鈔古今詩,自魏晉至國朝,得十九家。蓋詩之爲道廣矣,嗜好趨向,各視其性之所近。猶庶羞百味,羅列鼎俎但取適吾口者,嚼之得飽而已。必窮盡天下之佳肴,辨嘗而後供一饌,是大惑也;必強天下之舌,盡效吾之所嗜,是大愚也。莊子有言:「大惑者終身不解,大愚者終身不靈。」余於十九家中,又篤守夫四人者焉:唐之李、杜,宋之蘇、黃。好之者十有七八,非之者亦且二三。余懼蹈莊子「不解」、「不靈」之譏,則取足於是,終身焉已耳。

司馬子長網羅舊聞,貫串三古,而八書頗病其略。班氏志較詳矣,而斷代爲書,無以觀其會通。欲周覽經世之大法,必自杜氏《通典》始矣。馬端臨《通考》,杜氏伯仲之間,鄭志非其倫也。百年以來,學者講求形聲、故訓,專治《說文》,多宗許、鄭,少談杜、馬。吾以許、鄭考先王制作之源,杜、馬辨後世因革之要,其於實事求是,一也。

先王之道,所謂修己治人,經緯萬彙者何歸乎?亦曰禮而已矣。秦滅書籍,漢代諸儒之所掇拾,鄭康成之所以卓絕,皆以禮也。杜君卿《通典》,言禮者十居其六,其識已跨越八代矣。有宋張子、朱子之所討論,馬貴與、王伯厚之所纂輯,莫不以禮爲兢兢。我朝學者,以顧亭林爲宗;《國史·儒林傳》,褒然冠首。吾讀其書,言及禮俗教化,則毅然有守先待後,舍我其誰之志,何其壯也!厥後張蒿菴作《中庸論》,及江慎修、戴東原輩,尤以禮爲先務。而秦尚書蕙田,遂纂《五禮通考》,舉天下古今幽明萬事,而一經之以禮,可謂體大而思精矣。吾圖畫國朝先正遺像,首顧先生,次秦文恭公,亦豈無微旨哉!桐城姚鼐姬傳、高郵王念孫懷祖,其學皆不純於禮。然姚先生持論閎通;國藩之粗解文章,由姚先生啓之也。王氏父子集小學訓詁之大成,夐乎不可幾已,故以殿焉。

姚姬傳氏言學問之途有三:曰義理、曰詞章、曰考據。戴東原氏亦以爲言。如文、周、孔、孟之聖,左、莊、馬、班之才,誠不可以一方體論矣。至若葛、陸、范、馬,在聖門則以德行而兼政事也;周、程、張、朱,在聖門則德行之科也;皆義理也。韓、柳、歐、曾、李、杜、蘇、黃,在聖門則言語之科也;所謂詞章者也。許、鄭、杜、馬、顧、秦、姚、王,在聖門則文學之科也;顧、秦於杜、馬爲近,姚、王於許、鄭爲近:皆考據也。此三十二子者,師其一人,讀其一書,終身用之,有不能盡。若又有陋於此,而

求益於外，譬若掘井九仞而不及泉，則以一井爲隘，而必廣掘數十百井，身老力疲，而卒無見泉之一日，其庸有當乎？

　　自浮屠氏言因果禍福，而爲善獲報之說，深中於人心，牢固而不可破。士方其佔畢咿唔，則期報於科第祿仕；或少讀古書，窺著作之林，則責報於遐邇之譽，後世之名。纂述未及終編，輒冀得一二有力之口，騰播人人之耳，以償吾勞也。朝耕而暮穫，一施而十報，譬若沽酒市脯，喧聒以責之貸者，又取倍稱之息焉。祿利之不遂，則傲倖於沒世不可知之名。甚者至謂孔子生不得位，沒而俎豆之報，隆於堯舜。鬱鬱者以相證慰，何其陋歟！今夫三家之市，利析錙銖，或百錢逋負，怨及孫子。若通闤貿易，環貨山積，動逾千金，則百錢之有無，有不暇計較者矣。富商大賈，黃金百萬，公私流衍，則數十百緡之費，有不暇計較者矣。均是人也，所操者大，猶有不暇計其小者；況天之所操尤大，而於世人毫末之善，口耳分寸之學，而一一謀所以報之，不亦勞哉？商之貨殖同、時同，而或贏或絀；射策者之所業同，而或中或罷；爲學箸書之深淺同，而或傳或否，或名或不名；亦皆有命焉，非可強而幾也。古之君子，蓋無日不憂，無日不樂。道之不明，己之不免爲鄉人，一息之或懈，憂也；居易以俟命，下學而上達，仰不愧而俯不怍，樂也。自文王、周、孔三聖人以下，至於王氏，莫不憂以終身，樂以終身。無所於祈，何所爲報？己則自晦，何有於名？惟莊周、司馬遷、柳宗元三人者，傷悼不遇，怨悱形於簡冊；其於聖賢自得之樂，稍違異矣。然彼自惜不世之才，非夫無實而汲汲時名者比也。苟汲汲於名，則去三十二子也遠矣！將適燕、晉而南其轅、其於術，不益疏哉？

　　文、周、孔、孟、班、馬、左、莊、葛、陸、范、馬、周、程、朱、張、韓、柳、歐、曾、李、杜、蘇、黃、許、鄭、杜、馬、顧、秦、姚、王，三十二人，俎豆馨香，臨之在上，質之在旁。

資料來源：〔清〕曾國藩撰，《曾文正公詩文集（下）》，收入《國學基本叢書　　　　四百種》（臺北：臺灣商務印書館，1968 年），卷 2，頁 138～142。

說　　明：曾國藩於本文云「國藩之粗解文章，由姚先生啓之也」，其心儀姚　　　　鼐，將之與所崇敬之三十一位古代聖哲並列，命兒子紀澤畫像。　　　　此文實是作者的讀書心得，寫他對文、周、孔、孟、班、馬、左、　　　　莊、葛、陸、范、馬、周、程、朱、張、韓、柳、歐、曾、李、　　　　杜、蘇、黃、許、鄭、杜、馬、顧、秦、姚、王三十二人的爲人、

著述及學說的體會或評論。期勉子孫爲學，當志在明道，憂樂以之。（對應本論文頁166。）

5.曾國藩〈歐陽生文集序〉

乾隆之末，桐城姚姬傳先生鼐，善爲古文辭，慕效其鄉先輩方望溪侍郎之所爲，而受法於劉君大櫆及其世父編修君範（即姚鼐伯父──姚範）。三子既通儒碩望，姚先生治其術益精。歷城周永年書昌爲之語曰：「天下之文章，其在桐城乎！」由是學者多歸向桐城，號桐城派，猶前世所稱江西詩派者也。」

姚先生晚而主鐘山書院講席，門下著籍者，上元有管同異之、梅曾亮伯言，桐城有方東樹植之、姚瑩石甫，四人者稱爲高第弟子，各以所得，傳授徒友，往往不絕。在桐城者，有戴鈞衡存莊，事植之久，尤精力過絕人，自以爲守其邑先正之法，禮之後進，義無所讓也。其不列弟子籍，同時服膺有新城魯仕驥絜非、宜興吳德旋仲倫。絜非之甥爲陳用光碩士，碩士既師其舅，又親受業姚先生之門，鄉人化之，多好文章。碩士之群從，有陳學受藝叔、陳溥廣敷，而南豐又有吳嘉賓子序，皆承絜非之風，私淑於姚先生，由是江西建昌有桐城之學。仲倫與永福呂璜月滄交友，月滄之鄉人，有臨桂朱琦伯韓、龍啓瑞翰臣、馬平王錫振定甫，皆步趨吳氏，呂氏而益求廣其術于梅伯言，由是桐城宗派，流衍於廣西矣。

昔者，國藩嘗怪姚先生典試湖南，而吾鄉出其門者，未聞相從以學文爲事。既而得巴陵吳敏樹南屏，稱述其術，篤好而不厭。而武陵楊彝珍性農、善化孫鼎臣芝房、湘陰郭嵩燾琛、漵浦舒燾伯魯，亦以姚氏文家正軌，違此則又何求。最後得湘潭歐陽生。生，吾友歐陽兆熊小岑之子，而受法於巴陵吳君、湘陰郭君，亦師事新城二陳，其漸染者多，其志趨嗜好，舉天下之美，無以易乎桐城姚氏者也。

當乾隆中葉，海內魁儒畸士，崇尚鴻博，繁稱旁證，考核一字，累數千言不能休，別立幟志，名曰漢學，深擯有宋諸子義理之說，以爲不足復存，其爲文尤蕪雜寡要。姚先生獨排眾議，以爲義理、考據、詞章，三者不可偏廢。必義理爲質，而後文有所附，考據有所歸。一編之內，惟此尤兢兢。當時孤立無助，傳之五六十年，近世學子，稍稍誦其文，承用其說。道之廢興，亦各有時，其命也歟哉！

自洪、楊倡亂，東南荼毒，鐘山、石城昔時姚先生撰杖都講之所，今爲

犬羊窟宅，深固而不可拔。桐城淪爲異域，既克而復失，戴鈞衡全家殉難，身亦歐血死矣。余來建昌，問新城、南豐，兵燹之余，百物蕩盡，田荒不治，蓬蒿沒人，一二文士，轉徒無所。而廣西用兵九載，群盜猶洶洶，驟不可爬梳，龍君翰臣又物故。獨吾鄉少安，二三君子，尚得優游文學，曲折以求合桐城之轍。而舒燾前卒，歐陽生亦以瘵死。老者牽於人事，或遭亂不得竟其學；少者或中道夭殂。四方多故，求如姚先生之聰明早達，太平壽考，從容以躋於古之作者，卒不可得。然則業之成否，又得謂之非命也耶！

　　歐陽生名勛，字子和，沒於咸豐五年三月，年二十有幾。其文若詩清縝喜往復，亦時有亂離之概。莊周云：「逃空虛者，聞人足音，跫然而喜，而況昆弟親戚之謦欬其側者乎。」余之不聞桐城諸老之謦欬也久矣，觀生之爲，則豈直足音而已？故爲之序，以塞小岑之悲，亦以見文章與世變相因，俾後之人得以考覽焉。

資料來源：〔清〕曾國藩撰，《曾文正公詩文集（上）》，收入《國學基本叢書
　　　　　四百種》（臺北：臺灣商務印書館，1968 年），卷 1，頁 81～82。

說　　　明：1.歐陽勛（？～1855），字子和。湖南湘潭人。諸生。從吳敏樹學。
　　　　　嘗師事郭嵩燾，受古文法，詩文皆清新可喜，此是作者爲其文集
　　　　　作的序。主要著述有《歐陽生文集》。年二十餘卒。

　　　　　2.曾國藩素有「中興桐城」之譽。以派稱桐城者，始於此文。此文
　　　　　概括桐城派發展的源流演變，簡要勾勒桐城三祖的傳承關係，評
　　　　　贊姚鼐集大成和拓大門派的作用，及之後桐城派在各地的衍演發
　　　　　展、流傳分布和主要成員的構成。（對應本論文頁 6。）

　　　　　3.在〈聖哲畫像記〉中，他以姚鼐與周公、孔子等並列爲「聖哲」，
　　　　　且說：「國藩之粗解文章，由姚先生啓之。」在本文中，稱姚鼐
　　　　　在桐城三祖中「治其術益精」。此皆說明他與姚鼐有著特別密切
　　　　　的思想、學術和文學的傳承關係。

附錄八：文體分類表

劉勰 《文心雕龍》	姚鼐 《古文辭類纂》	曾國藩 《經史百家雜鈔》	王先謙 《續古文辭類纂》	黎庶昌 《續古文辭類纂》	林紓 《春覺齋論文》
明詩					騷
樂府					
詮賦	辭賦	詞賦		辭賦	賦
頌贊	頌贊		贊	頌贊	頌贊
祝盟					
銘箴	箴銘		箴銘	箴銘	銘箴
誄碑	碑誌	傳誌	碑誌		誄碑
史傳	傳狀		傳狀	傳狀	史傳
哀弔	哀祭	哀祭	哀祭	哀祭	哀弔
雜文					
諧隱					
諸子					
論說	論辨	論著	論辨	論辨	論說
詔策	詔令	詔令		詔令	詔策
檄移					檄移
封禪					
章表	奏議	奏議		奏議	章表
奏啓					
議對					
書記	書說	書牘	書	書說	書記
	贈序		贈序		贈序
	雜記	雜記	雜記	雜記	雜記
	序跋	序跋	序跋	序跋	序跋
		敘記			
		典志			
計二十類	計十三類	計十一類	計十類	計十一類	計十五類

附錄九：清朝歷史紀元表

天命元年（1616）定國號曰金

崇德元年（1636）改號大清

廟　號	皇帝原名	年　號	年號使用年數	西　元	干　支
太祖	努爾哈赤			1583～1615	癸未
		天命	（11）	1616～1626	丙辰
太宗	皇太極	天聰	（10）	1627～1636	丁卯
		崇德	（8）	1636～1643	丙子
世祖	福臨	順治	（18）	1644～1611	甲申
聖祖	玄燁	康熙	（61）	1662～1722	壬寅
世宗	胤禛	雍正	（13）	1723～1735	癸卯
高宗	弘曆	乾隆	（60）	1736～1795	丙辰
仁宗	顒琰	嘉慶	（25）	1796～1820	丙辰
宣宗	旻寧	道光	（30）	1821～1850	辛巳
文宗	奕詝	咸豐	（11）	1851～1861	辛亥
穆宗	載淳	同治	（13）	1862～1874	壬戌
德宗	載湉	光緒	（34）	1875～1908	乙亥
	溥儀	宣統	（3）	1909～1911	己酉

資料來源：不著編人，《中國歷史紀元表》（木鐸出版社，1980 年），頁 105。